네가 누구든

WHOEVER YOU ARE, HONEY by Olivia Gatwood
Copyright © 2024 by Olivia Gatwood
All rights reserved.
Korean translation copyright © 2025 by Viche, an imprint of Gimm-Young Publishers, Inc.
Korean translation rights arranged with Stuart Krichevsky Literary Agency, Inc. through EYA Co., Ltd

이 책의 한국어판 저작권은 EYA Co., Ltd를 통해 Stuart Krichevsky Literary Agency, Inc.와 독점 계약한 비채가 소유합니다.
저작권법에 의하여 한국 내에서 보호를 받는 저작물이므로 무단 전재 및 복제를 금합니다.

네가 누구든

올리비아 개트우드 장편소설
한정아 옮김

나의 엄마에게

사랑하오, 살아 있는 여인이여

제프 베이조스가 연인에게 보낸 문자메시지에서

일러두기
* 본문의 고딕체는 원서에서 이탤릭체와 대문자 등으로 강조한 부분입니다.
* 모든 주는 옮긴이주로, 본문 하단에 각주로 표기하였습니다.
* 이 책의 인명, 지명 등 외국어의 우리말 표기는 국립국어원 외래어 표기법을 따르되, 입말로 굳은 단어 등은 예외로 하였습니다.

한밤중, 팟벨리 해변로를 따라 늘어선 빈집들은 틈이 벌어진 치아 배열을 닮았다. 적어도 미티 생각에는 그랬다. 어느 배의 선원이 마침 몬터레이 만을, 구체적으로는 산타크루즈 해안을, 더 구체적으로는 뉴브라이튼 스테이트 해변을 지나가면서 선실 창밖을 본다면, 검은 주머니 같은 빈집들 사이 드문드문 불을 밝힌 거실을 보고 이가 듬성듬성 난 어린아이의 잇몸을 떠올릴지도 모르겠다.

여러 해 전부터 집들이 속속 매각된 후 공유 숙박시설이나 여름 별장으로 개조되었고, 미티와 베델은 이 동네에 남은 마지막 거주민이 되었다. 물론 그들은 이런 변화를 개탄한다. 어찌 보면 이런 항의는 마지막 거주민으로서 그들의 의무라고도 할 수 있다. 그러나 미티의 마음 한구석에는 끊임없이 들고 나는 세입자들을 만나는 즐거움이 자리하고 있다. 밤마실을 나갈 때마다 어느 집에 불이 켜질지, 어느 저녁 풍경을 목격하게 될지, 말 한 번 섞은 적 없는 어떤 이웃 같지 않은 이웃을 알게 될지 모른다는 예감에 마음이 들뜬다.

유칼립투스 나무들이 속삭인다. 맨발에 모래가 달라붙는다. 집들은 높이가 3미터에 달하는 필로티 구조로 서 있다. 미티는 걸어가면서 자기 키보다 높은 곳에 사는 낯선 이들의 삶을 엿본다. 주말을 위해 안개에 싸인 집을 떠나(버클리에서 왔을 것이다. 거기서 많이들 오니까) 안개에 싸인 해변으로 온 중년 부부. 여자는 각질 제거용 돌로 발꿈치를 문지르고, 남자는 껍질을 벗는 아내의 몸에는 전혀 관심을 두지 않고 평면 화면에 비치는 디지털 영화 카탈로그를 뒤적인다. 옆집에선 눈꺼풀이 무겁게 내려온 젊은 남편이 식탁에서 일어서고, 아내는 아기에게 순가락으로 음식을 떠먹인다. 남편은 싱크대 앞에 서서 밖을 내다본다. 풍경을 감상하면서 짧은 고독의 순간을 즐기는 듯하다. 그러나 이 시각에는 바깥 풍경이 조금도 보이지 않는다는 것을 미티는 경험으로 알고 있다. 보이는 것은 스스로를 노려보는 자신뿐이다.

그다음 집 세 채는 비어 있다. 미티는 서둘러 지나간다. 조용하고 음산한 창문들 안쪽에 무엇이 있는지 볼 수 없다는 사실이 항상 그녀를 조마조마하게 만든다. 그녀가 베델과 함께 사는 집은 그 길의 마지막 집이다. 그다음에는 모래가 사라지고 들쭉날쭉한 절벽이 시작되어, 그들의 허름한 집이 마치 피신처처럼 느껴진다. 창문 너머 베델이 접시를 닦고 있는 모습이 멀리서도 보인다. 굴처럼 잿빛으로 물든 머리카락에 왕방울 눈, 흐늘흐늘한 팔뚝부터 앙상한 손가락까지 무수히 박혀 있는 주근깨. 베델의 뒤로 보이는 부엌은 살구색 페이즐리 무늬 벽지로 도배되어 있고 천장 중앙에는 플라스틱 샹들리에가 달려 있다.

미티는 자기 집에 못 미쳐서 걸음을 멈추고 옆집을 올려다본다. 기하학적 구조의 대저택. 온통 유리로 되어 있어 마치 벽이 없는 것처럼 보인다. 미티와 베델은 이 집을 '인형의 집'이라고 불렀고, 어린아이가 손을 불쑥 집어넣어 가구 배치를 마음대로 바꿀 것 같다고 농담하기도 했다. 지난 오 년간 이 집은 비어 있었다. 빈집으로 오래 있다 보니 미티는 예전에는 이 자리에 자기 집처럼 허름한 판잣집이 있었다는 사실을 잊을 뻔했다. 그땐 괴짜 교수 부부가 살았는데, 어느 날 갑자기 자식들이 와서 양로원으로 모시고 가버렸다. 미티는 노부부가 기다란 식탁을 해변으로 내와 늙어가는 좌파 인사나 대학교수들과 함께 둘러앉아 밤늦도록 먹고 마시고 떠들어대던 그때가 그립다. 베델의 열린 창문을 올려다보며 같이 놀자고 줄기차게 불러대던 그들이, 발코니의 두 짝 여닫이문을 조금 열어두고 새벽까지 이어지던 왁자지껄한 웃음소리와 말소리를 들으며 잠들던 그 시절이 그립다.

노부부가 떠난 후 그 집은 즉시 철거되었고 정장 차림에 안전모를 쓴 남자들이 와서 허공에 가상의 방을 그리며 평수를 외쳐댔다. 미티와 베델은 거실에 앉아서 인형의 집이 탄생하는 과정을 지켜보았다. 새로운 유리벽이 배달될 때마다 악담을 퍼부었고 통로에 회색 시멘트 반죽을 붓는 트럭을 넋 놓고 쳐다보았다. 이 집은 해변로에 있는 다른 집들처럼 휴가객에게 1박에 500달러를 받고 빌려주기 위해 날림으로 개조한 집이 아니었다. 인형의 집을 설계한 얼굴 없는 건축업자는 샌프란시스코를 탈출해 밀려올 첨단기술업계 종사자를 위한 진짜 살림집을 짓고 있었다. 집은 매물로 나온 채로 오 년이나 주인을 기다렸다. 완벽한 발을 기다리는 유리 구두처럼. 지금까지.

미티는 오늘 아침 출근 준비를 하면서 속속 도착하는 이삿짐 트럭을 보았다. 어슬렁거리면서 이삿짐을 토대로 새 이웃들에 대한 정보를 얻어볼까 하는 생각이 잠깐 들었으나, 기다렸다가 어두운 해변이라는 안전한 벙커에서 관찰하는 쪽을 택했다. 밤이 되면 가구 배치가 끝나고 모든 것이 정돈되리라고 생각했다. 그러나 그들이 이곳에 들어온 지 열두 시간이나 지났건만 집 안은 아직도 뭔가 빈 듯하면서도 어수선하고, 미티는 그것이 마뜩잖다. 두꺼운 화집들이 임시로 식탁에 높이 쌓여 있고, 세계여행을 다니면서 사 모았다가 이제야 포장을 뜯은 것 같은 기념품이, 나미비아 같은 나라에서 사 왔을 법한 목각 코끼리나 페루산 밀짚모자 같은 것들이 소나무로 만든 선반을 장식하고 있다. 이렇게 크고 특색 없는 집을 어떻게 꾸밀 수 있을지 궁금하다. 그래서 다들 미니멀리즘을 추구하는 것인지도 모른다. 이런 집을 장식하는 것은 순전히 노동이나 마찬가지일 테니까.

어린 시절 미티는 크리스마스 때가 되면 부자 동네를 돌아다니며 화려한 장식물을 구경했다. 자동으로 움직이는 순록과 손을 흔드는 뚱뚱한 산타클로스 풍선인형, 전축에서 달콤하게 울려 퍼지던 캐럴. 가장 궁금했던 것은 부잣집의 내부였다. 부자들은 왜 항상 커튼 치는 것을 잊을까. 실내를 그토록 사치스럽게 장식해놓고 모든 행인에게 자랑하는 것이 참 대담하다는 생각이 들었다.

미티는 옆집의 밝고 비어 있는 방들을, 방음유리 너머에서 환하게 빛을 발하는 순결한 고요를 관찰한다. 안에서 움직임이 있기를 기다린다. 그러나 백화점의 유리 전시실처럼 아무런 움직임이 없다.

흥미를 잃으려는 순간, 2층 어느 창문에서 불이 켜진다. 얇고 흰 커튼 뒤에서 사람의 실루엣이 창문 한쪽 모퉁이로 사라졌다가 다시 나타나 원래 자리로 돌아간다. 포니테일 머리에 작은 얼굴, 시계추처럼 불안하게 서성이는 것을 보니 여자가 틀림없다. 열 번도 넘게 창가를 왔다 갔다 하더니 시야에서 사라진다. 미티는 긴장감에 배가 단단해지는 것을 느끼면서도 기다린다. 여자는 사라졌지만 불은 그대로 켜져 있다. 파도가 높아지고 하얀 포말이 발목을 집어삼키며 미티를 세상으로 밀어낸다. 미티는 해변으로 밀려온 얽히고설킨 해초를 발에서 힘들게 떼어낸 후 집으로 발길을 돌린다.

몇 번이고 멈춰 서서 불을 밝힌 창문을 돌아보던 미티는 엄마와 함께 갔던 동물원을 떠올린다. 두 주먹으로 길게 늘이는 피자 반죽처럼 어깨뼈 윤곽을 역동적으로 드러내며 우리 안을 슬금슬금 돌아다니던 거대한 호랑이들에게 얼마나 큰 감명을 받았던지. 미티는 자신을 향해 허리를 굽히고 속삭이던 엄마의 귓속말을 기억한다. 그 숨결에 남아 있던 시큼한 커피 냄새까지도. 쟤들은 갇혀 있을 때만 저렇게 걸어. 탈출할 방법을 찾고 있는 거야.

8월의 둘째 주, 바람이 많이 불던 여름이 끝나갈 즈음, 올리브처럼 물기 어린 검은색 눈동자를 빛내는, 갓 소년티를 벗은 듯한 네 청년의 머그샷이 신문에 나란히 실려 있다. 누구나 그 이야기를 한다. 물론 자기 집 뒷마당처럼 사적인 공간에서 금방 갈아엎은 흙에 콜리플라워와 방울양배추 모종을 심으면서. 그래도 미티가 마을 소식에 조금이라도 관심이 있었다면, 어느 테크 엔지니어가 비쩍 마른 인턴사원 네 명에게 납치되어 산타크루즈 산맥에서 총에 맞아 죽었다는 소문을 진작에 들었을 것이다. 그러나 그녀는 아무것도 모른 채 시외 어느 슈퍼마켓에서 페이스트리 진열장 안에 일렬로 놓인 먹음직한 케이크를 홀린 듯 바라보고 있다.

오늘은 미티와 베델이 동거한 지 십 년째 되는 날이다. 미티 인생의 거의 삼분의 일을 함께 산 것이다. 그들의 기념일이 진정한 이정표로 느껴지는 건 이번이 처음이다. 그러나 베델의 나이가 일흔아홉이고 생애 대부분이 미티가 태어나기도 전에 흘러갔다는 사실을 고려하면, 그들이 함께한 세월은 너무도 짧고 무의미하게 느껴져서 동거 십 주년을 기념할 가치가 있는지 의문이 든다.

미티는 기념일을 축하하는 전통이 감상적인 것을 혐오하는 베델에게 무슨 의미가 있는지 해마다 고민한다. 무언가 다른 것을 사 가면, 혹은 빈손으로 들어가서 기념일에 대해 알은체도 하지 않는다면 오늘이 기념일이라는 것을 베델이 과연 알아차릴까? 결국 미티는 베델이 이런 의식에 의미를 두든 말든, 감사의 뜻으로 케이크는 사 가기로 결심한다. 이번에는 당근 케이크다.

그녀는 진열장 유리를 손가락으로 누른다. "저거요."

직원이 작은 디저트를 꺼내 상자에 담는다. "케이크에 뭐라고 안 써요?" 미티는 베델에게 하고 싶은 말을 잠깐 고민한다.

날 구해줘서 고마워. 날 계속 데리고 있는 건 하나도 안 고마워. 우리는 이제 어디로 가는 걸까?

황갈색 볼보 자동차에 탄 미티는 케이크 상자를 조수석에 놓고 안전벨트를 채워 흔들리지 않게 고정한다. 상체에 힘을 잔뜩 주고 수동 창문 손잡이를 돌려서 뺨에 산들바람이 느껴질 정도로 창문을 내린다. 청바지 허벅지에 두 손바닥을 쓱쓱 문지른다. 덜컹거리면서 출발한 볼보는 조심스럽게 주차장을 나가 달리다가 정지 신호에 멈춰 선다. 신호가 바뀌어도 미티는 출발하지 못한다. 뒤에 있는 차가 경적을 울린다. 더 머뭇거리기엔 너무 창피해서 크게 심호흡을 한 후 카브리요 고속도로로 진입한다.

집에서 가까운 시장에 갔다면 이런 불안감을 피할 수 있었을 것이다. 그러나 거기서 파는 케이크는 겉만 번지르르하고 푸석푸석하며, 글루텐, 유제품, 가공 종자유 등 넣지도 않은 재료를 넣었다고 우기고, 대용량 식품 통이나 식물성 우유 상자와 별반 다르지 않은 색상을 자랑한다. 딱 맞는 케이크를 사는 일이 일 년에 단 한 번 해야 하는 일이라면, 넓고 검은 혀와 같은 고속도로를 내달리고 애리조나라는 숨 막히는 돌덩이가 가슴을 짓누르는 것을 감수해야 한다. 애리조나 파라다이스밸리가 1600킬로미터 넘게 떨어져 있다는 사실도 큰 위안이 되지 못한다. 10번 고속도로는 언제까지나 십 년 전 그녀와 엄마가 울퉁불퉁한 더플백 몇 개와 담요를 자동차 뒷좌석에 던져넣고 도망치듯 달려온 도로로 남을 것이다. 엄마가 앓고 있던 신경증을, 엄마가 숨기려고 애를 써도 숨기지 못했던 그 극심한 신경증을 처음 목격했던 도로로 남을 것이다. 주유소에서 그날의 세 갑째 담배를 종업원이 꺼내주기를 기다리는 동안 엄마는 손을 떨었고, 출구를 잘못 나가 다시 돌아가게 되는 건 아닌가 하는 걱정에 십오 분마다 한 번씩 GPS를 확인했다. 그들은 질척질척한 드라이브스루 버거와 시크교도가 운영하는 화물트럭 휴게소의 인도식 카레 요리를 쫓기듯이 먹어치웠다. 아무리 달려도 도망쳐 나온 그곳이 조금도 멀어지지 않은 것처럼 느껴졌다.

그날 오후 베이커즈필드에 도착했을 때, 미티는 HBO 채널과 온수 욕실을 자랑하는 모텔의 남색 네온 간판을 발견했다. 미티는 거기 들어가자고 졸랐고, 네 시간이나 더 운전하기엔 너무 지친 엄마는 두려움 없이 평온한 마지막 하룻밤을 함께 보내는 데에 동의했다. 그들은 눅눅한 카펫이 깔린 트윈베드룸에 체크인했고, 온수 거품 목욕을 한 후에 〈머레이 쇼〉를 보며 남들의 불행을 즐기고 자신들의 살 떨리는 두려움을 잠시 잊었다. 다음 날 아침에는 로비에서 주는 커피를 누가 빨리 마시나 내기하자고 엄마가 말했다. 평범한 여행을 즐기는 척 애를 썼지만, 그들이 단순히 자동차 여행을 하는 것이 아니라는 사실을 미티는 잊지 못했다. 그들은 도망치고 있었다.

"베이커즈필드, 로스앤젤레스, 팜스프링스, 블라이드." 지금, 미티가 중얼거리는 동안 옆 차선에선 대형 화물차가 미끄러지듯 지나간다. 이렇게 도시들을 읊조리는 것은 쿵쾅거리는 가슴을 진정시키기 위한 주문이자, 그곳과 이곳 사이에 넓게 퍼져 있는 방어벽들을 기억하려는 리드미컬한 노력이다. 그녀는 진녹색 고속도로 출구 표지판 아래를 지나가면서 이 도시들을 되뇌고, 교차로에서 다른 곳으로 빠질 뻔하다가 겨우 지나친 후 또 되뇐다.

주문을 스물여섯 번을 외운 후에야 알맞은 출구가 나타나 고속도로를 빠져나온다. 유칼립투스 그늘로 들어서자마자 긴장이 풀린다. 익숙한 해변의 집들을 향해 좁은 도로를 달리는 동안 호흡이 느려지고 목에 맺힌 땀이 식는다. 익숙한 동네 풍경을 하나하나 확인한다. 통통한 다육식물과 흰 자갈이 있는 텃밭 화분들, 아직도 사람이 살고 있는 것처럼 보이는 빈집들, 금방이라도 사람들이 앉아 대화를 나눌 것처럼 마주 보게 배치된 테라스 의자들. 그리고 그녀와 베델의 집. 거스러미가 일어나고 있는 낡은 목조 지붕널, 현관에 놓인 낡고 육중한 안락의자 두 개, 세로보다 가로가 길고 금테를 두른, 베델이 첫눈에 반했다고 말한 유리창.

미티는 자갈이 깔린 진입로에 차를 세운다. 케이크 상자를 꺼내 꼭 끌어안고 케이크가 쏠리지 않게 조심하면서 가운데가 다 닳은 목조 계단을 올라간다. 환풍이 잘 안 된 집 안에 풍기는 삶은 양배추 냄새와 어딘가에서 자라고 있을 곰팡내가 묘한 안도감을 준다. 공기가 탁하다. 가느다란 햇빛 조각 속에서 화가 난 먼지가 맹렬히 맴돈다. 베델은 거실의 벨루어 패브릭 소파에 꼿꼿이 앉아 커피 테이블 유리 상판에 두 발을 올려놓은 채 눈을 감고 있다. 엄지발가락 뼈가 툭 튀어나온 베델의 발 너머, CBS 채널의 녹음된 웃음소리를 배경으로 가족을 데리고 캠핑을 떠나는 시트콤 주인공이 보인다.

미티는 케이크를 부엌으로 가져가면서 베델을 부른다. "이모, 깜짝 선물."

그녀는 케이크 상자의 플라스틱 뚜껑을 열고 케이크를 다리 달린 쟁반에 놓는다. "깜짝은 아닐 수도 있겠다. 이모가 잊지 않고 있었다면." 아무런 반응이 없다. 미티가 말을 잇는다.

"가끔은 이모가 내 마누라 같다니까."

여전히 무반응. 미티는 거실을 들여다보다가 멈칫한다. 베델의 죽음을 자주 상상하지는 않지만, 상상할 땐 꼭 이런 모습이다. 베델 옆에는 태우다 만 담배가 떨어져 있고 호밀 식빵 한 장이 접시에 담겨 있다. 그녀의 가슴은 호수처럼 잔잔하고, 입술은 멸치 같은 회색이며, 중력에 굴복해 턱이 축 늘어진 탓에 입이 쩍 벌어져 있다. 구조대를 부르기 전에 달려가서 텔레비전부터 꺼야 한다. 토스트 한 장을 다 먹지도 못하고 떠나게 된 것에 이미 수치심을 느낄 베델에게 그 이상의 치욕을 안겨줄 수는 없다. 특별할 것 없는 퇴장을 잔인한 농담 삼아 낄낄거리는 청중을 베델은 결코 견딜 수 없을 것이다.

미티가 한 걸음 내디디려는데 익숙하고 무거운 한숨 소리가 들린다.

"나 안 죽었다." 베델이 몸을 일으키자, 소파 스프링이 삐걱거린다. 부엌으로 들어온 그녀는 창백해진 미티의 얼굴을 보고 웃음을 터뜨린다. "내가 우리 동거 십 주년 기념일에 죽을 만큼 뻔뻔하다면, 네가 나를 죽여도 돼." 그녀가 말한다.

베델은 자신의 나이가 화제에 올라 금방이라도 전진을 멈출 나약한 무언가로 여겨진다 싶으면 예민해진다.

"미안해." 미티가 애써 쾌활하게 말한다. "운전하고 긴장이 덜 풀렸나 봐."

식탁 앞에 선 베델은 케이크에서 당근 모양의 오렌지맛 크림 장식을 손가락으로 푹 찍어낸다. "오늘 뉴스 봤니?" 그녀는 크림을 빨아먹고 미티에게 신문을 내민다. "다들 전과가 없고, 강도질만 하려다가 실수한 거래." 그녀가 인스턴트커피를 마시기 위해 꽃무늬 방수코팅 식탁보에서 팔뚝을 떼어내자 찍하는 소리가 난다. "아직 애들이야. 사리 분별 못 하는 조무래기들."

미티는 머그샷의 청년들을, 수염도 나지 않은 그들의 갸름한 턱을 바라본다. 그 사건 소식은 전혀 듣지 못했고, 슈퍼마켓을 나오면서 〈센티널〉 1면을 확인하지도 않았다. "뭘 뺏으려고 했대?"

"모르지. 어쩌면 다른 테크 엔지니어가 사주했을 수도 있어. 그래서 꼭두각시 노릇을 한 거지." 베델이 말한다. "아니면……." 그녀는 침을 꿀떡 삼키면서 백태 낀 혀를 입술 사이로 살짝 내민다. "아니면 너무 쪼들려서 로또하는 심정으로 그랬을 수도 있고. 어느 쪽이든, 이런 살인사건은 몇 건 더 일어날 거야. 우리가 저항을 포기하고 이곳이 실리콘밸리가 되는 걸 받아들일 때까지."

베델은 실리콘밸리가 끊임없이 영토를 확장하는 오즈*라고 생각하는 듯했다. 담쟁이덩굴처럼 끝없이 뻗어나가 주변 언덕과 산을 모두 덮어버리는, 사람 얼굴을 기억하는 기계를 설계하고 이를 구현하기 위해 수십 명의 엔지니어를 배치하는 모든 창업자에게 새로운 영토를 하나씩 선사하는 거대 기업.

---

* 프랭크 바움의 판타지 소설 《오즈의 마법사》에 나오는 마법의 대륙.

테크 엔지니어들의 점령은 미티가 이곳에 오기 전에 이미 시작됐다. 그녀는 서핑 명소가 신흥 백만장자들로 넘쳐나는 현실에 익숙했다. 레몬즙을 적셔 탈색한 그들의 평범한 갈색 머리도. 천둥번개가 치고 장대비가 쏟아지는데도 서프보드를 타고 광포한 파도를 향해 나아가던 모습과, 서핑을 마친 후 깎아지른 절벽 가에 있는 새집으로 돌아가던 모습에 익숙했다. 뻔뻔하고 영특하며 그 무엇도 자기들을 죽일 수 없다고 믿는 사람들. 이곳에 처음 왔을 때 미티는 베델이 동경했던 시절을, 이전 세기를 잘 알지 못했다. 대다수의 10대처럼 그 세기를 어른들이 귀가 따갑도록 들려주던 식상하고 칙칙한 이야기와 관련지어 상상했을 뿐이었다. 미티는 시대를 자주 혼동했다. 2차 세계대전과 제임스 딘 열풍이 겹치지 않는다는 정도 외에는 1940년대와 1950년대의 차이점을 구별하지 못했다.

또래 친구들이 미래를 향해 나아가도록 내몰리는 상황에도 미티는 베델이 20세기 중반에 모아놓은 여성잡지와 원예 잡지를, 결코 오지 않을 미래를 그리는 잡지들을 천천히 탐독했다. 베델의 벽장도 탐험했다. 그 안에는 전국적 유통망이 지방의 소규모 이불집을 몰아내면서 이제는 사라지고 없는 직물과 염료로 만든 침구가 잔뜩 쌓여 있었다. 베델이 지난 오십 년간 착실히 써온 가계부를 꼼꼼히 읽기도 했다. 가계부에는 우표 한 세트에서 신경안정제 한 통에 이르기까지 아무리 사소한 것이라도 모든 물품의 구매 내역이 기록되어 있었다. 그러나 가장 인상적이었던 것은 잠시 쓰다 버리는 값싼 물건들이었다. 감상적인 통속 소설책 겉표지에 그려진 수채화의 붓질이 생생하게 느껴진다는 점이나, 할인 상품 카탈로그 커버처럼 별로 중요하지 않은 부분마저도 장인이 공들여 만든 것처럼 보인다는 사실에 감명을 받았다.

미티와 베델은 과거의 아름다움을 보존하기 위해 최선을 다했다. 자율주행 자동차와 말하는 냉장고가 산타크루즈에 등장할 때, 그들은 좋아하는 TV 프로그램의 재방송을 녹화하기 시작했다. 그런 프로그램들을 방영하는 그 이상한 공동체 미디어가 곧 한물갔다고 여겨지며 사라질까 걱정됐기 때문이다. 또한 그들은 샌프란시스코행 열차 노선 신설에 반대했다. 베델은 산타크루즈와 북쪽의 대도시들을 연결하는 구불구불한 탯줄 같은 17번 고속도로에서 사상자를 내는 교통사고가 많이 발생한다면, 그것이 이 지역을 전면적인 침공으로부터 지켜주는 유일한 방어 수단이 될 수 있을 거라고 주장했다. 베델은 그 고속도로를 '피의 도로'라고 불렀다. 그녀는 사람들이 그 도로를 두려워하기를 바랐다. 베델의 유물이 담긴 보물 상자 속에 살면서, 미티는 과거에 대한 지식과 충성심이 단순히 커진 정도가 아니라 때때로 그것이 자신의 기억처럼 생생하게 느껴졌다.

2층으로 올라간 미티는 홍학 깃털 무늬 벽지로 도배된 벽을 지나고, 깊게 파인 청록색 욕조가 놓인 청색 타일 욕실을 지나서, 베델의 방으로 들어간다. 미티가 이 집에서 제일 좋아하는 이 방에는 킹사이즈 침대에 여러 개의 소형 쿠션이 가지런히 놓여 있고 맨발로 다닐 때 제일 포근한 연둣빛 카펫이 깔려 있다. 그녀는 베델이 화장대 위 유리 쟁반에 놓아두는 액상 제제와 튜브형 화장품, 베이비파우더를 만져보는 것을 좋아한다. 모든 것에서 똑같은 냄새가 나는 것이, 봉투에서 갓 꺼낸 끈적한 담뱃잎과 싸구려 라벤더 향수, 호랑이 연고가 섞인 것 같은 냄새가 나는 것이 좋다. 베델은 바깥 기온과는 상관없이 실내 온도를 항상 17도로 유지하고, 천장등 대신 연보라색 갓을 씌운 여러 개의 무드등 중 하나를 켜놓는다.

 베델이 LED 조명 초에 불을 켜는 것을 보면서 미티는 침대로 올라간다. 조명 초에서 실제 촛불처럼 적갈색 불꽃이 나타난다. "엄마한테 전화해라." 베델이 말한다.

 베델은 모든 기념일이 축하할 날인 동시에 슬퍼할 날이기도 하다고 생각한다. 새 삶이 시작되면 그 전의 삶은 죽는 거잖니. 둘의 동거 기념일을 긍정적인 날로 축하하기까지 이 년이 걸렸다. 전에는 미티의 의사에 반해 강제로 집을 떠나야 했던 날로 기억되었다.

 예전에는 베델을 엄마의 과거 속 사람, 엄마가 신뢰하는 사람, 백화점에서 스커트와 블라우스 모델 일을 하면서 로스앤젤레스에 잠시 머물다가 떠난 은둔자 정도로 막연하게 알고 있었다. 아홉 살 되던 해에 아빠가 집을 나가자, 엄마는 미티를 데리고 차를 몰아 산타크루즈로 왔다. 둘은 베델의 집에서 일주일을 머무른 뒤 절반쯤 비어 있는 집으로 돌아갔다. 미티는 그 여행에 대해서 기억하는 것이 거의 없다. 나무 냄새 같은 좀약 냄새와 추운 해변에서 느꼈던 실망감만 남아 있다.

몇 년이 지나 베델과 함께 살게 되었을 때 미티는 틈만 나면 울면서 엄마에게 전화해 언제 집에 갈 수 있냐고 물었다. 한 달만 더 있어, 길어야 한 달. 엄마가 말했다. 사람들이 다른 소문으로 옮겨갈 때까지만이라도. 미티가 그럼 다른 곳에(이를테면 버몬트에서 작은 목장을 하는 먼 친척 아저씨 댁이나 뉴멕시코 어딘가에 살고 있는 사촌 언니들 집에) 가겠다고 떼를 쓰면, 엄마는 이것저것 캐묻지 않고 미티를 받아줄 사람은 거의 없을 거라고 설명했다. 대답을 듣고도 받아줄 사람은 더 없을 것이라고. 반면 베델은 외로운 사람 특유의 공감 능력을 지니고 있었다. 자신을 더는 받아들이지 않는 장소에선 억지로 쫓겨나기 전에 먼저 떠나버려야 한다는 것을 이해했다.

베델이 말하는 '그 전 삶의 죽음'은 애리조나에서 보낸 미티의 어린 시절만을 의미하는 것은 아니다. 미티가 새로 속하게 된 세상에 적응하면서 애도가 시들해지기 시작한 첫해의 끝을 의미하기도 한다. 엄마에게 전화 거는 횟수가 줄어들고 집으로 돌아가게 해달라고 떼쓰는 일이 점차로 사라지게 된 그 시간. 미티가 지금의 삶에 적응하고, 돌아가고 싶어 안달하지 않는 모습에 엄마는 상실감을 느끼는 듯했다. 그래서 미티와 베델은 8월 15일이 되면 미티를 놔주어서 고맙다고 엄마에게 전화하는 것을 또 하나의 전통으로 삼았다.

"앞으로 십 년은 어떻게 살까, 이모?" 미티가 묻는다.

베델은 라디오를 켜고 소리가 겨우 들릴 때까지 재빨리 볼륨을 낮춘다. 두 사람을 위한 자장가로 들릴 만큼만.

"저 빌어먹을 계단을 없애버리고 경사로를 만들어야 하지 않을까?" 베델이 싱긋 웃으면서 말하지만, 미티는 그 농담 속에 두려운 진실이 숨어 있다는 것을 알고 있다. 베델이 몸을 뒤로 젖혀 베개에 등을 기대더니 미티의 손등을 어루만진다. "우리 사이좋게 잘 살았다, 그렇지?"

미티는 모든 면에서 베델과의 동거 생활을 사랑하게 되었지만, 심지어 그 전의 삶보다 더 좋아하게 되었지만, 해마다 이 날 잠자리에 들면 마음속에서 깨어나는 작은 목소리를 듣는다. 과거나 미래, 심지어 현재를 꿈꾸는 목소리가 아니라, 일어나지 않은 시간, 그녀가 갖지 못한 삶을 꿈꾸는 목소리. 혹은 일이 다르게 풀렸다면 갖게 됐을 다른 삶을 꿈꾸는 목소리. 대학생이 된 그녀. 전날 밤의 섹스로 시큼한 냄새를 풍기며 기숙사 방에서 비틀비틀 걸어 나와 수업에 들어가는 그녀. 새로 정착하게 된 작은 대학가, 어쩌면 겨울에는 살벌하게 추운 동부의 어느 마을에서, 가로수가 나란히 줄지어 선 거리에 익숙해진 그녀. 베이글 샌드위치로 끼니를 때우고 허름한 중고품 가게에서 식기를 사는 그녀.

그러나 현실의 미티는 온라인으로 수업을 듣고 온라인 졸업식에서 정보통신학사 학위를 받았다. 베델이 저가 매장에서 졸업모를 사주었고, 미티가 노트북컴퓨터를 마치 졸업장처럼 가슴에 끌어안고 있는 사진을 찍어주었다. 미티는 게 요리로 유명한 캐피톨라 부두의 작은 타코 식당에서 설거지 담당 직원으로 취직했고, 발로 페달을 밟아 고압의 온수를 쏘아 접시를 씻는, 보잘것없지만 중요한 업무에 종사하는 기쁨을 느꼈다. 종업원들이 슬쩍슬쩍 찔러주는 팁으로 앞치마 주머니가 불룩해지는 날도 있었고, 한때 좋아했던 기억이 어렴풋이 남아 있는 올드 팝송을 '소니와 크랩 워커스'라는 밴드가 연주해줄 때도 있었다.

미티의 마음에서 들리는 이 작고 성가신 목소리가 현재의 삶이 정말로 잘 맞아서 만족하는 것인지, 생존을 위해 어쩔 수 없어서 만족하는 것인지 물었다. 그녀는 자신 있게 대답하지 못하는 스스로가 싫었다. 대답을 망설이는 것이 베델과 자신에게 무례한 일로 느껴졌다. 애리조나 파라다이스밸리에서 계속 살았다면 어떻게 됐을지 다시 상상해보았다. 매일 아침 어릴 때부터 쓰던 침실에서 눈을 뜨고 일어나 현관문을 나설 때마다 이웃의 따가운 시선을 느껴야 했을 것이다. 용기를 내 세상으로 나가더라도 슈퍼마켓 농산물 코너를 지날 때 뒤에서 속삭이는 날 선 귓속말을 들었을 것이다. 이 사람들이 자신에 대해 도대체 뭘 안다고 생각하는 것인지, 더 나아가 그들의 생각이 사실이 아닐지 고뇌했을 것이다.

미티는 꽃무늬 이불을 턱까지 끌어당겨 덮고 벽을 향해 돌아누워 머리카락을 쓸어내리는 베델의 손길을 받아들인다. 천장에 핀 버섯 다발 모양 곰팡이가 눈에 띈다. 잔주름이 있고 통통한 햇빛 가리개 모자를 쓴 모습이 꼭 표고버섯 같다. 베델은 항상 습기에 대해 이야기한다. 벽을 타고 피어나는 검은 곰팡이. 삼나무가 안개의 수분을 거의 다 흡수한다는 사실. 단단한 바위 절벽의 옆면에서 싹을 틔우는 만자니타 나무. 어디에나 습기가 있고, 따라서 어디에나 생명이 있다. 그러나 곰팡이는 조용한 생명체다. 마룻널을 기어와 인간의 다리를 타고 올라올 때까지 알아차릴 수 없는. 미티는 애리조나에서 이십오 년간 지속된 가뭄을 떠올린다. 거기 사는 동안 비가 온 적이 한 번도 없었다. 그런데 미티가 그곳을 떠난 후 엄마가 처음으로 전화를 걸었을 때, 애리조나 주도 피닉스를 중심으로 갑자기 폭우가 내려 도랑에 빗물이 15센티미터나 찼다고 알려줬다. 사람들이 맨발로 거리에 뛰쳐나와 하늘을 향해 입을 벌리고 쏟아지는 빗물을 받아마시면서 기뻐했다고. 그날 우리가 빠져나오면서 배수관 마개라도 뽑아버렸나 봐. 엄마가 말했다. 미티에게는 자신이 떠난 것을 도시가 기뻐하는 것으로 느껴졌다.

미티는 눈을 감고 이를 악문 채 애써 눈물을 삼켰다.

늦은 오후, 남은 리소토를 담은 용기가 전자레인지 속에서 돌고 있다. 조리대 위에 놓인 미티의 휴대전화가 울린다. 베델의 말을 듣고도 엄마에게 전화하지 않고 잠들어버렸다. 미티는 조용히 자신을 욕하며 출근하러 현관 계단을 다 뛰어 내려오고 나서야 전화를 받는다.

"벌써 십 년이냐고 말하려 했는데, 거울 보니까 십 년 지난 것 맞더라." 미티가 인사말을 꺼내기도 전에 엄마가 말한다.

"왜 그렇게 말해." 진입로를 빠져나오면서 플라스틱 뚜껑을 열자, 용기에 갇혀 있던 김이 차 안에 퍼진다.

미티는 엄마 퍼트리샤의 말을 귀 기울여 듣는다. 종이 상자가 바스락거리는 소리와 포장용 테이프에 열쇠 끝부분을 찔러 잘라내는 소리가 들린다. 예전에는 광적인 중독이라고 생각했던 일을 이제는 엄마의 존재 방식으로 받아들였고, 모든 대화의 배경음이 된 이 소리도 이젠 거슬리지 않는다.

"이번에는 뭘 받았어?" 미티가 묻는다.

"방송국에서 처음엔 스무디 카페 기프트카드를 준다고 했거든." 퍼트리샤가 말한다. "근데 당첨되고 며칠 후에 전화가 와서 스무디 카페가 협찬을 철회했다는 거야. 고속도로 옆에 있는 대형 교회 광고를 그 방송국이 받지 않는다는 말을 들었다면서. 결국 단백질 셰이크를 몇 상자 보냈더라." 그녀가 잠깐 숨을 고르고 큰 소리로 상품명을 읽는다. "'보래이셔스 바닐라'. 대형마트 절반 가격에 팔아치우려고."

미티는 긍정의 추임새를 넣는다. 무릎으로 운전대를 지탱한 채 리소토 용기에 숟가락을 밀어 넣는다. 잠깐 침묵이 흐르는 동안 그녀는 리소토를 연신 퍼먹고, 퍼트리샤는 단백질 셰이크를 우유 상자에 담으면서 일곱 병이 상자 칸칸이 잘 들어간다고 만족스러워한다.

미티의 엄마는 언제나 욕망을 채우려고 애쓰면서 살았다. 자기 분수에 맞지 않는 것도 어설프게나마 흉내 내려 한다는 사실을 어린 미티에게 숨기지 않았다. 할인 매대에서 산 실크 가운을 점심시간이 한참 지난 후까지 걸친 채 부유층의 낭만적이고 나른한 기분을 모방했고, 식품점에 있는 외제 치즈를 훑어보면서 종류가 별로 없다고 큰소리로 불평했으며, 신호등에 걸려 멈춰 섰을 때는 렌트한 차 차광판 거울을 통해 립스틱을 발랐다. 옆 차에 탄 사람이 자기를 보고 어떤 중요한 모임에 늦은 것인지 궁금해하기를 바라면서.

그러나 퍼트리샤는 부자 흉내 내기에 차츰 싫증을 느끼게 되었다. 그녀는 진짜를 원했다. 그리고 본래 소유할 수 없던 것들을 실제로 획득하게 해주는 재능을 개발했다. 그녀는 날마다 라디오 경품 행사에, 제한된 시간에 응모한 사람에게 경품을 주거나 세 번째로 전화한 청취자에게 선물을 주는 행사에 참여했다. 전화를 건 청취자의 위치와 라디오 방송국의 인기도, 방송 시간대 등을 바탕으로 초당 걸려온 전화의 평균 횟수를 알아내는 시스템을 개발해서, 몇 분이 지난 뒤에 걸려온 전화가 당첨되는지를 계산했다. 결국 그녀가 거는 전화는 거의 다 당첨되었고, 대낮 영화관람권이나 일주일 무료 주유권, 극세사로 만든 걸레, 스프링이 달린 아동화 등을 경품으로 받았다.

미티가 중학생이었을 때부터 퍼트리샤는 사용하지 않는 경품들을 팔기 시작했다. 흙 마당이 있는 집에 사는 4인 가족에게 팽창식 수영장을, 혼자 사는 자신의 동료에게 재봉틀을, 대기실이 붐비는 자동차 정비소에 체커 보드게임 세 세트를 팔았다. 그러고는 양품점으로 진출해 정보성 광고에 나오는 목소리 큰 남자들처럼 상품을 선전했고, 뱃살을 주물러 빼고 싶어하는 교외 지역의 주부들을 겨냥해 가게에서 제품 시연을 보이기도 했다. 독서클럽에 다니면서 책을 읽었다고 거짓말을 하기도 했다. 그녀는 자신에게 사로잡힌 청중을, 항상 허기져 있고 무료해하는 여자들을 좋아했다. 그리고 밤에는 병원으로 출근해서 수술 도구를 세척하고 금속 서랍에 서류철을 정리했으며, 그달 초에 경품으로 받은 에너지 음료 오백 병이 든 상자에서 몇 병씩 꺼내 마시면서 잠을 쫓았다.

퍼트리샤는 경품을 종류와 금액대별로 정리해서 차고에 두었다. 파라다이스밸리에 있는 모든 상점의 문을 두드린 후에는 투손과 피닉스로 달려갔다. 새로운 서라운드 스피커로 모타운*을 빵빵 틀어댔고 자동 물걸레 청소기로 부엌을 닦았다. 선물 상자에 담겨온 보디로션을 발랐고 반영구적인 염색약을 써서 미티의 머리를 진분홍색으로 부분 염색을 해주었다. 무슨 상품이든 약속된 택배 상자가 문 앞에 도착하면 축제 분위기였다. 퍼트리샤는 따분한 일을 해서 받는 봉급으로 물건을 사는 여자들보다 더 영리했다. 그녀는 전략과 전술을 이해하는 여자고, 자신이 원하는 것을 쟁취하는 여자다. 그 모든 것을 누릴 자격이 있는 여자다.

"돌아와도 돼." 퍼트리샤가 건조하고 확신이 없는 목소리로 말한다. "네가 원하면. 잠깐 왔다 가기라도 하든가."

집으로 돌아간다는 생각에 미티는 움찔한다. 그녀가 애리조나에 돌아가도 괜찮을 만큼 충분한 시간이 흐른 것 같지는 않다. 게다가 그녀가 집과 관련해 그리워하는 것들은 다시 만들어낼 수 없는 것들이다. 그녀가 원하는 것은 자잘한 일상과 그에 수반하는 냄새다. 엄마가 몰래 담배를 피우고 나서 반으로 접어 입에 넣던 스피어민트 껌 향기, 엄마가 집에서 매니큐어를 바르고 난 뒤 세면대에 남아 있던 아세톤 냄새, 아침마다 엄마의 보라색 머리를 말려주면서 뜨겁고 부드러운 숨을 내뱉

---

* 디트로이트에 근거를 둔 흑인 음반 회사가 1960년대와 1970년대 사이에 유행시킨 음악 형태.

던 드라이기. 잘게 찢기고 마요네즈에 찍혀 입에 넣어지기만을 기다리며 부엌 조리대에서 김을 내뿜던 통닭구이.

"가자고 생각하고 나서도, 고속도로로 진입하면 무서워서." 미티는 더 말하지 않으려고 리소토를 한입 가득 먹는다.

"중간 도시들 이름 말해봤어?"

"응, 근데 그건 애초에 내가 집에서 얼마나 멀리 떠나와 있는지를 기억하고 안심하려는 거거든."

"베이커즈필드까지 갔던 적도 있잖아?"

"그만해, 엄마." 미티가 날카롭게 반응한다. "안 가. 꼭 가야 할 일이 있으면 모를까."

퍼트리샤는 호호 하고 웃는다. 미티가 볼멘소리를 할 때마다 늘 그런다. 비웃거나 거들먹거리는 것이 아니라 긴장을 떨쳐내려는 것이다. 미티는 그 웃음소리를 들으면 죄책감을 느낀다. 사춘기 소녀처럼 모든 감정의 화살을 엄마의 마음이라는 관대한 과녁을 향해 쏘아대는 자신이 혐오스럽다.

"끊을게." 미티가 말한다. "식당에 다 왔어."

"그래." 퍼트리샤는 몇 초간 끊지도 않고 가만히 있다.

미티는 엄마가 더 할 말이 있나 머리를 쥐어짜고 있을 것을 안다. 그래서 엄마가 할 말을 찾아내기 전에 먼저 작별 인사를 한다. 수화기가 얼굴에서 멀어지자 엄마의 숨소리도 멀어지다가, 곧이어 전화가 끊긴다.

미티는 허리에 앞치마를 두른다. 금전등록기 옆 작은 그릇에서 민트캔디 한 개를 집어 입에 넣고 줄무늬 부분을 빨아먹으면서 출근 시간을 기록한다. 아이스티에 봉지 설탕을 넣고 있는 혼자 온 단골손님 몇 명을 제외하고는 식당 안은 거의 비어 있다. 저녁 손님은 한 시간은 더 있어야 몰려올 것이다. 180센티미터가 넘는 키에 비쩍 마른 금발 아가씨 캣은 뒤쪽 종업원 대기석에 앉아서 두 손가락으로 머리카락을 한 움큼 집어 들고 끝이 갈라졌는지 살피고 있다.

"로니가 한번 하고 싶어서 난리야." 캣이 주간 커버 밴드*의 드러머 이야기를 한다. 중년인 그는 곰보 자국이 있고 둥글납작한 코를 가진 술주정뱅이처럼 보이지만 꽤 잘생기긴 했다.

"한번 해주고 '호텔 캘리포니아' 연주 좀 그만하게 하면 안 돼?" 미티가 말한다.

캣은 피식 웃더니 혀를 끌끌 찬다. "내가 레즈비언이라는 거 누가 좀 알려주라고 해." 지난주 그녀는 온라인 섭식장애 모임에서 만난 플로리다 출신 여자 때문에 자기 아기 아빠와 헤어졌다고 미티에게 털어놓았다. 그녀는 은제 커트러리를 종이 냅킨에 돌돌 만다. "이따가 비앙카 생일파티에 갈 거니?"

미티가 대답하기도 전에 캣이 입 모양으로 아니라고 말한다. 미티의 대답을 미리 알고 선수를 치는 것이다. 그러나 기분이 나쁘지 않다. 자기를 기다리는 사람이 어디에도 없다는 사실에 오히려 안심이 된다.

* 다른 사람이 녹음한 곡을 연주하는 밴드.

"너는?"

"글쎄." 캣은 우유부단한 자신을 탓하듯 한숨을 쉰다. "걔네 가족이 좀 무서워서." 그녀는 말을 멈추고 티셔츠 자락으로 포크의 갈래를 닦는다. 이유를 설명하고 싶어하는 눈치다. "걔 조카가 그 인턴 중 한 명이잖아."

"인턴?"

"미티, 제발. 퇴근하면 벽장 속에 숨어 사니?" 그들 뒤에서 라인쿡**이 벨을 눌러 비프 타코가 적외선등 밑에서 데워질 준비가 됐음을 알린다. "테크 엔지니어를 살해한 애들 말이야."

"아, 그중 한 명이 자기 조카라고 그래, 비앙카가?" 미티가 심드렁하게 묻는다.

"아니. 하지만 다들 아는 사실이야. 비앙카가 지금 마음이 어떻겠니. 언니 아들인데."

밧줄에 달린 종들이 딸랑거리더니, 숱이 적은 센머리를 뒤로 넘겨 하나로 묶은 우람한 오토바이 운전자 몇 명이 들어온다. 캣이 끙 하고 신음을 낸다.

"아무데나 앉으세요." 캣이 그들에게 소리치더니 미티를 돌아보며 목소리를 낮춘다. "또 무슨 얘길 들었는지 알아?" 그녀는 앞치마에서 핸드크림을 꺼내 손바닥에 쭉 짠다. 컵케이크 설탕 장식으로 손가락을 문지르듯 달콤한 냄새가 확 퍼진다. "그 테크 엔지니어가 지각이 있는 AI 로봇을 개발했대." '지

** 특정 요리를 담당하는 요리사.

각'이라는 단어를 말할 때 허공에 인용부호 표시를 하는 걸 보니 그 단어의 뜻을 이번에 알게 된 게 분명했다. "뭔가를 아는 로봇이란 얘기지." 그녀가 말을 잇는다. "그 엔지니어가 상관에게 가서 그랬대, 자기가 만든 로봇이 인간이 되어가는 것 같다고. 하지만 이미 너무 많은 것을 본 거지. 그래서." 그녀는 집게손가락을 관자놀이에 대고 총을 쏘는 시늉을 한다.

오토바이 운전자 한 명이 캣의 이름을 부르자 그녀는 빙글 돌아 지푸라기 색 머리를 틀어 올리면서 총총걸음으로 그들의 테이블로 향한다.

미티는 비눗물이 든 설거지통에 두 손을 담근다. 손은 더러운 포크를 찾아 바삐 움직이지만, 마음은 끔찍한 충격 장면을 흐릿한 영상으로 반복 재생하고 있다. 총알구멍이 숭숭 난 채로 자동차 타이어에 기대 쓰러져 있는 시신. 캣의 시나리오, 혹은 어디선가 주워듣고 전해준 이야기는 어느 주말에 미티와 베델이 함께 보았던 1960년대 공포영화 줄거리 같았다. 하늘을 나는 자동차에서 복수를 꾸미는 로봇들. 육십 년 전엔 영화에서나 실현 가능했던 이야기가 이젠 현실에서 펼쳐질 수 있는 시대에 살고 있다는 것이 왠지 낯설게 느껴진다. 미티가 이 말을 하면 베델은 콧방귀를 뀔 것이다. 테크 엔지니어들을 너무 추켜세우지 말라고 한마디 할지도 모른다.

"아우, 귀찮아, 정말." 캣의 목소리에 흠칫 놀라 스테이크 나이프 끝부분에 손가락을 뻤다. 날카로운 통증이 손바닥까지 찌릿하게 올라온다. "아저씨들이 너도나도 랜치 소스 더 달래." 미티가 깊은 설거지통에서 손을 꺼내자 가느다란 핏줄기가 손목을 타고 흘러내린다. "정말 귀찮은 인간들 아니니?" 캣이 미티의 상처를 발견한다. "왜 그래?"

미티는 못 들은 척하고 셔츠로 손가락을 꼭 누르면서 말한다. "근데 비앙카의 조카가 왜 그런 일에 관여했겠어. 테크 업계에서 일하는 것도 아니잖아, 안 그래?"

"누군가에게 고용됐겠지." 캣이 선반에서 작은 그릇을 꺼내 랜치 소스를 가득 채운다. "그 조카 본 적 있어? 아직 아기야."

"아기한테 맡기기엔 너무 큰 일 같은데."

캣이 어깨를 으쓱거린다. 자기가 사실이라고 단언한 일에 반론을 받아들이고 싶지 않은 것이 분명하다.

"근데 그 로봇은 어디 있을까?" 미티가 말한다.

"도망쳤겠지." 캣이 반회전 주방 문 쪽을 쳐다본다. 주방 문 너머 홀에는 햇볕에 그을린 손님들이 꾸준히 들어와 자리를 채운다. "어쩌면 우리 중에 한 명일지도."

토요일 밤, 빨리 집에 가고 싶다. 미티와 베델은 토요일 밤마다 베델의 침대에 꼭 붙어 앉아서 〈3000편의 미스터리 과학극장〉 재방송을 보는 전통이 있다. 그 프로그램을 보는 것이, 그리고 그 프로그램이 새벽 1시에 끝나면 채널이 마감된다는 것이 큰 위안을 준다. 마치 그들만을 위한 프로그램 같다. 중간 광고가 나가는 동안 그들은 어떤 감상적인 사람이 주말마다 방송국으로 어기적어기적 걸어 들어가 그 옛날 프로그램을 충실하게 틀었을까 상상했다. 그들처럼 과거에 대해 향수를 느끼는 사람일까? 좋았던 옛 시절을 갈망하는 외로운 홀아비? 때때로 미티는 머리가 벗어지고 안경을 낀 베이비부머가 아니라 자기 또래의 기묘한 은둔형 외톨이를 상상했다. 어쩌면 세상에는 그녀처럼 자신이 살아보지 못한 시절을 그리워하는 인간이 한 명 더 있을지도 모른다.

미티는 스티로폼 용기에 어니언링과 크랩 케이크를 꽉꽉 채운다. 이제 캐피톨라엔 사람들이 넘쳐난다. 슬픈 눈의 핏불을 데리고 어슬렁거리는 백인 뜨내기들, 뺨이 상기되고 안짱다리를 한 스케이트보더들, 해변 의자를 챙겨 들고 Y2K 클럽 아트 광고판으로 장식한 해변 스포츠 바를 향해 천천히 걸어가는 가족들, 소쿠엘 강을 따라 떠내려가는(그러다가 뒤집히기도 하는) 고무 뗏목에서 파티를 즐기는 술취한 독신녀들. 그 모든 사람 너머로 보이는 바다는 온통 검은 어둠에 잠겨 있다. 저 멀리 수평선에서 불을 밝히고 줄지어 가는 화물선을 제외하면.

미티는 해변용품 대여점이 늘어서 있고 열린 창문마다 잠수복이 걸려 있는 좁은 골목길을 지나 차로 돌아간다. 베델은 이곳을 빈자들의 산타모니카라고 부르지만, 맞지 않는 표현이다. 이 카운티 주민이 아닌 사람에게는 설명하기 쉽지 않고 잘 알려지지도 않은 곳이기 때문이다. 미티는 바로 그런 점이 마음에 든다. 이곳에서는 공통점이 전혀 없는 사람들 속에 섞여 살아갈 수 있다.

미티는 언덕 위 캠퍼스에서 우르르 쏟아질 UCSC* 학생들과 마주칠 수 있는 거리들을 능숙하게 피해 다닌다. 평일 저녁과 주말에는 퍼시픽애비뉴에 가지 않는다. 그때 그곳에는 그녀를 피곤하게 만드는 여자들이 넘쳐난다. 노출이 많은 원피스를 입고 비非유제품 콘 아이스크림을 핥아 먹거나 수제 맥주 거품에 윗입술을 적시고 있는 환경과학 학부생들. 농산물 시장에서 가보 토마토 상자를 번쩍번쩍 드는 건장하고 젊은 여자 농부들. 그들과 친구가 되어볼까 생각한 적도 있었다. 그러나 미티가 굿윌**의 데님의류 코너를 서성이거나, 인터넷 서점에서 산 책을 들고 조각상에 기대앉아 있을 때마다, 자신이 그들을 빤히 쳐다보기만 한다는 것을 깨달았다. 다른 여자들은 너무도 편안해 보이는 그 따뜻하고 친밀한 관계에 자신이 만족할 수 있다는 확신이 없었다. 그래서 그녀는 그들과 친구가 된다고 해도 아무 의미가 없을 거라고 자신을 위로했다. 그런 여자들은 항상 떠난다고, 여름에 혹은 여름이 끝나자마자 영원히 떠난다고 속으로 되뇌었다.

친밀한 관계를 그토록 두려워하는 유일한 이유로 십 년 전에 있었던 일을 지목할 수 있다면 차라리 낫겠다. 그러나 그녀는 어렸을 때도, 다른 여자아이들과의 우정이 너무나 자연스럽고 당연한 일로 여겨질 때조차도 친구를 사귀는 일에 서툴렀다. 중학교 때 잔디밭에 앉아 함께 점심을 먹는 동안 섹스라

---

*   University of California, Santa Cruz. 캘리포니아 대학교 산타크루즈 캠퍼스.
**   장애인 등 사회취약계층을 위해 직업교육과 취업알선 서비스를 제공하는 미국 기업.

는 미지의 세계에 대해 논하고 트위스터 게임을 하며 유연성을 자랑하던 친구들은 물론 있었다. 미티를 두렵게 만든 것은 그런 정도의 우정이 아니었다. 파자마 파티를 즐기고 친구 엄마의 이름을 아는, 보다 친밀한 후속 관계였다. 그다음 단계는 서로의 몸을 너무 빤히 바라보지 않을 것이라는 확신이 섰을 때나 가능한, 함께 샤워하는 일이다. 미티는 자신이 그 친구들처럼 살지 않는다는 것을, 깨끗하고 조용한 집에서 부지런하고 상냥한 엄마와, 집에 잘 들어오진 못해도 믿음직한 아빠와 함께 사는 그 친구들하고는 다르다는 것을 알고 있었다. 누구하고라도 진짜 친해지면 집에 초대해야 할 것이고, 집에 상자가 많은 이유를, 얼룩덜룩한 긴 방석이 잔뜩 돌아다니는 이유를 설명해야 할 것이었다. 또 친구의 몸을 훔쳐보지 않을 거라고 자신할 수가 없어서 친구 혼자 샤워하게 하고 자신은 복도에서 얌전히 기다려야 할 터였다.

타인의 삶을 오랫동안 관찰해온 미티는 자신의 삶이 어딘가 잘못됐음을, 어수선하고 긴장감이 넘치며 이상한 시간에 깨어 있다는 사실을 알고 있었다. 친구들이 무의식적으로 드러내는 본질적인 편안함과 느긋함을 애써 따라 해봤자 소용없다는 것도 알고 있었다. 그런 것은 그녀에겐 너무나 낯설게 느껴졌다. 삶에서 잘못됐다고 느껴지는 것이 무엇인지 정확하게 집어내려는 노력도 헛수고일 터였다. 미티는 너무 오랫동안 자기 안에만 머물러 있었다.

베델의 침실에 들어간 미티는 식당 주방에서 남은 음식을 담아온 무거운 비닐봉지를 화장대 위에 놓는다. 비닐봉지에 인쇄된 노란색 웃는 얼굴이 '즐거운 하루'를 보내라고 강요한다. 목덜미까지 내려오는 기름기 있는 머리를 느슨하게 하나로 땋은 베델이 창가에 서 있다. 그녀는 미티가 들어오는 소리도 못 듣고 텔레비전을 보듯 뭔가를 물끄러미 보고 있다.

　"이사 왔어." 베델이 말한다. 마당 너머 이웃집 거실은 불이 켜져 있어 훤히 들여다보인다. 그녀는 이사 온 커플을 엄청 재미없는 재방송을 보듯 보고 있다. 마치 그들이 가진 돈의 악취가 느껴지고, 다채로운 마을을 새로운 미래라는 이름의 흰색으로 뒤덮으려는 그들의 의도가 눈에 선하다는 태도다.

　"알아." 별일 아니라는 듯, 그래서 듣고 잊어버린 사소한 일이라는 듯한 어조로 미티가 말한다.

　"만났어?"

　"아니, 며칠 전 밤에 창가에 있는 여자를 봤어." 미티는 돌아서서 음식을 꺼내 접시에 담기 시작한다. 움직이면서도 자신을 쳐다보는 베델의 시선이 느껴진다. "지켜보고 있었던 게 아니고." 베델이 캐묻기 전에 미티가 설명한다. "잠깐 본 거야. 그게 다야."

　무슨 생각을 하고 있었는지는 몰라도 베델은 그냥 넘어간다. "병원에서 살고 싶은가 봐, 저 사람들." 그녀가 말한다.

　베델 옆으로 다가간 미티는 처음으로 요전 날 밤에 보았던 실루엣의 3차원 형상을 본다. 버터 색 실크 가운으로 몸을 감싼 그 여자는, 여자들이 큰 비용을 지불하고서라도 갖고 싶어 할 얼굴을 가졌다. 갸름한 얼굴에 오뚝한 코. 남자는 웃통을 벗고 허리에 흰 수건을 둘렀다. 키가 여자보다 많이 크진 않지만 덩치는 두 배다. 장기 두세 개가 들어가도 될 만큼 굵은 허벅지에 근육이 울퉁불퉁 드러나 보인다.

"얼마나 살지 궁금하네." 미티가 말한다.

"좀 있으면 세를 놓고 나가겠지." 베델이 커플 중 한 명을 자세히 보려는 듯 눈을 가늘게 뜬다. "길어야 한 달이라고 본다."

미티는 커플이 짐을 풀면서 방 안을 돌아다니는 동안 남자가 여자 옆을 지날 때마다 여자의 등허리를 살짝 만지는 것을 본다. 자신의 존재를 알리는 부드럽고 은근한 몸짓. 상자를 못 열어서 쩔쩔매던 여자가 도움을 구하기도 전에 남자가 다가오더니, 커터 칼도 쓰지 않고 맨손으로 테이프를 뜯어준다. 서로가 무엇을 원하는지 알고 돕는 모습을 보는 것만으로 마음이 편안해진다는 사실에 미티는 내심 놀란다.

"저들을 몰아낼 방안을 마련해야겠어." 미티가 말한다.

"드디어 내가 꿈에도 그리던 부 래들리*가 되어보겠네." 베델이 자신의 농담에 소리 내어 웃더니 점점 짙어지는 기름 냄새에 끌린 듯 돌아서서 침대로 간다.

미티는 커플을 마지막으로 한 번 더 본다. 여자는 카펫에 양반다리를 하고 앉아서 커트러리를 정리하고 있다. 남자는 그

---

* 하퍼 리의 장편소설《앵무새 죽이기》에서 자기 집 마당으로 들어와 노는 아이들을 쫓아내는 괴짜 아저씨.

녀에게로 몸을 숙이고 그녀의 아랫입술 밑 움푹 들어간 부분에 지저분한 입을 맞춘다. 미티는 타인의 입냄새를 맡는 것이, 턱에 묻은 타인의 침을 느끼면서도 닦아내지 않는 것이 어떤 느낌이었는지 기억이 가물가물하다.

레나는 저녁 내내 혼자 새집에서 느껴지는 황량함을 줄여보려고 노력했다. 하지만 별 소용이 없다. 짐 상자를 수도 없이 열어 벽장과 책장에 정리하고 또 정리해도, 방들은 여전히 공허한 느낌이다. 너무 넓다. 모든 소리가 높고 텅 빈 벽에 막혀 메아리로 돌아온다.

오늘 오전 서배스천은 샌프란시스코에 다녀오겠다며 나갔다. 친구들과 보드게임을 한다고 했다. 레나가 부엌에 들어가 도자기 그릇을 정리하려던 순간, 현관문 열리는 소리가 난다.

"아직 안 자, 자기야?" 그가 옷을 벗어젖히자 벨트 버클이 타일에 부딪힌다. 담배 냄새가 부엌까지 풍긴다.

"부엌에 있어!" 그녀가 외친다.

"애비게일 그 여자랑 있으려니까 자기랑 사는 게 더 감사하게 느껴지더라." 그의 목소리가 가까워진다. 그것은 그녀가 최근에야 알아챈 그의 성향이다. 그녀에 대한 고마움이 다른 누군가, 다른 여자에 대한 증오에서 시작된다는 것. 곧 그가 벌거벗은 채 환하게 웃으면서 문간에 모습을 드러낸다.

"에이, 애비게일이 그렇게 별로는 아니지." 레나는 입을 앙다물고 사발 두 그릇을 떼어내려고 애를 쓴다. 서배스천은 냉장고를 열고 아몬드 우유를 꺼내 곽 주둥이에 입을 대고 마신다. 벌컥벌컥 마실 때마다 음경이 덜렁거리며 사타구니에 부딪친다. 입가에 흰 우유가 묻는다. 그녀는 언젠가, 몇 안 되는 격렬한 말다툼 중에 한 번, **좆이나 빨아**, 라고 외쳤다. 무심결에 그 말을 내뱉을 때까지 그게 모욕적인 표현이라고는 생각도 못 했다. 그가 손등으로 입을 닦는다. 레나는 활짝 웃는다.

"자기가 애비게일 좋아하는 거 알아." 그가 말한다. "하지만 좀 피곤한 스타일이야."

"안 좋아하는데." 반박이 아니라 동조에 가깝다.

"둘이 친구잖아."

"여자들은 꼭 서로 좋아해야만 친구가 되는 건 아니야."

레나는 조리대로 가서 의자에 올라앉는다. 그는 특별히 찾는 것도 없으면서 냉장고를 계속 뒤진다. 별생각 없이 습관적으로 하는 행동이다. 그가 음식을 먹는 모습에, 캠핑장을 뒤지는 곰처럼 단백질을 찾는 본능적인 행동에 그녀는 항상 매료되었다. 그녀는 그의 볼기 틈새를 따라 보이는 뾰루지 상처를 세다가 그만둔다. "애비게일이 왜 피곤한 스타일이야?"

"게임하는 방법을 몰라." 그가 말한다. "그런데도 하겠다고 고집을 부리고."

샌프란시스코에 살 때 그런 게임 모임에 초대된 적이 있다. 그날 모임을 주최한 남자의 아내인 애비게일을 제외하면 레나가 유일한 여자였지만, 애비게일이 부엌에서 자신을 노려보고 있다는 것을 알아채기 전까지는 전혀 불편하지 않았다. 남자들이 자신과 애비게일이 친해지기를 기대한다는 사실을 알고 있었지만, 그러기 위해서는 게임을 포기하고 집 안의 다른 곳에 가서 게임보다 덜 도전적인 활동을 하며 그들이 사랑하기로 결정한 남자들에 대해 수다를 떨어야 했다. 레나는 그러고 싶지 않았다. 게임을 하고 싶었다.

레나가 포커 네 판을 내리 이기자 남자들은 기가 죽어 게임을 더 청하지 않았다. 그러나 그들의 패배는 기술 부족 외에도 그녀를 쳐다보고 관찰하기에 바빠서 쥐고 있는 카드에 집중하지 않았던 탓도 있다고, 그녀는 생각했다. 집으로 돌아가는 길에 그녀는 서배스천에게 사과하면서, 굳이 잘하려고 애쓰지 않았는데 게임이 너무 단순했다고 말했다. 대다수 사람들은 그렇게 생각 안 해. 그가 팔을 뻗어 그녀의 무릎을 꽉 쥐면서 말했다. 하지만 자기는 대다수 사람들하고는 다르니까.

짐을 계속 풀기 전에 서배스천은 레나에게 옷을 벗고 함께 샤워하자고 말한다. 두 사람은 번갈아서 서로의 등에 비누칠을 해준다. 말은 거의 하지 않고 마치 정해진 안무에 따라 움직이듯 번갈아서 뜨거운 물이 쏟아지는 샤워기 밑으로 들어갔다. 아직까지 그들은 매번 함께 샤워한다. 처음 만났을 때부터 꾸준히 지켜온 전통이다. 레나는 이런 전통이 상대방의 몸을 너무나 익숙한 것으로 만들어서 성생활을 재미없게 만들 수도 있다고 생각했었다. 그러나 그들은 성욕을 잃지 않으려고 애를 쓴 적이 한 번도 없다. 때로는 며칠씩 혹은 몇 주씩 서배스천만 보고 지낼 때도 있지만, 그를 온전히 파악할 수 있는 날이 올 거라는 것은 상상조차 할 수 없다. 서배스천이 방으로 걸어 들어올 때마다 그녀는 소마 SoMa* 의 루프탑 파티에서 그를 처음 보았을 때 느꼈던 것과 정확히 똑같은 감정을 느꼈다.

이 년 전 1월, 샌프란시스코라고 해도 쌀쌀할 무렵이었지만, 레나는 목선이 사각으로 파인 검은색 드레스에 발가락까지 다 드러나고 발목에 끈 하나를 두른 연두색 샌들을 신고서도 전혀 추위를 느끼지 않았다. 그녀는 난간 앞에 서서 길 건너 고층빌딩 사무실에 어느 불쌍한 인간이 불을 밝히고 일을 하는 것을 보면서, 도대체 무슨 중요한 일이기에 토요일 밤 11시에도 일을 하나 생각하고 있었다. 그때 뒤에서 남자의 목소리가 들렸다. **도대체 무슨 중요한 일이기에 토요일 밤 11시에도 일을 하지?** 그녀는 돌아서서 그를 보면서도 그가 먼저 그 말을 한 것인지, 아니면 그녀가 무심결에 그 말을 내뱉었고 그다음에 그가 그녀의 말을 따라 한 것인지 알 수가 없었다.

그는 그녀와 함께 야경을 보면서 도시 투어를 시작했다. 먼저 마흔여덟 개의 언덕 이야기로 포문을 열었다. 1860년대에 그중 특히 더 가파른 언덕에서 전차를 끌고 올라가던 말들이 미끄러졌고, 말들이 언덕에서 굴러떨어지는 그 끔찍한 광경을

---

* South of Market. 샌프란시스코 마켓가 남쪽의 재개발 지역. 테크 기업과 예술 공간이 밀집해 있다.

목격한 어떤 사람이 영감을 얻어 케이블카를 설계했다고 설명한 그는, 이어서 좋은 디자인이 생명을 구한다고 덧붙였다. 그러고는 화제를 바꿔 차이나타운 지하에 있는 미로 같은 유령터널과 동물원에서 호랑이를 납치한 못된 히피족 같은, 도시의 신화와 전설에 대해 장황하게 이야기를 늘어놓았다.

그는 그녀에게 많은 것을 묻지 않았고 자신에 대해서도 말을 많이 하지 않았다. 그가 그녀에 대해 알아내려고 노력하거나 자신을 이해하게 만들려고 노력하지 않아서 그녀는 편안함을 느꼈다. 그는 한때 소외계층과 몽상가 들의 고향이었던 도시를 점차로 파괴한, 점점 더 벌어지고 있는 계급 격차에 대해서 이야기했다. 그가 '나'라는 단어를 사용한 경우는 몇 번밖에 없었는데, 그중 한 번은 바로 그 도시의 발전과 관련해서 자기 이야기를 할 때였다. 자신이 샌프란시스코를 타락시킨 테크 산업에 종사한다는 사실은 인정했지만, 그런 스스로를 용서했는지는 말하지 않았다.

그들은 그의 집이 위치한 샌프란시스코 남동부 도그패치를 향하면서 먼 길을 택해 돌아갔다. 신설 야구장과 지금은 폐업했지만 한때 샌프란시스코에서 가장 오래된 흑인 소유 술집이었던 곳을 지나, 마침내 조선소 창고를 개조해 만든 그의 아파트에 도착했다. 그는 예전에 여기서 열렸던 광란의 파티 이야기를 들려주었다. 철제 창틀로 된 창문에 희뿌옇게 서린 안개를 깨끗이 닦고, 층마다 있던 공용 화장실을 드레스룸으로 개조하기 전, 이곳이 아직 창고였을 때의 일이었다. 그는 집의 한쪽 모퉁이를 가리키며 바로 그곳에서 자신이 잭 도시라는 오토바이 배달부에게 토할 뻔했었다고 말했다.

그는 네그로니 칵테일을 한 잔 만들고 쐐기 모양으로 자른 오렌지에 설탕을 뿌려 그녀에게 대접했다. 그러고는 창문을 모두 열었고 그들은 바닥에 앉았다. 그는 이 도시가 과거에는 얼마나 활기차고 소란스러우며 잠재력이 넘쳤는가를 이야기하며 애석한 표정을 지었다. 좀 작은 곳으로, **본래의 모습을 고수하는 곳**으로 떠나고 싶다고 말했다. 대형 가상화폐 광고판이 고속도로 위에 떠 있지 않은 곳. 나쁜 음식에 너그럽지 않은 곳. 레나는 이 도시 안에도 그런 곳들이 있을 거라고 말했지만 그는 설득되지 않았다. '우리'는 어디에나 있어요. 그가 말했다. 나 같은 사람이 적은 곳으로 가고 싶어요.

그는 그녀의 사소한 특징들을 잘도 찾아냈다. 그러고는 그것들이 사실 얼마나 유용한지 설명했다. 칵테일 속에 든 소량의 계피 맛을 알아낸 능력은 그녀가 뛰어난 미각을 가졌다는 의미라고 말했다. 반들반들한 콘크리트 바닥에서 잠시 몸이 뒤엉켰을 때 느낀 바로는, 그녀의 체중 대비 근력이 천부적인 암벽등반가 수준이라고 했다. 시력은 **미쳤다**고 할 정도인데, 이것은 그녀가 환상적인 조류 관찰자가 될 능력이라고 했다. 그녀는 유능하다는, 아니 더 나아가 뛰어나다는 그의 칭찬에 기분이 좋아졌다. 그는 그녀의 과거보다는 미래의 잠재력에 열광했다. 남자에게서 그런 모습을 찾기란, 여자가 이룰 수 있는 모든 가능성에 위협을 느끼지 않는 사람을 찾기란 쉽지 않다고, 그녀는 생각했다.

　그들은 바로 거기에서, 펜들턴 브랜드의 푹신한 보조 의자에 기대 섹스를 했다. 섹스가 끝난 후 그는 보조 의자 모직 천에 쓸려 빨개진 그녀의 배에 입을 맞췄고, 졸린 목소리로 미안하다고 중얼거리더니 그녀의 가슴에 얼굴을 묻고 잠이 들었다.

　그녀는 이것이 자신의 삶을 구성하는 여러 순간 중에서 가장 좋아하는 기억이라고 회상하면서도, 그 소회가 자신만의 독창적인 것이 아닐 수도 있다고 생각했다. 자기 인생에서 최고의 순간은 배우자를 만났을 때라고 말하는 사람들은 자기 스스로와 상대방에게 거짓말을 하는 것이라고, 평소 그녀는 추측한다. 하지만 그녀가 그 말을 할 땐 진심이다. 왜냐하면 이 순간이 시작과 중간과 끝이 있는 몇 안 되는, 어쩌면 유일한 순간이기 때문이다. 그들이 이사 준비를 시작한 이후로 그 사실이 더욱 분명해졌다. 그녀가 잡동사니를 정리하며 인생사를 연결해 보려고 노력하는 동안, 회상할 수 있는 모든 순간이 다른 사람이 찍어준 사진처럼 느껴졌다. 맥락 없이 존재하고 머릿속 게시판에 핀으로 고정되어 있는 선명하고 엄선된 스냅사진. 그래서 그녀는 지난 몇 주 동안 기억에 관한 연구에 매진했다. 아동의 마음이 정보를 어떻게 저장하는지 알아보기 위해 레딧 게시판을 뒤지고, 구체적 경험이 인간 신체의 다양한 곳에 저장되는 방식이 궁금해서 오디오북을 듣고, 알코올 의존증 경험자와 암 생존자, 마음의 상처를 치유하기 위해 650킬로미터를 홀로 걸은 여성 배낭여행자의 회고록을 탐독하기도 했다. 자신이 기억할 수 없는 어떤 끔찍한 일이 일어났다고 믿는 것은 아니다. 그녀가 알고 싶은 것은 다른 사람들은 어떻게 자신의 삶을 연대기적으로 세세하고 분명하게 기억할 수 있는가 하는 점이다. 다른 사람들은 무언가를 하나의 이야기로 기억할 수 있고 자신이 어떻게 한 곳에 왔다가 다른 곳을 향해 떠났는지를 분명히 이해한다는 사실은 그녀로 하여금 자신이 부서졌다고 느끼게 만든다. 자신의 삶 전체가 아주 짧은 순간 나타났다가 오래 사라지기를 반복했고, 마음은 줄곧 전원이 꺼져 있다가 잠깐씩만 켜져 그녀를 눈앞의 세상에 던져두었다.

레나는 서배스천을 만나기 이전의 삶이나 그 없이 존재한다는 것이 어떤 느낌이었는지를 기억하지 못한다. 그녀가 과거를 회상할 때마다 또렷하게 생각나던, 그때와 지금 사이 유일하게 존재했던 차이점도 이제는 다 사라지고 없다. 둘이 함께 밤을 보낸 다음 날 아침 서배스천의 집을 나설 때, 그녀는 그 집을 나온 것이 매우 기뻤다. 드레스를 다시 잘 입고 속옷은 지갑에 구겨 넣은 채 버스를 타고 집으로 돌아가면서, 그를 떠나 그를 그리워할 생각에 설렜다. 그러나 지금은 그를 그리워할 시간이 없다. 그녀가 기억하기로 중요한 갈림길에 섰던 것은 그날이 마지막이었다. 그땐 선택지가 너무도 많았다. 그러나 지금은 나아갈 방향이 오직 하나뿐이다.

샤워를 마치고 그들은 거실로 돌아간다. 가운 속 촉촉한 그들의 몸에서 유칼립투스 향이 난다. 서배스천은 레코드판을 정리하면서 한 장씩 어디서 구했는지 회상한다.

"2011년에 시애틀에서 산 거야." 그가 레슬리 고어의 앨범을 들어 보이며 말한다. 핀컬 파마머리에 눈매는 서늘하고 코는 아래로 처진 가수의 초상화가 보인다. "휘드비아일랜드에서 유품 정리 판매할 때."

레나는 자신이 속하지 않은 어느 과거의 서배스천이 여객선을 타고 퓨젓사운드 만灣을 건너가 죽은 여자의 유품이 든 상자를 뒤지는 모습을 상상하자 마음이 푸근해진다. 그는 그녀가 나타나기 이전 시절의 이야기를 많이 갖고 있다. 오토바이를 타고 실크로드를 횡단한 일, 버클리 출신 친구들과 함께 만든 개러지록 밴드에서 잠깐이었지만 베이스 기타를 연주한 일, 내슈빌의 어느 술집에서 주먹다짐을 하다가 손목이 부러진 일. 그의 손목에서는 아직도 딸깍 소리가 난다. 어찌 보면 그가 그들 두 사람 몫의 삶을 살아온 것 같다고 그녀는 생각한다.

그는 버릴 레코드판을 쌓기 시작한다. 그가 레코드판을 좋아한다는 사실 외에는 그의 음악 취향에 대해서 아무것도 모르는 사람들이 선물한 판들이 쌓인다.

"〈더 다크 사이드 오브 더 문〉." 그가 코웃음을 치며 그 레코드판을 버릴 것들 위에 얹는다. "이거 다 옆집 사람들 줄까?" 두 사람은 2층 침실 한 곳에만 불이 켜져 있는 옆집을 쳐다본다. "왠지 저 집엔 레코드플레이어가 있을 것 같아."

레나는 빙그레 웃으면서 창가로 간다. "낡은 레코드판 한 상자, 좋아할 것 같은데." 그녀가 말한다. 그녀는 어둠 속에 보이는 허름한 집을 관찰한다. 지붕에서 풍향계가 돈다. 속도가 점점 더 빨라진다.

⚜

베델은 어니언링을 반으로 잘라 미끌미끌한 양파를 꺼낸다. 텔레비전에서는 〈닥터 골드풋과 비키니 머신Dr. Goldfoot and the Bikini Machine〉*이라는 1960년대 스파이 코미디영화가 방영되고 있다. 주인공 배우 프랭키 아발론이 빨간색 도주 차량을 유턴해서 샌프란시스코의 롬바드 거리를 돌아다닌다.

"운전을 다시 배울까 봐." 베델이 말한다.

"운전할 줄 알잖아."

베델은 버드라이트 맥주를 한 모금 마신다. "다 까먹었어."

미티가 베델의 어깨를 툭 친다. "에이, 이모는. 운전을 어떻게 까먹어."

"나만큼 오래 살면, 안 까먹는 게 없단다."

"그럼 내가 다시 가르쳐줄게." 미티가 말한다.

베델의 눈은 성실하게 텔레비전을 보고 있지만, 마음은 딴 곳을 헤매고 있다. 별생각 없이 입술을 깨물면서.

"우디를 팔다니, 내가 미쳤지." 그녀가 말한다.

베델이 1965년에 로스앤젤레스에서 몰았던 차는 실내가 청

---

* 1965년에 개봉한 영화로, 비키니 로봇을 만들어 세계 정복을 꿈꾸는 골드풋 박사에게 특수요원들이 대항하며 벌어지는 일들을 보여줌.

록색이고 외부에는 목판을 덧댄 포드갤러시였다. 그녀는 센트럴밸리의 어느 전망 좋은 곳에 차를 세워놓고 사진을 찍어서 냉장고에 붙여놓았다. 센트럴밸리에 갔던 그 여행에서 그녀는 샌루이스오비스포에 있는 마돈나 호텔에 방문했고, 이곳에서 패턴 클래싱과 텍스처 콜라주라는, 나중에는 맥시멀리즘이라고 불리게 된 디자인 양식에 큰 감명을 받았다. 맥시멀리즘은 실내장식의 가장 개인적인 형태라고 일컬어지는 접근방식이다. 맥시멀리즘은 인간성과 인간이 가진 많은 모순을 반영하고 있습니다. 호텔 식당에 있는 수박 모양의 칸막이 좌석들을 가리키며 여행가이드가 설명했다. 우리가 사랑하는 것을 마음껏 받아들이고 사소한 정돈에 집착하지 않을 때, 모든 것이 완벽하게 맞아떨어진다는 사실을 보여주는 것, 그게 맥시멀리즘이죠. 이어서 북쪽으로 계속 여행하던 베델은 케임브리아의 어느 주유소에서 광고 전단을 보게 되었는데, 그 전단은 산타크루즈를 캘리포니아인들이 사랑하는 해변과 산이 있는 놀이터, 항상 화창하고 언제나 즐길 거리가 가득한 곳으로 광고했다.

미티는 베델이 야외활동이나 놀이에 끌릴 수 있는 사람이라고 상상하기 힘들었다. 그러나 새삼 다시 떠올려보면, 둘이 같이 살기 시작한 것은 베델이 일흔 가까이 되어서였다. 그보다 훨씬 이전에는 어떤 사람이었는지 누가 알겠는가. 미티는 베델이 20대와 30대에 어떤 모습이었는지 알지 못한다. 베델이 집 안에 자기 사진을 놔두는 것을 싫어하기 때문이다. 언젠가 미티가 그 이유를 물었을 때, 베델은 옛날 기억을 되살려서 뭐

하겠느냐고 되물었다.

미티가 아는 베델은 실내에서 담배를 피우고 리클라이너 의자에 널브러져 있으며 민트그린 색 목욕가운을 좀체 벗지 않는 사람이다. 무더운 날이면 늘 물에 둥둥 떠 있기를 좋아했다. 백상아리가 몰래 다가오는 것도 모른 채 즐겁게 수영하는 사람들을 멀리서 드론으로 찍은 동영상을 미티가 보여주기 전까지는. 이젠 바다 쪽을 바라보다가 배가 지나간 흔적이나 갈매기를 보고 상어 지느러미처럼 생겼다고 농담을 한다. 거의 매일 밤 샌프란시스코 자이언츠 야구 경기 재방송을 보다가 잠이 드는데, 진행자 존 밀러의 목소리가 악몽을 쫓아낸다고 믿기 때문이다. 남은 와인을 아침마다 커피에 넣어 마시고, 각설탕을 녹여먹으면서 책을 읽으며, 달걀 요리는 흐물흐물 설익히는 것을 좋아한다. 욕심이 별로 없고 불평불만은 더 없다. 미티가 없으면 그녀는 혼자 살 것이다. 그러나 결코 외롭진 않을 거라고 미티는 생각한다.

"우디가 어느 차고에 처박혀 있거나 폐차장에 찌그러져 있을 걸 상상하면 가슴이 찢어진다, 진짜." 베델이 말한다.

영화의 악역 배우 빈센트 프라이스가 여자의 사지를 만들어내는 컨베이어벨트를 광기에 찬 눈으로 흐뭇하게 살펴보는 동안 여성 그룹 슈프림스가 영화 주제곡을 노래한다. 기계를 가진 남자가 있었네, 그는 여자가 필요할 때마다…….

"에이, 왜 그래." 미티가 말한다. "아직도 잘 굴러갈 거야. 창문을 다 내리고 1번 도로를 달리고 있을걸."

베델이 싱긋 웃는다. "엔진 소리가 너무 좋아서 라디오를 켤 필요도 없고."

버튼을 눌렀더니, 짠, 하고 여자가 나타났네.

"운전해서 어디 가고 싶은 데 있어?"

"우선은 가까운 데부터. 식당에 가서 너랑 저녁을 먹을 거야. 치과도 가고."

"그다음엔?"

베델은 잠시 생각한다. 그러더니 고개를 돌려 갑자기 정색을 하고 미티를 바라본다.

"빅서에 가야지. 헨리 밀러 도서관에." 베델의 눈이 과거로 걸어 들어간다. "내가 그 해안을 따라 여행할 때 그 도서관이 건립됐어. 신문 기사를 읽은 기억이 나. 예전부터 거기 들어가 보고 싶었어. 잔디밭에 앉아서 재즈 콘서트도 보고 싶었고."

미티는 감탄하는 표정으로 베델의 얼굴을 바라본다. 웃을 때마다 뺨에 생기는 작은 보조개, 지금은 옅어져서 가지색이 된 문신한 눈썹과, 이마에 평행으로 깊게 팬 주름.

"이모가 운전을 배우지 않아도 그런 건 할 수 있어."

"하지만 거기까지 가는 즐거움도 있잖니." 베델이 다시 영화로 관심을 돌린다. "내가 운전해서 가고 싶어."

네가 누구든, 자기야. 텔레비전에서 대사가 흘러나온다. **사랑해, 마지막 한 조각까지.**

레나는 항상 바다를 잘 안다고 느꼈다. 쓰나미가 밀려오거나, 배가 가라앉거나, 대서양 가장 깊은 곳에 있는 가파른 협곡으로 추락하는 악몽을 꾼 적이 한 번도 없다. 물론 그녀도 두려움을 이해한다. 하지만 그토록 무한한 것을, 나라는 존재를 인식하지 못하고, 절대로 나를 표적으로 삼지 않을 뿐더러, 자기 앞에 서 있다는 것조차 알지 못한 채 그저 나를 압도할 수 있는 것을 두려워해봤자 얻을 건 아무것도 없다고 생각한다. 나에게 관심이 없다는 것이야말로 보통 사람들이 정말로 두려워하는 것이겠지만, 레나는 전혀 개의치 않는다. 사실 그녀는 바로 그 점을 상당히 좋아한다. 바다에 있을 때가 누군가에게 감시당하고 있다는 느낌을 받지 않는 유일한 때이다.

레나는 서배스천이 보호하는 방식에 익숙해졌고 그것을 사랑이라고 생각하게 되었다. 다른 여자들은 자기가 어딜 가든 남자친구는 관심이 없는 것 같다고, 혹은 딴 여자를 만날 거라며 협박한다고 불평하지만, 그녀의 남자친구는 항상 그녀가 안전하고 건강한지, 밤에 잠을 잘 잤는지 확인한다. 서배스천의 세심함을 당연한 것으로 받아들여서는 안 된다는 것을 잘 안다. 새벽에 서핑을 나와 그가 양팔을 저어 뒤쫓아 오는 동안, 찰랑거리는 바닷물 때문에 자신이 잘 보이지 않겠다고 즐거워하는 동시에 죄책감을 느끼는 것도 바로 그 때문이다. 그녀가 멀어지면 그의 눈동자가 작은 점이 된다. 그녀는 오직 수평선만 바라보며 물결을 거슬러 앞으로 나아간다. 그렇게 충분히 멀리 간 뒤엔 침식하는 해안선을 돌아보면서 그 해안선이 모든 저항을 포기하고 진흙으로 변해버릴 때까지 시간이 얼마나 남아 있는지 생각한다.

침실에 맞바람이 치고 있다. 남색 덤불어치 한 마리가 창밖 바로 너머에서 맹렬하게 울어댄다. 미티는 그 소리에 잠이 깬다. 새벽이다. 꿈속에서 그녀는 밧줄에 묶여 얼음처럼 차가운 강의 밑바닥으로 끌려 내려가고 있었고 맨살로 드러난 넓적다리 밑면이 매끄러운 바위에 스치는 것을 느꼈다. 눈을 떠보니 발코니로 나가는 이중 여닫이문이 활짝 열려 있다. 벽에 걸린 온도계는 섭씨 10도를 가리킨다.

미티는 침대에서 기어 나와 이불을 갖고 발코니로 나온다. 옆집 커플이 해안가에 있다. 잠수복을 입고 물개처럼 매끄러운 모습으로 파도에서 걸어 나온다. 3미터 길이의 서프보드를 끌고 가는 그들 뒤로 가느다란 선이 모래에 기다랗게 이어진다.

　인형의 집에 다다르자, 남자는 서프보드 두 개를 마당에 있는 선반에 걸고, 여자는 바다를 바라본다. 미티는 아무런 제약 없이 홀린 듯 그녀를 바라본다. 꼿꼿한 자세. 머리카락을 목 뒤쪽에서 하나로 모아 말아 올리는 자연스럽고 재빠른 손길.

　미티의 엄마는 아름다움이 유전이라고 말하는 것은 핑계에 지나지 않는다고 말하곤 했다. **아름다움은 무언가를 강조해서 눈길을 딴 데로 돌리는 거야.** 벨트로 허리선을 만들면서 퍼트리샤가 말한다. 남에게 숨기고 싶은 부분이 있으면, 다른 곳을 눈에 띄게 만들면 돼.

　놀랍게도 이웃집 여자는 어딘가를 강조하지도, 눈길을 딴 데로 돌리게 하지도 않는 것 같다. 고무 잠수복이 몸의 굴곡을 충실하게 보여준다. 종아리에서 연약한 발목까지 완만히 경사져 내려오는 곡선, 등허리의 굴곡. 잠수복 고무 소재에 의해 곡선이 뭉개진 모습은 몸 어느 부분에서도 찾을 수 없다.

　미티가 그녀와 비교해 자신의 단점을 헤아리기 전에, 남자가 그녀에게 다가가 잠수복 벗는 것을 돕는다. 잠수복을 잡아당겨 어깨에서 끌어 내리고, 딱 달라붙은 가랑이에서 발을 빼내려고 요령껏 잠수복을 잡아당긴다. 벌거벗은 여자를 보자 미티는 얼굴로 피가 쏠리는 느낌이 든다. 산타크루즈 해변에서 나체로 다니는 사람들을 심심치 않게 보지만, 대개는 만취해서 벌거벗은 채로 배드민턴을 치는 남자들이고, 그들이 어설프게 서브를 넣을 때마다 덜렁거리는 성기가 보인다. 그들과 이웃집 여자의 유일한 공통점은 피부의 그을린 부분과 그렇지 않은 부분의 경계선이 없다는 것이다. 그녀는 그런 경계선이 생길 만큼 옷을 입고 살지 않았던 것처럼 보인다. 미티는 볼록하고 비옥해 보이는 그녀의 배를 홀린 듯이 바라본다. 젖꼭지가 미사일처럼 곧추서 있다. 몸 어디에도 체모는 보이지 않는다. 유아적 이미지 선호로 풍성했을 체모를 다 밀어버렸나 하는 생각에 미티는 불현듯 슬픔을 느낀다. 겨드랑이 털을 가진 그녀를, 성인잡지 모델처럼 수북한 그녀를 보고 싶어진다.

남자는 자기들의 체형을 아직도 고스란히 드러내고 있는 잠수복을 정육점에 걸어두는 동물 가죽처럼 울타리에 걸쳐놓는다. 두 사람이 집 안으로 들어갈 때 느껴지는 실망감에 미티는 그 모든 일이 계속되기를 스스로 얼마나 갈망하고 있었는지 자각한다. 어쩐지 자신에겐 그것을 볼 자격이 있다는 생각이 든다. 그 커플이 벌거벗은 채 자연스럽게 행동하는 것이 봐도 된다는 허가라도 되는 듯이, 그녀가 볼 수 있는 것에 제한이 있어서는 안 된다는 듯이.

삼사 분이나 지났을까, 여자는 여전히 알몸인 채로 머그컵을 들고 발코니로 돌아온다. 미티는 그녀가 혼자 나온 것에 두 배로 기뻐하면서 상체를 숙이고 더 자세히 본다. 여자는 실외의 긴 소파에 앉아 두 다리를 커피 테이블에 올려놓는다. 넓적다리 사이로 음순이 살짝 보인다. 그녀가 머리를 모아 잡고 꽉 짜자 소금물이 가슴과 배로 흘러내린다. 그녀는 배꼽에 모이는 물을 잠깐 보더니 곧 몸을 뒤로 젖히고 두 다리를 벌린다. 손이 다리 사이로 천천히 미끄러져 내려간다. 그녀는 손가락을 사용하지 않는다. 대신 손바닥으로 문지른다. 밀 때마다 속도는 더욱 빨라지고, 반쯤 감긴 눈꺼풀 사이로 흰자위가 어렴풋이 드러나며, 입에서는 하얀 입김이 새어 나온다. 금방이라도 신음을 내뱉을 거라고 미티가 예상하는 순간, 여자는 고개를 들고 개구쟁이처럼 환하게 웃는다.

홀린 듯 여자만 바라보던 미티는 남자가 몇 미터 떨어진 곳에서 같은 장면을 보고 있었다는 사실을 뒤늦게야 알아차렸다. 그가 고개를 끄덕이며 여자에게 계속하라고 신호를 보내고, 이제 두 사람은 반짝이는 흰 발코니의 안팎에서 눈길로 서로를 어루만진다. 갑작스러운 그의 등장이 미티는 영 못마땅하다. 남자에게 미소를 지으며 그를 환영한 여자에게 화가 난다. 그녀에게로 걸어가는 그의 발기된 성기가 나침반의 침처럼 보인다. 그는 그녀의 넓적다리를 잡아 벌려서 자기 등을 감싸게 한다. 그녀의 두 발목이 그의 몸에 자물쇠를 채우고, 둘은 키스한다. 서두르지 않고 천천히 입을 맞추다가 몇 초씩 입을 떼고 서로의 숨결을 나눈다.

이제 남자의 몸이 여자를 가린다. 미티는 그에게 욕을 퍼부으며 다시 집 안으로 들어가라고 요구하고 싶지만, 그의 움직임에 흥미를 느끼기도 한다. 그는 우아하지 않다. 그렇다고 서툴거나 변태적인 것도 아니다. 그는 야성적으로 자신을 여자에게 밀어 넣었다가 빼면서 여자가 몸부림치게 한다. 여자를 안고 난간으로 가서 돌려세우더니 난간에 배를 대게 한다. 우람한 두 팔로 마치 롤러코스터의 안전벨트처럼 그녀의 어깨를 감싸안고 무릎을 약간 굽혀 아래쪽에서 그녀에게 들어간다. 그가 엉덩이에 힘을 주어 그녀의 골반을 들어 올리자, 발끝으로 서 있는 그녀의 모습이 마치 꼬챙이에 꽂힌 고기 같다. 그 순간 여자가 큰 소리로 신음한다. 마치 자기가 거기 있다고, 자기를 기억해달라고 미티에게 말하는 것 같다.

미티는 다른 집에서 사람들이 나누는 다양한 성행위를 목격했다. 휴가객의 섹스는 과격하고 다급해 보였는데, 집을 떠나 있는 시간이 제한적이라 더 그런 듯했다. 미티는 그들을 보면서 흥분하거나 질투하거나 어떤 영향을 받은 적이 거의 없다. 자기 집도 아닌 곳에서 상대방을 절정에 이르게 하려고 애쓰는 그들을 보니 서글픈 생각이 들었다.

그러나 쾌락에 몸을 떠는 이 여자를 보니 미티도 그것을 갈망하게 된다. 다른 사람과 함께 하는 삶은 어떤 모습일지 상상한다. 차에 타는 것을 도와주고 안전벨트를 채워줄 때 맡는 겨드랑이 냄새까지 익숙한 베델 말고 다른 사람, 다른 식으로 만질 수 있는 사람과 함께하는 삶은 어떤 모습일까? 미티는 이웃집 커플의 삶에서 자신이 보지 못하는 부분을 상상한다. 파티에서 집으로 돌아오는 택시 안에서 술에 취해 졸린 상태로 나누는 몇 마디의 대화. 섹스를 한 후 욕실에서 시원하게 쏟아내는 소변 줄기. 다음 날 아침 흰 시트 속에서 숙취로 괴로워하며 잠이 덜 깬 목소리로 나누는 대화. 오, 신이여, 하룻밤만이라도 그런 것을 느껴봤으면. 다른 사람의 품에 안겨봤으면.

그러나 커플은 섹스를 끝내자마자 사라진다. 그러자 주변 환경에 더욱 날이 선다. 높게 뜬 태양은 강렬한 햇빛을 쏟아내고, 모래는 눈부시게 반짝이며, 출근길에 나선 차들이 쉴 새 없이 경적을 울려댄다. 미티는 접의자에 등을 기대고 앉아 두 무릎을 들어 가슴에 댄다. 이렇다 할 목표도 없이 시작된 그녀의 하루가 벌써 공허하고 무료해진다. 한 인간이 불과 그 짧은 아침 시간 동안 그토록 많은 쾌락을 누릴 수 있다는 사실에 미치도록 질투가 난다. 생명이 사라진 발코니를 마지막으로 바라본다. 소파 쿠션에는 이제 몸에 눌린 자국이 모두 사라졌다. 열린 창문 너머 여자의 웃음소리가 튀어나온다.

미티의 손에서 쥐가 난다. 내려다보니 손바닥이 사타구니를 덮고 있다. 비명이 터지려는 입을 막는 것처럼.

미티는 침대로 돌아간다. 다음 몇 시간 동안 땀을 뻘뻘 흘리면서 자다 깨다를 반복한다. 셔츠와 속옷을 벗고 벌거벗은 상태로 다시 꿈속으로 들어간다. 입술은 붓고 침을 흘리고 있으며, 천장에 달린 선풍기는 충실하게 바람을 일으켜서 의식의 안팎을 넘나드는 미티를 위로한다. 이웃 여자를 꿈에서 보진 못하지만, 잠이 깨 정신이 들 때마다 그녀를 생각한다. 여자의 실루엣. 그녀의 목. 희미하게 반짝이던 검은 눈. 정오가 되자 마침내 미티는 잠이 완전히 깬다. 몇 분간 침대에 그대로 누워서 창밖으로 보이는 파도를 관찰한다. 바닷물이 천천히 밀려나가고 있다. 한번 밀려날 때마다 모래갯벌이 더 많이 드러난다. 어딘가에선 바람이 진흙을 스치며 노래를 빚는다.

아래층에서는 베델이 뒷짐을 지고 거실 가장자리를 따라 걸으면서 벽을 살핀다. 발밑에선 나무 널이 삐걱인다. 머리 위에서 나방 몇 마리가 조명등을 향해 달려들어 몸을 부딪고 있다.

"안녕, 이모." 미티가 오랜만에 비어 있는 베델의 안락의자에 털썩 주저앉으면서 말한다. 베델은 테이블에 놓인 커피 머그컵을 가리킨다.

"네 거."

미티는 머그컵을 입으로 가져가면서, 그날 아침에 본 장면을 말할까 말까 망설인다. 그 재미있는 이야기를 베델과 나누면 정말 좋겠지만, 그렇게 간단한 문제가 아니다. 그 이야기를 하는 것은 자신이 또 남을 엿보고 있었다는 사실을 인정하고 고백하는 꼴이기 때문이다.

베델이 누렇게 바랜 페인트 밑에 드러난 깨끗한 부분을 가리킨다. "이 벽이 원래는 흰색이었네."

"이게 다 담배 때문이잖아." 미티가 말한다. 전에도 이런 이야기를 한 적이 있다. 그때 온갖 흰색 계열의 페인트를 알아보러 철물점에 갔지만, 베델이 금연 의지가 없다는 걸 확인하고는 벽을 그대로 두기로 합의했다. 미티는 자신은 벽 색깔에는 별 관심이 없고 잠시 집을 벗어나기 위해 따라나섰을 뿐이라는 것을 베델이 아는지 궁금했다. 이번에는 벽 색깔이 꽤 마음에 안 드는 모양이다. 그럴 만도 한 것이, 벽이 더 누레지고 지저분해져 있었다.

"이미 있는 색을 이용하는 게 어때?" 미티가 제안한다. "노란색으로 칠하자고."

아침 안개가 걷혔다. 파란 하늘이 끝 간 데 없이 펼쳐져 있고 따사로운 산들바람이 나무를 간질인다. 미티는 베델을 차에 태우면서 이웃집을 애써 외면한다. 아직은 그들을 만날 준비가 안 됐다. 아침에 본 장면이 마음속 어디엔가 음울하면서도 소중한 비밀로 남아 있다. 자신이나 베델 중 누구라도 큰 소리를 내면 이웃집 남자나 여자가 밖으로 나와 인사를 할까 두려워서 대화도 자제한다. 큰 도로로 나오고 나서야 미티가 목소리를 가다듬는다.

"캣이 그러는데 그 살인사건에는 어떤 음모가 있대."

"그 애답다, 정말." 베델이 비웃는다. "음모론을 들먹이면서 백신 접종도 거부했지?"

"피해자가 너무 떠벌리고 다녔대. 자기네가 만든 AI 로봇이 인간처럼 의식을 갖게 되었다고."

"그래서 제거됐다고?"

"그렇지."

"흠." 베델이 아랫입술을 잘근잘근 깨문다. "어쩌면 그럴 수도 있겠네."

"근데 그건 어디에 쓰는 거야?" 미티가 묻는다. "AI?" 정지 신호에 걸려 선다. 인도에는 지저분한 금발에 털실로 뜬 목도리를 두른 남루한 행색의 여자가, 보이는 것보다 훨씬 어릴 것 같은 여자가 남자 보는 눈이 없어서 망했어요, 라고 쓴 판지를 들고 앉아 있다. 작은 얼룩 고양이가 그녀의 허벅지 사이에서 몸을 웅크리고 낮잠을 자고 있다.

"AI가 할 수 있는 명예로운 임무들이 있대." 베델이 말한다. 그녀도 인도에 앉아 있는 여자를 발견한다. "근데 난 잘 모르겠더라. 우리가 모르는 뭔가 은밀하고 안 좋은 일들도 있나 보던데. 드론 같은 것들." 그녀는 컵홀더를 뒤져 끈적한 25센트 동전 몇 개를 꺼낸 뒤 창문을 내린다. 인도에 있던 여자가 고양이를 안고 재빨리 일어나서 다가온다.

"힘내요, 아가씨." 베델이 여자의 손바닥에 동전을 떨어뜨리면서 말한다. 여자의 스웨터에서 파촐리 향수 냄새가 진하게 난다. 여자는 놀랍도록 고른 이를 드러내며 활짝 웃는다. 예전에 치아 교정을 받은 것이 틀림없다. 예쁜 미소가 자녀의 불행을 막아줄 거라고 믿는 부모 밑에서 다른 사람들처럼 교정기를 끼고 청소년기를 보냈을 것이다.

"신의 축복을." 여자가 담배 연기에 검게 그을린 듯한 목소리로 말한다.

베델이 고개를 끄덕이고 신호등이 초록불로 바뀐다. 몇 초 후 백미러를 보니 금발 여자는 인도로 돌아가 앉아서 판지를 들고 다음 차가 도착하기를 기다리고 있다.

"저런 말 좀 안 했으면 좋겠어." 베델이 말한다. "신의 축복이라니. 이런 일에 축복하자고 신이 여기까지 행차하신다고?"

베델이 손짓으로 주변을 가리키며 말한다. "아닐 것 같은데."

"그래도 판지에 쓴 글은 솔직했잖아."

"그런 건 관심 없어." 베델이 담배에 불을 붙이고, 차는 철물점 주차장으로 들어간다. "둘러봐, 자기가 돈을 어떻게 버는지 솔직하게 말하는 사람이 누가 있나. 그런데도 노숙자는 솔직해야 돼?" 미티가 주차 공간으로 들어가는 동안, 베델은 옆 차의 창문이 열린 것도 아랑곳하지 않고 담배 연기를 내뿜는다. 옆 차 운전자가 코를 찡그린다. "그 AI 기술자들이 뭘로 돈을 벌어서 이런 집들을 사는지 솔직하게 말해야 하는 세상이 오면 우리도 살해될걸, 아는 게 너무 많다고." 그녀가 비웃듯이 말한다.

철물점에서 미티와 베델은 연노란색 페인트 1갤런을 주문한 후 상품이 진열된 복도를 천천히 걸어 다니면서 구경한다. 목재 더미가 있는 복도를 지날 땐 몇 분마다 걸음을 멈추고 나무판자에 코를 대고 냄새를 맡는다. 다양한 조명기구 밑에서는 별자리를 찾듯 감탄하며 올려다보고, 주방가구 전시장에서는 요리하는 시늉을 한다. 인테리어 용품 복도에서는 가구 부품이 가득 든 서랍들 앞을 지나간다. 미티는 다음에 무엇이 나올지 알고 있다. 베델은 집에 없는 문손잡이를 골라 슬쩍 주머니에 넣는다. 오늘은 파란색 세라믹으로 만든 별 모양 손잡이다. 이것만큼은 돈을 내지 않는다. 미티가 오기 훨씬 전부터, 나이가 들어 투명 인간이 된 이후로 이런 짓을 해왔다고 베델은 고백했다. 그녀는 잡히고 싶다고 말한다. 잡힌다는 것은 직원이 석고판에 나사가 왜 안 들어가는지 모르겠다고 하소연하는, 올이 풀린 청바지를 입은 젊은 여자에게만 홀딱 빠져 있지 않고 늙은 할머니인 자기를 보고 있다는 뜻이 아니겠느냐고. 미티가 이 습관 혹은 관행에 대해 처음 알았을 때, 베델은 그녀를 침실로 데려가 문손잡이를 모아두는 서랍을 열어 보여주었다. 각 시대와 유행, 손 크기에 맞춰 제작된 다양한 모양과 다양한 규격, 다양한 색상의 손잡이가 수십 개 들어 있었다. 그다음에 맞은 베델의 생일날, 미티는 일찍 일어나 집 안 곳곳에 그 손잡이들을 달았다. 약 수납장, 커트러리 서랍, 머그컵 찬장. 잘 어울리는 것이 하나도 없었다.

미티는 그것이 일종의 축하 방식, 일종의 상징이 될 수 있겠다고 생각했다. 그러나 베델은 너무 싫다고 했다. 기억을 계속 되살리기 싫다고 했다. 세상을 향해 소리 없는 저항을 한 것일 뿐 오래 기억하고 싶진 않다고 했다. 그럼 바로 떼어내겠다고 하자, 베델은 문손잡이들을 보며 불평을 이어가면서도 그대로 두라고 했다. 다음 며칠간 베델은 줄곧 아름다움에 관해 이야기했다. 나무 널을 덧댄 그 낡은 포드갤럭시에 대해, 처분했던 날까지 그녀를 어디로든 데려다주었던 그 소중한 것에 대해 이야기하듯, 문손잡이의 아름다움에 관해 이야기했다.

후덥지근한 차 안에서 베델은 꽃무늬 원피스 주머니에 손을 넣어 새로 가져온 문손잡이를 꺼낸다. 엄지와 검지로 집어 높이 든다.

"예쁜데." 미티가 말한다.

베델은 앞을 노려본다. 슬픔이 그녀를 삼겨버리고, 계기판의 번쩍이는 빛이 얼굴 아래쪽을 비춘다.

"예전처럼 귀찮게 굴어주면 좋겠어." 베델이 말한다. "이젠 다들 나하고 엮이고 싶지 않나 봐." 차가 침묵으로 점점 더 부풀어 오른다.

"그거 나이프 서랍에 달자." 미티가 말한다.

베델이 찡그리듯 미소를 짓는다.

그들은 이웃 여자를 동시에 알아본다. 그녀는 자기 집 앞마당에 쭈그리고 앉아서 알로에 화분의 흙을 꾹꾹 누르고 있다. 맨발 차림에 연분홍 원피스를 무릎 위로 걷은 채 등을 구부리고 있다. 그을린 피부에 척추뼈가 고스란히 드러나 보인다.

두려움이 미티의 마음속에서 스멀스멀 기어 나온다. 주변에 이웃이 살았던 게 아주 오래전이기 때문에, 사소한 잡담을 나누는 일이 얼마나 부담스러운지 잊고 있었다. 일상적 친절이라는 춤을, 그것도 그날 아침에 직접 목격한 일을 전혀 모르는 척하면서, 추어야 한다. 미티는 볼보 배기가스의 역한 냄새와 소음이 줄어들기를 바라면서 가속페달에서 발을 뗀다. 그러나 유리 지붕을 가진 SUV의 미미한 소음에 익숙할 이웃 앞에선 탱크를 몰고 다니는 것이나 마찬가지다. 과연 이웃집 여자는 즉시 알아차리고 벌떡 일어선다. 베델도 자신과 같은 마음이리라 짐작해 그냥 계속 운전해서 지나갈까 고민한다. 베델은 말리지 않을 것이다. 그러나 모든 과정이 너무 빨리 진행된다. 여자가 벌써 다가오고 있고 웃는 얼굴이 점점 더 또렷하게 보인다.

주차를 마친 미티는 숨을 깊이 들이쉬며 마음을 가다듬는다. 여자가 가까워진다. 옷을 입고 있는 모습이 조금 낯설게 느껴진다. 그날 아침 미티가 발코니에서 본 여자와 지금 마주하는 여자는 완전히 다른 사람이라는 생각이 들면서 마음이 편해진다.

베델이 끙, 하고 신음을 한다. "아이고, 힘든데."

미티는 못 들은 척하고 대신 상투적인 대화의 첫머리를 마음속으로 연습한다. 천천히 차에서 내려 뒷좌석에 있는 페인트를 꺼내면서, 헐떡이던 이웃집 여자의 입을 머릿속에서 지우려고 노력한다.

"대화는 네가 맡아라." 베델이 말한다. "응?"

이제 여자는 몇 미터 앞에 와 있다. 밤색 머리카락에 대비되는 금귀걸이가 햇빛을 받아 반짝이고, 하나로 땋은 머리는 밍크 목도리처럼 가슴 위로 내리뜨리고 있다.

"그냥 인사만 하려는 걸 거야." 미티가 속삭인다.

"그래, 내 인사는 대신 전해줘."

차에서 내리려는 베델을 보고 여자가 서둘러 다가와 문을 잡아준다. 베델이 손을 내젓는다.

"내가 해요." 베델이 말한다. "시간은 좀 걸리지만."

여자는 호의에 방어적인 베델의 태도를 이해하지 못한 듯하다. 호텔 벨보이처럼 활기차고 적극적인 자세로 차 문 가장자리를 잡고 서 있다.

"며칠 전에 이사 왔어요." 여자가 아무도 묻지 않은 질문에 대답한다. "밝을 때 만나서 좋네요." 미티가 예상했던 것보다 더 낮고 더 깊은 목소리다. 질문이 아닌 것도 질문처럼 들릴 만큼 모든 문장의 끝 음을 올리도록, 여자라면 재잘거리듯 말하라고 강요받는, 그런 바리톤 목소리.

"그래요, 밝을 때가 더 좋죠." 베델은 구름 한 점 없이 눈부시게 맑은 하늘에서 고개를 돌려 그늘진 은둔처를 향해 걷기 시작한다. 미티는 잠자코 서서 어떻게 하면 대화를 짧게 끝낼지 고민하면서 베델의 등을 노려본다. 그러다가 고개를 돌리니, 여자가 미티를 뚫어지게 쳐다보고 있다. 웃는 표정이 어느새 깊게 탐색하려는 듯한 호기심 가득한 표정으로 바뀌었다.

이웃집 여자를 가까이서 보고 있으니 태양을 똑바로 쳐다보는 것 같다. 맑은 갈색 눈에 이마는 넓고 턱은 완만하며 입술은 어찌나 도톰하고 빨간지 몸속에 있는 장기처럼 보인다. 스키 점프대처럼 오뚝한 코 위쪽으로 옅은 홍조가 번져 있고, 광대뼈엔 작은 주근깨가 하나 있다. 마치 아주 작은 등반객이 올라가 정상에 깃발을 꽂은 것 같다.

"저분이 당신 할머니예요?" 여자가 묻는다.

미티는 전에, 친구 만들기에 미련이 남아 있었을 때 이런 질문에 대한 대답을 연습한 적이 있다. **돌봐드리는 이모할머니**라고 거짓말을 할까 생각했었다. 그러나 베델을 곤란한 처지의 늙은이로, 자신은 착한 손녀로 묘사할 생각을 하니 부끄러워 얼굴이 화끈거렸다. 혼란스럽고 버거운 삶에 지쳐 베델의 집 앞에 나타나 도움을 구한 사람은 바로 미티 자신이었고, 베델이 그녀를 받아주었다.

이웃 여자 앞에 서 있는 지금, 미티는 자신이 아무 가치 없는 존재라는 암울한 두려움에서 조금도 벗어나지 못했다는 사실을 깨닫는다. 어렸을 때 수영장에서 나무 왕좌에 앉아 있는 여자 안전요원들을 올려다보며 기다란 튜브를 던져달라고 애원할 때 느꼈던 것과 똑같은 느낌이 미티를 덮친다. 입고 있던 중고 수영복이 너무 커서 엉덩이 부분이 헐렁헐렁했었다. 그때 도움을 구하던 순간이 얼마나 창피했는지 모른다.

"가족의 친구예요." 미티가 말한다. 그녀가 제공할 수 있는 가장 적나라한 진실이다. "저 집 한동안 비어 있었는데." 인형의 집을 고갯짓으로 가리키며 말한다. 아주 자연스럽게 화제를 바꾼 자신이 놀랍다. "당신들 이전에 저 집을 꿀꺽한 사람이 아무도 없다는 게 놀랍네요."

여자가 싱긋 웃는다. "내 남자친구가 꿀꺽했어요." 그녀가 말한다. "내가 이런 집을 선택할 것 같아요?" 그러고는 맞장구쳐주기를 바라듯 미티를 흘끗 본다. 그러나 미티는 무언가 마음에 걸려 반응해주지 않는다. 여자가 목을 긁는다.

"남자친구는 무슨 일 해요?" 격렬한 섹스의 여파가 아직 다리 사이에 남아 있지는 않은지 궁금하다. 그녀의 남자친구는 어딘가에 널브러져 쉬고 있을까?

"지금은 재활용한 삼나무로 보조 의자를 만들어요." 이웃 여자가 말한다. 열린 차고에서 전동 공구가 윙 하고 돌아가는 소리가 들린다. 그녀는 큭큭 웃으면서 고개를 가로젓는다. 미티는 그 모습을 보면서 누군가를 사랑하는 것은 다정한 장난 같은 것이 아닐까 생각한다. "그 돈으로 이 집을 산 건 아니고요."

여자는 기계가 조용해지기를 기다린다.

"서배스천." 그녀가 말한다. "남자친구 이름이에요. 그리고 나는 레나고요."

"미티예요."

"언제 함께 식사해요." 레나가 말한다. "초대할게요." 그녀는 미티와 베델의 집을 바라본다. "두 분 다."

"고마워요." 미티가 흔쾌히 말한다. "언제가 될진 두고 보자고요. 우리 둘 다 집 밖에 잘 나가질 않아서."

레나는 미티가 안고 있는 깡통에 주목한다. "페인트는 왜 샀어요?"

"거실에 바르려고요." 미티는 뚜껑에 묻은 연노란색 페인트 얼룩을 가리킨다.

색상을 본 레나가 환하게 웃는다. "내가 좋아하는 색인데." 그녀가 말한다. "노란 방에는 항상 햇빛이 비치는 것 같아요."

잠깐 어색한 침묵이 흐른다.

"저녁 먹을 수 있는지 알려줄 거죠?" 레나가 묻는다.

미티는 고개를 끄덕이고 둘은 작별 인사를 중얼거린다. 헤어진 후 레나가 차고 문 앞에 이르자, 전동 톱의 비명이 멈춘다. 미티는 그 소음이 멈춘 대신 시작될 자신에 대한 대화를 상상한다. 타인이 자기를 묘사하는 최악의 방식을 상상하면서 미티가 미리 써둔 이야기의 신랄하고 흉한 변주. 다 쓰러져 가는 초라한 집에서 꽥꽥거리는 할머니와 함께 사는, 살아갈 목표와 재산은 없지만 슬픔과 걱정은 많은 아가씨. 밖에 나가기를 두려워하는 두 사람.

레나는 이웃을 만난 이야기를 하지 않는다. 톱밥 눈보라를 뚫고 집 안으로 들어가면서 서배스천에게 알은체도 하지 않는다. 그녀가 문을 닫자 톱질이 다시 시작되고, 계단을 오르자 전기톱의 비명이 작아진다.

조금 전 레나는 베델이 힘겹게 현관 계단을 오르는 것을 보았다. 미티의 왼팔에 작게 난 긁힌 자국도 보았다. 그것을 보니 떠오르는 기억이 있었다. 어린 레나가 헛간 문간에 서서 사랑하는 말의 관자놀이에 아버지가 총구를 들이대고 있는 것을 본다. 더치웜블러드 종으로 그녀가 에스프레소라고 부르는 말이다. 그녀가 안 된다고 막자, 아버지는 에스프레소가 장폐색을 앓고 있다고, 회복 기간이 그 말의 **가치**보다 훨씬 더 길 거라고 설명한다. 아버지는 **가치**라는 표현을 자꾸 써서 레나를 혼란스럽게 한다. 생명의 가치가 측정 가능하다는 듯 말하는 아버지를 레나는 이해하지 못했다. 아버지는 말의 불행을 당장 끝내주는 것이 더 효율적이고, 솔직히 말해 더 친절한 일일 거라고 말한다. 그러고는 지체 없이 바로 방아쇠를 당기고, 한때 레나보다 훨씬 컸던 말은 부드러운 건초가 깔린 헛간 바닥에 쓰러진다. 크기가 엄지손가락 지문 정도밖에 안 되는 총알구멍에서 피가 펑펑 솟아 나와 얇은 띠를 만든다.

 그 단편적인 기억 때문에 레나는 자신의 몸을 수시로 점검한다. 부러지거나 기능을 못 하는 곳이 없는지 확인한다. 티 없이 청결한 욕실에서 그녀는 피부를 잡아당기고, 아픈 곳이 있나 살피고, 발목과 팔목, 목을 돌리면서 걱정스러운 소리가 나는지 귀를 기울인다. 어딘가 결함이 발견되면 자신도 가치 없는 것으로 여겨지지 않을까 하는 걱정이 엄습한다. 서배스천은 그녀를 그렇게 처분 가능한 존재로 여기지는 않을 거라고 믿고 싶다. 하지만 자신은 에스프레소와 같은 운명을 맞지 않을 거라고 어떻게 확신할 수 있을까? 아버지는 그 말이 아무것도 아닌 것처럼 죽였다. 쓰레기를 내다 버리는 일처럼 불편하고 성가신, 해치워야 하는 일을 하듯.

 그녀는 거울 속 자신의 벗은 몸을 바라본다. 이상한 곳이 한 군데도 없으니 만족해야 마땅하다. 그런데 만족감이 아니라 허무감이 든다. 다른 여자들은 자신의 몸에 고통스러울 정도로 몰두한다는 것을 알고 있다. 노화가 마치 야밤에 불쑥 침입해서 태어날 때부터 갖고 있었거나 싸워서 쟁취한 모든 것을 훔쳐간 도둑이라도 되는 듯이 아우성 치는 것을 그녀도 들은 적이 있다. 그들이 자기 몸과 싸움을 벌이는 것을 본 적도 있다. 때수건 장갑으로 몸을 박박 밀어대고, 완고한 체형을 변화시키기 위해 처음에는 체육관에서, 심장 강화 운동이 효과가 없으면 그다음에는 메스로 몸을 단련하는 것을 보았다. 레나는 그들이 아름다움을 지킬 가치가 있는 무언가로 생각하는 이유를 이해한다. 그들은 노력으로 아름다움을 쟁취했으니까. 그러나 레나는 자신의 몸을 위해 노력한 적이 없다. 몸의 어딘가가 바뀌었으면 좋겠다고 바란 적도 없다. 그녀의 몸은 어느 날 갑자기 생겨났고 해가 지나도 늘 똑같은 상태로 유지되는 것만 같다. 그녀는 몸에서 문제를 발견하더라도 그렇게 나쁠 것 같지 않다고 생각한다. 그땐 몸이 진짜 자기 것 같은 느낌이 들지 않을까.

서배스천은 일요일이지만 사무실에 나가기로 결심한다. 건물이 비어 있어 집중할 수 있기 때문이다. 레나는 그의 전기차가 진입로를 빠져나가는 소리를 들으면서, 그 소리를 들을 수 있는 사람은 자기밖에 없지 않을까 생각한다. 전기차가 움직이며 내는 소리는 작지만 개를 부르는 호각 소리처럼 날카로워 귀에 거슬린다. 기계는 왜 항상 소음을 줄이는 방향으로 개선될까? 무엇이 우리를 향해 달려오는지 소리를 들을 수 있다면, 미리 알고 피할 수 있다면, 그것이 더 안전하지 않을까?

전기차 소리가 서서히 사라지고 집 안에 있는 조용하고 충직한 가전제품들의 소리가 그 자리를 차지한다. 다음 단계로 넘어가는 식기세척기, 먼지를 찾아다니는 로봇청소기. 레나는 아래층을 서성이다가 꼭 필요한 가구만 들여놓은 거실로 들어간다. 보통 땐 서배스천이 돌아올 때까지 소소한 일거리를 찾아 바쁘게 시간을 보낸다. 화단에 양귀비를 심는다든가, 쿠션의 먼지를 턴다든가, 칫솔로 벽 아래 나무틀을 닦는다든가. 그러나 지금은 다른 일이 떠오른다. 가야 할 곳이 있다. 생각을 덜어내고 마음을 편하게 해줄 곳.

그녀는 내적 갈등이 시작되기 전에 실크 바지를 입고 가슴 바로 밑에서 허리를 졸라맨다. 그러고는 골이 진 직물로 만든 탱크탑을 맨 가슴 위로 끌어내려 입는다. 젖꼭지가 탱크탑에 딱 달라붙은 또 다른 눈동자 같다.

미티가 거실 벽에 노란색 페인트를 한 줄 칠하고 있는데 초인종이 울린다. 베델은 담배를 피우고 있다. 한 모금 맛있게 빤 뒤에는 창밖으로 고개를 내밀고 연기를 내뿜는다. 페인트가 다 마르지 않아 냄새가 밸 수 있으니 며칠은 실내에서 담배를 피우지 않기로 약속했다. 초인종 소리에 베델이 현관문을 바라본다. 그들은 기다린다. 녹이 슨 초인종이 다시 울린다.

미티는 문에 난 작은 구멍 덮개를 열고 밖을 내다본다. 레나가 초조하게 이 발에서 저 발로 무게중심을 옮기고 있다. 그들이 진입로에서 마주치고 두 시간밖에 지나지 않았다. 미티는 낯선 사람과의 첫 대면에 만족감을 느낀 적이 거의 없지만, 레나와의 첫 대화가 화기애애하게 끝나서 안도감을 느꼈다. 그런데 왜 찾아왔을까? 머릿속이 쉴 새 없이 돌아가며 이유를 찾는다. 초대에 대한 대답을 듣고 싶거나 부탁이 있는지도 모른다. 등에서 베델의 눈길이 느껴진다. 빨리 어떻게 해보라는 것이다. 미티는 이를 악물고 문을 홱 잡아당겨 연다.

레나는 초조해 보인다. 심각한 이야기라도 꺼낼 것 같다. "안녕." 그녀가 말한다. "내가 방해가 됐나요?"

미티는 고개를 가로젓는다. 레나가 무엇을 원하는지 알기 전에는 말이 안 나올 것 같다. 그녀는 뺨 안쪽을 잘근잘근 씹는다.

"페인트를 칠한다면서요." 레나가 말한다. 그러고는 미티의 어깨 너머를 바라본다. "저 왔어요, 베델." 미티 또래가 베델의 이름을 그렇게 친숙하게 부르는 것이 왠지 귀에 거슬린다. 베델은 담배를 물고 있는 입술 사이로 인사말을 내뱉는다. 쉰 목소리가 나온다. "도우려고 왔어요." 레나가 말한다.

자신의 아름다움을 얼마나 굳게 믿으면 질문은 언제나 대답을 들을 것이고, 초대에는 다들 응할 것이며, 낯선 이들도 자신의 참견과 방해를 기쁘게 받아들일 것이라고 자신할까? 그럴 땐 어떤 기분이 들까? 그런 생각을 하니 레나의 제안을 거절하고 싶어진다. 자신이 당연히 누릴 자격이 있다고 생각하는, 레나가 가지고 있을지 모를 어떤 확신을 깨고 싶다. 그러나 그녀의 진지한 표정엔 그런 확신의 징표가 조금도 보이지 않는다. 그녀는 미티가 타인의 애정을 갈구하지 않으려고 애를 쓸 때처럼 간절한 표정을 짓고 있다. 미티가 뒤를 돌아보니 베델이 부드럽게 고개를 끄덕인다. 미티는 옆으로 비켜서서 레나를 안으로 들인다.

레나가 집 안으로 들어온 순간, 미티는 집 안 상태를 의식한다. 레나가 들어오고 나니 이미 낡은 모든 것이 더 낡아 보인다. 베델과 함께 지팡이로 두들겨서 되살려놓은 중국식 아르데코 양탄자가 눈앞에서 또다시 생명을 잃어간다. 빨간색이 바래서 역겨운 분홍색이 되고, 한때는 매력적으로 보였던 풀린 실오라기들이 이젠 시체에서 나온 구더기처럼 그들의 발을 향해 기어 온다. 레나의 시선이 거미줄에, 베델이 쌓아놓은 빛바랜 신문 뭉치에, 레나의 연약한 허벅지 무게도 견디지 못하고 삐걱거리는 소파 스프링에 머무는 것을 미티는 무력하게 지켜본다. 미티는 가구 표면을 닦고 싶은 욕구와, 자신은 너무나 익숙해져서 알아차리지도 못하는 온갖 냄새를 내쫓기 위해 모든 창문을 열고 싶은 욕구에 맞서 싸운다.

미티는 베델도 나름대로 분석하고 있다는 것을 알아차린다. 레나의 부드러운 구릿빛 쇄골과 가슴으로 내려오는 연한 파란색 정맥을 보고 있다. 레나가 쪽진 머리에서 젓가락을 빼자 머리카락이 어깨로 흘러내린다. "천장도 칠할 거예요?" 레나가 천장을 올려다보며 묻는다.

"아니." 노란색 페인트에 솔을 적셔놓은 페인트 팔레트를 고갯짓으로 가리키며 베델이 말한다. "하지만 자기가 한다면 말리진 않을게."

레나와 미티가 일을 시작하자, 베델은 피우고 있던 담배를 다 피우기도 전에 새 담배를 꺼내 불을 붙인다. 야구 경기 하이라이트를 틀어 자신이 끌려들지도 모를 대화를 미리 차단한다. 레나는 거의 감사하다는 듯한 기쁜 표정으로 자신에게 주어진 일을 시작한다.

"남자친구랑은 얼마나 됐어?" 베델이 묻는다.

레나는 팔뚝에 길게 묻은 마른 페인트 자국을 긁는다. "이 년 좀 넘었어요."

"남자친구도 테크 업계에서 일하고?"

"어떻게 아셨어요?"

"다들 그러니까."

"다들이요?"

"이웃 사람들이요." 미티가 끼어들어 부연 설명을 한다. "이 동네 사람들은 거의 다 테크 업계에서 일하더라고요."

"아, 네." 레나가 벽을 향해 돌아선다. "두 분을 만나게 돼서 정말 다행이에요."

베델이 아부성 발언에 눈을 치켜뜬다. "레나, 하나 물어볼게. 테크 산업이 새로운 개척지가 맞다면, 그 사람들은 어떻게 그렇게 빨리 전문가가 되었지?"

"슬프게도 대다수 사람들은 조금 하다가 망해요." 레나가 말한다. "금을 캔 사람들 이야기만 들리는 거예요. 근데 그런 사람들은 드물죠."

"드물다니? 매물로 나오는 집은 죄다 그 사람들이 사던데?"

베델이 주장한다. "금을 캐는 게 아니라, 만들더구먼."

레나가 싱긋 웃는다. "어머나, 서배스천과 나는 여기로 오는 게 아주 독창적인 생각이라고 자부하고 있었는데."

미티는 레나가 베델을 대하는 태도가, 베델의 의도적인 질문을 성의 있게 받아 예의를 표하면서도, 조금은 장난스레 되받아치며 자신도 존중하게 만드는 것이 인상적이라고 생각한다.

"사실 테크 업계는 내가 아니라 서배스천의 세상이에요. 처음에는 그 세상을 이해해보려고 애썼지만……." 레나가 눈알을 굴린다. "충격적으로 지루하더라고요."

베델이 웃음을 참으려고 애쓰지만 큭큭 하는 소리가 새어 나온다.

"근데 서배스천의 이야기는 재밌어요." 레나는 페인트칠을 계속하고, 이젠 베델이 아쉬운 쪽이 된다.

"어떤 이야기인데?"

"어렸을 때부터 발명가가 되고 싶었대요. 형제들과 함께 비누 상자로 자동차를 만들고, 8비트 게임도 만들었다네요. 신과 같은 역할을 하고 싶었던 거죠." 레나는 서배스천과 다시 사랑에 빠지기라도 한 듯 생긋 웃는다. "대학 졸업도 전에 첫 아이디어를 팔았대요. 새 쫓는 전자음이라는 아이디어였는데, 풍력발전기 옆에서 그 전자음을 들려줘서 새들이 이동 경로를 다시 정하게 만들었다고 하더라고요. 그래서 매년 프로펠러 때문에 죽는 새들의 수를 70퍼센트나 줄였다는 거예요."

그녀의 언어는 정확하고 잘 훈련되어 있어서, 마치 서배스천의 이력서에 나온 내용을 그대로 읽는 것 같다.

"세상에." 베델이 말한다. "발전기 날개가 그렇게 빨리 돌았나?"

"일 년에 68만 마리가 발전기 날개에 치여 죽는대요." 레나는 이러한 지식을 이토록 쉽게 전달하는 스스로가 무척 자랑스럽다는 표정이다. 잠깐 쉬었다가 말을 잇는다. "서배스천은 7000만 달러를 받고 그 아이디어의 지적재산권을 대기업에 팔았어요. 그다음엔 데이트앱을 만들었죠."

"노선이 이상하네." 입 밖으로 낼 의도는 없었는데 미티는 불쑥 말해버린다. "풍력발전에서 소셜미디어라니."

"발명은 개인적 관심 분야와는 별 상관이 없어요." 레나가 근처 행주에 시선을 두고 말한다. "좋아하는 분야가 아니라 잘할 수 있는 분야에서 발명을 하는 거예요." 그녀는 손을 뻗어 행주를 들고 페인트가 묻은 손가락을 닦는다. 잠깐 침묵이 흐른 후, 업무에 복귀한다.

"자기는 어디서 자랐어?" 베델이 힘겹게 창문을 닫으면서 묻는다.

"플레이서빌을 지나서 북쪽으로 서너 시간 더 간 지역에서요." 레나가 말한다. "50에이커* 지역이요." 1차 골드러시 때 생긴 마을에서 자란 여자가 2차 골드러시의 선봉에 선 남자와 사귀다니, 대단한 아이러니다. 레나는 사람보다 동물을 더 좋아했고, 지금도 자동차 경적보다 소 울음소리를 더 좋아한다

---

* 17세기 초 버지니아 주에서 노동 부족을 해결하고 새 정착민을 받아들이기 위해 정착민 한 명당 50에이커의 땅을 주기로 한 것에서 비롯된 균등수익권 제도를 이르는 말.

고 말한다.

 이야기를 들으면서 미티는 레나의 어린 시절을 상상해보려고 노력한다. 레나의 특징들을 줄여서 부드러운 미니어처로 만들어봤는데, 상상 속 레나의 모습은 어쩐지 잘못 수정한 사진처럼 부자연스럽다. 레나가 늙으면 어떤 모습일지도 그려지지 않는다. 마치 그녀는 지금 이 순간의 모습으로 계속 남을 것 같다. 얼굴에서 감정을 담는 곳에 주름도 생기지 않고. 나이는 마치 일부러 헤아릴 수 없게, 남자가 그녀를 몇 살로 상상해도 괜찮도록 면밀하게 설계된 듯하다. 섹스를 해도 될 만큼 성숙하되, 여전히 흥분을 느낄 만큼 젊게. 혼자 남겨져도 될 정도로 나이 들었지만, 도움을 요청할 수 있을 만큼 젊게. 파티에서 매력 발산의 원천이 되는 다양한 경험을 했을 만큼 나이가 들었지만, 자신이 살아보지 못한 삶을 기꺼이 살아보려 하고 그런 삶에 가슴이 뛸 만큼 젊게. 레나는 새로운 정보의 모든 조각을 소중히 간직하고 싶어하고, 어리숙한 학생처럼 정보에 매료되어 있다. 무엇이라도 배우고 싶어하는 사람. 동시에 단 하나의 요구에 의해서도 타락할 수 있는 사람.

 레나는 사뭇 진지한 목소리로 언젠가 산불이 자기가 살던 마을을 덮쳤을 때 바람이 자비를 베풀어 집에는 피해가 없었지만, 그 후 며칠간 하늘이 살구색이었다고 이야기한다. 그러나 자신의 어린 시절을 묘사할 때 보이던 고양된 감정은 성인이 되고 난 이후의 이야기로 접어들자 슬그머니 사라진다. 그때부턴 주목할 만한 사건이 일어나지 않았고 그녀의 뇌가 현실을 바라보는 통찰력을 제공하지 않아서 이후의 모든 시간이 초라하고 길게 늘어진 듯했다. 마치 여기 오기까지의 사연은 한 번도 이야기한 적이 없고, 이곳에 대해서는 자부심도 훨씬 적은 것처럼 보인다. 서배스천의 이야기가 업계 거물의 출세기라면, 그녀의 이야기는 그 동거녀의 사연일 뿐이다.

"농장에선 내가 직접 일하지 않으면 아무 일도 진행되지 않았어요." 레나가 말한다. "근데 서배스천을 만난 후론 모든 것이 바뀌었어요. 우리가 소유한 모든 것은 삶을 더 편리하게 하기 위해 존재하더라고요. 그래서 무언가를 직접 성취한다는 것이 어떤 의미인지 잊어버렸을까 걱정될 때도 종종 있어요."

레나는 모든 것이 완벽하게 갖춰진 서배스천의 삶 속으로 걸어 들어갔고 아무런 문제 제기 없이 적응했다고 고백한다. 베델이 레나에 대해 추측했던 그대로였다. 베델은 레나의 삶이 사랑하는 남자와의 관계를 제외하면 아무것도 없는 빈 껍데기라고 했다.

그러나 레나가 마음의 벽을 허물고 자신에 대해 솔직하게 이야기하는 것을 들으면서 베델의 마음이 움직인다. 미티는 베델의 자세와 목소리가 바뀐 것만 봐도 그 변화를 알 수 있다. 오만하게 늘어져 앉아 있던 베델이 상체를 숙이고 레나에게 집중하고 있고, 목소리는 부드러운 격려조로 바뀌었다. 레나가 진부한 이야기를 늘어놓아도 눈 한 번 부릅뜨지 않는다. 베델은 레나의 마음이 너무 가라앉지 않도록 사기를 북돋우려고 노력한다. 그래, 하지만 인생은 길고 자긴 아직 젊잖아. 이제 베델에게 레나는 아름다움이 가져다줄 수 있는 모든 기회를 빼앗겼다는 상실감을 촉발하는 존재가 아니다. 물론 레나는 그런 기회를 다 가졌지만, 그럼에도 불구하고 여기 와서 낯선 이의 천장을 칠할 기회를 얻은 것에 감사하고 있다.

내면으로 깊이 침잠해 들어갔던 미티는 베델이 웃음을 터뜨리자 대화에 다시 끼어든다.

"왜?" 미티가 묻는다.

"베델이 당신 가족의 친구라면, 당신 가족은 어디 있느냐고 내가 물었어요." 레나는 뭐가 웃긴지 전혀 모르겠다는 얼굴로 베델에게 했던 말을 되풀이한다.

"나를 그렇게 소개했니?" 베델이 미티에게 묻는다. "네 가족의 친구라고?"

"맞잖아, 가족의 친구." 미티는 당당하게 보이려고 두 손을 약간 펼쳐 보이며 농담하듯 말하지만, 과도하게 방어적인 말투가 나온다.

베델은 끙 하고 신음 소리를 내더니 담배를 입에 물고 레나를 쳐다본다.

"애 엄마는 애리조나에 살아." 베델이 담배를 한 모금 피우자, 레나는 연기 기둥을 손으로 쳐낸다.

"그럼 아버지도 거기 살아요?"

미티가 집게손가락과 가운뎃손가락을 펴서 내밀자, 베델은 그 사이에 담배를 끼워준다. "난 아버지 없어요." 미티는 입을 다물고 그 말을 곱씹을 시간을 준다.

"그게 가능해요?" 레나가 묻는다. 왠지 기대하는 표정이다.

"물론 누군가가 나를 만들긴 했죠." 미티가 말한다. "하지만 아버지는 관계에 관한 용어예요. 나에게 있는 아버지는 생물학적 의미에 불과하죠."

대화가 잦아든다. 레나는 고개를 끄덕이더니 다시 페인트칠을 시작한다. 베델은 침묵을 메우기 위해 라디오를 조정한다. 미티는 레나가 페인트 붓을 들고 화재경보기 가장자리를 능숙하게 칠하는 것을 지켜본다. 레나의 손이 마치 외과의사의 손처럼 확신에 차 있다. 아름다움이 레나 같은 여자들에게 몰리는 것이, 얼굴뿐 아니라 행동에서도 아름다움이 느껴진다는 것이, 너무 불공평하다고 미티는 생각한다. 초등학교 때 대다수의 아이들이 어설픈 가위질로 팔각형을 만들어내는 동안 능숙한 가위질로 완벽한 대칭을 이루는 눈송이 모양을 잘라내던 여자애들이 있었다. 색칠공부책에서 인어공주의 분홍색 머리카락을 칠할 때 검은 윤곽선을 절대로 넘어가지 않는 아이들. 미티는 자신을 위로하려고 노력한다. 어쩌면 아름다움은 경계선에 대한 집착이나 규칙 준수를 뜻하는 것인지도 모른다. 선을 넘는 것과 지저분함에 대한 확고한 혐오를 뜻하는 것일 수도 있겠다. 미티와 베델이 물밀듯이 밀려오는 테크 업계 종사자를, 그들이 복종에 매우 집착한다는 사실을 그토록 싫어하는 것도 바로 그런 혐오이다. 그들은 기계가 인간의 지시를 얼마나 잘 따르는가를 토대로 기계의 성공을 측정하면서도 자신은 반란군이 되기를 꿈꾼다. 캣이 들려준, AI가 지각력을 갖게 되었다고 보고한 테크 엔지니어가 생각난다. 그 AI가 어떤 인간성의 신호들을 보여주었기에 그는 선을 넘었다고 판단했을까? 테크 엔지니어들은 어떤 행동들을 오작동의 증상으로 미리 정해놓았을까? 욕? 은근한 반항? 신에 대한 질문?

　도망쳤겠지. 미티는 캣이 한 말을 떠올린다. **어쩌면 우리 중에 한 명일지도.** 그녀는 레나가 가느다란 손으로 화재경보기의 겉면을 떼어내고 그 속에 있는 엉킨 전선들을 살피다가 손가락으로 건드려보는 모습을 지켜본다.

　레나는 페인트 초벌칠을 끝내고도 깊은 아쉬움을 느끼며 집으로 돌아간다. 자신처럼 가족이라는 든든한 버팀목 없이 가족과 떨어져 사는 두 여자와 오후를 보내니 너무 즐겁다. 마음 같으면 밤새 함께 시간을 보내면서 서로의 공통점을 꼼꼼히 찾아내고, 전생에는 어떤 관계였을지 상상하고 싶다. 그것이 서로를 사랑하는 여자들이, 우주적인 인연이라는 전설을 통해서만 그 사랑을 설명할 수 있는 여자들이 하는 일이니까.

　하지만 서배스천이 퇴근할 때 집을 지키고 있어야 한다. 레나는 소파에 앉아 창밖에서 보랏빛으로 뭉그러지는 석양을 보면서 다음에 기회가 또 있을 거라고, 옆집 여자들은 내일도 모레도 거기 있을 거라고 자신을 달랜다.

　한 시간이 안 되어, 서배스천이 현관문을 열고 부엌으로 들어온다. 레나는 몸을 돌려 소파 등받이에 턱을 괸다.

"난 샌프란시스코를 좋아한 적이 없는 것 같아." 그녀가 말한다.

그녀의 목소리에 서배스천이 소스라치게 놀란다.

"어이쿠야." 그가 말한다. "왜 항상 그렇게 조용히 있어."

그는 열린 냉장고 앞에 무릎을 꿇고 레나는 그가 자기 말에 대꾸해주기를 참을성 있게 기다린다.

"아니야." 그가 말한다. 석류 한 개를 조리대로 갖고 가서 도마에 올려놓는다. "기억 안 나? 걸핏하면 그랬잖아, 외딴곳에서 사는 게 진절머리가 난다고. 그래서 샌프란시스코에 가서 그렇게 오래 산 거잖아."

"내가 농장에 싫증을 냈다고? 기억이 안 나는데." 레나가 말한다.

서배스천은 석류를 꽉 잡고 칼을 들어 반으로 자른다. 진홍색 석류알을 긁어내 사발에 담는다.

"지루해했어."

레나는 입을 다물고 발꿈치를 사타구니 쪽으로 끌어당긴다.

"그 표현 진짜 별로다." 그녀가 중얼거린다.

"뭐가?"

"**외딴곳**. 어떤 곳이 외딴곳이야? 사람이 없는 곳?"

"응."

"그럼 인간이 어떤 곳을 외딴곳이 아니게 만드는 거네?"

"응." 서배스천의 어조는 바뀌지 않았다. 레나는 작고 연약한 주먹으로 거인의 배를 때리는 어린아이가 된 기분이 든다.

"흠, 그 말엔 동의 못 하겠어."

"괜찮아. 모든 것에 동의할 필요는 없으니까."

서배스천은 소파로 와서 레나 옆에 앉아 석류알을 담은 그릇을 무릎에 올려놓는다. 석류알을 하나씩 입에 넣고 혀와 입천장으로 꽉 눌러 터뜨린다.

"하지만 내가 동의하지 않는다는 건 그런 말을 내가 하지 않았다는 거잖아." 그녀는 자신의 주장이 허물어지기 시작했다고 느낀다.

"거기를 떠난 이후로 생각이 바뀌었을 수도 있지 않을까? 어쩌면 도시로 이사를 가니까 마음의 품이 넓어져서 작은 마을을 선호한다는 것을 깨닫게 된 건지도 모르지." 그는 한 줌의 석류알을 입안에 털어 넣는다. "근데 갑자기 이런 이야기는 왜 하는 거야?"

그녀가 어깨를 으쓱거린다.

"아무튼 그래서 우리가 지금 여기 있는 거야, 자기야." 서배스천이 미소를 지으며 엄지손가락을 그녀의 입에 넣고 입안을 휘젓는다. 석류액의 신맛과 바깥세상의 금속 맛이 난다. "여기는 외딴곳과 대도시의 중간 지점이니까."

미티는 칙칙한 색깔의 캐서롤 한 냄비로 저녁을 차린다. 베델 것은 자기 것보다 조금 더 떠놓고 옆방을 향해 큰 소리로 말한다.

"그 여자 직업이 뭔지 안 물어봤다, 이모." 미티가 말한다. 옆방에선 베델이 리클라이너의 레버를 잡아당겨 의자를 일으키는 소리가 들린다.

"당연히 무직이지."

"왜 그렇게 생각해?"

"그런 여자들은 일할 필요가 없잖니."

미티는 호박색 유리잔에 카버네이를 가득 따른다. "한 번 보고 어떻게 알아?" 그녀가 퉁명스럽게 말한다. 왜 갑자기 기분이 언짢을까?

"내 말은 일할 **필요**가 없다는 거야." 베델이 문간에 나타났다. "일을 못 한다는 게 아니라." 미티는 포도주를 세 모금 벌컥벌컥 마시면서 나가려던 날 선 반응을 참아낸다. "뭔가 하겠지." 베델이 식탁 의자에 앉는다. "아주 잘 할 거라고 본다."

자신이 내뱉은 빈정거리는 말에 웃음을 터뜨리는 베델을 보면서 미티는 이를 악문다. 무슨 이유에선지 레나를 보호하고 싶다. 불과 몇 시간 전만 해도 아무런 연대감이 없었는데.

미티는 잠자코 식사를 이어가고, 식탁에 흐르는 묘한 긴장감을 간파하지 못한 베델은 며칠 전에 본 방송 〈앤티크 로드쇼〉 이야기를 한다. 한 여자가 파리에 사는 할머니에게서 티파니 램프를 물려받았는데 모조품이라는 것을 알고 충격을 받았다는 이야기였다.

"왜 그런지 모르겠는데." 베델이 말한다. "난 그런 이야기가 제일 재밌다."

"남의 불행이 내 행복이라서?" 미티가 말한다.

전화벨이 울리고 미티는 곧장 엄마라는 걸 알아차린다. 가끔 전화를 걸어 베델의 죽음을 기다리는 속마음을 감추고 모호하고 에두르는 질문으로 근황을 파악하려고 노력하는 부동산 중개업자들을 제외하고 전화를 거는 사람은 엄마가 유일하다.

"어제 엄마한테 전화했지?" 베델이 묻는다.

미티는 고개를 끄덕인다.

"그래, 잘했네." 베델은 끙 소리를 내며 수화기를 찾아 의자에서 몸을 일으킨다. "그래도 또 궁금해서 전화했나 보다."

베델은 전화를 받더니 누구인지 물어보지도 않고 미티 엄마의 이름을 부르며 인사를 한다. 그러고는 수화기를 미티에게 건넨다. 미티는 베델이 한사코 배우려고 하지 않는 스피커폰 기능을 켠다.

"저녁 먹어?" 미티의 엄마가 쾌활한 목소리로 묻는다.

"응, 캐서롤." 베델이 입안 가득 음식을 넣은 채 말한다.

"우와!" 캐서롤에 대한 반응치고 지나친 흥분이다.

"뭐 좋은 일 있어?" 베델이 미티를 흘끗 보며 퍼트리샤에게 묻는다.

"그게……." 퍼트리샤는 한동안 뜸을 들여 긴장감을 조성한다. "에릭이 자기 집에 들어와서 함께 살재."

퍼트리샤의 남자친구 에릭은 그녀가 거래하는 시중 은행의

간부다. 미티는 사진으로만 몇 번 봤다. 뒤꿈치 없는 양말에 동전을 가득 채워 넣은 모양새처럼 턱 밑으로 살이 많이 붙은 얼굴이다.

"우와, 정말?" 미티는 엄마의 기쁨에 맞장구를 쳐준다. "언제 이사해?"

"네 축복부터 받고 싶었어." 퍼트리샤가 갑자기 사춘기 소녀라도 된 것처럼 말한다.

미티가 베델을 바라보며 눈을 크게 뜨자, 베델은 원하는 대로 해주라고 고개를 끄덕인다.

"물론 축복하지." 미티가 말한다. "그게 무슨 의미가 있는지는 모르겠지만."

잇몸을 다 드러내며 환하게 웃는 엄마의 모습이 보이는 것 같다. 미티가 십 년 전 이후로 다시 집에 갔다 온 적이 있었다면 집에 대해 더 애착을 느낄 것이다. 엄마의 변덕으로 아마추어 시공업자가 설치한, 거실 천장의 작은 채광창. 나무 부스러기로 덮인 황량한 마당. 현관 베란다에 있는 푹신한 방석이 깔린 소파. 미티는 거기에 앉은 적이 거의 없지만, 밤에 미티가 알 필요 없는 무슨 일인가를 상의하며 거기 앉아 있던 부모님의 머리를 본 기억은 있다. 방에 숨어 있다가 가끔 나와서 냉장고나 열어본 것이 그녀의 마지막 기억이 아니라면, 완전히 버린 것일 수도 있는 고향에 대한 마지막 기념품으로 집을 팔지 말고 갖고 있으라고 엄마에게 종용할지도 모르겠다.

"에릭네 집이 엄청 커." 퍼트리샤가 말한다. 미티와 베델의 허락까지 받은 터라 흥분감을 감추려고 하지 않는다. "내 방을 따로 주겠대."

퍼트리샤는 에릭이 카리브해 지역의 진귀한 우표를 수집하고, 욕실을 매우 깨끗이 관리하며, 토니라는 랫테리어를 기르는데 자기가 들어가면 토니를 개집에서 재울 거라는 이야기를 몇 분간 늘어놓는다. 베델은 에릭과 함께 놀러 오라고 인사치레로 말하며 대화를 마무리한다. 그러고는 전화를 끊는다.

베델이 미티를 돌아본다. "정말 괜찮니?"

미티는 어깨를 으쓱거린다. "괜찮아." 어릴 때 살았던 집에 대한 생각이 길어지면, 그게 어떤 내용이든 그 대화에서 빨리 벗어나야 한다는 생각밖에 안 든다.

"그래, 그럼." 베델이 힘겹게 일어서면서 말한다. "엄마가 짐을 다 빼기 전에 돌아가고 싶다면 말해, 보내줄게."

진심일까? 베델의 격려가 말뿐인지 진심인지 알 수가 없다. 베델은 이 집과 이 마을을 떠나 밝고 희망찬 삶이 있는 새로운 곳을 찾아가라고 미티에게 제안한 적이 한 번도 없다. 미티가 증오한다는 것을 베델도 잘 아는 그곳으로 돌아가라고 한 적은 딱 한 번 있다. 미티가 이곳을 떠나면, 서로 가까이 있고 둘 다 바깥세상을 싫어한다는 이유로 공고해진 우정이 영원히 끝날 것임을 둘 다 알고 있다. 무슨 이유에선지 미티는 베델도 이 사실을 알고 있을 거라고 확신한다. 퍼트리샤가 그랬듯 미티가 다른 사람을 만나고 다른 곳으로 가겠다고 선언하면 베델이 어떤 반응을 보일까? 분명 그 분가를 적극적으로 돕진 않을 것이다. 그보다는 환한 미소로 고개를 끄덕이며 잘 가라고 한마디 한 후 자기 방에 스스로를 가둘 것이다. 미티가 떠났다고 확신할 때까지.

  끔찍한 상상이다. 쓸모없는 상상이기도 하고. 어디 갈 곳이라도 있어야 이런 시나리오가 맞을지 확인이라도 하지.

서배스천은 운동기구를 쓰면 끝없이 쳇바퀴를 도는 햄스터가 된 기분이 든다. 그는 헬스장 곳곳에 있는 거울과 쿰쿰한 땀 냄새와 다용도 세제 냄새를 싫어한다. 다른 사람과 말도 섞지 않으려고 헤드폰을 쓴 채 자만심 충족을 위한 운동에 몰두하는 사람들도 혐오한다. 그는 자연환경을 활용하는 것을 선호한다.

헨리 코웰 주립공원에서는 삼목들이 길을 따라 기둥처럼 줄지어 서 있고, 가지들 사이로 전체 생태계가 오밀조밀 모여 산다. 그 생태계는 거대하면서도 소박하다. 자기들의 크기에 위축되지 않는다. 서배스천과 레나는 조용히 걷고 있다. 운동화 뒤축이 흙을 밟는 소리만 들린다. 공기는 습하면서도 시원하고 주변 바위는 모두 이끼로 덮여 있다. 몇 분마다 한 번씩 목줄을 하지 않은 개들이 달려와 그들을 반기고 곧이어 외로운 주인이 나타난다.

"저기, 옆집 사람들을 저녁식사에 초대하는 건 어떨까?" 레나가 말한다. 서배스천은 쓰러진 나무의 옆구리에 폴짝 뛰어오른다. 뛰어올랐다 내려왔다 하는 모습이 꼭 소년 같다.

"장례식이 나흘 후야." 그가 말한다.

팩스가 산타크루즈 산맥에 있는 자기 집 대문 밖에서 자동차 타이어에 기대앉은 시신으로 발견됐을 때, 서배스천이 경찰로부터 제일 먼저 연락을 받았다. 둘은 동업자였고 팩스는 미국에 가족이 없었다. 서배스천과 레나의 가까운 지인이 죽은 것은 이번이 처음이었다. 그래서 레나는 서배스천의 반응이 담담한 것이 걱정해야 할 문제인지 아닌지 알 수 없었다. 그는 침대 옆 협탁에 휴대전화를 내려놓고 그녀를 향해 돌아눕더니 팩스가 살해됐다고 무덤덤하게 말했다.

서배스천과 레나가 팩스의 죽음에 관해 대화를 나눈 것은 서너 번뿐이었다. 한 번은 사건 발생 직후였고, 또 한 번은 인턴들이 체포됐을 때, 또 한 번은 처음 패들아웃*을 하고 나서였다. 그때 수십 명의 서퍼들이 태평양으로 노를 저어 나아가서 보드로 둥그렇게 원을 만들고 양귀비를 중앙에 던졌다. 다들 사건에 관한 서배스천의 견해를 듣고 싶었지만, 그것은 추잡한 욕구로 느껴졌다. 그가 그 사건을 예측할 수 있었든 없었든, 다들 그의 시나리오를 알고 싶어했다.

서배스천은 통나무 위에서 멈춰 선다. "잊은 건 아니지?"

레나는 장례식에 대해 생각하는 일을 서배스천의 몫까지 도

---

*   서퍼들이 파도를 뚫고 나가는 행위로, 망자에 대한 추모의식을 뜻하기도 함.

맡아온 것만 같았다. 그간 장례식까지 얼마나 남았는지 세어 보지 않은 날이 거의 없다. 그래서 이웃을 만난 흥분에 장례식을 거의 잊고 있었다는 것이 놀랍게 느껴진다. "장례식 전에 하면 되지, 뭐." 그녀는 이미 다 생각해봤다는 듯이 애써 태연하게 말한다.

"지금은 새로운 계획을 세우고 싶지 않아." 그가 통나무에서 뛰어내려 그녀와 나란히 걷기 시작한다. "솔직히 말하면 장례식도 생각하기 싫어." 그는 길에서 나뭇가지를 주워 덤불로 던진다. "정신과 의사는 그러면 안 된다고 하겠지만."

태양은 솔잎 사이로 손가락을 넣어 마구 찌르고 그녀는 그가 눈물을 참고 있다는 것을 알아차린다. 그는 발을 내려다보고 목청을 가다듬더니 목 뒷덜미를 꾹꾹 누른다. 남자들이 부글거리는 마음과 맞설 때 자주 하는 행동이다. 그녀가 한 팔로 그의 허리를 감싸안아도, 그는 가만히 있는다. 인간의 몸이 숨을 헐떡이며 감정을 밖으로 내보내려고 할 때 발산하는 그 특이한 열기가 느껴진다.

"자기는 안 가도 되지 않을까?" 그녀가 최대한 부드럽게 말한다. "다들 이해할 거야, 분명히."

"하지만 가고 싶어." 그가 말한다. "다들 제대로 하는지 확인해야지."

뭘 제대로 해? 그녀는 생각한다. 사람을 묻는 데 제대로가 아닌 방법이라도 있나?

그러나 그녀는 고개를 끄덕이고 그의 어깨에 뺨을 기댄다.

계속 걸으면서 뺨이 뼈에 부딪혀도 그대로 있는다.

"자기도 겁이 날 때가 있어?" 그녀가 묻는다. 지금이야말로 줄곧 마음에 품고 있던 의문들을 해결할 적기인 듯하다. 가끔 그녀는 말이 기수를 감지하는 방식으로, 기수의 넓적다리가 아주 조금만 긴장해도 비명이라도 지른 것처럼 크게 느끼듯이, 그를 느낄 수 있다.

"아니." 그가 말한다. 그러고는 한 팔을 레나의 어깨에 얹어 놓는다. "그들은 팩스를 겨냥했어. 내가 아니라."

"그걸 어떻게 알아?"

"나를 겨냥했다면, 벌써 죽였겠지."

20대 초반에 불과한 인턴들이 자발적으로 범죄를 저지른 것이 아니라 청부 살인을 한 것이라고 다들 추측했다. 그 이유에 대해서는 의견이 분분했다. 팩스는 데리고 일했던 직원들에게 크게 사랑받은 사람은 아니었다. 하지만 누군들 그렇지 않겠는가? 갑자기, 조금이라도 힘들었던 직장 내 경험을 털어놓은 모든 블로그 자료가 팩스가 죽기를 바라는 사람들이 많았다는 증거로 변모했다. 하지만 돈 있는 **사람은 당연히 적도 있지.** 서배스천이 말하곤 했다. 문제는 그 부자가 죽는다고 적들이 돈을 더 버느냐는 것이었다.

서배스천과 레나가 굽은 길을 돌아가자 갈림길이 나타난다.

"이건 알아둬, 자긴 안전하다는 거." 그가 그녀를 왼쪽 길로 이끌면서 진지하게 말한다. 아직도 그녀의 어깨를 감싸안고 있지만, 눈은 나무를 올려다보고 있다.

"나도 알아."

"하지만 팩스는 사라져줘야 했어." 서배스천이 말을 잇는다. 레나는 자신의 어깨에 놓인 그의 손에 힘이 들어가는 것을 느낀다. "계속 이의를 제기했고, 도덕적으로 맞느냐며 물고 늘어졌거든. 그래서 난 늘 걱정이 많았지."

걸음을 멈추려고 하지만, 그의 팔이 허락하지 않는다.

"계속 들어봐." 그가 말한다.

귀에서 불쾌한 이명이 들리고 피가 눈 뒤로 쏠리는 것 같다. "누군가 자기가 옳다고 독선적으로 나오면 그때부턴 위험인물이 되는 거야. 상대방을 신뢰하지 않는다고 이미 마음을 정했기 때문에 편향된 관점에서 일을 하면서도 역사의 옳은 편에 서기를 원하지. 하지만 나중에 보면 늘 옳지 않았다는 게 자명해지고." 그가 침을 뱉는다. "팩스는 나쁜 사람으로 보일까 봐 두려워했어. 자신이 관련되어 있다는 것도 두려워했고."

그가 그녀를 끌다시피 하며 걸음을 빨리하자 둘은 발을 맞추어 바삐 걷게 된다. 그녀는 아름다운 이 남자를 올려다본다. 강한 목, 이마에 깊게 팬 주름살. 양쪽 콧구멍 속의 분홍색 연골. 그 아래에 자리한 적갈색 콧수염. 그가 이를 악물자 박동하는 심장 근육처럼 펄떡이는 턱 근육. 그런데 그녀가 말을 하려는 순간—그게 무슨 뜻이야, 서배스천?—시야가 좁아지며, 젖은 터널 끝에 있는 듯 보이는 그의 얼굴이 점점 더 멀어진다. 곧이어 그녀는 정신을 잃는다.

바닥이 딱딱해서 등이 배긴다. 자잘한 돌멩이들이 머리뼈 속으로 파고드는 것 같다. 눈을 뜨니 서로의 우람한 덩치를 의식하고 서로를 건드리지 않는 나무의 우듬지들이 보인다. 천막 덮개 같은 우듬지 사이의 간격이 마치 강물 같다. 바닥이 이렇게 딱딱하지만 않다면 평온할 듯하다. 심지어 눈을 감고 다시 잠이 들 수도 있을 것 같다. 그때 퍼뜩 떠오르는 생각. 잠이 들었나? 직전에 어디에 있었지? 아침에 서배스천과 하이킹을 계획한 것은 기억나는데, 실제로 갔는지는 모르겠다. 몸을 일으켜 앉으니 숲속이다. 겁에 질리기 직전, 근처 어딘가에서 목청을 가다듬는 소리가 들린다.

"또 실신했어, 자기야."

서배스천이 나무에 기대앉아 있다. 언짢고 약간 지루한 표정으로 돌멩이 하나를 두 손으로 번갈아 던지고 받는다.

"미안해." 레나가 말한다. 하지만 무엇이 미안한지는 모르겠다. 의식을 잃기 전을 떠올리며 실신의 원인이 무엇인지 찾아보려고 애쓰지만, 아무것도 기억나지 않는다.

서배스천이 손으로 나무를 짚고 지탱하며 끙 하고 일어서더니 그녀에게로 걸어와 손을 내민다.

"괜찮아?" 그는 가뿐하게 그녀를 일으켜 세워 끌어안는다. "이야기를 나누다가 늘 그렇게 갑자기 쓰러지더라."

사실 그녀의 상태는 괜찮다. 영향을 받는 것은 실신하기 전 몇 시간의 기억이다.

"무슨 이야기를 하던 중이었어?" 그녀가 묻는다.

"별 얘기 아니었어." 그가 말한다.

그는 배낭을 어깨에 메듯 경고도 없이 그녀를 업는다. 배가 근육에 눌려 웃음이 나온다. 그가 얼마나 강한지, 그리고 그에게 업힌 자신은 얼마나 가벼운지 생각하면 항상 놀랍다.

밤에는 사이프러스 나무들이 바람에 흔들리는 모습이 더욱 선명해진다. 엉클어진 나뭇가지들이 하늘에 검은 윤곽으로 아로새겨져 있다. 썰물 때라 물이 많이 빠졌고 바다는 아주 잔잔하다. 어디선가 부엉이 우는 소리가 들린다. 미티는 산책중이다. 2교대 근무를 혼자 다 해서 그런지 주방에서 오고 가던 큰 소리가 아직도 귓가에 쟁쟁하고 몸은 기름 냄새로 절어 있다.

그동안 미티는 뉴브라이튼 해변은 위험하니 낮에만 가라는 말을 수도 없이 들었다. 그러나 그 경고는 그녀와 베델도 자신들처럼 관광을 온 거라 생각하는 부유한 휴가객들, 누군가 텐트에 산다는 이유만으로 그 사람을 수상하다고 단정 짓는 이들의 입에서 나왔다. 그런 말을 들을 때 베델과 미티는 무섭다고 호들갑을 떨었고, 자기들의 반응에 휴가객들이 다시 오지 않기를 바랐다. 사실은 전혀 무섭지 않았다. 숲속에 땅을 개간해 임시 거처를 마련하는 사람이 있다는 건 이상할 게 없었고, 순진한 해수욕객들이 먼바다까지 나가 해수욕을 즐기는 동안 그들이 해변까지 내려와 바위에 놓인 짐을 뒤지는 것도 드문 일이 아니었다.

 해안선을 따라 걷는 미티를 긴장하게 만드는 것은 그런 사람들이 아니다. 그녀를 긴장시키는 것은 자신이 상상으로 만들어낸 가상의 존재들이다. 빨갛게 충혈된 눈으로 울부짖으며 바다로 들어오라고 유혹하는 인어들. 해초인 줄만 알고 방심할 때 발목에 송곳니를 꽂아 넣는 뱀들.《오디세이아》에 나오는 모든 괴물이 검은 물속에 모여서 그녀가 등을 돌리기만을 기다리고 있다. 그녀는 차갑고 엄연한 사실보다는 환상에 더 큰 두려움을 느꼈다. 동화에 나오는 어떤 야수와 마주친다면 그것이 실제 존재인지 아닌지를 판단하느라고 시간을 너무 허비하는 바람에 도망갈 시간이 없을까 봐 두려웠다.

 미티는 걸음을 멈추고 해변에 늘어선 집 중 한 곳의 거실을 들여다본다. 그녀보다 두세 살은 어려 보이는 여자 세 명이 춤 연습을 하고 있다. 이 블록에서 가장 작고(뒷마당에 배드민턴 코트가 딸린 예스러운 A자형 집이다) 임대료도 가장 저렴해서 주말에 기숙사를 탈출하려는 대학생들이 선호하는 곳이다. 거실 안 여학생들은 위아래로 운동복을 입고 긴 머리를 팔꿈치까지 늘어뜨리고 있다. 손이 발가락에 닿도록 허리를 굽힐 때마다 탐스러운 긴 머리가 바닥을 훑는다. 한 명이 동작을 틀리자 웃음이 터져 나온다. 다들 착하고 다정해 보인다. 한 여학생이 그룹에서 떨어져 나와 바닥에 놓인 뭔가를 만질 때에야 비로소 미티는 그들이 동영상 촬영을 하고 있음을 알아차린다.

 미티는 계속 걷는다. 앞에 보이는 집 두 채 너머에서 한 사람이 유목流木 사이를 돌아다니고, 쓰러진 나무 몸통 위에서 균형을 잡다가 쭈그리고 앉아 무언가를 살펴본다. 다가가면서 보니 레나다. 야구모자를 눌러쓰고 헐렁한 후드티 밑에 맨다리를 드러내고 있다. 미티처럼 그녀도 맨발이다. 해변으로 밀려왔을지도 모르는 날카로운 조개껍질에 발이 베일 위험을 그녀도 기꺼이 감수한다는 것을 알게 되니 기쁘고도 놀랍다.

"안녕하세요." 미티는 레나를 놀래키지 않으려고 밝은 목소리로 인사한다. 그러나 레나는 움찔하지도 않는다. 통나무의 움푹 팬 곳에 한 발을 딛고 쭈그린 채 모아쥔 두 손 안에 있는 무언가를 이리저리 살펴보고 있다. 그녀가 웃으면서 미티를 올려다보며 손에 든 작은 보물을 보여준다.

"물고기 등뼈예요." 손끝으로 등뼈의 날카로운 끝을 누르면서 레나가 말한다. "이런 게 굉장히 많아요."

"나한테 작명 센스가 있으면 좋을 텐데." 미티가 말한다. 다가가면서 레나가 발치의 통나무에 늘어놓은 수집품을 구경한다. 온갖 모양과 크기의 뼈. 작은 물고기의 성긴 흉곽, 몇 센티미터씩 뻗어 나온 잔뼈들, 식별이 어려운 골반.

레나는 그 뼈들을 하나하나 가리키며 말한다.

"이게 가슴, 이건 아래턱." 그녀가 말한다. "이 여섯 개는 갈비예요. 이건 가슴지느러미 일부." 그녀가 가장 큰 뼈를 들어 미티에게 건넨다. "얼마나 무거운지 느껴봐요."

받아 드는 미티의 두 팔이 축 처진다.

"바다표범의 위팔뼈 같아요." 레나가 말한다. "어깨 바로 밑의 뼈."

레나는 자신의 자잘한 지식을 자랑스럽게 설명한다. 그러고는 통나무에서 폴짝 뛰어내려 멀리 떨어져서 수집품을 감상한다.

"이것들 가지고 뭐 하려고요?" 미티가 묻는다. 어둠 속에서 레나 옆에 서 있으니 안심이 된다. 둘의 얼굴이 어둠에 묻힌 가운데, 마음속 열등감은 희미해지고, 마침내 남의 말을 들을 수 있게 됐다는 느낌이 든다.

"글쎄, 잘 모르겠어요." 레나가 말한다. "그대로 놔두고 갈까 봐요, 사람들 보라고."

"풍경風磬을 만들면 어때요?"

레나가 생긋 웃는다. "서배스천이 질색할 거예요." 그들은 집과는 반대 방향으로 가기로 암묵적으로 합의하고 걸어간다. "하지만 실내장식은 꼭 필요해요. 집이 너무 커서."

언젠가 엄마가 했던 말이 생각난다. 부자들은 자신과 대저택 사이에 거리를 두려 한다고, 싫지만 남이 떠밀어서 억지로 그 집을 떠맡은 것처럼 말한다고 했었다.

"집이 참 좋던데." 레나가 말한다. "그런 물건들은 어디서 구한 거예요?"

미티는 레나의 말이 진심인지, 골동품이 가득한 베델의 집이 진심으로 좋아 보인 건지 어조를 분석하고 싶은 마음을 애써 누른다.

"내가 대답할 수 있는 질문이 아니네요." 미티가 말한다.

"전부 베델 이모 거예요. 수십 년간 모았대요."

"그분은 언제부터 여기 사셨어요?"

"1960년대부터요. 20대 초반에 그 집을 샀대요."

"우아, 더럽게 오래 사셨네." 어울리지 않게 레나의 입에서 상스러운 말이 튀어나온다. "사연이 많겠네요."

미티는 고개를 끄덕인다. "근데 그런 이야기를 잘 안 해요. 그래서 캐묻는 건 예전에 그만뒀어요."

"서배스천도 그런 식인데." 레나가 운동복 상의를 살짝 들어 올려 바람을 집어넣는다. "정말 마음에 안 들어요."

그들은 평범한 이층집 앞에서 걸음을 멈춘다. 외관은 회색이고 경사진 지붕이 있으며 발코니는 넓고 통로를 따라 꼬마 전구들이 달려 있다. 집 안 모든 방에 불이 켜져 있다. 실내장식은 아늑하지만 개성은 없다. 벽에 걸린 액자에는 급강하하는 독수리 같은 형상의 글자가 적혀 있다. 안락한 소파와 원목 식탁, 방구석마다 놓인 커다란 종려나무 화분이 보인다. 관심 없는 척하려는데, 레나는 자기 앞에 놓인 세상에 순식간에 매료된다. 그녀의 눈이 부지런히 창문들을 훑는다. 두 사람은 나란히 서서 가족들이 부엌 안에서 서로 부딪치지 않고 돌아다니면서 각자의 일을 하는 모습을 지켜본다. 야채를 썰고, 음식을 담은 커다란 그릇들을 식당으로 나르고, 주전자에 얼음을 채운다. 유아에서 작은 사춘기 소녀까지 아이들이 대여섯 명은 족히 될 것 같다. 엄마의 키를 훌쩍 넘겨버린 소년들은 자기 몸의 변화에 어색해하고, 가족들은 갑자기 남자가 되어버린 소년들에게 적응하는 중이다.

"다 보이네." 레나가 경이로워하며 미티를 돌아본다. "집에 있을 때 이렇게 밖에서 다 보이는 것 의식해요?"

물론 의식했다. 옷을 벗을 때 누가 어두운 창문 밑에서 훔쳐보고 있을지 모른다는 생각을 종종 했다. 그 각도에서 보면 자기 등의 곡선이 어떤 모습일지, 겨드랑이 털이 보일지 궁금했고, 그렇게 노출되는 일에 자신이 신경을 쓰는지 생각해보았다. 훔쳐보는 사람이 누구일지는 상상한 적이 거의 없다. 실제로 다른 누군가가 자신을 염탐하는 일은 없을 거라고 생각했기 때문이다. 산책할 때도 사람을 만나는 일이 거의 없으니까. 지금 남의 집 거실을 훔쳐보는 레나를 지켜보자니, 그녀에게 두려움이 새겨진 것은 아닐지, 누가 볼까 싶어 커튼을 사고 환한 곳에서의 모든 행동에 경계심이 깃드는 것은 아닐지, 하는 우려가 불현듯 든다.

미티는 그런 근심에 구애받지 않는 듯 보이려고 노력한다. "아뇨." 그녀가 말한다. 그런 일은 지금 여기가 아닌 다른 때, 다른 곳에서는 일어날 수 없는 일인 것처럼. "그런 건 신경 안 써요."

레나는 미티의 대답에 대해 잠깐 생각하는 눈치더니, 그 문제에 흥미를 잃은 듯했다. 미티는 긴장을 풀고, 두 사람은 돌아서서 집을 향해 발걸음을 옮긴다. "저런 가족은 무슨 이야기를 할까요?" 레나가 묻는다.

"나도 그게 항상 궁금했는데." 미티가 말한다. "**형제자매들**

은 무슨 이야기를 할까 하는 것도요."

"부모 얘기를 하지 않을까요?"

"아군이 있어서 좋겠네요."

"그러니까요." 레나는 아이 같은 열정에 사로잡힌 목소리로 말한다. "내 삶에 동조하는 누군가가 한집에 산다는 게 어떤 기분일지 상상이 안 돼요." 그녀는 잠깐 말을 멈췄다가 진지한 목소리로 말을 잇는다. "정직하게 편들어주는 거 말이에요. 권위적으로 지시하는 게 아니라."

"그래서 우리 부모님들은 자식을 한 명만 낳은 것 아닐까요?" 미티가 말한다. "어떤 공모가 두려워서."

레나가 웃음을 터뜨린다. 미티는 기분이 좋아진다.

"어렸을 때 형제자매를 원했는지 어땠는지 기억이 안 나요." 레나가 아랫입술을 깨물며 발치의 모래를 노려본다. "줄곧 외로웠던 것만 기억이 나네요."

"나도 그랬는데." 미티가 담담하게 말한다.

"하지만 **언제** 그렇게 느꼈는지는 기억하죠?" 레나가 눈을 가늘게 뜨고 미티를 바라본다.

"그게 무슨 말이에요?"

"난 그렇게 느낀 구체적인 순간이 하나도 기억이 안 나요. 그냥 언젠가 그렇게 느꼈다는 것만 알아요."

미티에겐 어린 시절 너무도 외로웠던 순간들이 아주 선명하게 완벽한 형태로 떠오른다. 중학교에 들어가기 전 해, 매일 아침 동이 트기 전에 잠이 깨 어스름한 푸른 빛 속에 그대로 누워서 알람이 울리기를 기다리던 때. 엄마가 그 주에 경품으로 탄 부착용 미백제 한 상자를 놓고 치과 접수직원과 흥정하는 동안 병원 로비에서 원색의 나무 블록을 갖고 놀던 때. 아버지가 떠난 후 비어 있는 아버지의 작업공간 바닥에 앉아서 그 공간이 어떻게 바뀔까 상상하던 때.

"내가 회고록을 많이 읽어봤는데요." 레나가 말을 잇는다. "작가들은 과거 일을 아주 선명히 기억하나 보더라고요. 모든 것에 대해서. 사람들이 무슨 말을 했는지, 어떤 장소에서 어떤 냄새가 났는지까지. 난 그게 이해가 안 돼요."

"그중 상당 부분은 꾸민 거예요." 미티가 말한다. "그들이 기억하는 것은 어떤 대화를 했고 그때 자기 기분이 어땠는가 하는 거죠. 그걸 바탕으로 각색해서 글을 쓰는 거예요."

"그건 거짓말 아니에요?"

"거짓말의 정의에 따라 다르겠죠."

"믿을 수 없는 나침반 같은 거네요, 느낌이란 건." 레나가 말한다.

미티는 싱긋 웃는다. 레나가 진짜로 그렇게 생각하는 걸까? 아니면 다른 많은 여자들처럼 뇌에서 논리와 상관이 없다고 여겨지는 부분을 비난하는 데 익숙해진 것일까? 상처에 좀 덜 예민하게 반응하도록, 온순하고 쉬운 여자로 보이게 하는 무관심으로 반응하도록 훈련된 것일까?

예전에 미티를 가르쳤던 미술 선생님은 인간은 두 종류가 있다고, 그림을 그리는 인간과 조각을 하는 인간이 있다고 주장했다. 텅 빈 도화지를 보면서 풍경을 상상하는 것과 찰흙 한 덩어리를 보면서 몸통을 상상하는 것은 다른 거야. 새로운 것을 만들기를 원하는 뇌와 있는 것을 보여주기를 원하는 뇌가 있다. 미티는 선생님이 자아가 부족한, 이미 존재하는 것을 드러내 보여주는 조각가를 선호한다는 느낌을 받았다. 찰흙을 가지고 작업하기를 선택한 학생은 거의 여학생들이었고, 그런 양상에는 암울한 진실이 숨어 있는 듯했다. 남학생들은 자신이 창조한 작품에 자신 있게 무언가를 덧붙였지만, 여학생들은 자기 작품에서 무언가를 깎아내기만 했다. 모든 곳이 부드럽고 촉촉한 곡선이 될 때까지 깎고 또 깎는 과정이 이어지면서 깎여 나간 부분들은 쓰레기로 버려졌고, 작은 조각만 뜨거운 무덤으로 들어가 완벽한 조형물로 빚어졌다.

마침내 미티의 집에 도착했다. 베델의 침실에만 불이 켜져 있다. 레나는 후드티 주머니에 두 손을 밀어 넣는다.

"내일모레 뭐 해요?" 레나가 묻는다.

"저녁엔 일하죠." 미티는 어디서 일하느냐는 질문이 뒤따를 대답을 한 것을 후회한다. 과연 레나가 그 질문을 던졌다.

"캐피톨라에 있는 식당에서요."

"그러니까 낮엔 한가한 거죠?"

"네, 아마도."

"나랑 해변 놀이공원에 갈래요?" 레나가 설득하듯 미소를 지으며 말한다. "롤러코스터를 타고 싶은데."

몇 년 전에 베델이 갑자기 마리니의 태피 사탕이 먹고 싶다고 해서 놀이공원에 갔다 온 이후로는 다시 간 적이 없었다. 그때 그들은 놀이공원에 입장하자마자 클램차우더 수프 만들기 시합에 참가했고, 그 후에는 록 밴드 스매시 마우스의 무료 공연을 보았다. 프로판가스 냄새가 풍기는 무대에서 그 록밴드는 '올 스타'를 두 번이나 연주했다. 베델과 미티는 산책로를 따라 절반쯤 걷다가 사탕을 갖고 집에 돌아왔다.

"함께 가요." 레나가 간청한다. "11시쯤, 문 열자마자 바로 들어가자고요."

미티가 웃는다. "그땐 아무도 없을걸요."

"그러니까요." 레나가 말한다. "그럼 우리끼리만 놀 수 있잖아요."

미티는 벌써부터 기대감이 역력한 레나의 얼굴을 바라본다. 미티가 초대에 응하든 말든 레나는 갈 것이다. 분명 그렇게 보인다. 그런데도 그 초대를 거절하는 것은 어리석은 일 같다. 은둔형 외톨이로 보이겠지. 미티가 고개를 끄덕이자 레나가 달려들어 그녀를 덥석 끌어안는다. 이게 이런 기분이구나, 미티는 생각한다. 즉흥적이고 용감해지는 것. 어떤 일에나 기꺼이 응하는 것.

레나의 편두통은 항상 실신 소동 다음 날에 찾아온다. 그 둘 사이에 관련이 있다는 것을 알아차리기까지 수개월이 걸렸지만, 이젠 으레 예상할 수 있다. 다음 날 아침, 그녀는 집 안의 모든 조명을 어둡게 조정하고 모든 창문에 자동 암막 롤스크린을 내려 외부의 빛을 차단한다. 의식은 되찾았지만, 뇌의 미세한 세포들이 아직도 차례로 깨어나서 쥐었던 작은 주먹을 펴고 있는 듯하다. 관자놀이가 욱신거리기 시작하고 찌릿한 기운이 목 아래쪽부터 시작해 머리 위로 쫙 뻗쳐 올라가면서 번개처럼 뇌를 바수는 것 같다.

레나가 원하는 것은 얼굴을 거즈로 감싸 눈과 귀를 가린 채 두꺼운 누비이불을 덮고 누워 있는 것뿐이다. 그러나 서배스천은 그렇게 하면 편두통이 악화될 거라고, 마음을 수련할 필요가 있다고 말한다. 발이 아플 때도 조깅을 계속하는 거랑 마찬가지야. 하루 종일 누워만 있으면 햄스트링이 더 긴장된다니까. 그는 그녀가 두통에서 벗어날 수 있게 도와주고 몇 시간 늦게 출근하기로 한다. 그들은 체스를 한다. 번갈아 가며 서로에게 책을 읽어준다. 혈액순환을 위해 섹스를 한다. 개를 소유하는 것이 윤리적인가 하는 문제를 놓고 토론을 한다. 그러는 동안, 레나는 짬짬이 무릎 사이에 머리를 처박고 신음한다. 그러다가 귀마개를 귓속 깊이 밀어 넣어 모든 소리를 차단하고, 서배스천의 입술을 읽는다. 반응이 없다고 그가 불평할 때마다 이렇게 입술을 읽는 게 일종의 마음 수련이라고 주장한다. 결국 그는 말을 멈춘다. 자신이 무슨 말을 하는지 상대방이 이해하지 못한다는 이점을 그가 왜 누리지 않는지 이해가 안 간다. 그건 선물과도 같은 건데. 하고 싶은 말을 다 할 수 있지 않은

가. 분명히 그도 비밀이 있을 것이다. 그녀가 자기 말을 들을 수 없다고 그가 믿는다면, 그 비밀을 모두 털어놓을 수 있을 것이고, 그래도 그녀는 아무것도 모를 텐데.

미티는 다시 새벽녘에 잠이 깬다. 아래층에서 스도쿠 게임을 몇 판 하면서, 간간이 일어나서 나무 마룻바닥에 묻은 페인트 방울을 버터나이프로 긁어낸다.

레나에 대한 의문이 꼬리를 물고 놀이공원에 대한 기대감이 당혹스러워서 선잠을 잤다. 전날 집에 돌아왔을 때 기회를 봐서 베델에게 레나 이야기를 꺼냈다. 서배스천이 집에 없을 땐 레나가 뭘 하며 지내는지, 그 인형의 집을 전액 현금으로 매입했는지, 네 사람이 귀중한 곡물 한 컵을 빌려주고 받을 만큼 다정한 이웃이 될 수 있을지 궁금하다고 다시 한번 말했다. 지나가는 말로 해변에서 우연히 만났다고 밝히고, 방금 생각난 것처럼 저녁 초대를 상기시키기도 했다. 그러나 베델의 반응은 시큰둥했다. 전혀 관심이 없는 듯, 이웃에 대해 이러쿵저러쿵 더 추측을 해봐야 시간 낭비라고 생각하는 듯했다. 결국 추측과 상상은 미티 혼자만의 몫으로 남겨졌다.

미티는 침실로 올라가 발코니로 나간다. 수평선에서 해가 떠오르며 반짝이는 바닷물을 보랏빛으로 물들이고 있다. 그녀는 레나의 집을 제외한 다른 곳을 보려고 애를 쓴다. 들쭉날쭉

한 몬터레이 지형. 해변으로 밀려온 얽히고설킨 해초 무더기. 바다 밑에서 올라와 둥둥 떠 있는 썩은 물질들. 그러나 그때 움직임이, 창문 근처에서 움직이는 육체들이 미티의 눈길을 끈다. 레나의 두 손바닥이 창유리를 누르고 있고 서배스천이 뒤에서 장단을 맞춰 거칠게 그녀를 밀어붙인다. 잠시 후 그가 온 힘을 쏟아붓고, 그 바람에 그녀의 뺨이 창유리에 눌린다. 그들은 앞으로 고꾸라진 채 몇 초간 머무르고, 그가 몸을 떼어내면서 그녀를 잡아 일으켜 앉힌다. 이어서 그는 방문을 향해 걸어가는데, 그녀는 움직이지 않는다. 고개를 숙이고 두 다리를 쭉 뻗은 채 바닥에 앉아 있다. 방을 나가려던 그는 그녀가 움직이지 않는 걸 알아차리고 다시 돌아와 그녀의 두 어깨를 잡고 왼쪽 귀를 향해 몸을 숙인다. 그가 뭐라고 속삭이자 그녀는 퍼뜩 정신이 드는지 부축을 받아 일어서서 위층으로 올라간다.

미티는 그날 하루 종일 혼자 집 안에 틀어박힌다. 밖에서는 회색 바다에 비가 내려 곰보 자국을 만들고 있다. 가벼운 빗줄기가 꾸준히 창문을 때린다. 해변에서는 후드티 모자를 뒤집어쓰고 어깨를 움츠린 사람들이 산만하게 걸어가는 개들을 따라 바삐 걷고 있다. 그녀는 몇 달간 벼르기만 했던 대실 해밋의 소설《몰타의 매》를 펼쳐 처음 몇 페이지를 애써 넘겨봤지만, 하나도 기억에 남지 않았다.

미티는 몇 시간 전에 목격한 일을 머릿속에서 지우려고 노력한다. 레나의 섬뜩한 자세, 섹스로 더럽혀진 몸. 서배스천의 짧은 속삭임. 미티는 결론 내리지 않으려고 자제한다. 그 결론이 어떤 형태를 갖출까 봐 두려워서. 당연히 조심해야 한다. 그녀가 섹스에 대해 무엇을 알겠는가? 특히 남자와의 섹스에 대해서. 그녀는 섹스에 대한 대화를, 대개는 캣이 시작한 대화를 피했고, 조용히 남의 이야기를 들어주면서 '넌 **누구랑 섹스하니?**'와 같은 무신경한 질문들은 못 들은 척했다. 캣이 호프집 화장실에서 섹스한 서퍼가 절정에 달했을 때 부드러운 대머리로 그녀의 어깨를 마구 문질렀다는 이야기와, 정액을 닦아내기 위해 처음에는 얇은 갈색 화장지를 쓰다가 잘 안 닦여서 포기하고 캣의 스웨터로 닦았다는 이야기를 듣고는 애써 폭소를 터뜨렸다. 캣이 볼링 핀을 던지고 받는 저글러를 농산물 시장에서 만나 섹스를 했을 땐, 영원한 히피인 그의 피부에 시트러스 향 오일이 어찌나 깊숙이 배어 있던지, 캣이 그의 판잣집을 나오고 며칠이 지난 뒤에도 그 오일 냄새가 가시지 않더라는 이야기를 들으면서 얼굴을 찌푸리기도 했다.

캣이 여자와 데이트를 시작했을 때조차도 미티는 여전히 해 줄 말이 없었다. 미티가 여자와 마지막으로 사귄 것은 어린 여학생 때였다. 모든 것을 자세히 기억했지만, 아니 너무 많이 기억하고 있었지만, 자신에게 그때를 더듬는 것을 허락한 흔치 않은 경우에도 그 기억들이 너무 압도적이어서 몇 분 이상 그 속에 머물 수가 없었다.

미티의 역사는 단속적이고 믿기 어렵다. 그러나 그녀는 자신이 목격한 일에 대해 끈질기게 따라붙는 꺼림칙함을, 뱃속에서 느껴지는 모호한 불편감을 털어낼 수가 없다. 서배스천을 대면한 적도 없는데 벌써 그의 향수 속 페퍼 향을 맡은 것만 같고 그의 웃음이 그녀로 하여금 뭔가 이뤘다는 기쁨을 느끼게 해줄 것 같다. 그런 생각이 들자 그를 혐오하고 싶다는 일종의 반항심이 생긴다. 레나가 반박할 수 없는 존경심을 가지고 그에 대해 말하는 것에 반기를 들고 싶다. 미티는 레나의 질문에서 느끼기 시작한 이상한 점을 무시할 수가 없다. 레나의 질문들은 충격적으로 단순했고, 세상을 살아보지 못한 사람이 물어볼 법한 내용이었다. 마치 어른들은 분명히 아는 진실을 이해하려고 노력하는 어린이가 물어볼 법한 질문들. 너무 오랫동안 그녀의 머릿속에 갇혀 있다가 튀어나온 것 같은 외로운 질문들이었다. 과거에 미티가 본 한 커플은 교차로에서 정지 신호를 받고 차에 있을 때 멍한 표정으로 말없이 앉아서 신호등이 바뀌기를 기다렸다. 레나와 서배스천은 누군가의 시선을 의식하지 않는 순간에도 그런 모습이 아니었다. 그들은 살아 있었다. 그런데 왜 레나가 말을 할 때마다 그동안 숨을 참고 있었던 것 같은 느낌이 들까? 온실의 수조 속에서 헤엄쳐 다니다가 그가 떠나자마자 마침내 숨을 쉬기 위해 사력을 다해 수면 위로 올라온 물고기 같은 느낌이 들까?

다음 날 아침 레나가 눈을 뜨니, 등을 보인 채로 자고 있는 서배스천이 보인다. 전날 밤 그는 위스키를 두 잔 마셨고 한 잔 더 마시겠다고 하기 전에 그녀가 그를 유혹했다. 그가 취하면 취할수록 더 늦게까지 잘 거라는 사실을 잘 알기 때문이다. 두 밤 전에 미티를 해변에서 만났을 때 10시까지 가겠다고 약속했다. 앞으로 사십오 분 남았다. 레나는 급한 마음을 드러내지 않으면서 자연스럽게 그를 깨우기 위해 손가락으로 그의 등뼈를 부드럽게 쓸어내린다.

"자기야." 그녀는 그의 왼쪽 어깨 곳곳에 있는 흐릿한 점들을 쓰다듬으면서 속삭인다. 그의 몸이 약간 움직이고 숨소리가 미세하게 변한다. 의식의 단계가 바뀌고 있다는 신호다. 그가 움직이자 몸의 윤곽선이 바뀐다. 그녀를 향해 돌아눕는 그의 얼굴에 벌써 미소가 번져 있다. 슬며시 뜬 눈에 눈곱이 끼어 있다.

"몇 시야?" 그가 묻는다. 입냄새가 난다. 자고 일어나서 고약하지만 너무 익숙해서 편안한 느낌마저 든다.

"9시 15분." 그녀는 그가 분명히 알아들을 수 있게 목소리를 약간 높인다.

이 말에 그는 깜짝 놀라 잠에서 깬다. 침대에서 벌떡 일어나 샤워하러 욕실로 뛰어 들어간다. 그가 몇 초마다 한 번씩 욕을 내뱉으며 힘차게 몸을 씻는 소리가 들린다.

그녀는 그의 커피를 준비하려고 아래층으로 내려간다. 커피가 다 내려지기를 기다리면서 구름이 물러갈지 하늘을 살핀다. 아주 오래전부터 그녀는 하루가 어떻게 펼쳐질지 두근거리는 마음으로 기대해본 적이 없었다. 집을 떠나면 무언가 다른 일이 자신을 기다릴 것을 아는 데서 오는 소녀 같은 흥분감이 낯설다.

젖은 머리의 서배스천이 접은 바짓단을 매만지면서 부엌으로 성큼성큼 걸어 들어오자, 레나는 그의 텀블러에 커피를 채우고 뚜껑을 닫은 다음 조리대 끝으로 밀어 놓는다. 자신의 모든 움직임이 숙련되고 자연스러워 보이기 위해, 그가 딴지를 걸 수 없게 하려고 최선을 다한다.

"자긴 오늘 뭐 할 거야?" 서배스천이 셔츠 단추를 잠그며 건성으로 묻는다. 레나는 그에게서 돌아서서 행주를 작고 완벽한 정사각형 모양으로 접는다.

"정원 일을 좀 더 하려고." 그녀가 말한다. "아티초크 한두 그루 심을까 생각중이야. 아티초크 이파리 본 적 있어? 진짜 예뻐." 일상 취미에 대해 말하기 시작하면 그는 금방 지루해한다. 그래서 그녀는 좀 더 일찍 준비를 시작했으면 좋았을 텐데, 그리고 화분 흙은 어떤 상품이 가장 좋은지 더 알아봤으면 좋았을 텐데 아쉽다는 이야기를 조근조근 한다.

레나는 지금 하는 이야기가 거짓이 아니라고 자신을 설득한다. 해변 놀이공원에 갔다 와서는 **정말로** 정원 일을 할 계획이고 **정말로** 아티초크를 심을까 생각중이다. 하지만 그가 짧은 키스를 하고 집을 나가자, 죄책감이 휘몰아친다. 그녀가 아는 한 서배스천은 거짓말한 적이 단 한 번도 없다. 속내를 잘 드러내지 않을 때도 있지만 일에 대한 것뿐이고, 어차피 그녀의 관심 밖 분야다. 그녀가 모르는 관계를 맺고 다니거나, 하루 중 중요한 순간들을 의도적으로 숨긴 적도 없다. 그녀가 운이 좋았던 것일까?

그런데 왜 급속도로 커지는 미티와의 우정을 그에게 비밀로 해야 한다고 이토록 확신이 들까? 그와 연애를 시작한 이후로 누구와 친하게 지낸 적이 한 번도 없었기 때문에 그가 어떤 반응을 보일지 모르겠다. 그녀가 아는 것은 서배스천이 거의 모든 일과 모든 사람에 대해서 엄격하고 의심이 많다는 사실이다. 그는 조금만 오해가 생겨도 미티를 경계할 것이고, 시간을 할애할 가치가 없는 사람이라고 단정할 것이다. 그러면 그땐 정말 거짓말을 해야 한다. 그러니 이런 점진적인 통합의 과정이 일을 더 쉽게 만들 거라고 레나는 합리화한다. 거짓말을 하는 것이 아니다. 단지 스스로 결정을 내리는 것뿐이다. 그 둘은 분명 다르다. 그렇지 않은가? 그녀는 그 둘은 다른 것이어야 한다고 되뇌며 집을 나가 조용한 세상으로 들어간다. 옆집으로 걸어가는 동안 의심은 눈 녹듯이 사라진다.

미티가 현관에서 나는 소리에 집중하고 있지 않았다면, 그 수줍은 노크를 듣지 못했을 것이다. 혹은 그 소리가 너무도 작아 점점 자리를 잡아가는 집에서 또 어떤 이음매가 삐걱거리나 보다고 생각하고 넘어갔을 것이다.

레나가 순박한 미소를 지으며 미티 앞에 서 있다. 한 손은 천가방 손잡이를 꽉 움켜쥐고 있다.

"준비됐어요?"

환하게 웃으려던 미티는 오전에 레나를 기다리기만 했지 일상의 할 일을 전혀 하지 않았다는 사실을 깨닫는다. 앞니에 치태가 끼어 있고, 눈에는 눈곱이 있으며, 배 속에는 카페인 한 방울도 없다는 것이 느껴진다. 하루 종일 말할 때마다 입을 가리고 겨드랑이 냄새를 슬쩍 맡아본 후에 팔을 들어야 할까 봐 그녀는 잠깐만 기다려달라고 할지 고민한다. 그러나 베델이 곧 아래층으로 내려올 것이다. 미티는 레나와 세운 계획에 대해 베델이 쏟아낼지 모를 경고의 말에 대꾸하는 상황을 피하고 싶다. 그래서 그녀는 아무 말 없이 지저분한 리복 운동화를 신고 열쇠를 집은 뒤 레나를 슬쩍 밀며 현관 밖으로 나선다.

볼보 조수석에 탄 레나는 두 다리를 들어 가슴에 붙이고 동전처럼 윤이 나는 구릿빛 종아리를 두 팔로 감싸 안는다. 시내를 달리는 동안 레나는 차창 밖을 스쳐가는 잠에 빠진 듯한 도시를 내다본다. 차 안에 침묵이 흐른다. 미티는 차가 깨끗한지 살피고 최악의 상태는 아니라는 사실에 안도한다. 마침 지난주에 주유소에서 차례를 기다리면서 탄산음료 캔 여러 개와 찌그러뜨린 담뱃갑들을 버렸다. 남은 것은 뒷좌석에 쌓아놓은 도서관에서 대출한 책들뿐이다. 아나이스 닌의 수필집 세 권. 지난달에 이틀간 정전이 되었을 때 미티와 베델은 번갈아가며 닌의 수필을 서로에게 읽어주었고, 음경이라는 단어 대신 '그

것'이라는 표현이 사용될 때마다 소녀들처럼 꺄악 소리를 질렀다. 미티는 레나가 차 안을 둘러보다가 그 책들을 발견해주길 내심 바란다. 그러면 뭔가 재미있는 말을 해서, 이 예의 바르고 어색한 침묵을 깰 수 있을 것 같다. 그러나 레나는 차에 탄 어린 소녀들이 흔히 그러듯 다리를 그러안고 조용히 앉아 있다. 미티는 가상의 제삼자라도 끌어들이기 위해 창문을 내린다. 바깥 소리가 그들 사이의 침묵을 메워주기를 바라면서.

언제까지나 10대 직원들이 지킬 입구와 회전문을 지나치면서 보니, 해변 판자길 놀이공원엔 사람이 거의 없는 듯하다. 회전 그네는 어지럽게 만들 손님 한 명 찾지 못해 낯설 만큼 고요하게 멈춰 서 있다. 완전히 걷히지 않은 안개가 나무로 된 롤러코스터의 위쪽 부분을 가리고 있다. 헤나 문신 가판대에 붙은 요란한 광고는 오전부터 지나가는 그들을 부르고 있다. 긴 복도를 따라 가판대가 쭉 늘어서 있는데, 관리자들이 업데이트를 하지 않아 아직도 예전에 유행했던 것들을 파는 엉성한 잡화점이 대부분이다. 이미 오만 곳에 입점해서 식상해진 사진 부스는 최신 휴대전화 모델과는 호환도 안 되고, 아직도 디핑다츠 가판대는 자기들의 구슬 아이스크림을 미래의 아이스크림이라고 광고하고 있다. 불쾌한 괴물 쇼 광고 현수막은 세상에서 가장 작은 여자의 출연을 약속하고 있다. 예전에 베델과 함께 왔을 때 그 현수막에 현혹되어 거의 들어갈 뻔했지만, 미티는 이 하찮고 쇠퇴한 한구석을 보기 위해 문명의 중심지를 떠나왔다는 수치스러운 자각으로부터 레나를 구하고 싶다. 돌아보니 레나는 판자 사이를 쪼고 있는 갈매기들을 넋 놓고 바라보고 있다.

"베델이 제일 친한 친구예요?" 레나가 묻는다.

미티는 긴장하며 스포츠 재킷 주머니에 두 손을 밀어 넣는다. 언젠가 한 번은 나올 날카로운 질문에 그녀는 당황한다. "제일 친한 친구라고는 말 못 해요."

"그럼 누구랑 제일 친해요?"

"글쎄요, 다 커서도 제일 친한 친구라는 게 있나요?"

"글쎄요." 레나가 말한다. "있으면 좋을 것 같긴 한데."

"샌프란시스코에선 어땠어요?"

"없었어요. 줄곧 서배스천하고만 붙어 있었거든요." 레나가 잠깐 숨을 고른다. "브런치를 먹으러 함께 다니던 사람들은 있었어요. 서배스천의 동업자들 부인들이요. 근데 솔직히 말하면, 우리가 친구였다고는 생각하지 않아요. 제일 친한 친구는 말할 것도 없고요."

베델은 아름다운 여자들은 외로운 법이라고 항상 말한다. 혼자 있다는 뜻이 아니라, 그들의 외로움은 눈에 보이지 않는 어떤 곳, 마음 깊은 곳에 있고, 자신은 너무도 특별해서 세상의 일부라고 생각하지 않는 사람들을 위해 마련된 멋진 우울감이라고.

"그래도 베델이라는 친구가 생겼잖아요." 미티는 그렇게 말하면서도 이 말이 완전한 진실은 아니라는 것을 안다. 베델이 레나를 친구라고 부르는 일은 없을 것이다. "이모가 그렇게 질문을 많이 하는 사람을 본 적이 없어요, 한 번도."

레나가 웃는다. 목소리에 안도감이 역력하다. "정말 기뻐요." 미티는 그녀의 숨결에서 시나몬 향을 맡는다. "먼저 베델이 나를 받아주지 않으면 당신과 친구가 되기 쉽지 않을 거라고 생각했어요." 미티의 뺨이 붉어진다. 레나가 자신에게 다가오기 위해 용기를 내 베델의 신뢰를 얻으려고 했다니.

그들은 놀이기구 자이언트디퍼로 가는 터널 같은 통로를 찾아간다. 손을 들고 지그재그로 설계된 철책 위를 쓸 듯이 하며 빈 통로를 걸어간다. 지금 캘리포니아에서 가장 역사가 오래된 롤러코스터에 탑승하러 간다는 사실을 상기시키는 광고판은 애써 못 본 척한다. 용의 등뼈처럼 생긴 롤러코스터 뼈대가 고요한 해변을 덮치는 것 같은 형상을 찍은 거의 백 년 전의 사진들은 너무 현기증이 나고 무서워서 똑바로 볼 수가 없다.

"어렸을 때 얘긴데요, 진짜로 친구가 한 명도 없었을 때, 이런 이상한 짓거리를 했어요." 레나가 본론으로 들어가기도 전에 깔깔 웃더니, 앞에 있는 입장권 징수원이 들을 수 없도록 발걸음을 늦춘다. "어느 날 가상의 전화번호를 만들어서 다이얼을 돌려봤어요, 누가 전화를 받나 보려고."

"받았어요?"

"네, 어떤 아저씨가요. '여보세요?'를 몇 번 하더니, 끊더라고요."

"당신은 아무 말도 안 했고요?"

"안 했어요. 그리고 그다음 날 다시 전화를 걸었어요. 이번엔 여자가 받더라고요. 똑같았어요. '여보세요? 여보세요?' 하더니 끊더라고요. 그래서 계속 전화를 걸었어요. 날마다 같은 시각에. 내가 만들어낸 전화번호였기 때문에 마치 내가 이 커플을 창조한 것 같은 느낌이 들었죠. 하지만 며칠 지나니까 그들도 그 시각에 전화를 거는 사람은 나라고 예상했나 봐요. 전화는 받는데 말은 안 하고 수화기를 옆에 내려놓더라고요. 자기들 생활을 엿들으라는 듯이 말이죠. 아마도 그리 내키지는 않았겠지만요. 내 행동도 이상했지만, 더 이상한 건 그들이 계속 전화를 받는다는 사실이었어요. 미친 사람이라고 생각하고 안 받을 수도 있잖아요. 아니면 발신자 번호를 알아내서 전화를 해볼 수도 있지 않았을까요? 번호를 차단할 수도 있고. 하지만 그들은 내가 원하는 걸 그냥 주더라고요. 그게 뭐였냐면, 아마도 매일 몇 분간 타인의 삶을 엿보는 거였던 것 같아요. 그들을 알아야 한다는 부담감 없이." 그녀가 잠깐 말을 멈춘다. "혹은 그들이 나를 알아야 한다는 부담감 없이."

미티도 집 밖에서 지켜보았던 사람들에 대해, 해변의 그늘 속에서 잠깐씩 조용히 들어갔다 나온 그들의 삶에 대해 이야기해주고 싶다. 그러나 레나는 어렸을 때 이야기를 하고 있었고, 편안한 어조로 볼 때 이젠 그런 충동에 사로잡히지 않는 것이 분명하다. 미티가 공유할 수 있는 이야기들은 부끄러울 정도로 최근의 일들이다. 어린이의 호기심이라고 용서받을 수 없는 최근의 일들.

"무슨 말인지 알겠어요." 미티가 말한다. 무의미한 맞장구. 입장권 징수원은 입장권의 반을 찢으면서 그날의 첫 승객이 된 것을 축하해준다.

"롤러코스터를 한 번도 타본 적이 없어요." 레나가 기꺼이 앞좌석에 앉으면서 진지하게 말한다. 객차의 새빨간 외관을 경주마 엉덩이라도 쓰다듬듯 감탄하며 어루만진다. "근데 이틀 전 아침에 잠이 깼는데 갑자기 그런 생각이 드는 거예요. 다른 사람들은 살아 있음을 느끼고 싶을 때 뭘 하지?"

미티는 레나 옆자리에 앉으면 돌이킬 수 없다는 것을 알고 망설인다. 레나가 빈 좌석을 톡톡 치자 미티는 급히 숨을 들이쉰 후 롤러코스터에 탄다. 왼쪽 엉덩이에 레나의 오른쪽 엉덩이 감촉이 느껴진다. 찰칵 소리와 함께 안전바가 내려와 넓적다리를 누르고 나서야 숨을 내쉰다. 왜 레나는 하고많은 것 중에 살아 있음을 느끼고 싶은 것일까? 레나의 삶은 미티가 보기에는 대단히 화려해 보인다. 그 많은 돈과 시간. 그런데 왜 레나는 아침마다 죽어 있다고 느끼면서 눈을 뜨는 것일까?

롤러코스터가 꼭대기에 이르기도 전에 레나는 두 손을 번쩍 든다. 텔레비전으로만 이런 행동을 본 사람처럼 아무 말 없이 순진하게.

"예전에 이런 이야기를 들었어요." 레나가 바람을 이기려고 큰 소리로 외친다. 바람에 흩날리는 머리카락이 뺨을 때린다. "아프가니스탄에서 탈영한 군인이 탈레반에게 납치됐어요. 탈레반은 칠흑같이 깜깜한 방에 수개월 동안 그를 가뒀죠. 그게 고문이었어요. 자기 뇌를 제외하고는 아무것도 없이, 철저히 혼자 남겨둔 거죠. 어떤 단어가 생각날 듯 말 듯 혀끝에 맴도는데 생각이 안 나는 그런 느낌 알아요?" 미티는 고개를 끄덕이려 하지만 공포심에 목이 뻣뻣하다. 하나로 묶은 레나의 머리가 롤러코스터 기둥에 끼어 머리 가죽이 벗겨지는 장면이 갑자기 떠오른다. "그 군인이 나중에는 그런 느낌이 들더래요."

그들이 꼭대기를 올려다보는 순간 미티의 머릿속에 어떤 형상이 떠오른다. 그녀는 어쩌면 현재보다 나을 수도 있는 상상의 세계로 던져진다. 그곳에서 그녀는 어둠에 갇혀 얼굴 앞으로 손을 뻗는다. 손이 거기 있다는 것을 알지만 볼 수는 없다. 심지어 눈을 뜨고 있는지조차 확신할 수 없다.

그때, 그들은 떨어진다.

미티의 위장이 흉곽 위로 떠오르고, 목에서 비명이 터져 나오고, 강력한 힘 때문에 눈이 강제로 떠진다. "가끔은⋯⋯." 롤러코스터가 덜컹거리며 회전하는 동안 레나가 소리친다. "가끔은 나도 그 군인 같다는 느낌이 들어요. 내 손도 볼 수가 없어요! 근데 난 어둠 속에서 사는 것도 아닌데. 왜 그럴까요?"

레나의 표정은 거의 변하지 않았다. 바람에 피부가 당겨 두 개골 윤곽이 드러나지 않았다면, 절벽에 고요히 앉아 눈앞에 펼쳐진 풍경을 음미하는 것처럼 보일 수도 있겠다. 미티는 단말마의 비명 외에 다른 반응을 보일 수가 없다. 또 한 번의 언덕을 내려오니 사위가 조용해진다. 그러나 곧 열차가 덜컹거리며 다시 언덕을 오르기 시작한다.

"비슷한 맥락이 아닌데도, 어린 내가 그 낯선 사람들에게 전화를 걸었던 일을 생각하면, 그 군인의 이야기가 생각나요." 레나가 아무 일도 없었던 것처럼 말한다. "풍경을 좀 봐요."

미티는 주변 풍경을 돌아본다. 절벽이 코웰 해변을 감싸안고 있고, 순한 파도가 아마추어 서퍼들을 육지로 밀어낸다. 줄무늬 텐트 아래 회전목마가 도는 모습을 보니 최면에 빠져드는 느낌이 든다. 롤러코스터가 다시 다이빙을 하자 그녀는 반사적으로 뒤로 밀쳐지며 이를 악물고 끌려간다. 곧 열차가 갑자기 멈춰 선다.

맞바람에 흩날리는 머리카락과 두 뺨에 번진 홍조만 빼면, 레나는 완벽히 평온한 모습이다. 스스로에게 부과한 롤러코스터 체험 과제를 성공적으로 마쳐서 흡족해 보이기도 한다. 미티도 레나처럼 편안해 보이려고 노력하지만, 옷 속이 이미 땀으로 축축하다.

롤러코스터 관리 직원이 안전바를 올리고 내보내주기를 기다리면서 미티는 언제나 가슴속 깊은 곳에 자리하고 있던 익숙한 응어리가 이젠 사라졌다는 것을 깨닫는다. 롤러코스터 선로 어딘가를 지날 때 꿈틀거리며 목으로 기어 올라와 입 밖으로 터져나가 안개 속으로 사라졌나 보다.

롤러코스터에서 내리고 보니, 놀이공원에 사람들이 들어차고 있다. 만화 캐릭터 얼굴을 오려낸 자리에 유아들이 얼굴을 들이밀고 사진을 찍고 있다. 자전거를 빌린 10대 소녀들은 한 손으로는 자전거의 방향을 바꾸면서 다른 한 손으로는 입고 있는 탱크탑 끈을 조정한다. 어린이들이 입장권을 흔들며 넵튠 킹덤 출구에서 쏟아져 나온다. 미티와 레나는 걸음을 멈추고 난간 위로 고개를 내밀어 아래에서 얕은 갈색 바닷물이 이끼 낀 나무 기둥에 철썩이는 모습을 지켜본다. 이제 둘 사이가 유연하고 편안해졌다. 미티는 자신의 몸을 어떻게 움직여야 할지, 두 손을 어디다 둬야 할지 신경을 덜 쓰게 되었다.

"엄청 무서웠죠?" 레나가 묻는다. 미소를 짓자 윗입술이 마른 잇몸에 닿는다. 그녀는 햇빛을 피하지 않는다.

"끝나기 전까지는요." 미티가 말한다. 정직한 대답을 내놓은 자신이 놀랍다. "그다음에는 좋던데."

레나가 두 눈을 감고 숨을 깊숙이 들이쉰다.

"우린 새로운 것들을 시도하고 있는 거예요." 레나가 미티를 바라보며 말한다. 미티의 어깨에 팔을 두르고 끌어안는다. "그 새로운 것이 서로 다를 수도 있겠지만요."

본능이 미티에게 긴장하라고 명령한다. 너무 오래 머물면 안 된다고, 헤어질 시간을 알리는 중요한 표지를 놓치면 안 된다고 말한다. 그러나 그녀는 그 본능에 맞서서, 레나의 쇄골에 고개를 기대고, 레나의 촉촉한 목에 이마를 댄다.

"왜 당신이 그 군인 같다고 생각해요?" 미티가 묻는다.

레나는 허공을 응시하며 그 질문에 대해 진지하게 생각한다. 그러다가 미티를 어깨에서 살짝 떨어뜨린 후 그녀를 바라본다. "가끔은 내가 너무 많은 시간을 혼자 지내서 내 정체성이 생각날 듯 말 듯 혀끝에 맴돌지만, 결국엔 생각이 안 나는 것 같다는 느낌을 받아요."

미티는 자신은 평생 그렇게 느껴왔다고 레나에게 고백하고 싶다. 다른 사람들로부터 격리된 채 이런저런 생각만 하면서 너무 많은 시간을 홀로 보냈다고, 가끔 집을 나설 땐 자신이 누구인지 어떤 성격인지 기억을 되살려야 한다고, 누구와 교류하든 처음 몇 분간은 꼬인 마음을 바로 펴는 데 써야 한다고 털어놓고 싶다.

"하루 종일 직장에서 사람들과 어울려 지내야 하는데요." 미티가 말한다. "퇴근할 때쯤엔 그날 일을 시작할 때보다 내가 누구인지 더 많이 알아야 할 텐데, 그러지 못해요." 그녀는 방금 한 말을 곱씹으며, 지극히 개인적이고 너무 추상적일 수 있는 생각을 공유할 때 찾아오는 익숙한 당혹감을 기다린다. 그러나 완전히 다른 느낌이, 생각하는 것과 소리 내어 말하는 것과의 차이가 줄어들기 시작하면서 편안함이 찾아온다.

"난 나 혼자 있을 때와 다른 여자들과 함께 있을 때, 어느 쪽이 더 외로운지 잘 모르겠어요." 레나가 말한다. 무슨 일을 회상하는 듯 아랫입술을 깨문다. "언젠가 샌프란시스코에서 서배스천 친구 부인들 모임에 간 적이 있어요." 그녀가 빙그레 웃는다. "그 부인들이." 그녀는 한 자 한 자 길게 늘여 발음한다. "자기네 집 뒷마당에서 열리는 희음부 선탠 모임에 오라고 나를 초대했어요." 그녀는 발끝으로 서서 몰려오는 파도를 내려다본다. "그런 모임 얘기 들어봤어요?"

미티는 고개를 가로젓는다.

"똑바로 누워서 질에 햇빛을 쪼이는 거예요."

"그러면 뭐가 좋은데요?"

"재충전이 된대요. 비타민 D를 직접 주입하는 거래요."

"말도 안 돼."

레나가 어깨를 으쓱거린다. "말이 될지도 모르죠." 미티는 벌거벗은 여자들이 나란히 누워서 하늘을 향해 사타구니를 드러내고 있는 모습을, 활짝 펼쳐진 채 일렬로 놓인 음순을 이웃집 사람이 대문 너머로 훔쳐보는 모습을 상상한다. "근데 내가 실수를 했어요, 봐버린 거죠."

"봤다고요?"

"네, 중간에 일어나 앉아서 봤어요. 그 여자들의 성기를." 레나는 머리카락을 손가락으로 돌돌 만다. "그 여자들 것도 내 것과 같은지 보고 싶었거든요."

"그러다가 들켰어요?"

"난 그 일이 들킬 만한 일이라고도 생각하지 않았어요. 서로에게 무엇이든 터놓는 사이가 되어가고 있다고 생각해서 훔쳐보려고도 하지 않고 대놓고 봤거든요."

"그래서 어떻게 됐어요?"

"여자들이 서배스천에게 말했대요, 내가 자기들을 **불편하게** 했다고." 레나는 눈에 힘을 주고 그 기억을 노려본다. "그다음부터는 모임에 초대받지 못했어요."

미티는 그 여자들이 서배스천에게 공식적으로 항의하면서 지었을 동정 어린 미소를 너무나 잘 안다. 자기들이 모두를 위해, 심지어 레나를 위해 그러는 듯 말했을 것이다.

"그 여자들은 우루루 몰려다니면서 그저 함께 무슨 일을 하고 싶었던 거예요." 미티가 말했다. "하지만 정말 솔직한 사람은 당신뿐이었죠." 레나의 어깨 근육이 이완되는 것이 보인다. 숨겨놓은 긴장이 풀린 것이다.

"그렇게 뭐 솔직하려고 그런 건 아니에요. 나도 모르게 그냥 그렇게 한 거예요."

그들은 출구를 향해 걷기 시작한다. 여기 온 목적을 달성했다. 인공적으로 만들어진 스릴과 허구적인 용기를 느껴보았으니 됐다.

"이젠 내가 무언가를 인정할 차례네요." 미티가 레나와 함께 차를 향해 가면서 말한다.

레나는 벌써 집중하고 있다. "좋아요, 시작."

미티는 이제 모든 것을 설명할 수 있을 것 같다. 며칠 전 서배스천과 레나를 훔쳐본 일이며, 그것이 단지 성적인 자극 때문만이 아니라 천성적인 호기심 때문이기도 했다는 것을. 일반적으로는 닫힌 문 안에서 이루어져 모호하거나, 자극적인 포르노에 비해 지루할 수 있는 그 친밀한 행동들을 지켜보면서 마음이 고요해졌다는 사실을. 하지만 그렇더라도 둘의 관음증을 나란히 놓고 보면, 레나의 관음증은 사소한 판단 실수 같지만, 자신의 관음증은 저속하고 변태적이다.

미티는 뭔가 하나를 정하기 전에 논란의 여지가 적은 다른 사실들부터 인정한다. "어렸을 때 난 여자하고는 절대로 친구가 되지 않을 거라고 생각했어요." 그녀가 말한다.

"왜요?"

"어른들과 있을 때면 남자가 더 좋았거든요. 여자들은 지나치게 어른처럼 굴었어요." 미티는 부모가 이혼하기 전 몇 년의 생활에 대해 레나에게 이야기한다. 동네 사람들이 각자 음식을 만들어 와서 나눠 먹고 놀던 일, 취한 어른들의 흔들리는 엉덩이 사이를 비집고 지나가야 했던 일, 여자들이 아기를 어르듯 혀 짧은 소리로 그녀에게 크랜베리 주스를 줄까 물어보고 구두를 칭찬하던 일. 충분한 당분과 친절로 그녀의 욕구를 충족시켰다고 생각하면 바로 관심을 끊던 일.

"정말 재밌네요, 어렸을 때의 당신을 상상하니." 레나가 키득거리며 말한다. "막대사탕 주려는 아주머니를 노려보는 꼬마."

미티가 웃음을 터뜨린다. "남자들은 활기가 넘쳤어요!" 그녀야말로 더욱 활기차게 말을 잇는다. "부적절하긴 했지만요. 자기 자랑과 야한 이야기를 늘어놓고 갈비를 두 손으로 뜯어먹었죠. 지칠 줄을 몰랐어요. 밤새도록 놀 수도 있었을 거예요. 그래서 그런 아저씨들이 내게 관심을 보이고 농담을 할 때, 마치 내가 능력 있는 사람이 된 것 같은 기분이 들었어요. 그게 단순히 돌봄을 받는 것보다는 훨씬 더 뿌듯했죠."

"그러니까 대화의 기술을 연습하게 된 거네요. 그게 어른이 가르쳐줄 수 있는 최고의 기술인데."

"돌이켜 생각해보면, 내 또래들과 대화하는 법도 배웠으면 좋았을 것 같아요." 미티가 말한다. "그걸 배우지 못했어요."

"근데 다른 방식으로 자신을 놀라게 했네요. 이젠 여자와 친구가 됐을 뿐만 아니라, 자의식이 형성된 이후로 줄곧 한 여자와 함께 살고 있잖아요." 레나가 어깨로 미티의 어깨를 툭 친다.

"그땐 베델 같은 여자들이 존재한다고는 생각도 못 했어요."

"나도 며칠 전만 해도 당신 같은 여자들이 존재한다고 생각 못 했는데."

미티는 뺨을 긁고 목소리를 가다듬으면서 당황한 기색을 보이지 않으려고 최선을 다한다. "당신 같은 여자들이란 어떤 여자들을 말하는 거죠?"

레나는 망설이지 않고 말한다. "이런 모든 것에 혼란스러워하는 여자요." 그녀는 빈 주차장과 하늘을 손짓으로 가리킨다. "나처럼."

레나가 너무도 확신에 차 있어 미티는 감히 항변할 생각도 못 한다. 미티는 제일 싫어하는 자신의 모습, 다른 사람들과 함께 있을 때 어색하고 고립된 듯한 기분을 느끼게 만드는 그 점을 레나도 가지고 있다고는 상상도 못 했다. 자신의 삶이 실제보다 더 풍부한 것처럼, 삶 앞에 자신이 주눅 들지 않은 것처럼, 이 새롭게 알게 된 사람 앞에서 더는 가장할 필요가 없다는 것, 상대가 자신의 본모습을 보고도 등을 돌리지 않으리라는 것을 깨닫자 짜릿한 평화가 찾아온다. 어쩌면 미티는 순진하게도 삶의 규칙에 대해 끝없이 혼란을 느끼는, 자신과 같은 사람을 기다렸는지도 모른다. 이런 생각을 하는 자신이 어리숙하고 속이기 쉬운 사람이 된 건 아닌가 걱정하는 단계는 넘어섰다. 그냥 운전만 하기엔 기분이 너무 좋다. 레나는 열린 창밖으로 한 손을 내밀어 바람을 느끼고, 운전대를 잡은 미티의 손엔 긴장이 풀렸다. 마치 그날 아침 그들이 집을 나선 뒤로 도로가 더 곧아지고 포장이 더 매끄러워지기라도 한 것 같다. 다음에 무슨 일이 생길지 알지 못하고 두려워하지도 않는 잠깐의 유예기간.

집은 조용하다. 서배스천은 두세 시간은 더 있어야 돌아올 것이다. 레나는 거실 가운데에 서서 고요 속으로 침잠한다. 바깥세상에서 하루를 보낸 뒤 현실로 돌아오니 낯선 느낌이 든다. 집은 전보다 더 내 집 같지 않다. 차갑고 날카로운 대리석 조리대, 윤기로 반들반들한 식탁, 시체처럼 경직된 고리버들 의자.

계단을 오르며 걸음을 센다. 하나, 둘, 셋, 넷. 맨발에 바닥의 찬 기운이 느껴진다. 침실 카펫에는 사람의 발이 닿지 않아 진공청소기가 지나간 자국이 그대로 남아 있다. 레나는 방 안을 둘러본다. 문 옆에 서배스천의 런닝화가 놓여 있다. 서배스천 쪽 침대 협탁에는 책 몇 권이 곳곳에 모서리가 접힌 채로 차곡차곡 쌓여 있다. 세면대 안에는 턱수염 가루가 떨어져 있을 것이다. 그녀가 아무리 깨끗이 닦아내도 몇 시간만 지나면 어김없이 나타난다. 그녀가 일한 흔적은, 청소하고 정리한 결과는 볼 수 있다. 그러나 그녀는 어디 있는가? 벽장 안에 깔끔하게 걸려 있는 옷들 말고는, 그녀는 존재하지 않는다. 반면에 미티의 집은 사람이 사는 집이다. 사람들의 것이다. 그 집에 있는 물건들은 거의가 베델의 것이라고 미티는 주장하지만, 미티도 그 집에 속해 있다는 것을 레나는 알고 있다. 혹 베델이 사망해도 미티는 모든 것을 그대로 두리라는 것을 알고 있다.

 레나가 생각하기에 자신을 기억하는 유일한 방법은 거울을 보는 것이다. 그래서 화장실로 걸어가 거울 속에 비친 자신 앞에 선다. 이 시간을 이용해 어디 오작동이 되는 곳은 없는지 몸을 점검해볼 수 있을 것이다. 그러나 그녀는 정보에, 과거와 과거 속 사람들에 대한 그 모든 이야기에 압도된 느낌이다. 미티에게 자신도 기억을, 과거 삶에서 나오는 참조문헌들을 갖고 있다는 것을 보여주기 위해 최선을 다했다. 그런데 여전히 그녀를 사로잡는 것은 기억할 수 없는 것들뿐이다. 그녀는 그 이야기들 속에서 전후 관계를 많이 빠뜨렸다. 다행히도 미티는 그 전이나 후에 무슨 일이 있었는지 묻지 않았다. 레나는 무언가 이야기하고 싶은 절박함을 느낀다. 이 순간 그녀가 끄집어낼 수 있는 유일한 기억은 몇 주 전 샌프란시스코에서 마지막으로 서핑할 때의 일이다. 물에서 나오다가 따개비에 발목을 긁혔다. 그때 서배스천이 그 시련을 목격했다는 사실에, 그래서 나중에 설명할 필요가 없다는 사실에 큰 안도감을 느껐고, 동시에 왜 그런 느낌이 드는지 의아해했다. 그런데 지금, 그 경주마 에스프레소의 이야기와 관련지어 생각해보니, 그가 레나의 부상을 치명적이라고 진단할 가능성이 적기 때문이었다. 그는 상처를 돌보는 일이 자신에게 내려진 특별한 사명이라도 되는 것처럼 자부심을 느꼈고, 상처에 과산화수소수를 뿌릴 때 레나가 팔을 꽉 잡아도 뭐라고 하지 않았다.

그 후 며칠간 레나는 그 작은 피딱지를 애지중지했다. 그것은 유일하고 진정한 소유물로 느껴졌다. 그러나 곧 설탕 반죽으로 만든 케이크 장식처럼 매끈한 새살이 돋아나 상처를 가렸다. 마치 그녀가 자는 동안 누군가 비단으로 상처를 닦아 광을 내준 듯했다. 서배스천은 그녀의 치유 능력을 칭송했다. 그러나 레나는 흠을 갖는 것이 그렇게 두렵지 않고, 작은 흉터 하나쯤은 있기를 바랐다. 확실하고 구체적인 존재의 증거.

레나가 직접 저지르면 어떻게 될까? 스스로 상처를 낸다면? 그러면 상처가 생기는 부위와 상처를 숨기는 방법을 통제할 수 있을 것이다. 상처의 모양도 미리 조정해 그가 상처를 발견하면 해줄 그럴듯한 설명을 준비할 수 있을 것이다. 몸 구석구석을 살펴보면 더럽고 보기 흉한 것이 있을까? 다른 사람들도 이렇게 피부가 깨끗하고 반들반들한가?

레나는 서랍을 뒤지다가 핀셋을 발견한다. 요리조리 살피며 서배스천이 자기 몸의 여러 부분과 얼마나 자주 맞닿는지 생각해본다. 배는 너무 자주 접촉한다. 넓적다리 안쪽은 그보다 훨씬 더 자주. 엉덩이는 상처 자체를 잊어버려 충분히 관리하지 못할 것이다. 흉곽은 뼈가 너무 많다.

　그녀는 한 다리를 세면대 위에 걸쳐놓고 허벅지 뒤쪽을 살펴본다. 여기는 기억할 수 있을 것이다. 서 있을 땐 손으로 가릴 수 있고, 바지를 입지 않을 땐 항상 그를 향하고 있으면 된다. 핀셋 집게가 가까이 가자 손이 가늘게 떨린다. 상가에 있는 장난감 기계를 상상한다. 어린아이가 기계에 25센트 동전을 넣으면, 바닥에 있는 봉제 동물인형들을 덮치러 서서히 내려오는 기계 발톱. 그녀는 핀셋을 다리에 꽂는다. 핀셋이 물렁물렁한 살을 헤집고 들어가 딱딱한 것에 닿는다.

　베델은 통화중이고, 어조로 볼 때 상대는 엄마가 분명하다. 베델과 퍼트리샤는 굉장히 편안하고 허물없는 관계여서, 미티는 가끔 그들이 진지하고 긴 대화를 해본 적이나 있는지, 각자가 집안일을 하는 동안 상대방이 그저 빈 공간을 채워주는 것을 좋아하는 게 아닌지 궁금하다.

　"응, 바꿔줄까?" 베델이 부엌에서 말한다. 미티가 거실로 들어서자 베델이 벌써 와서 수화기를 건넨다.

　퍼트리샤는 미티가 인사할 때까지 기다리지 않고 자기 말부터 한다. "페인트 칠한다며." 과로한 듯 피곤한 목소리다.

　"응." 소파에 털썩 주저앉은 미티는 레나가 천장을 칠하면서 빠뜨린 부분을 발견한다. "노란색."

"여기도 색을 좀 바꿔볼까 생각중인데." 퍼트리샤가 잠시 말을 멈춘다. 자신이 수화기에 대고 얼마나 가쁘게 숨을 쉬는지 모르는 것 같다. "그리고 새 친구가 생겼다며?"

"응."

"그래서 오전에 함께 있었어?"

베델이 주위를 서성거린다. 충분한 거리를 유지하고 바쁜 척하면서 대화를 엿들으려는 것이다. 베델은 늘 퍼트리샤에게 미티가 어떻게 지내는지 알려주고, 미티가 빠뜨린 자세한 내용을 보충해주었다. 그러나 지금은 느낌이 다르다. 퍼트리샤의 목소리와 손톱 거스러미를 물어뜯는 베델의 행동에서 긴장감이 느껴진다. 그 모습을 보니 마음이 불편해진다.

"옆집에 살아." 미티가 조심스럽게 말한다. "어딜 같이 가자고 하더라고."

"그랬구나." 퍼트리샤가 말한다. 애써 밝게 말하지만, 마음속에선 불신이 부글부글 끓고 있는 듯하다.

"그만 끊을게." 미티는 더 말하지 않고 전화를 끊는다. 그러고는 베델을 노려본다. 베델은 식탁 한구석에서 부스러기를 닦는 시늉을 한다.

"네 엄마 잘 지내는 것 같더라." 베델은 고개를 들지 않고 말한다.

"엄마한테 레나 얘기는 왜 했어?"

"너 어디 갔느냐고 물어서."

"그래서 뭐라고 했어?"

"오늘 아침에 함께 나가는 걸 봤다고 했지. 사람은 괜찮아 보이더라는 말도 하고." 베델은 좀 더 분주한 척을 한다. "어디 갔었니?" 마침내 그녀가 미티를 올려다본다.

"놀이공원."

"아침에? 단둘이서?"

배가 꼬이는 것 같고 목이 따갑다. 일어나서 계단으로 걸어가는데, 첫 계단에 오르기 직전에 베델이 목청을 가다듬는다.

"네 엄마는 그냥." 베델이 말을 더듬으며 애써 말을 잇는다. "우린 그냥 네가 조심하기를 바라는 거야." 미티는 돌아보지 않는다. 한 손으로 계단 난간을 짚는다. 라이터 켜는 소리가 들리고, 곧 새로운 담배 냄새가 난다.

"뭘 조심해?" 갑작스러운 돌풍이 창문 하나를 홱 열어젖히고 거실로 들어온다. "이모." 미티가 말한다. 입술이 바싹 말랐다. 혀는 그냥 거친 근육 덩어리로 느껴진다. "뭘 조심하냐니까?"

"오래전 일이긴 하지만, 그때 일을 잊지 말아야 하지 않을까?" 베델이 숨을 고른다. "에스미 일 말이야." 마치 에스미가 이름, 여자, 인간이 아니고, 그들이 그로부터 간신히 살아남은 사건, 지붕을 날려버리고 그들을 욕조 속에 웅크리고 숨어있게 만든 폭풍우라도 되는 듯이 말한다. 미티는 그때 일을 되풀이할 위험이 없다고 말하고 싶다. 이미 교훈을 얻었다. 지금 에스미를 보는 시각이 그렇다. 자신이 교훈을 얻고 결국에는 잊어야 했던 무언가로 본다. 지난 십 년을 정확히 그 일을 하려고 애쓰면서, 그 경험을 머릿속에서 지워버리려고 발버둥을 치면서 살았다. 그러나 지금 이 순간 여기에서 그녀는 바로 그게 문제일지 모른다는 사실을 깨닫는다. 어쩌면 잊는 것이 위험한 일인지도 모른다.

십 년 전

 파라다이스밸리의 발레리나들은 홈스쿨링을 하거나 광대하고 푸른 목초지를 가진 시외 사립학교에 다녔다. 그들은 열여덟 살의 미티와 고등학교 친구들에게는 신비한 존재였다. 머리를 뒤로 넘겨 꽉 묶고 다녀서 이마 선이 벌써 뒤로 넘어가고 있는 학교 댄스부원들조차도 발레리나가 되는 것은 엄두도 내지 못했다. 발레리나는 완전히 다른 영역에 속했다. 주위의 서툰 세상에는 어울리지 않게 너무나도 우아했다. 그래서 그들은 발레 스튜디오가 아닌 다른 공간에서는 바싹 마르고 이상해 보였고, 발은 오리발 모양에 끈 달린 슬리퍼 가장자리 위로 짓이겨진 발가락들이 솟아올라 있었으며, 흰 타이츠 복장 위에 흉곽이 선명하게 드러나 보였다. 그러나 아름다움을 향한 욕망은 물집과 갈라진 자세를, 다른 여학생들에게는 인기 면에서 사형선고와 다름없는 것들을 견뎌내게 하는 것 같았다. 발레리나의 배낭 주머니에 구겨져 있는, 피에 젖은 거즈에 눈살을 찌푸리는 사람은 아무도 없었다. 그것은 위대하고 불가능한 예술성을 고통스럽게 추구하는 예술가의 상징이었다. 그래서 감탄을 자아냈다.

몇 킬로미터 떨어진 대규모 공립 고등학교를 갓 졸업한 미티가 그 발레리나들과 친구가 될 수 있는 사회적 공간은 없었다. 그들은 곧 그곳을 떠나 다른 도시에 있는 발레 학교나 스튜디오로 갈 예정이었다. 그리고 미티는 파라다이스밸리에 남겨질 터였다. 미티와 엄마는 먼저 휴식기를 갖고 일자리는 천천히 찾아보는 게 좋겠다고 합의를 보았다. 그녀의 성적은 별 볼 일 없었고 엄마는 학자금 대출이 "사기"라고 했다. 그래서 그녀가 바랄 수 있는 최선은 시내를 오가며 발레리나들을 보는 것이었다. 시내에서 발레리나들은 종아리까지 올려 신은 연분홍색 타이즈와 발목을 덮는 인조 모피 부츠 때문에 쉽게 알아볼 수 있었다. 이 동화 속 주인공 같은 발레리나들이 다니는 샌드라 발레 학교의 관리인 구인 광고를 신문에서 보았을 때, 미티는 주저하지 않고 바로 이력서를 작성했다. 관련 기술로는 어릴 때부터 줄곧 일주일에 두 번씩 엄마의 집을 청소한 것을 적었고, 바로 그날 그 이력서를 들고 스튜디오를 찾아갔다. 그러고는 샌드라 원장에게 이력서를 직접 전했다.

친구들의 매끄러운 몸에서 나온 부스러기들을 청소하고, 샤워 부스마다 한 개씩 놓인 피 묻은 금속 쓰레기통을 비우고, 개수구에 엉켜 있는 머리카락 뭉텅이를 떼어내는 일은 10대

소녀에게는 대단히 힘든 일이었다. 이것들은 미티를 단념시키려고 샌드라 원장이 읊어댄 관리인의 업무 목록이었다. 그러나 미티는 그 일자리에 맞는 자격을 갖춘 사람은 자기밖에 없다고 주장했다. 앨버커키 콘서트장에서 여자를 죽이고 자판기 뒤에 밀어 넣어 숨긴 범인이 남자 관리인이었다면서 남자는 적절하지 않다고 설득했고, 가장 안전한 선택은 자신이라고 강조했다.

일을 시작하고 며칠 지나지 않아 미티는 할 일을 빨리 끝내면 아무런 방해를 받지 않고 발레리나들을 구경할 수 있다는 사실을 알아냈다. 수업이 끝나기 전에 스튜디오 한구석에 서서, 발레리나들이 도약했다가 바닥으로 착지하는 순간 딱딱한 바닥에 토슈즈가 부딪치며 내는 소리를 들을 수 있었다. 짧은 휴식 시간에는 그들의 활발한 대화를 지켜볼 수도 있었다. 그들이 서로의 아주 미묘한 신체적 습관에 영향받는 것을, 이를테면 혀짤배기 소리가 마치 공기로 전염되는 질병처럼 퍼지는 것을 지켜보았다. 그리고 나서 그들이 본인의 이름 첫 글자가 자수로 새겨진 가방을 챙겨 들고 서로에게 조용히 속삭이며 스튜디오를 나가고 나면, 그곳은 미티의 차지가 되었다.

바닥 청소는 미티가 좋아하는 일이었다. 가끔은 이쪽 거울에서 저쪽 거울까지 비질을 하는 동안, 이가 누렇고 머리가 벗어져 불을 밝힌 알전구 같은 피아니스트가 남아서 피아노 조곡을 연주했다. 미티는 차이코프스키 곡을 연주해달라고 부탁하면서 자신이 성숙하다고 느꼈고, 피아니스트는 불쌍한 청소부 여자아이에게 품격 있는 시간을 선사했다고 자부심을 느끼는 듯했다. 그녀는 대걸레를 따뜻한 감귤향 세제액에 넣었다가 빼서 나무 바닥에 자기 모습이 비칠 때까지, 마치 황금 연못을 들여다보고 있는 것처럼 느껴질 때까지 닦았다.

에스미는 항상 제일 늦게 오는 학생이었기 때문에 미티는 그녀를 벌써 알고 있었다. 다른 학생들이 바에 서서 유연성 연습을 하는 동안, 에스미는 토슈즈의 발바닥을 탁탁 치거나 리본을 다시 꿰매거나 말아 올린 머리에 핀을 꽂았다. 둘이 말을 튼 것은 미티가 그곳에서 일하기 시작하고 거의 이 주가 지났을 때였다. 쓰레기를 버리려고 들고 나갔는데, 에스미가 대형 쓰레기통과 벽 사이 도로 경계석에 쭈그리고 앉아서 담배를 피우고 있었다. 미티가 다가오는 걸 보더니 아스팔트에 담배를 비벼 끈 뒤 꽁초를 뒤로 숨겼다.

"난 아무것도 못 봤어." 미티가 쓰레기봉투를 쓰레기통 뚜껑 위로 끌어 올리며 말했다. 에스미는 아무 말도 하지 않고 벽에 기대서서 미티를 관찰했다.

"한 대 피울래?" 에스미가 물었다.

얼굴에 화장을 떡칠하는 드레스 리허설 때를 제외하면, 눈 밑의 불룩한 지방이나 두 뺨에 생긴 연분홍색 습진을 숨기는 것에 전혀 관심이 없어 보이는 학생은 에스미가 유일했다. 한때 세심하게 뽑고 다듬던 눈썹은 제멋대로 자라게 내버려둘 때가 많았다. 에스미가 유일하게 꾸준히 신경 쓴 것은 정중앙에서 칼같이 가르마를 탄 짙은 남색 머리였다. 수업이 끝나고 나올 때마다 비단 같은 머리가 쇄골까지 내려와서 찰랑이고 있었다.

미티는 담배를 피운 적은 없었지만, 엄마가 피우는 것은 종종 보았다. 엄마는 항상 저녁에 스토브 앞에서 콩이 익기를 기다리면서 담배를 피웠다. 미티는 담배를 두 손가락 사이에 받아 들고 기억 속 엄마의 모습을 흉내 냈다. 담배를 길게 빤 후 입술에서 담배를 떼어내고, 사람이 없는 쪽으로 연기를 내뿜었다. 그리고 담배를 톡톡 쳐서 재를 털어냈다.

"너희 엄마 날마다 우리 엄마 가게에 오더라." 에스미가 말했다.

목에서 수치심이 솟구쳐 올라왔다. 미티도 그 가게를 잘 알았다. 카디건과 양초를 주로 파는 목련 양품점. 전에 그 밖에서 엄마를 기다리곤 했는데, 문이 열릴 때마다 포푸리 향이 퍼져 나왔다.

"그게 뭐." 미티는 동요하는 기색을 보이지 않으려고 목소리를 낮췄다. 에스미는 퍼트리샤가 미티의 엄마라는 것을 어떻게 알았을까?

"정말 많더라……." 에스미는 말을 끊고 담배를 한 모금 피웠지만, 그저 시간을 벌려는 것임을, 둘이 벌써 알고 있는 사실을 가장 무례하지 않게 묘사할 방법을 찾으려는 것임을 미티는 알고 있었다. "물건이."

미티는 엄마와의 관계를 단절하고 자신을 해방시킬 수 있는 사람이 되기를 간절히 바랐다. 그러나 퍼트리샤의 행동이 자신의 책임인 것처럼 느껴지기도 했는데, 엄마를 막기 위해 아무런 노력도 하지 않는다는 사실이 어떤 식으로든 자신을 공범으로 몰아간다는 생각이 들었기 때문이다. 그녀는 자동차 조수석에 우두커니 앉아서 엄마가 고데기와 매니큐어가 잔뜩 든 짐가방을 끌고 다들 똑같아 보이는 가게들로 들어가는 모습을 수도 없이 지켜보았다. 엄마는 얼마 지나지 않아 짐이 전혀 줄어들지 않은 상태로 돌아왔고, 앞만 노려보고 있던 미티가 물어보지도 않았는데 구매 일정을 웹사이트에서 잘못 읽었다고 변명했다. 그럴 때마다 미티는 당혹감을 웃도는 보호본능을 느꼈다. 적어도 엄마는 상황 판단이 빠르고 진취적이다. 그 상점 여자들이 무슨 권리로 엄마를 평가한단 말인가? 그러나 미티가 퍼트리샤를 옹호하는 말을 입 밖에 낸 적은 한 번도 없었다. 다음 목적지, 다음 마을에 도착할 때까지 창밖만 내다보고 있었다. 마침내, 차에 들어찬 짐들이 바닥날 때까지. 집 외에는 갈 곳이 남지 않을 때까지.

미티는 유리문 안쪽에 있는 여자들, 단지 할 만한 일과 갈 곳을 갖기 위해 아무도 필요로 하지 않는 가게를 연 주부들의 딸로 사는 것은 어떤 느낌일지 궁금해하는 자신이 배신자처럼 느껴졌다. 그녀는 세상으로부터 원하는 것을 용감하게 쟁취하는 여자의 딸로 태어나 운이 좋았다고 항상 생각해왔다. 그럼에도 마음 한편에선 저 평범한 가게에서 숙제를 하며 탈의실 커튼 뒤에서 온갖 소문을 이야기하는 '이모들'과 자유시간을 보내는 건 어떤 느낌일지 그려보기도 했다. 어쩌면 그 아이들이 늘 그녀보다 더 많이 아는 것처럼 보인 것도 그 때문일지 몰랐다. 엄마가 아닌 여자들로부터 검열받지 않은 지혜를 지속적으로 전수받을 테니까.

"아무것도 못 사서 미안해." 에스미가 말을 이었다. "엄마 가게에도 잡동사니가 너무 많거든."

미티는 피식 웃었다. 에스미의 말이 그저 말뿐이라고 해도, 각자의 엄마에게서 뭔가 공통점을 끌어내려는 어설픈 시도라고 해도, 그 억지 공감에 고마움을 느꼈다. 담배를 반 정도밖에 피우지 않았지만 철제 쓰레기통에 비벼 껐다. 남이 보고 있다고 생각하자 신경이 쓰이기 시작했다.

"전에도 담배 피우다 걸린 적 있어?" 대화 주제를 딴 데로 돌리기 위해 미티가 물었다.

에스미는 웃으면서 고개를 가로저었다. "다들 말은 안 하지만 우리가 담배를 피우기를 바라." 그녀가 배를 톡톡 두들겼다. "밥 대신으로."

미티는 신생아 배처럼 볼록 나온 에스미의 배를 처음 본 척했다. 에스미는 남은 담배를 자갈로 던진 뒤 가방을 집어 들었다.

"먼저 들어가." 에스미가 미티에게 먼저 가라고 손짓했다.

그들은 좀 더 규칙적으로 쓰레기통 앞에서 만나기 시작했다. 미티는 에스미가 애리조나를 싫어한다는 사실을 알게 되었다. 에스미는 냉풍기에서 동전 냄새가 난다고, 염소가 손의 노화를 촉진한다고, 이란 출신인 엄마가 외출할 때마다 팔꿈치에 선크림을 바르게 한다고 불평했다. 왠지 좀 쓸쓸한 곳, 자신의 숨결을 느낄 수 있는 곳에서 살고 싶다고도 했다. 반면에 미티는 애리조나든 그곳의 더위든 아무 상관이 없었다. 그 더위로 인해 모든 사람이 공통점을 가지게 된 게 좋았다. 거대하고 오싹할 정도로 추운 슈퍼마켓이, 누구도 그 옆에서 사진 찍고 싶어하지 않는 기형의 사와로 선인장이 좋았다. 뭔가 해야 한다는 압박에서 벗어날 수 있기에 할 일이 아무것도 없다는 점도 좋았다. 보스턴이나 시카고처럼 사람들의 기대가 높은 곳, 관광객과 대학 신입생 들이 목적을 갖고 의도적으로 찾는 곳, 세숫대야 모양의 스포츠 스타디움을 중심으로 형성되어 수많은 사람이 복닥거리며 모여 사는 곳, 자신이 아무것도 하지 않고 있다는 것을 끊임없이 상기시키는 곳에서 10대로 살아간다면 스트레스를 많이 받을 거라고 상상했다.

　에스미는 주말엔 주로 다양한 뼈들이 제자리를 찾아가게 돕는 물리치료를 받는다고 했다. 발레는 마치 피할 수 없고 낭만적이지도 않은 중매결혼 같다고, 자신에 대해 아는 것보다 더 긴 시간을 발레에 매진하며 살았다고도 했다. 자신의 몸을 연달아 작은 사고를 거쳐 강력 접착테이프로 아무렇게나 봉합하고 어울리지 않는 외장 부품들로 땜질한, 여기저기 움푹 팬 자국이 있는 누더기 자동차에 비유했다. 부럽게도 에스미는 자기 나이에 맞게 행동하려고 애쓰는 소녀들이 꿈꾸는, 그런 침착한 성격이었다. 침착한 척 연극을 하는 게 아니었다. 엄지발가락 끝에 온몸의 체중을 싣는 것에 비하면 다른 모든 일은 아무것도 아니라고 생각하는 듯했다. 그녀가 느끼는 권태감은 다른 소녀들, 열의가 있는 소녀들, 어리석은 남자들의 어리석은 삶 속으로 사라지는 어리석은 환상에 아직도 푹 빠져 있는 소녀들을 어리석다고 판단할 수 있게 하는 지혜를 그녀에게 주었다.

에스미가 진짜로 불안해 보였던 때는 실제 부상의 위협에 관해 이야기할 때뿐이었다. 피로 골절이나 힘줄염이 아니라, 그녀를 쓸모없는 존재로 만들, 회복할 수 없는 부상. 그러나 그녀가 통증을 두려워하거나, 가장 좋아하는 일을 할 능력의 상실을 두려워한 것은 아니었다. 그녀가 가장 무서워했던 것은 부상 이후에 찾아오는 귀를 쩌렁쩌렁 울리는 고요, 움직이지 않는 몸과 팽팽 돌아가는 두뇌를 가지고 보내야 하는 날들이었다. 그녀는 일 초도 안 되는 사이에 십자인대가 끊어져 평생 노력해 이룬 직업을 잃어버린 전직 발레리나들에 대해 이야기하면서 몸서리를 쳤다.

그럴 땐 어떡하지? 에스미는 잠시 말을 멈추고 물어뜯은 손톱 거스러미를 땅바닥에 뱉었다. 세상 끝내는 게 낫겠지?

미티가 스튜디오에서 일한 지 사 주째가 되어갈 무렵, 몇 분 차이로 스튜디오에 도착한 그녀와 에스미는 퓨즈가 나가 에어컨이 고장 난 것을 알게 되었다. 학생들이 발목에 리본을 다 감기도 전에 윗입술에 땀이 송글송글 맺히기 시작했다. 미티는 학생들이 플로어로 줄지어 들어가고, 밀폐된 공간에서 내뿜는 학생들의 숨 때문에 김이 서린 유리창을, 누구도 용기를 내어 샌드라 원장에게 하루 쉬자고 건의하지 못하는 모습을 지켜보았다. 그러다 수업이 절반쯤 진행됐을 때 한 학생이 피루엣*을 연습하다 실신해서 수업이 취소되었다.

미티는 빈 주차장을 가로질러 걸었다. 김이 서린 유리창과 땀에 젖은 플로어를 다 닦고 마지막으로 스튜디오를 나서는 길이었다. 그녀가 신은 운동화의 얇은 깔창을 통해 아스팔트의 뜨거운 열기가 전해지기 시작할 때쯤, 고동색 포드 세단이 다가와 그녀 옆에 섰다. 에스미가 창문을 내리자 크림색 가죽으로 꾸며진 자동차 내부의 통풍구에서 차가운 공기가 쏟아져 나왔다. 에스미와 미티는 항상 같은 곳에 있는 것 같았지만 완전히 다른 세상에 살고 있었다.

"엄마가 솔트레이크시티에 갔어, 사촌이 모르몬 교도 남자애랑 사귀는데 떼어놓으려고." 에스미가 말했다. "우리 집에 가서 수영할래?"

그래, 물론이지. 미티는 가볍게 고개를 끄덕이는 것으로 대답을 대신했다. 그러나 마음속에서는 생방송 무대에 선 매미 합창단이 한목소리로 노래하고 있었다. 차에 탄 후 무슨 이야기를 나눴는지 기억나지 않는다. 다만 타자마자 거스러미를 물어뜯었고, 그다음부터는 엄지손가락으로 그 자리를 누르면서 따가운 통증을 애써 참았던 기억만 남았다.

---

*   발레에서 한쪽 발로 서서 빠르게 도는 동작.

에스미의 집은 외관이 성채처럼 견고해 보이는 단층의 대저택으로 U자형 진입로가 있었고 공 모양으로 가지치기를 한 사이프러스 관목들이 줄지어 서 있었다. 미티는 에스미의 집인 걸 모르고 이전에도 자전거를 타고 이곳을 지나간 적이 여러 번 있었다. 집으로 가는 먼 길인데도 불구하고 이 길을 자주 택했다. 넓고 잘 포장된 도로가 좋아서. 기름칠이 잘 된 그네에 그물망이 있는 축구 골대까지 있고 쓰레기도 제때 치워가는 등 부자들은 항상 많은 혜택을 누린다는 사실에 대해 갖고 있던 불만을 무시할 수 있을 정도로 좋아서.

집 안은 어둡고 호화로웠다. 마호가니 안락의자들이 있었고 카펫 위에 페르시아산 러그가 사선으로 깔려 있었다. 가짜 루비로 장식한 겨자색 벨벳 커튼이 주름이 잡힌 채로 바닥까지 치렁치렁 내려와 있었다. TV는 트윈사이즈 매트리스보다 컸다. 천박하면서도 고급스러웠다. 어느 바닥에서라도 편안히 잠을 청할 수 있을 것 같았다.

2층 복도 끝에 에스미의 침실이 불을 밝히고 있었다. 사방 벽이 거울로 되어 있었고, 바닥은 집 안에서 유일하게 딱딱한 나무 바닥이었다. 미티는 방 중앙에 서서 모든 각도에서 보이는 자신의 몸을 보지 않으려고 애쓰고 있었다. 에스미는 거울에 비친 자신의 모습이 매우 익숙한 듯, 그 형상을 옆에서 말없이 일하는 청소 아주머니로 여기는 듯 스스럼없이 행동했다. 거울 속 자신에게는 눈길 한번 주지 않고 서랍을 뒤져 미티에게 줄 수영복을 꺼냈다. 색이 바랜 청색 끈이 달린, 조금 줄어든 수영복이었다.

　욕실 거울 속 자신의 비키니 라인을 노려보던 미티는 늘어진 솔기 밑으로 기어 나온 털을 발견했다. 그녀는 수납장을 뒤져 비누가 굳어 있는 녹슨 면도기를 찾아냈다. 한 발을 욕조 옆구리에 올려놓고 사타구니에 온수를 뿌렸다. 면도가 아니라 찢기에 가까웠다. 끝냈을 땐 칼날이 막혀서, 화장지로 면도기를 잘 싸서 쓰레기통 속에 묻었다.

　미티가 허리에 수건을 두르고 욕실에서 나왔을 때, 에스미는 반대쪽을 보며 바닥에 앉아 있었다. 노란색 비키니를 입은 그녀는 허리를 굽히고 발가락에 있는 무언가를 살펴보고 있었다. 척추부터 엉덩이까지 드러난 뼈의 모습이 마치 실로폰 같았다.

　"잘 맞아?" 에스미가 돌아보지도 않은 채 물었다.

　서로 멀찌감치 떨어진 수영장 의자에 앉아 있어서 미티는 넓적다리 안쪽에 생긴 면도 자국을 에스미에게 들킬 염려 없이 허리에 두른 수건을 풀 수 있었다. 수영장은 작고 깊었으며 물이 잔잔하게 출렁거리는 모습이 마치 껍질을 까지 않은 강낭콩을 줄줄이 늘여놓은 것 같았다. 바위에 앉은 도마뱀처럼 고요하게 하늘을 향해 턱을 치켜들고 있는 자세로 볼 때 에스미는 물에 뛰어들 생각이 전혀 없는 듯했다. 다른 사람들 집에 가면 늘 이런 식이었다. 현관 협탁에는 손도 대지 않은 사탕이 접시에 수북하고, 식품 저장실에는 봉지를 뜯지 않은 과자가 잔뜩 쌓여 있다. 다른 사람들이 갖지 못한 것을 가진 사람들은 그것을 사용조차 하지 않았다.

"더운 걸 싫어하는 줄 알았는데." 미티가 말했다. 젖은 목에서 머리카락을 떼어내 의자 등받이 위에 놓았다.

"아냐." 에스미가 말했다. "더위가 사람들에게 미치는 영향을 싫어할 뿐이야. 다들 너무 예민해지잖아."

미티는 타는 듯 열기가 느껴지는 자기 몸이 진정하기를, 자기 몸은 예외로 보이기를 바랐다.

"스튜디오에 친구 많니?" 일광욕하던 엄마와 엄마 친구들한테서 엿들었던 수다를 흉내 내며 미티가 물었다.

에스미가 고개를 가로저은 것 같지만, 마침 미티는 눈을 감고 있었다. "어쨌든 난 떠날 거니까." 에스미가 말했다.

"어디 가는데?"

"나를 원하는 발레단이 있으면 어디든 가야지. 어딘가에 배치되는 거야." 저렇게 자신감이 넘치는 사람이 자신의 삶을 타인의 손에 맡기는 것이 이상하게 느껴졌다. "너도 좋은 곳으로 가겠지." 에스미가 말을 이었다. 미티가 돌아보았을 때, 에스미는 미티를 쳐다보고 있었고, 눈이 마주치자 고개를 들어 하늘을 바라보았다. "지금은 단지 뜸을 들이고 있을 뿐이고."

"그게 무슨 뜻이야?" 미티가 물었다. 대답이 궁금하기보다는 에스미가 자신에 대해 생각을 했다는 사실이 당혹스러웠다.

"네가 지금은 일을 열심히 하는 게 아닐 수도 있다는 뜻." 에스미가 말했다. "하지만 그건 네가 뭔가를 준비하고 있기 때문일 거야. 어딘가로 가서 다른 일을 할 테니까 고등학교 동창회에도 나오지 못할 거고."

미티는 자신의 삶을 그런 식으로 상상해본 적이 한 번도 없었다. 사실 바로 지금 이 순간의 삶을 넘어서는 삶을, 미래를 향한 끌림 없이 매일 반복되는 일상을 넘어서는 삶을 상상해본 적이 없었다. 그러나 에스미의 말을 듣고 나니 이곳이 아닌 다른 곳에 있는 자신을 상상할 수 있었다. 미래는 여전히 불확실했지만, 예전에는 공허하게만 느껴진 반면 지금은 가능성이 열려 있는 것으로 보였다.

에스미가 일어서자 등에 수영장 의자로 인해 새겨진 빨간 줄무늬가 보였다. 그녀는 엉덩이에 낀 수영복 솔기를 잡아당겨 꺼냈다. 두 팔을 머리 위로 들어 기지개를 켜면서 희미한 신음을 내뱉고는 미티에게로 걸어왔다. 그녀의 몸이 해를 가렸다. "올라가자."

땅거미가 지고 있었다. 에스미의 침실에 있는 빛은 짙은 청색 원으로 축소되었다. 에스미는 검은색 아이라이너를 들고 미티의 얼굴에 최대한 가까이 다가왔다. 두 다리를 벌려 미티를 가둔 듯한 자세로.

"이걸 녹여야 해." 에스미가 말했다. 그녀가 라이터를 켰고 뭉툭한 끝이 녹아내리는 아이라이너를 미티와 함께 지켜보았다. 그녀가 미티의 아래 눈썹을 잡아당기자 미티는 움찔하면서 몸을 뒤로 젖혔다.

"괜찮아." 에스미가 말했다. "불에 덴 적 한 번도 없었어. 느껴봐."

에스미가 쥔 따뜻한 아이라이너가 미티의 팔뚝을 거슬러 올라가 눈으로 되돌아갔다. 눈썹 그리기를 마친 에스미는 얼굴을 뒤로 젖힌 뒤 자신의 작품을 감상했다.

미티는 일어서서 거울을 보고 싶었지만, 그러면 에스미로부터 떨어지고, 서로의 몸이 멀어질 것이었다. 그녀의 마음이 에스미를 계속 그 자리에 붙잡기 위해 할 수 있는 말들을, 뭔가 물어보거나 제안할 말들을 뒤지기 시작했다. 끝내 할 말이 아무것도 없다는 것을 깨달은 순간, 에스미가 몸을 숙이더니 미티의 입에 키스를 했다. 에스미의 입술이 미티의 입술을 벌렸고 천천히 떨어져 나갔다.

전에도 키스한 적이 몇 번 있었지만, 그땐 빳빳하게 선 혀가 목구멍을 향해 달려오거나, 끈으로 잠그는 동전 지갑처럼 입이 오므라졌었다. 첫 키스는 학교 암실의 홍등가 조명 아래에서 했는데, 그 남자의 황소 같은 머리가 그녀를 벽으로 밀어붙였다. **괜찮았어, 나쁘지 않았어.** 친구들에게 털어놓은 감상평이었다. 첫키스를 마치 어딘가로 가기 위해 통과해야 하는 방처럼 여겼다. 초등학교 친구 라모나와 키스한 적도 있다. 아빠가 집을 나간 후 창가를 서성이며 신세 한탄하는 엄마를 견디다 못해 일주일간 라모나의 집 지하실에 머물 때였다. 그 키스는 남자와 했을 때보다 모든 것이 덜 상스러웠다. 심지어 방금 캔 당근처럼 거칠고 흙 맛이 나던 라모나의 침조차도. 그러나 그것은 개인적인 감정이 개입되지 않은 일, 미티가 아직 만나지 못한 미지의 남자를 향한 키스 연습에 지나지 않았다.

　미티는 사과하고 싶은 욕구와 싸웠다. 대신 에스미에게 몸을 기울이고 똑같은 식으로 부드럽고 조심스럽게 키스했다. 마치 그것이 그녀가 이 세상에서 진정으로 이해하는 유일한 일인 것처럼.

놀이공원에 다녀온 다음 날 아침, 침대에서 내려오던 레나는 시트에 조그맣게 생긴 빨간 얼룩을 발견했다. 자신이 핀셋으로 낸 상처가 밤사이에 꿈을 꾸며 뒤척이는 동안 다시 벌어진 것이다. 당황한 그녀는 시트를 벗겨 얼룩에 과산화수소수를 적시고, 거품이 뽀글뽀글 이는 핏자국을 감탄하며 관찰했다. 잠시 후 시트를 세탁기에 넣고 생각했다. 이 모든 걸 생리 탓으로 돌릴 수 있다면 얼마나 간단할까.

언제 마지막으로 생리를 했는지 기억나지 않는다. 서배스천을 만났을 땐 이미 폐경이 된 후였다. 빠른 폐경의 이유도, 그것이 걱정할 만한 일인지도 몰랐지만, 선물처럼 느껴졌다. 사귀기 시작한 직후부터 서배스천은 그녀에게 자궁 내 피임 기구 삽입을 권했다. 먼저 시술을 받은 환자들의 맨발이 닿아 더러워진, 패드를 덧댄 등자가 생생히 기억난다. 벌거벗은 엉덩이 밑에서 바스락거리던 빳빳한 종이 담요. 몸속으로 들어온

차가운 부리 같던 진찰질경. 얼굴이 기억나지 않는 의사가 기구를 자궁 경관에 심었을 때 몸속에서 베이스 드럼처럼 울려 퍼지던 통증. 그 시술을 받은 후엔 임신이나 생식기관에 대해서 생각한 적이 거의 없었다.

서배스천이 집에 있었다면, 그 핏자국을 사소한 사고로 얼버무려야 했을 것이다. 점을 긁었더니 피가 났다거나, 혀를 깨물었다거나, 겨울이 되니 코피가 났다는 식으로. 그러나 세탁실 형광등 불빛 아래에서 넓적다리를 끌어당겨 살펴보니 상처가 꽤 깊게 나 있다. 2센티미터가 넘어 보이는 자창에 피가 검게 굳어 있다.

그런데 아직도 만족스럽지 못하다. 찾고 있던 것을 찾지 못했다. 그런 시도를 더는 하지 않겠다고 다짐했지만, 상처가 나를 위해 저절로 다시 벌어지지 않았느냐고 합리화한다. 그래서 그녀는 이를 악물고 엄지와 검지를 맞잡아 살 속으로 밀어 넣은 후, 손톱을 이용해 빽빽한 근육을, 그녀 자신이라는 따뜻하고 젖은 풍경 속을 헤집고 들어간다.

피를 얼마나 흘렸는지 신경 써야 한다. 그녀가 무엇을 남기든, 피가 묻은 천을 빨래 바구니에 넣거나, 종이 수건 뭉치를 쓰레기통 맨 밑으로 밀어 넣더라도 서배스천이 다 알아차릴 것이다. 핏방울 네 개가 하얀 세라믹 타일에 튀어 빨간 별처럼 반짝인다. 고요가 그녀를 압도한다. 울고 싶다. 이게 전부인가? 특별할 것 없는 피, 그녀가 기억할 수 없는 혈통을 통해 이어져 내려온 혈관들이 가득한 신체? 절뚝거리며 화장실로 간다. 이런 일이 있었다는 것을 잊기 위해, 언젠가는 자신이 누구인지 어떤 사람인지 알 수 있을 것이라는 희망을 버리기 위해 최선을 다할 것이다. 그러나 그녀가 상처를 솜으로 꾹꾹 누르는 동안, 낯선 죄책감이 그녀를 감싼다. 마치 자신의 몸이 하는 이야기를 틀어막고, 알아들을 수 없는 말을 외치는 입에 재갈을 물린 듯한 느낌이다.

어두워지자 여러 사람의 목소리가 들린다. 킥킥거리는 소리, 고함치는 소리, 음이 맞지 않는 노랫소리. 미티가 그 소리를 쫓아 발코니로 나가보니 해변에 사람들이 모여 있다. 웃통을 벗은 너덧 명의 남자가 모닥불 앞에 둘러앉아 캔맥주를 마시면서 떠들어대고 불이 붙은 장작을 막대기로 헤집는다. 레나는 쓰러진 나무 몸통 위에, 남자 둘 사이에 끼어 앉아 있고, 담요를 덮은 무릎 한쪽에 맥주 캔을 올려놓고 있다. 모래밭에 앉은 남자들이 우스꽝스러운 짓을 할 때마다, 레나는 예의 바르게 억지웃음을 터뜨린다. 미티의 뒤에서 베델이 보는 텔레비전 소리가 들린다. 생각할 가치가 있는 일은 전혀 없으니 밤의 일상을 고집스럽게 영위하겠다는 듯 아주 시끄럽게 틀어놓았다.

베델이 에스미라는 이름을 입 밖에 낸 후 만 하루가 지났지만, 베델과 미티는 아직도 한마디 말도 나누지 않는 냉전 상태다. 베델의 침묵은 인정하고 싶진 않겠지만 자기 잘못을 자각했기 때문일 것이다. 에스미와 레나는 서로 닮지도 않았다. 적어도 객관적으로는. 그러나 이젠 문득문득 떠오르는 그들의 닮은 점들이 미티를 괴롭힌다. 이상한 것은 그 닮은 점들이 베델이 에스미를 만난 적이 있어야 알아차렸을 세부적인 면에 있다는 것이다. 무슨 생각을 골똘히 할 때 끼고 있는 액세서리를 만지작거리는 버릇, 가늘고 약한 팔다리, 남이 무언가를 설명할 때 고개를 숙이고 발을 내려다보며 듣는 모습.

어쩌면 에스미와 레나가 문제가 아니라, 미티 자신이, 미티가 에스미나 레나와 있을 때의 모습이 문제인지도 모른다. 베델은 미티가 레나와 있을 때의 태도를, 들뜨고 순종적이고 수줍어한다는 것을 퍼트리샤에게 이야기했을 것이다. 그 이야기를 듣고 엄마는 그 옛날 미티가 에스미의 집에서 하루를 보내고 왔을 때도 그랬다고, 얼굴이 상기되고 갑자기 생기가 넘쳤다고 확인해주었을 것이다. 미티는 그 모든 주장에 대해 자신을 방어하고 싶다. 그녀가 에스미와 있는 것을 보지도 못했으면서, 에스미를 만난 이후의 모습만을 보았으면서, 그때와 지금이 똑같은지 어떤지 그들이 어떻게 알 수 있단 말인가?

더 안 좋은 것은 그 모든 주장에 일말의 진실이 있다는 걸 미티도 안다는 사실이다. 물론 에스미와 레나와의 관계에는 닮은 점이 분명히 있다. 함께 있고 싶고, 상대를 이해하고 싶은 강렬한 열망. 그런데 미티가 그런 느낌에 어떻게 대처해야 할지 알 만큼 아직도 충분히 성장하지 못했다면 어떻게 해야 할까? 타인에게 스스로를 드러내라고 요구할 수 없다는 사실을 알 만큼, 단지 기다려야 한다는 사실을 알 만큼 성장하지 못했다면?

아래층으로 내려가 뒷문으로 나가는데 자꾸 긴장이 된다. 줄곧 레나를 바라보며 모래밭을 조용히 걸어간다. 레나는 희미하게 반짝이는 북극성이다.

"시끄러웠다면 미안해요." 미티를 발견한 레나가 말한다. 한 남자가 달을 향해 고함을 지른다.

"입 좀 다물어요, 루크. 다들 자는 시각이에요." 레나가 통나무 위에서 옆으로 비켜 앉아 미티에게 앉을 자리를 내주면서 말한다. 루크는 레나의 발치에 털썩 쓰러져 숨을 헐떡인다. 몸이 데친 야채처럼 시들시들하고 유두 사이에 털이 성기게 나 있다. 친구들보다 부드러운 몸을 가졌다는 사실에 열등감을 품고, 그래서 사춘기 소년처럼 치기 어린 행동을 하는 것 같다고, 미티는 생각한다.

"아니, 전용 해변에서 떠들지도 못해요?" 그가 미티를 흘끗 보더니 촘촘히 들어찬 이를 다 내보이며 환하게 웃는다. "불공평하네, 정말."

"뒤쪽 현관을 벗어나면 우리 땅 아니에요." 레나가 맞받아친다. "자, 입 벌려요, 멍청이 씨." 루크가 모래밭에 누운 채로 입을 벌린다. 레나가 그의 입속으로 맥주를 따르자 그가 켁켁거리며 기침하다가 웃으며 거품을 내뱉는다.

"이 남자들 강아지 같지 않아요?" 레나가 눈을 크게 뜨며 미티에게 말한다. "여긴 옆집에 사는 미티예요."

루크가 힘없이 손을 내밀어 미티의 손가락 몇 개를 잡고 흔든다.

"어느 집이요?" 루크가 미티 뒤로 보이는 집들을 향해 고갯짓을 하며 묻는다. 미티는 가장 볼품없는 모습은 어둠에 안전하게 가려진 것을 확인하고 안도하면서, 자기 집을 가리킨다. 사람들 앞에 서니 여전히 수치심이 느껴진다. 마치 하나의 성향이 된 것 같다. 다른 남자 세 명이 장작을 한 아름 안고 어둠 속에서 나타나 모닥불에 넣는다. 그들은 조용하고 능숙하다. 영장류 수컷의 성향. 미티와 레나는 아기를 안고 젖을 물려야 할 것만 같다. 레나는 미티에게 물어보지도 않고 옆에 있는 냉장 박스에서 맥주를 꺼내 그녀에게 건넨다.

"이분은 미티." 루크가 늦게 나타난 남자들에게 미티를 소개한다. 그들은 그녀를 향해 가볍게 묵례를 하고, 그녀는 그들이 자기를 원치 않는다는, 자기를 방해물로 여긴다는 생각이 갑자기 들자 떨쳐버리려고 애를 쓴다.

"원래 이름은 뭔데요?" 모닥불을 지피던 남자 중 한 명이 묻는다. 단연코 가장 매력적이다. 젖소처럼 깊은 갈색 눈이 의도하지 않은 친절한 인상을 풍긴다.

"미트리앤이요." 미티가 조용히 말한다. 그러고는 맥주 캔 뚜껑에 관심을 쏟는다.

"어머나, 몰랐어요." 레나가 미티의 옆구리를 쿡 찌르면서 말한다. 마치 수십 년 친구 사이인데 이런 중요한 사실도 모르고 있었다는 듯이.

"엄마가 지었어요."

"이름은 다 누군가가 지어주죠." 레나가 부드럽게 말한다.

남자들은 미티와 레나를 두고 바다를 향해 앞서거니 뒤서거니 달려간다. 안심이다. 놀이공원에서 레나에게 자랑했던 미티는 어디 갔는가? 남자들만 보면 활력이 넘치고, 남자들의 거친 언어를 잘 안다던 미티는 어디 갔는가? 경험이 부족해서 이젠 모르는 사람을 만날 때마다 자꾸 모든 행동이 의식되고 교류가 힘들어진다. 자칫 실수하면 벌을 받을 수도 있는 일로 느껴진다.

"저기." 레나가 미티를 바라보며 말한다. "이번 주에 우리 저녁 함께 먹어요."

레나가 그 약속을 기억하고 추진하는 것에 미티는 안도감을, 더 나아가 부끄러움을 느낀다. 이 잠재적인 저녁식사를 줄곧 상상하고 고대하다가 혼자만 그렇게 기다리고 있을 거라는 생각이 들어 실망하던 터였다. "그래요." 미티가 말했다. "그렇게 해요."

"좋아요." 레나가 남자들을 둘러본다. "서배스천이 오면 말할게요."

"어디 있는데요?" 미티는 그의 적갈색 머리카락이 보이지 않는다는 사실조차 알아차리지 못했다.

레나가 남아 있는 김 빠진 맥주를 모닥불에 버리자, 모닥불이 움찔한다. 레나는 발코니에 서서 그들을 지켜보는 서배스천이 보인다는 듯 눈을 가늘게 뜨고 발코니를 올려다본다.

"곧 나올 거예요." 레나가 말한다. "베델은요?"

"모르겠어요." 미티가 말한다. 대답이 경솔하게 너무 빨리 나와버린다.

레나가 그녀를 물끄러미 바라본다. "무슨 일 있어요?"

"싸웠어요."

"왜요?"

"참견이 너무 심해서요." 미티는 발목만 보일 때까지 발을 모래 속에 파묻는다. "새로운 누군가가 내 인생에 들어올 때마다 나를 어린애 취급해서."

레나가 자세를 바꿔 앉는다. "나 때문이에요?"

"아뇨." 미티가 말한다. 그러나 레나는 그 말을 믿지 못하고 한숨을 쉰다. "진짜 그런 거 아니에요." 미티가 말을 잇는다. "당신이 잘못한 거 없어요. 우리 둘의 문제예요. 너무 오랜 시간을 함께 보내서 그래요."

"또 같이 놀자고 하면 좋아하시지 않을까요?" 레나가 묻는다. "어쩌면 소외감이 드신 건지도 몰라요."

미티가 대답하기 전에, 레나는 남들 귀에는 안 들리는 무슨 소리를 들었는지 고개를 돌려 어둠 속을 바라본다. 몇 초가 더 지나고 나서 미티는 그들을 향해 다가오는 서배스천을 발견한다. 레나의 얼굴에 화색이 돌더니 흠 없이 깔끔하고 침착한 목소리로 그를 맞는다. 미티의 평온이 다시 한번 끊기고 그녀는 살짝 몸서리를 친다.

"여자다." 서배스천이 싱긋 웃으면서 말한다. 마치 미티가 해변으로 밀려온 인어라도 되는 듯이.

"미티야." 레나가 말한다. 그녀의 눈이 서배스천과 미티 사이를 바삐 오간다. "우리 옆집에 사는."

미티는 숙련된 미소를 지으며 서배스천의 두툼한 손을 잡고 악수를 한다.

그는 미티의 기억보다 더 매력적이다. 어쩌면 지금은 그녀를 똑바로 보고 있어서 그렇게 느껴지는지도 모른다. 턱수염에 섞여 있는 흰 털 몇 가닥이 모닥불 불빛을 받아 황금색으로 보인다. 눈썹이 짙고, 그 밑의 뼈가 툭 튀어나와 있어 깊이 들어가 있는 눈 위에 차양이 쳐진 것 같다. 그의 눈이 실제로 꿀 같은 색인지 아니면 모닥불이 반사되어 모든 것이 황금색으로 보이는 건지 잘 모르겠다.

"마침내 만나게 됐네요. 반갑습니다." 미티가 말한다. 서배스천은 레나 옆에 끼어 앉고, 그의 덩치 때문에 두 여자는 통나무 양쪽 끝으로 밀려난다. 미티는 그가 맥주 캔을 따고 꿀꺽꿀꺽 마실 때마다 오르락내리락하는 목젖을 훔쳐본다.

"저도요." 서배스천이 말한다. 손으로 입을 가리고 트림을 한다. "여기 오래 살았어요?"

"십 년이요." 미티가 말한다. "제 동거인은 1965년부터 여기 살았고요."

"우와, 정말 다행이다, 그치?" 그가 레나에게 말한다. "난 이 동네에 우리 같은 사람들만 가득할까 봐 걱정했거든."

"당신 같은 사람들이겠지." 레나가 말한다. 그러고는 웃으면서 그에게 어깨를 기댄다.

그는 턱을 부드럽게 한 대 맞은 것처럼 그 농담을 가볍게 받아들인다. "그럼 이 동네의 변화를 다 지켜봤겠네요, 미티?"

"베델 이모만큼은 아니지만요." 이 이야기는 여기서 끝내고 싶다. 미티는 새로 이사 온 사람들에게 죄책감을 심어주는 일에 베델만큼 즐거움을 느끼지 못한다. 이런 대화는 아예 피하고 싶다. 그러나 어디선가 베델의 목소리가 들리는 것 같다. 그들에게 쉽게 **면죄부를 주지 마**. 미티는 베델이 들으면 자부심을 느낄, 재치 있는 말을 생각해내려고 애를 쓴다. "예를 들면, 연쇄살인범이 많이 줄어들었어요, 예전보다."

서배스천이 코웃음을 친다. "그래요?"

"같은 시기에 세 명이나 있었던 때도 있어요." 미티가 말한다. "1970년대 초반에."

레나와 서배스천이 입을 다물고 미티를 쳐다본다.

"아니다, 두 명이네." 미티가 정정한다. "나머지 한 명은 대량학살범이었어요. 산속에 판잣집을 짓고 사는 광적인 환경론자였죠. 이 동네를 개발한 부유한 가족을 극도로 혐오했어요."

"그 가족을 다 죽였어요?" 레나가 묻는다.

"네, 집 안에 있던 사람들은 다." 남자들이 하나둘씩 모닥불 앞으로 돌아와 자기들끼리 조용히 대화를 나눈다. "두 딸은 기숙학교에 다녀서 살았죠."

"이리 모여봐, 친구들." 서배스천이 외친다. "여기 오래 사신 분이 옛날이야기를 해주고 있어."

 남자들은 근처 통나무에 앉거나 모래밭에 양반다리를 하고 앉는다. 미티는 청중을 둘러본다. 보편적인 기준으로 볼 때 매력적인 남자들이다. 팔뚝 피부 아래 지렁이처럼 기어다니는 정맥이 보인다. 미티의 불안감은 왜 갑자기 사라졌을까? 그녀는 자신감을 느낀다. 정보의 우위에서 나오는 안정감을 느낀다. 다시 일곱 살로 돌아가 파티에 온 남자들과 농담을 주고받는 기분이다. 서배스천의 무릎을 꽉 잡고 있는 레나가 눈가로 보인다.

 "그의 이름은 존 린리 프레이저였어요." 미티가 이야기를 시작한다. "대량학살범 말이에요. 20대였고 여러분이 상상하는 모습 그대로예요. 다시 옛날로 돌아가야 한다고 주장하면서 판잣집에서 전기도 없이 생활했고 성경을 읽으면서 지냈죠." 여기저기서 피식 웃음이 새어 나온다. "피해자 가족과는 채 1킬로미터도 떨어지지 않은 곳에 살았어요. 피해자 가족 중 아버지는 안과의사였죠. 존은 인류를 구원하기 위해서는 물질주의를 없애야 한다고 믿었어요. 그는 그 피해자들을 물질주의 그 자체로 느꼈던 것 같아요."

 "너무 끔찍하네요." 레나가 중얼거린다.

 "피해자들을 스카프로 꽁꽁 묶어서 사형을 집행하듯 총으로 쐈어요." 미티가 말을 잇는다. "그러고는 수영장 물속에 처넣었죠."

 "미친 새끼." 루크가 말한다.

"그 일이 바로 저기서 일어났어요." 미티가 도로를 가리킨다. 사람들의 눈이 그녀의 손가락을 따라간다. "저 고속도로 건너편에서요."

다들 갑자기 귀신을 보기라도 한 것처럼 조용해진다.

"살인범이 두 명 더 있다고 했죠?" 레나가 묻는다.

미티는 허버트 멀린 이야기도 들려준다. 멀린은 가톨릭 사제를 고해실에서 칼로 찔러 살해했고, 헨리 코웰 주립공원에서 10대 네 명을 죽이고는 그들이 자연을 오염시켰기 때문에 죽였다고 주장했다. 그는 몇 년에 걸쳐 총 열세 명을 살해했다. 미티는 또 에드 켐퍼라는 연쇄 살인마에 대해서도 이야기했다. 에드 켐퍼의 엄마가 UCSC에서 근무하면서 학교 로고가 박힌 차를 몰고 다녔고, 에드 켐퍼는 그 차를 이용해 직원인 척하며 캠퍼스에서 여학생들을 태워준 후 살해하여 엄마 집 뒷마당에 피해자들의 머리를 묻었다. "머더스빌*." 미티가 말한다. "그때 검사가 산타크루즈를 그렇게 불렀어요."

"그 사건들이 다 같은 시기에 일어났다고요?" 서배스천이 묻는다.

"네, 겹치는 시기가 있었어요. 경찰이 한 명을 체포하고 해결했다고 생각했지만, 그 후에도 살인사건이 계속 일어났죠."

"그러다가 어느 날 갑자기 살인사건이 멈췄고요?" 레나가 묻는다.

---

* Murdersville '살인이 일어나는 동네'라는 뜻.

"네, 범인들이 잡힌 후에요." 서배스천의 어깨에 긴장이 풀리는 것이 보인다. "하지만 이 도시는 아직도 그 후유증을 겪고 있어요. 이제 낡은 것과 새로운 것 사이의 갈등도 생겨났고요. 최근에 테크 엔지니어가 살해된 소식 들으셨죠?"

미티는 질문을 하자마자 후회한다. 남자들은 그녀가 바라는 대로 흥미를 느끼기는커녕 불편한 기색을 보인다. 자리에서 몸을 들썩이고 굳은살이 박인 발을 내려다본다. 루크는 맨손으로 맥주 캔을 찌그러뜨린 후 새 캔을 딴다.

"그럼요." 서배스천이 진지하게 말한다. "다들 들었죠."

미티가 서둘러 사과하지만, 서배스천이 웃음으로 분위기를 무마한다.

"당신이 미안할 게 뭐가 있어요." 그가 말한다. "범인이라면 몰라도."

그가 환하게 웃자 드러난 이가 반짝인다. 눈가엔 잔주름이 잡힌다.

어색한 침묵이 흐른다. 미티는 용서를 구하고 싶은 충동을 애써 참는다. 다들 침묵을 메우기 위해 바다를 돌아보고, 달빛을 받아 은색으로 빛나며 출렁이는 바다에 마음을 빼앗긴 척을 한다.

"몇 시야?" 한 남자가 억지로 하품을 하면서 묻는다. 자정이 막 지났다고 누가 말하자, 남자들은 차를 몰고 산을 넘어 돌아갈 길을 걱정하기 시작한다.

"동거인이 밤잠이 없는 분인가 보네요." 서배스천이 말한다. 그는 베델의 침실 창문을 올려다보고 있다. 미티도 올려다보니 거울 앞에 앉은 베델의 익숙한 실루엣이 보인다. 관자놀이에서 굽이치는 곱슬머리, 강하고 울퉁불퉁한 코, 저주처럼 느껴지는 등줄기의 곡선.

어떤 사람을 너무나 잘 알아서 그가 움직이는 방식이 약간만 변해도 금방 알아차릴 수 있다는 것이 미티에게는 참으로 낯설게 느껴진다. 베델의 동작이 평소보다 느리다. 베델을 노인으로 생각해본 적이 거의 없지만, 여기서 보니 영락없는 노인이다. 하고 싶은 일을 더는 할 수 없는, 늙어가는 육신. 미티는 바다에서 베델을 수도 없이 많이 보았지만 이미 아는 모습 외에 다른 모습을 발견한 적은 거의 없었다. 그런데 왜 지금은 이것을 알아차렸을까? 십 년 동안 베델이 조금도 늙지 않았다고 주장한 사람은 항상 미티였다. 베델은 미티의 편견이 들어간 관찰이라고 일축했다. 넌 항상 나를 보고 있으니까 내가 늙어가는 것을 못 보는 거야. 베델이 말했다. 지금 이 순간 미티는 남의 시선이 베델을 생기 있게 만든 원동력이었다는 것을 깨닫는다. 아주 오랜만에 처음으로 그들은 하루가 지나도록 한마디도 하지 않았다. 그리고 베델은 벌써 늙기 시작했다.

다음 날 아침, 서배스천은 샤워기를 틀어놓고(환경에 유해한 그의 몇 가지 사치 중 하나다) 커피를 만든다. 커피 향이 문 밑으로 새어 들어와 레나의 잠을 깨운다. 둘 다 9시 넘어서까지 잤지만, 몸을 제대로 가누지 못하는 상태다. 벌거벗은 그가 침실로 들어와 욕실을 가리키자, 레나가 일어서서 그를 따른다. 그가 목욕 수건으로 그녀의 넓적다리 뒤쪽을 닦기 시작하고 나서야 그녀는 상처를 떠올린다.

"이게 뭐야?" 서배스천이 묻는다. 레나가 돌아본다. 그가 진자주색 구멍을 가리킨다.

"대문에서 뭔가에 찔렸어." 너무도 태연하게 말이 나와 자신도 그렇게 믿을 정도다. 그녀는 다시 고개를 돌려 배꼽을 내려다보며 손가락을 넣어본다.

"그냥 찔린 정도가 아닌데." 그가 말한다. "못에 긁혔어?"

그가 두 무릎을 꿇고 피가 난 상처에 얼굴을 가까이 가져간다. 마치 현관문에 난 작은 구멍을 들여다보듯. 그가 상처를 오래 검사할수록, 그의 걱정도 커질 것이다. 그는 엄지손가락으로 상처의 가장자리를 부드럽게 쓰다듬더니, 통증이 전해지기라도 하듯 침을 삼킨다. 그녀는 돌아서서 그를 바라보며 한 무릎으로 그의 가슴을 쿡 찌른다.

"글쎄, 모르겠는데." 그녀가 장난처럼, 이렇게 세심한 사랑을 받는 것이 무척 피곤하다는 듯 한숨을 쉰다. 두 손을 그의 두 겨드랑이에 넣어 그를 애써 일으켜 세운다. 그의 목에 얼굴을 묻고, 귀 뒤의 오목한 곳에 숨을 뱉는다. "걱정하지 마."

"뭔지 모르지만 내가 찾아낼게." 그는 그녀를 들어 그녀의 넓적다리를 자기 골반뼈에 댄다. 그녀는 가지고 있던 근심 걱정을 냉큼 벗어던지고 낯설고 관능적인 장난에 몰두하는 그의 모습에 놀란다. "내가 찾아낼 거야." 그가 같은 말을 반복하며 그녀를 안아 올렸다가 내리자 그녀가 꺄약 하고 소리를 지른다. "내가 그걸 없애버릴 거야."

레나는 입고 있는 검은색 짧은 원피스의 치맛단을 불안한 듯 잡아당긴다.
"너무 짧지 않아?"
서배스천이 그녀를 흘끗 보더니 괜찮다고 건성으로 중얼거린다. 레나는 검은 베레모 위에 핀으로 꽂은 그물로 된 베일을 만지작거린다. 어릿광대가 된 기분이다. 대통령 장례식에 가려고 차려입은 것 같다.
장례식에 갈 준비를 하면서부터 서배스천의 기분이 바뀌었다. 뺨에 애프터셰이브를 바르고 셔츠 소매 단추를 잠그면서도 말을 거의 하지 않았다. 늘 먹던 아침식사(코티지 치즈와 약간의 아몬드 버터를 곁들인 라이스 케이크)도 거부했다. 레나는 식사를 강요하지 않았다. 그가 그녀의 몸이 아닌 다른 것에, 새로운 문제에 관심을 갖는 것이 더 좋았다.
레나는 장례식에 가본 적이 한 번도 없다. 자신이 아무런 준비가 되어 있지 않다는 사실에, 장례식장에 도착하기 전에 물어보고 싶은 질문이 너무도 많다는 사실에 그녀는 당혹감을 느낀다. 잔인하게 살해당한 사람도 관을 열어놓고 장례식을 하나? 고인과의 관계를 기준으로 좌석이 정해져 있나? 울어야 하나? 눈물이 안 나오면 어떻게 하지? 서배스천은 삶의 경험이 더 풍부한 사람과 함께 가고 싶지 않을까? 애도라는 감정적으로 취약한 영역으로 들어갈 때 위로와 격식의 섬세한 조화가 필요하다는 사실을 이해하는 사람과? 연애 초기에는 서배스천이 세상일에 대해 잘 아는 노련미 있는 여자와 사귀는 것이 더 낫지 않을까, 이혼 경력이 있거나 혼자 여행을 한 적이 있거나 특정 화가를 너무 좋아해서 그의 작품을 전부 수집할 정도의 열정이 있는 여자와 사는 것이 낫지 않을까 하는 생각을 자주 했다. 레나는 그런 여자를, 수많은 단점을 가진 자신과 반대되는 여자를 상상했다. 그러자 서배스천과 아침 산책을 나갈 때면 그 여자가 길모퉁이에 서서 기다리고 있을 것처럼, 그렇게 현실적으로 느껴졌다. 그러나 레나가 용기를 내 그에게 자신을 안심시켜줄 것을 요구하거나 자신이 달라지기를 바라는 점이 무엇인지 물을 때마다, 그는 손사래를 쳤다. **자긴 완벽해.** 그가 말했다. **자긴 내가 늘 꿈꿔왔던 여자야.**

이제 샌프란시스코까지는 이십 분만 더 가면 된다. 레나는 여기 올 때까지 자신의 사적인 마음만 파헤치면서 대부분의 시간을 보낸 것이 후회스럽다. 그녀는 팩스를, 그가 몇 년간 소유했던 산타크루즈 여름 별장을 방문했던 일을 떠올려본다. 서배스천과 레나가 산타크루즈에서 집을 찾기 시작한 데는 그 여름 별장도 한몫했다. 팩스는 샌프란시스코에서 산타크루즈로 이사하고 얼마 지나지 않아 살해됐다. 그 당시 팩스와 서배스천은 새로운 도시에서 함께 일할 계획을 세우고 있었고, 동네 등반 체육관에서 암벽타기를 시작하고 데번포트로 전복잡이 다이빙을 하러 가자는 이야기도 나눴다. 서배스천이 얼마나 들떠 있었는지. 그들의 미래에 대해, 그의 표현을 빌리자면 **현실** 세계에서 마침내 그가 도달할 목적지에 대해 그가 얼마나 큰 환상을 갖고 있었는지 그녀는 기억한다.

서배스천과 레나가 탄 자동차가 장례식장 주차장으로 들어서자, 레나는 누군가의 죽음에도 불구하고 주차 공간을 찾는 것과 같은 평범한 일상사는 여전히 이어진다는 사실에 충격을 받는다. 비극을 업으로 삼는 사업은 대리주차 서비스라도 제공해서 유족과 조문객의 사소한 수고는 덜어주어야 하지 않을까? 서배스천은 차들이 꽉꽉 들어찬 통로를 돌면서 조용히 욕을 내뱉는다. 레나는 죽음에 무감각해진 장례식장 직원들이 주차장에 들어찬 차와 조문객의 수를 근거로 고인이 미움을 받았거나 사랑을 받았다고 단정하는 것은 아닐까 하는 생각을 한다. 그리고 자신의 장례식날 한적한 주차장 풍경을 상상한다. 고인이 생전에 무슨 끔찍한 일을 했기에 아스팔트 주차장이 저렇게 텅 비었는지 궁금해하는 장례식장 직원들의 모습이 떠오른다. 그녀가 잘못한 것은 없으며 그저 혼자였고 외롭게 살았다는 사실을 그들이 고려해줄까?

거대한 나무문을 통과한 후에 나타난 로비에선 피하고 싶은 냄새가 난다. 장미 조화 향기, 카펫 샴푸 냄새, 여러 향수가 섞인 냄새. 낯선 사람 몇 명이 이젤에 놓인 커다란 사진(주황색 카약에 탄 팩스가 환하게 웃고 있다) 앞에 서서 가장자리에 추모글을 적고 있다. 팩스와 서배스천이 오랜 시간을 함께 했다지만, 레나는 팩스를 잘 알지 못했다. 적어도 친한 사이는 아니었다. 팩스는 무슨 이유에선지 항상 그녀를 피하는 것 같았고, 서배스천은 그가 아름다운 여자 곁에 있을 땐 너무 쑥스러워하기 때문이라고 설명했다. 이 말은 그녀를 혼란스럽게 했다. 그녀는 그를 잘생겼다고 생각했고(벌써 희끗희끗해진 머리에 눈은 옅은 녹색이고 앞니 두 개 사이가 살짝 벌어져 있긴 하지만), 그동안 그가 만났다 헤어졌다 한 여자친구가 꽤 되는 걸로 알고 있었기 때문이다. 몇 번 만났을 때마다 그는 편안한 모습이었고, 거의 항상 옷을 허술하게 입고 있었다. 추레한 티셔츠에 서핑 반바지를 엉덩이에 걸치고 있어서 금방이라도 털이 보일 것 같았다. 그는 분명 전형적으로 매력적인 남자는 아니었지만(울퉁불퉁한 코에 두 뺨에는 여드름 흉터가 잔뜩 있었고 지나치게 마르기까지 했다) 움직이면 아름다워졌다. 그것은 그냥 아름다운 것보다 훨씬 더 힘든 일이다.

서배스천은 테이블에 쌓여 있는 장례식 식순지를 무시하고 예배당에 들어가고 레나도 곧장 그의 뒤를 따른다. 식순지에 소개된 팩스의 생전 업적들이라도 좋으니 관심을 쏟을 만한 무언가가 있으면 좋겠지만 그냥 들어간다. 신도석에는 많은 조문객이 웅크리고 앉아서 눈물을 흘리고 서로의 등을 쓸어주고 있다. 장례식을 보면 고인의 인기뿐만 아니라 급사인지 아닌지도 분명히 드러난다. 고인의 죽음이 조문객들에게 얼마나 큰 비극으로 여겨지는지도. 노인이나 만성 질병으로 몇 년간 투병하다가 목숨을 잃은 사람의 죽음을 애도하러 온 조문객들은 어깨를 덜 들썩거리고 화도 덜 낼 것이다. 아는 얼굴이 있나 조문객을 둘러봤지만 한 명도 보이지 않는다. 다들 절망에 빠져 고개를 숙이고 얼굴을 일그러뜨리며 울고 있다. 서배스천의 직장 파티에서 오며 가며 만난 적이 있는 사람들일 것이다. 그런 파티에서 레나는 먹지도 않을 씨앗 크래커에 브리 치즈를 바르면서, 직업이 뭐냐고 묻는 사람이 없기를 간절히 바라면서 대부분의 시간을 보냈다.

서배스천은 레나의 팔짱을 끼고 예배당 뒤쪽 신도석을 향해 걸어간다. 그가 먼저 신도석으로 들어가고 레나는 맨 끝에 앉힌다. 이제 그녀의 왼편에는 신도석의 나무 벽이 있다. 그녀는 낯선 사람과 어깨가 닿는 것보다는 나무 벽이 낫다고 안도한다. 예배당 앞쪽에는 뚜껑을 닫은 관이 놓여 있고 수많은 백장미가 관 위에 수북이 쌓여 있다. 관은 레나가 기억하는 팩스의 키보다 작아 보인다. 서배스천은 옆에 앉은 사람과 대화를 시작한다. 동료인데. 이름이 벤이었나? 브라이언?

"레나." 남자가 서배스천의 무릎 너머로 손을 뻗어 레나에게 악수를 청한다.

"자기야, 라이언 기억하지?" 서배스천이 레나의 멀뚱한 시선을 알아채고 말한다.

"물론이지." 레나도 악수를 위해 손을 뻗지만, 라이언은 그녀의 손가락만 꽉 잡는다. "좋은 동료를 잃으셔서 어떡해요."

"우리 모두의 슬픔이죠." 라이언이 말한다. 그러면서도 그녀의 손을 놔주지 않고 눈으로 계속 그녀의 표정을 살핀다.
"팩스를 알고 계셨죠?"

레나는 부드럽게 손을 빼려고 하지만, 라이언이 더욱 꽉 잡는다. 불편한 감정이 몰려온다. 그에게 잡힌 손에서 땀이 난다.

"서배스천만큼은 아니고요." 레나가 말한다. 그녀가 서배스천의 발을 툭 치자, 그는 무슨 뜻인지 알아듣고 자신의 배로 라이언의 손을 툭 쳐서 레나의 손을 놓게 만든다.

"그건 그렇죠." 라이언이 레나를 향해 웃으면서 말한다. "서배스천만큼 팩스를 잘 알았던 사람은 없으니까요."

진짜? 팩스가 서배스천의 삶에서 중요한 인물이었던 건 알았지만, 둘이 절친하다고는 생각하지 않았다. 팩스가 죽기 직전에 둘은 막 친해질락 말락 하는 듯 보였고, 결국에는 친해지지 못한 것 같았다. 입을 굳게 다문 서배스천의 옆모습을 바라보았지만, 그는 그녀에게 눈길을 주지 않는다. 그는 저 앞에 놓인 관을 바라보고 있다. 당장이라도 관을 열어젖히고 싶은 것처럼. 라이언을 돌아보니, 그는 아직도 눈으로 그녀를 더듬고 있다. 그녀는 목소리를 가다듬는다. 라이언에게서 눈길을 거두고 예배당 앞쪽을 돌아보며 뒤로 충분히 기대 서배스천의 몸 뒤로 숨는다.

올리브색 정장을 입은 노신사가 연단에 오른다. 서류를 뒤적이더니 마이크를 조정한다. 청중이 일시에 조용해진다.

"안녕하십니까, 여러분." 노신사가 말한다. 그는 뒤에 있는 관을 돌아본 후 다시 고개를 돌려 조문객들을 바라본다. 자신을 팩스의 조부라고 소개한 뒤, 대를 이어온 유산에 대해 말하며 추도사를 시작한다. 자신과 아내는 외동아들 즉 팩스의 아버지를 두었고, 팩스의 아버지도 아들 하나 즉 팩스를 낳았다며, 죽음은 대를 이어 전해야 할 횃불이라고 말한다. 이상적인 세상에서는 사람들이 세상에 아이를 낳아주고 나서야 죽는다. 그러나 팩스에겐 자식이 없었다. 돌연사로 대가 끊겼다고, 혈통이 끊겼다고 그는 말한다.

"팩스가 살해됐을 때." 그는 **살해**라는 단어를 말하고 잠시 말을 멈춘다. 고통스러운 기억이 되살아난 것이다. "우리 가족도 살해됐습니다. 범인들은 우리에게서 아들, 손자를 빼앗아 간 것만이 아니라, 우리 가족의 미래까지도 빼앗은 것입니다."

레나의 관심은 둘로 나뉜다. 한 눈으로는 팩스의 조부를, 다른 눈은 서배스천을 흘깃 살핀다. 그녀는 서배스천의 미세한 행동을 신호로, 어느 특정한 순간에 그의 기분이 어떤지를 보여주는 증거로 생각하며 의존하게 되었다. 그 신호를 해석하는 사전은 방대하지만 그녀는 그 언어에 능통하다. 그가 목청을 가다듬으면, 다른 사람이 한 말에 동의하지 않지만 논쟁할 가치는 없다고 생각한다는 뜻이다. 앉은 채로 자세를 바꾸면, 십 분 이내에 자리를 뜰 준비가 되어 있다는 뜻이다. 손바닥으로 얼굴을 비비면, 대화에 열중하고 있고 중요한 말을 꺼낼 준비를 하고 있다는 뜻이다. 그리고 레나의 어깨를 한 팔로 감싸고 그녀의 이두박근을 잡고 꽉 누르면, 그녀가 지루해한다는 것을 알고 있고 잠깐만 더 머물다가 가겠다는 뜻이다. 그러나 지금은 그의 뜻을 헤아리기가 쉽지 않다. 그가 목을 긁어 긴 손톱자국을 남긴다. 아무 때나 혹은 적절하지 않은 때에 고개를 끄덕여, 마치 이어폰을 끼고 다른 독백을 듣고 있는 것 같다. 그는 입고 있는 재킷의 맨 위 단추를 잠갔다가 푼다. 이런 행동들은 무슨 의미일까? 그녀는 자신이 그를 나침반 삼아 의존했다는 것을 깨닫는다. 이젠 누구를 혹은 무엇을 따라야 할지 모르겠다.

팩스의 조부는 마지막으로 마크 트웨인의 시를 읊으며 추도사를 마친다.

"따뜻한 여름날의 태양이여, 친절하게 이곳을 비추어라, 따뜻한 남부의 바람이여, 부드럽게 이곳으로 불어라." 그가 점잖은 목소리로 시를 읊는다. 손가락을 꼬고 눈을 감은 채 듣고 있던 서배스천이 고개를 숙인다. 여기 도착한 이후 처음으로 그는 진정으로 이곳에 속한 것 같고, 무언가에 진심으로 감동한 듯하다. 조문객들이 점잖게 박수갈채를 보낸다. 다들 축하의 박수처럼 여겨지지 않으려고 조심하는 게 느껴진다. 서배스천이 레나의 귀를 향해 몸을 기울인다.

"화장실." 서배스천이 속삭인다. 두 번째 추도사를 하기 위해 다른 추도객이 연단으로 향하는 동안, 서배스천은 신도석을 빠져나가 뒷문으로 나간다. 따라 나가는 레나의 귀에 라이언이 숨죽여 웃는 소리가 들린다.

서배스천은 세면대 위로 몸을 숙이고 개수구를 노려본다.

"서배스천." 레나가 부드럽게 그를 부르면서 화장실 문을 잠근다.

"이리 와." 그가 자기 앞의 공간을 가리킨다. 그를 똑바로 보려고 애쓰면서 다가가자, 그는 거울을 향해 그녀를 돌려세운다. 그녀는 장례식장에 도착한 후로 줄곧 그의 옆얼굴만 보았다는 사실을 깨닫는다. 정면으로 보니 얼굴에서 슬픔이 만져질 것만 같다. 짙은 속눈썹이 충혈된 눈 위에 차양을 드리우고 있다. 입술에는 핏기가 하나도 없다. 머리카락은 잠에서 깬 후 손질을 안 한 듯 헝클어져 있고 앞쪽의 뻣뻣한 머리카락은 빗질도 안 한 상태다. 비어 있는 정수리가 허리케인의 눈 같다. 레나는 감정을 느끼는 그의 모습에 안도한다.

"너를 봐." 그가 말한다. "나 말고."

그녀는 순종하여 그에게서 눈길을 거두고 거울에 비친 자신의 모습을 바라본다.

그의 오른손이 그녀의 허벅지 위로 기어 올라와 팬티의 가랑이 속으로 밀고 들어간다. 그의 손가락이 그녀를 누르고 비벼서 깊은 곳이 벌어지게 한다. 그런 다음 그는 손가락 하나를 안으로 밀어 넣는다. 또 하나. 그녀가 눈을 감을 때마다 그는 눈을 뜨라고 명령한다.

"자신을 똑바로 봐." 그가 지시한다. "알겠어?"

그녀는 고개를 끄덕인다. 그러나 그가 그녀의 몸속으로 더 깊이 들어와 오직 그만 닿을 수 있는 어떤 것에 손가락을 걸자 그녀는 눈앞이 아득해진다. 그녀는 항상 자신의 손보다 민첩하고 치밀하고 목적 지향적인 그의 손을 좋아한다. 두 사람은 점차 굳어지는 그녀의 몸을, 그녀가 거울을 향해 몸을 기울임에 따라 더 가까워지는 일그러진 얼굴을 지켜본다. 절정에 도달할 때, 그녀의 눈은 더는 자신의 눈처럼 보이지 않는다.

신도석으로 돌아온 그들은 라이언을 보지 않으려고 노력한다. 레나는 자리에 앉아 새로 생긴 다리 사이의 습한 느낌에 적응한다. 커다란 프로젝터가 다양한 실외 활동을 하는 팩스의 모습을 담은 슬라이드쇼를 송출한다. 산 정상에서 하늘을 향해 두 팔을 활짝 펴들고 있는 팩스. 서핑보드 끄트머리에 작은 프렌치불독을 태우고 서핑을 하는 팩스. 대학 시절 노를 젓고 있는 젊고 강한 팩스. 그가 가슴을 향해 노를 잡아당기자 두 뺨에 바람이 들어가 불룩해진다.

서배스천 자신을 포함해서 그의 삶에 들어온 남자들은 불가능할 정도로 건장하고 무한한 활력 같은 것을 소유하고 있다. 레나는 그들이 컴퓨터 앞에 앉아 코드를 만들거나 황량한 회의실에서 사용자 친화적인 플랫폼에 대해 토론하며 보낸 시간을 보충하려는 게 아닌가 하는 생각도 한다. 그녀와 서배스천만의 시간도 있지만, 그녀는 더 큰 규모의 친구들과 만날 때 초대받지 못했다는 사실에, 그녀가 따라다닐 때마다 여자친구들이나 아내들과 따로 모여 놀도록 팽개쳐졌다는 사실에 아직도 화가 난다. 남자들이 어떤 속도나 장애물에 온몸을 던져 도전하는 동안 여자들은 근처 접이식 의자에 앉아 햇빛 가리개 모자를 쓰고 오렌지를 완벽한 쐐기 모양으로 까는 일이나 하고 있었다.

일 년 전 서배스천은 달리기를 시작했다. 사랑에 빠진 여자들이 흔히 그러하듯 레나도 그를 따라서 달리기를 시작했다. 그녀는 달리기에 천부적인 재능이 있고 심장이 터질 듯 아픈 상태를 즐겼으며 자기 발이 15킬로미터 이상을 달려 어딘가 다른 곳으로 데려다준다는 걸 즐겼다. 그러나 가장 좋았던 것은 서배스천과 함께 할 수 있는 일이 하나 더 생겼다는 사실이었다. 그와 함께 대초원을 나란히 달리는 매끈하고 숙련된 늑대가 된 것이 기뻤다.

최근에 서핑을 아주 많이, 도시에 살았을 때보다 훨씬 더 많이 했기 때문인지 모르겠지만, 레나는 그와 함께 서핑한 날들을 이상하리만치 자세하게 떠올리고 있다. 기억 속에 불쾌한 감정이 묻어난다. 오로지 사랑하는 여자와 가까워지기 위해 완전히 새로운 기술을 배워서 완벽하게 구사하고, 그 기술을 중심으로 정체성을 형성하는 남자들도 있을까? 삼삼오오 모여 앉아서 자기가 할 수 없는 일을 해내는 여자친구들을 바라보면서, 자기들의 것이 아닌 기술을 매개로 서로 유대감을 쌓는 남자들은 얼마나 될까? 이런 이야기를 서배스천에게 꺼낼 수나 있을까? 화가 날 정도로 미루고 또 미루고 있는 이야기였다. 그는 그녀의 새로운 깨달음에 흐뭇해할 것이다. **여자의 관심은 여자를 위한 거야. 하지만 남자의 관심은 모두를 위한 거지.** 그는 더 깊은 대화로 들어가기 위한 것이 아니라 의사봉을 두드리는 식의 절묘한 질문을 할 것이다. 당신이 관심을 갖고 있고 내가 함께하기를 바라는 일이 뭐야? 그러면 그녀는 단 한 개라도 말하기 위해 애쓸 것이다. 그녀의 마음이 이끌리는 모든 것은 그가 소개해준 것이다. 그녀가 자신 있어 하는 모든 것은 그가 가르쳐준 것이다.

장례식장에서 집으로 돌아가면서 그들은 기회가 있을 때마다 고속도로에서 빠져나와 한적한 길로 돌아간다. 산타크루즈에 들어서고 몇 분도 채 지나지 않아 레나는 서배스천이 팩스와의 추억 여행을 하고 있다는 사실을 알아차린다. 그는 팩스가 이야기한 적이 있는 곳을 지날 때만 말을 한다. 팩스가 스팸무스비 요리를 극찬했다는 하와이 식당. 아이리시 펍에서 디스코를 즐겼던 밤들. 서배스천은 약에 취해 바에 간 팩스가 성매매업소인 줄 알고 거기 있는 여자들을 창녀 취급했다가 쫓겨난 이야기를 하며 유쾌하게 웃는다.

"팩스가 자기한테 이렇게 큰 영향을 미친 사람인 줄 미처 몰랐어." 구불구불하고 차 한 대 없는 삼나무 숲길을 달리면서 레나가 말한다.

"식당 추천을 **영향**이라고 할 순 없지." 서배스천이 말을 멈추고 운전대를 꽉 움켜잡는다. "하지만 맞아, 팩스가 그리워."

레나가 팔을 뻗어 그의 넓적다리를 꽉 쥔다. 그는 그녀의 손을 들어 손가락 관절에 입을 맞춘다. 신호등에 걸려 서서 옆을 보니 길옆에 진분홍색 모텔이 서 있다. 2층 창문 안쪽에서 한 여자가 담배를 입에 헐겁게 물고 손짓을 하며 이야기하고 있다.

"아까 왜 나 자신을 보라고 했어?" 레나가 묻는다. 충분한 시간이 지났다.

"장례식장에서 죽음에 관한 이야기를 너무 많이 들었잖아." 서배스천이 말한다. "살아 있음을 가장 강렬하게 느낄 때 자기 자신을 보는 것이 좋겠다고 생각했어."

레나는 서배스천이 틀렸다고 감히 말할 수가 없다. 그녀가 섹스를 할 때 가장 강렬하게 느끼는 건 자신이 육신을 가졌다는 사실이다. 그러나 육신과 존재, 이 두 가지는 별개의 것으로 느껴진다.

"자기는 살아 있음을 가장 강렬하게 느낄 때가 섹스할 때야?" 레나는 대신 다른 질문을 한다.

"자기를 만질 때? 응, 맞아." 서배스천의 눈이 캐피톨라 부두를 훑는다. 서핑할 파도의 질을 계산하는 것 같다. "때로는 내가 오로지 섹스를 하기 위해 이 세상에 태어났다는 생각이 들기도 해."

그의 말을 믿을 수 있다면 얼마나 좋을까. 그러나 그는 어떤 목적을 이야기할 때 항상 과장법을 쓴다. 서배스천에게는 자신이 추구하는 모든 것이 자신의 소명이다. 연애 초기에 레나는 구글에서 그를 검색해봤다. 지식 공유 사이트에서 그가 위장 환경주의, 기업이 어떤 상품에 나뭇잎 로고를 쓰거나 천연 목재의 결을 흉내 내어 마감 손질을 함으로써 환경친화적이라고 소비자들이 잘못 인식하게 하는 다양한 방법들에 대해 강연한 영상을 찾아보았다. 그는 풍력발전기와 새 수십만 마리의 죽음에 대해 이야기했다. 그러고는 새 울음소리를 흉내 낸 전자음을 들려주면서 청중들이 학의 울음소리로 착각하게 만들었다. 재생이 끝나자, 강당 안은 조용해졌다. **가끔은 제가 오로지 이것을 만들기 위해서 이 세상에 태어났다는 생각이 듭니다.** 그가 말했다. 그러고는 환하게 웃었다. 그의 뺨에 보조개가 생겼다. 붉은 노을을 배경으로 하늘을 날고 있는 제비 떼를 찍은 사진이 그의 뒤에 있는 스크린에 나타났다. 청중들에게서 박수갈채가 터져 나왔다. 레나처럼, 그들도 사랑에 빠진 것이다.

미티와 레나는 사흘간 만나지 못했다. 베델이 에스미에 관해 경고한 이후로, 미티는 너무 신경이 쓰여서 레나를 찾아가지 못했다. 자신의 행동이 과거의 재현으로 보일 것을 잘 알기에. 미티와 베델은 안전거리를 유지하지만, 둘 중 하나가 갑자기 죽을 경우 다른 하나가 죄책감에 휩싸이지 않도록 필요한 모든 예의를 차리고 있다. 퍼트리샤는 서로 사랑하는 사람들은 화가 난 채로 잠자리에 들어서는 안 된다고, 혹여라도 그렇게 할 수밖에 없는 상황이라면 자는 동안 서로의 몸이, 적어도 한 군데는 닿아야 한다고 항상 말했다. 그러나 각자의 방에서 자고 비언어적 해결책인 섹스에 의존할 수도 없는 베델과 미티에겐 그리 쉬운 일이 아니다. 대신 그들은 집 안에서 각자의

자리를 지키면서, 어색하게 마주치는 것을 피하기 위해 상대방의 움직임을 주시한다.

미티는 레나가 저녁식사에 초대하지 않는 이유를 골몰하지 않으려고 노력한다. 이미 모닥불 앞에서 보낸 모든 순간을 복기하며 자신의 사회성에 성적을 매겼고, 낙제는 아니지만 그렇다고 합격도 아니라고 최종 결론을 내렸다. 살해된 엔지니어에 대한 이야기는 꺼내지 않을 수도 있었다. 작별 인사는 충분히 훈훈했다. 레나는 심지어 함께 저녁 먹자는 이야기를 이번에는 서배스천 앞에서 다시 꺼냈고, 그는 미티와 베델을 초대하는 데 동의했다. 그러고는 사람들과 작별 인사를 한 후 레나의 등허리를 감싸안고 집으로 향했다. 친구 사이엔 잠시 따로 떨어져서 각자의 시간을 갖는 게 정상이라는 것을 미티는 상기해야 했다.

창문으로 레나의 모습이 잠깐씩 보였다. 미티는 바로 옆집에 살기 때문에 어쩔 수 없는 일이라고 자신을 다독였다. 장면들은 무난했다. 서배스천과 레나가 부엌 조리대에서 조용히 체스 게임을 하거나, 샤워를 하고 흰 목욕 수건으로 몸을 감싸고 나와 서로를 마주 보고 소파에 앉아 책을 읽는 모습이었는데, 그런 모습을 보니 미티도 마음이 편안해졌다. 미티와 레나는 이웃이고, 따로 산다. 그리고 적절한 때가 오면, 그들의 길이 또 겹치게 될 것이다.

미티와 베델은 싸운 적이 거의 없다. 예전에는 사소한 문제 때문에 갈등이 좀 있었다. 베델이 중고품 가게에서 산 흉물스러운 도자기 장신구나, 퇴근하고 집에 돌아온 미티의 작업복에서 나는 기름 냄새 따위를 두고 언쟁을 벌였다. 그들이 정상적인 모습이 아니었던 그런 날은 기억이 흐릿하고 굳이 떠올리면 구역질이 날 것 같았다. 미티는 퇴근해서 돌아오면 자기 물건들이 잔디밭에 나와 있고 자신의 잘못과 그런 잘못을 더는 묵과할 수 없는 이유를 나열한 쪽지가 놓여 있을 거라고 확신했다. 그래서 누가 무슨 짓을 했든 간에 보통은 미티가 먼저 사과를 했다.

그러나 이번에는 다르다. 베델이 에스미라는 이름을 말했을 때, 그들이 발 딛고 살아왔던 단층선이 갈라졌다. 미티는 베델이 아직도 자신을 십 년 전 엄마와 함께 이 집 문간에 서 있던 아이로 여기고 있을지 모른다는 생각을 한 번도 한 적이 없었다. 물론 베델은 미티가 자기에게 오게 된 사연을 다 알고 있었다. 퍼트리샤가 자초지종을 먼저 말하고 베델이 미티를 받아들일 것인지 결정해야 한다고 고집했으니까. 그렇게 해야 베델을 믿고 자기 딸을 맡길 수 있다고 생각하는 듯했다. 그 과거가 자기 등에 아직도 꽂혀 있다는 걸 미티가 알았다면, 레나와 베델을 만나지 못하게 했을 것이다.

그날 저녁 미티가 퇴근하고 집에 오니 벽난로에서 장작 한 개가 타고 있다. 베델은 소파에서 옛날 탐정 영화를 보는 둥 마는 둥 하며 손톱 거스러미를 다듬고 있다. 미티는 발이 아프고 땀에 전 머리에선 기름 냄새가 난다. 그날 저녁만이라도 냉전을 멈추고 여느 때처럼 잠깐 앉아서 함께 휴식을 취하고 싶다. 미티는 문간에 서서 위층으로 올라갈까 말까 망설인다.

"여긴 네 집이기도 해." 베델이 돌아보지도 않고 말한다.

미티가 엄마의 무뚝뚝한 성격을 물려받았다면, 베델의 퉁명스러운 초대에 말 좀 예쁘게 하라며 받아쳤을 것이다. 그러나 그녀는 조용히 신발을 벗고 앞치마를 끄른 뒤, 거실로 와서 소파 옆 의자에 풀썩 주저앉는다.

"바빴니?" 베델이 미티의 더러운 양말을 보며 묻는다.

텔레비전에서는 회색으로 변한 여자 시신이 부검대로 내려지고 있다. "늘 그렇지 뭐." 미티가 말한다.

"엄마한테 전화 받았니?"

미티는 애써 태연하게 아니와 비슷한 소리를 웅얼거린다. 궁금해서 묻는 질문이 아니다. 베델은 미티가 엄마와 통화하지 않은 것을 이미 알고 있다. 미티가 일하는 동안 베델은 퍼트리샤와 계속 통화하면서 에스미와 레나, 앞으로 미티가 파괴할 다른 모든 여자에 대해 가상 시나리오를 주고받았을 것이다.

대화가 잦아들자 베델은 텔레비전 볼륨을 높인다. 영화 사운드트랙의 낭만적인 타악기 연주가 어색한 침묵을 메운다. 미티는 팁을 세는 데 열중한다. 꾸깃꾸깃한 지폐를 편평하게 펴서 의자 팔걸이에 차곡차곡 쌓는다. 삶에 절망감을 느낄 때, 자신의 잘못된 결정 때문에 놓쳐버린 모든 것이 생각날 때, 그녀는 사이비 종교에 입회하는 상상을 한다. 턱수염을 기른 고요한 지도자. 맨발의 여신도들. 민들레 꽃밭. 가장 가까운 젖꼭지를 빠는 아기들. 무언가를 숭배할 수 있다는 것은 자아에 대해 신경 쓰지 않을 자유를 누리는 것과 같다. 어떤 결정을 내릴 임무를 수행하지 않아도 되는 것을 뜻한다. 미티가 입 밖에 내어 말은 못 했지만, 베델이 1950년대에 대해, 아내들이 미트로프를 엄청나게 많이 만들고 바람피우는 남편들을 못 본 척 참아줄 거라는 기대에 대해 이야기할 때, 미티는 그런 기대에 지극한 혐오감을 느끼지는 않았다. **힘을 갖는다는 것은 지치는 일이야.** 그녀는 종종 그렇게 생각했다. 그녀가 원한 것은 멋지고 순종적인 여자가 되는 것이었을까?

현관문이 활짝 열린다. 차가운 바람이 훅 들어온다. 현관문 앞에 선 여자의 가녀린 실루엣이 쏟아져 들어오는 현관등 불빛을 막는다.

"뭐야?" 베델이 눈을 가늘게 뜨고 말한다.

미티는 눈을 깜박인다. 상상력이 이상한 술수를 부린 것은 아닐까, 나뭇가지가 여자의 형상으로 보이는 건 아닐까 하는 생각이 스치고 지나간다. 그러나 그 순간 형상은 사람이 된다. 그 움직임엔 우둔하면서도 급작스러운, 불안이 담겨 있다.

"누구세요?" 미티가 갑자기 연약해진 목소리로 묻는다.

형상이 한 걸음 다가선다. 얼굴에서 어둠이 벗겨지자, 미티는 방문객이 레나라는 것을 알아차린다. 멍한 침묵이 집 안을 삼킨다. 베델이 벌떡 일어서서 레나에게 다가가더니 그녀의 어깨를 감싸안고 의자로 데려온다. 미티는 무슨 이유에선지 움직일 수가 없다.

"왜요?" 레나의 질문이 어둠을 뚫고 날아온다.

서배스천이 캘리포니아 서부 도시 새너제이에서 열리는 업무 관련 파티에 참석하기 위해 집을 떠난 지 한 시간쯤 지났다. 레나는 현관문을 나서 맨발로 진입로를 걸어간다. 새로 만든 콘크리트 길이 발가락과 발뒤꿈치에 서늘하게 느껴진다. 용설란 가시에 손가락을 찔린다. 잠깐 걸음을 멈추고 해변에 철썩이는 파도 소리를 듣는다. 공기는 싸늘하고 소금기가 있어 눅눅하다. 그때 베델의 집 현관등의 따뜻한 불빛이 눈에 들어온다. 서배스천은 그 집이 **흉물스럽**다고 했다. 텔레비전의 푸른 색조가 조금씩 변하면서 거실 벽에 반사된다. 레나는 그만

두라고 속삭이는 머릿속 목소리를 무시했다고 주장할 수도 없다. 그런 목소리 자체가 없었기에. 그래서 그녀는 페인트칠이 벗겨진 현관 기둥을 비추는 타원형의 노란 불빛을 향해 걸음을 옮긴다.

 계단을 올라가면서 레나는 발바닥에 닿는 나무 가시를 느낀다. 크리스털 손잡이에 손을 얹는데 문이 벌써 조금 열린 채 버팀목에 받쳐져 있다. 안으로 들어가려면 살짝 밀기만 하면 된다. 벌써 익숙한 냄새가, 공기에 밴 오래된 담배 냄새가 난다. 친구들의 형상이 보인다. 관자놀이에 곱슬머리가 비어져 나온 베델의 뒤통수, 한 무릎을 끌어당겨 안고 있는 미티의 옆모습. 무언가를 기억할 수 있게 되는 것은 참으로 행복한 일이다. 그러나 그들은 현관에 나타난 그녀를 마치 테이블 끄트머리에서 위태롭게 돌고 있는 팽이를 보듯 바라본다.

 레나가 넓적다리 뒤쪽을 긁는다. "왜요?" 그녀가 묻는다. 무슨 잘못을 했는지 잘 모르겠다. 주위 세상이 서서히 또렷해진다. "문이 열려 있어서 인사하고 싶었어요." 어떤 충격을 받은 것처럼 머리가 어질어질하다. 한 손바닥으로 목의 옆쪽을 누르며 맥박을 찾는다.

 "어서 와, 레나." 베델이 다가와 레나의 등허리를 감싸안고 의자로 안내한다. 그녀가 레나의 어깨를 부드럽게 눌러 앉힌다.

 텔레비전 속 정장을 입은 신사가 서류 가방을 들고 케이블카에서 뛰어내린다.

 "케이블카의 유래에 대해 들어봤어요?" 레나가 눈 한번 깜박이지 않고 말한다. "예전엔 말들이 전차를 끌고 언덕을 올라갔대요. 근데 너무 가팔라서 말들이 미끄러진 거죠."

"레나." 베델이 그녀의 말을 끊는다. "무슨 일 있어?"

레나는 아직까지 한마디도 하지 않고 있는 미티를 돌아본다. 미티는 당혹스럽고 걱정스러운 표정으로 레나를 보고 있다.

"미안해요." 레나가 이번에는 미티를 보면서 말한다. 그러고는 무아지경에서 빠져나오려는 듯 고개를 흔든다. "그냥 인사나 하려던 거였어요."

"괜찮으면 이거 함께 봐요." 미티가 텔레비전을 가리키며 놀랄 정도로 평온한 목소리로 말한다.

휘곰팡이 냄새가 나는 이 번잡스러운 집에 앉아 있는 시간이 길어지자, 레나는 자신이 이 집을 찾고 있었던 게 아니라는 것을 더 확실히 깨닫는다. 그녀가 정상인처럼 노크를 하고 좀 더 깔끔하게 들어왔다면, 이 집에서 편안하게 쉴 수 있었을 것이다. 그러나 지금 이 거실에는 그녀가 가지고 온 어떤 불길한 기운으로 인해 긴장감이 팽배하다. 집이 그녀를 몰아내려고 하는 것 같다. 엉덩이 밑의 의자 쿠션이 딱딱하고 텔레비전에서는 잡음이 나온다. 평소라면 따뜻했을 방 안을 어딘지 모르는 곳에서 새어 나오는 냉기가 갈라놓는다. 너무나 친해 보이던 베델과 미티 사이에서 은근한 긴장감도 느껴진다. 그러나 레나의 집은 이 집보다 훨씬 더 삭막할 것이다. 점점 더 크게 갈라지는 무채색 빙산 같은 집. 어쩌면 그녀는 바깥에서, 맨발로 정처 없이 돌아다닐 때, 숲속을 거닐고 검은딸기나무가 종아리를 때리고, 목에서 떨어진 땀이 근처에 숨어 있는 포식자의 코에 톡 하고 떨어지는 그런 순간에 가장 기분이 좋은지도 모른다. 어디에도 속하지 않는다는 것. 그건 그녀가 동물이라는 증거일까? 단지 육신이라는? 덤불에 숨어 있는 퓨마가 그녀를 공격한다면, 그 고기 맛에 만족할까? 뼈까지 다 발라먹고 싶어할까?

"갈게요." 레나가 일어서면서 말한다. 현관문을 향해 걸어가자, 베델이 뒤를 따른다. 미티는 그냥 앉아 있다.

"진짜 괜찮아?" 베델이 묻는다. 레나의 위 팔뚝을 꽉 잡는다. 악력이 세다. 레나는 애써 자신 있게 웃으면서 고개를 끄덕인다. 미티가 작별 인사를 중얼거린다.

레나는 베델이 소파로 돌아가는 모습을 바라본다. 발목이 아직도 부어 있다. 신뢰할 수 없는 육신. 뼈 주위로 피가 모여 시퍼렇다. 그녀는 또 언덕을 오르는 말을 떠올린다. 그 모든 말들. 존재에 정당성을 부여하는 유일한 증거로 기능하는, 노동하는 몸뚱이들.

"말들이 죽었어요." 레나가 말한다. 목소리가 떨린다. "전부 다." 눈에 뜨거운 눈물이 맺힌다. "하지만 그랬기 때문에 케이블카가 발명됐죠."

레나는 자신의 이야기가 그들을 더 혼란스럽게 한다는 걸 안다. 그러나 말해야 한다. 다가올 일에 대해 경고해야 한다. 그들을 대체할지도 모를 존재에 대해 경고해야 한다.

그날 밤 내내 베델은 레나가 안 됐다는 말을, 자기 엄마가 정신 쇠약을 앓았다가 결국에는 정신병원에 입원했다는 이야기를 하고 또 한다. 레나의 행동이 마치 이미 정신적 고통을 겪고 있는 여자가 불행하고 불가피한 결과를 향해 내딛은 한 걸음인 것처럼. 그러나 미티는 단지 거기까지만 생각하고 멈추는 데 불안감을 느낀다. 이유를 알고 싶다. 어떤 여자가 너무도 큰 고통을 겪고 있어서 남의 집 문간에 나타나 갈팡질팡하고 말을 더듬고 관심을 갈망한다면, 안 됐다는 말만으로 쉽게 넘길 수 있는 일인가? 그러나 미티가 더 깊이 파고들고 질문을 던질수록 베델이 자신을 무시한다는 느낌도 더 커진다. 마치 파헤칠 필요도 없는 분명한 진실을 미티만 놓치고 있는 듯하다.

"내 관점은 너도 알 거다." 베델의 목소리에서 약간의 짜증이 감지된다. "그렇게 생긴 여자들은 원래 외로워." 그녀가 말한다. "남들이 자기를 봐주지 않을 땐 마음속으로 너무 깊이 들어가지." 그녀는 텔레비전을 끄고 계단으로 걸어간다.

"그걸 부정하는 건 아니야." 미티가 말한다. "그 외로움도 이해가 되고."

"왜?" 베델은 계단을 올려다보며 2층으로 올라갈 준비를 한다. "네가 외로워서?" 빈정거리듯 말하지만 진심 어린 걱정이 숨어 있는 것을 미티는 안다.

"아니." 미티는 베델의 감정을 보호하고 싶은 마음을 떨칠 수가 없어서 거짓말을 한다. "하지만 외로웠던 적도 있었지."

베델은 모호하긴 하지만 받아들이겠다는 듯 더는 캐묻지 않는다. "맞아." 베델이 잠옷 치마를 들고 첫 번째 계단에 왼발을 올린다. "조금이라도 외로움을 느껴본 적이 없는 사람이 어디 있겠니."

그러나 미티는 주말에 집에서 무료한 저녁 시간을 보낼 때 찾아오는 바삭하고 낭만적인 침묵을 이야기하는 것이 아니다. 더 거대한 무언가, 커지지도 줄어들지도 않는 검은 심연을 이야기하는 것이다. 뇌가 없고 젤리 형태인 바다 생물처럼, 어둠 속에 먹물을 뿜어대며 둥둥 떠다니는 그것을.

"레나의 마음에 공감 좀 해주면 안 돼?" 미티는 베델의 무관심과 오만한 판단에 화가 난다. 자신의 소심한 예의에도 넌더리가 난다.

베델이 지친 듯 한숨을 내쉰다. "내가 옆집에 사는 슈퍼모델의 문제에 감정적으로 휘둘리지 않는다고 해서 공감 능력이 없다는 뜻은 아니야, 미티."

"그럼 왜 레나가 예쁘다는 사실을 가지고 트집이야?"

베델은 계단 오르기를 단념하고 돌아선다.

"너에게는 그게 문제가 아닌 척할 거니, 정말?" 베델이 미티를 노려본다.

미티는 항상 두려움과 분노를 구별하려고 노력해왔다. 그 둘은 늘 뱃속에서 똑같은 불길로 타오르는 것 같았다. 점점 팽창하고 복수심으로 일렁이는 불길. "레나가 예쁘다고 증오하지는 않아." 미티가 말한다.

베델이 코웃음을 친다. "아니긴 뭐가 아니야, 맞지. 네가 스스로 느끼는 증오를 내 증오와 다르게 볼 뿐이야."

미티의 뺨이 붉어진다. "아니, 이모가 레나를 증오하는 건 레나처럼 될 수도 있었다는 마음 때문이겠지."

미티가 마음에 묻은 과거를 베델이 끄집어낸다면, 미티라고 그렇게 하지 못할 이유가 없다. 그들은 이런 기억들을 현재로 끌고 나오지 않겠다고 서로 약속한 적이 없다. 전적으로 선의에 근거한 암묵적인 합의였고, 그 무언의 약속을 베델이 먼저 깼다.

베델의 흉터는 그녀가 패배감을 느낄 때만 분명하게 드러난다. 그렇지 않을 땐 눈에 잘 띄지 않는다. 그녀는 그 흉터가 생긴 사고 이야기를 거의 하지 않는다. 자신이 참으로 어이없는 사고를 당했다는 사실에 수치심을 느껴서. 그녀는 열아홉 살 때 할리우드로 이사를 갔다. 식품점에서 바나나를 고르다가 길거리 캐스팅이 될 거라는 확신을 갖고 할리우드로 몰려든, 조금도 독창적이지 않은 여자 중 한 명이었다고 미티에게 털어놓았다. 그러나 스타가 되는 것엔 관심이 없었다고 했다. 다만 이미 그 길을 가고 있는 남자를 찾고 싶었다고. 어쩌면 그녀에겐 배우가 될 수 있다는 자신감을 갖기 위해 필요한 강한 자기 결정권이 부족했는지도 모른다. 팬들이, 아니 그 누구라도 자신을 숭배할 거라는 생각이 그녀에게는 얼토당토않은 것으로 여겨졌다. 무대보다 10미터는 낮은 어두운 객석에 앉아

롤모델을 기다리는 소녀들의 앞에 설 자격이 자신에게는 없다고 생각했다. 그 생각이 그녀를 슬프게 만들었다. 정직하지 못한 생각으로 느껴졌다. 스스로도 어떤 여자가 되고 싶은지 알지 못했기 때문에 더욱 그러했다. 그런 생각이 자기혐오로 굳어지기 전에, 그녀는 자신이 할 수 있는 일을 기억해냈다. 그녀는 위대한 사람을 위해 봉사하며 살기로 결심했다. 그녀는 충분히 젊었고 충분히 아름다웠다. 그리고 남자들의 이기적인 욕망을 방해할 이기심도 충분히 부족했다.

 스물한 살 생일을 사흘 앞두고, 베델은 엔터테인먼트 기업 워너브라더스의 비서 채용 면접에 가고 있었다. 그날 일을 미티에게 들려줄 때마다 그녀는 마치 식료품 목록을, 기억할 수밖에 없는 중요 항목들을 읊어 내려가는 것 같았다. 그녀는 길을 건너기 위해 인도에서 차도로 내려서면서, 곧 걸어 들어가야 할 길 건너 고층 건물의 회전문을 걱정스럽게 관찰했다. 저런 문을 본 적이 없었다. 그 문으로 들어가는 사람들의 리듬을 조금이라도 깬다면 문에 몸이 끼어 으스러질 것만 같았다. 언제 발을 들여놓아야 하지? 손은 어떻게 하지? 바로 그때 그 일이 일어났다. 끼익 하고 브레이크 밟는 소리, 행인의 뒤늦은 비명, 속도를 내 달려오던 버스의 사이드미러가 그녀의 얼굴을 강타하는 소리, 그리고 모든 뼈가 으스러져 어금니 크기의 파편이 되는 소리.

 미티가 그 이야기를 처음 들었을 땐 과장이 심하다고 생각했었다. 베델의 얼굴에는 다친 자국이 없었다. 그러나 베델은 미티의 손을 잡고 골절됐다가 붙어서 울퉁불퉁한 턱 밑의 상처를 손가락으로 만지게 해주었다. 눈썹의 빈 부분을 가리키며 광범위한 피부이식 수술 때문에 그렇게 되었다고 설명했고, 그래서 아침마다 눈썹을 그리다가 나중에는 문신을 했다고 말했다. 그 후에는 그 흉터가, 베델의 얼굴이 어떻게 재구성되었는지가 눈에 보였다. 다만 복구가 어디서부터 시작됐는지는 알 수 없었다.

"그런 말로 상처 안 받는다." 베델이 단언한다. 미티는 그녀의 말을 믿고 싶다. 베델은 경계심 가득하고 실망한 눈초리로 미티를 바라본다. 보통 때라면 미티는 사과하려는 욕구와 싸워야 할 것이다. 그러나 웬일인지 후회가 되지 않는다. 후회와 죄책감이 전혀 없으니 오히려 그런 감정을 찾게 된다. 그런 감정을 느끼고 싶어서, 아직도 느낄 수 있다는 걸 확인하기 위해서. 베델은 침실을 향해 평소와 같은 속도로 다시 계단을 오른다. 이 모든 일에도 불구하고 감동적일 정도의 일관성. 미티는 닳아빠진 면 잠옷에 그대로 드러난, 군살로 주름이 잡힌 베델의 엉덩이를 바라본다. 구부정한 등. 팔꿈치에 잡힌 주름. 노화에 대해 생각하기도 지쳤다. 미티는 인간의 육신이 나이 들어가는 방식에 대해 그렇게 방대한 지식을 가질 필요가 없는 나이다. 어쩌면 베델의 말이 맞는지도 모른다. 자신이 레나의 아름다움에 집착하는 건지도. 바로 그것 때문에 레나와 함께 있는 것이 즐거웠다. 도자기 장식장 유리 갑옷 안에 고이 보존된 것 같은 외모를 가진 사람과 마주 앉으니 자기도 그 장식장 안에 있을 자격이 있다는 생각이 들었다. 발그레한 소녀 같은 레나와 가까이 있는 것만으로 그런 모습이 자신에게도 있는 것처럼, 먼지에 덮여 숨겨져 있던 아름다움이 깨끗이 닦여 본 모습을 드러낸 것처럼 느껴졌다.

낮 근무가 끝나갈 즈음 미티는 대형 냉동고 바닥에 양반다리를 하고 앉아 깨끗한 맥주컵 한 상자를 꺼내고 있다. 레나에 대한 생각은 더욱 커졌다. 마치 베델과의 갈등이 자신을 해방시켜 이젠 무관심한 척하려고 애쓸 필요도 없이 당당하게 레나 생각을 하게 만든 듯했다.

뒤에서 문이 열린다. "누가 널 찾아." 캣이 말한다. 조심스러운 목소리다.

"왜?"

"어떤 여잔데." 미티는 건성으로 들으며 고개를 끄덕이지만, 캣은 갈 생각을 안 하고 뒤에서 서성인다. "내가 이제까지 본 여자 중에 제일 예뻐."

미티가 고개를 돌려 올려다보자 캣이 따라오라고 손짓한다. 둘은 부엌과 식당을 나누는 벽에 붙어 서서 고개를 내밀고 살펴본다. 가장 작은 구석 칸막이 자리에 레나가 앉아서 가득 채워진 레몬 아이스 워터를 물끄러미 보고 있다.

"나를 찾았다고?"

캣이 고개를 끄덕인다. "누구야?"

미티와 캣은 한동안 레나를 지켜본다. 미티는 레나를 처음

본 캣이 무슨 생각을 할지 상상한다. 레나가 입은 흰색 오프숄더 원피스의 치맛자락이 물결치듯 펼쳐져 있다. 레나는 빨대로 레몬을 눌러 유리컵 바닥에 대고 누른다. 그러다가 레몬이 익사하겠다 싶은지 빨대를 떼서 수면으로 떠오르게 한다.

"이웃집 여자."

"혼자 있으면서 휴대전화를 보지 않는 사람 처음 봐." 캣이 말한다. 그러고 보니 레나가 어떤 종류든 전화기를 사용하는 것을 본 적이 없다는 생각이 든다. 레나는 보통의 혼자 온 손님들처럼 손바닥 안 작은 우주에 휩쓸려 들어가지 않았다. "어쩌면 저 여자는." 캣이 숨을 헐떡이며 경박한 목소리를 낸다. "지금 이 순간에 살고 싶은가 보다, 야."

미티는 킥킥 웃지만 맞장구를 쳐주진 않는다. "네가 항상 이야기한 그 테크 엔지니어랑 아는 사이였대. 남자친구의 친구였다나."

캣의 입이 떡 벌어지면서 잿빛 충전재가 박힌 어금니가 보인다. "뭐? 그 이야기를 왜 이제 해?"

"자세한 건 모르니까. 동업자였다는 것만 알아."

캣은 이제 냅킨으로 종이를 접는 레나를 빤히 바라본다.

"와, 너 미친 거 아냐?" 캣이 속삭인다. "사건에 대해 안 물어본 거네?"

"요전 날 사건에 대해 어리석은 말을 했어. 남자들도 여러 명 있는 자리에서." 미티는 그때가 떠올라 얼굴을 찌푸린다. "그리고 그때 깨달았어. 그 남자도, 그러니까, 인간이라는 걸.

그들이 잃은 동료라는 걸."

"그렇다고 저 여자 나름의 시나리오가 없지는 않을 거야." 캣이 말한다.

"알아, 그냥 예의를 지키고 싶어."

"고리타분하기는." 캣이 질린다는 듯 눈을 치켜뜨며 말한다.

미티는 더 말하지 않고 레나를 관찰한다. 꾸밈없이 자연스러운 모습이 그녀의 아름다움을 더욱 증폭시켰다. 군중 속에서 희미해지는 것이 아니라 오히려 훨씬 더 주목받는다. 화장실을 오가는 사람들이 레나를 흘끔거리고 근처 칸막이 테이블에 앉은 여자들도 몰래 훔쳐본다. 서빙하는 종업원은 레나의 테이블을 다시 방문할 이유를 찾느라 여념이 없다.

"사실 나 저 여자 좋아해." 미티가 말한다. "생각보다 더 특이하거든." 캣의 음모론을 부추기고 싶지 않아서 레나가 집으로 불쑥 찾아온 이야기는 하지 않는다.

"오, 특이하다고?" 캣이 미티의 어투를 흉내 내며 말한다. "어떻게 **특이한데**?"

미티는 아무 뜻 없는 척하며 어깨를 으쓱거린다. 그러나 캣은 의미심장한 미소로 미티를 바라본다. "세상에, 너 완전 레즈네." 그녀가 미티를 툭 치면서 말한다.

미티는 침착하려고 애쓰면서 레나의 테이블로 간다. "캐피톨라 최고의 게 요리 식당에 오신 것을 환영합니다." 미티는 레나 맞은편 긴 의자 위로 허리를 숙인다. 미티를 올려다보는 레나의 얼굴에 환한 미소가 번진다. 레나의 시선에서 보일 얼굴 각도가 신경 쓰인다. 분명 턱살이 늘어져 보이겠지. "여긴 어떻게 찾아냈어요?"

"식당에서 일한다고 했잖아요. 게랑 캐피톨라 얘기도 했고." 레나가 웃으면서 말한다. "마을을 돌아다니다가 인사나 해야겠다고 생각했어요." 레나는 양념통을 담은 작은 선반 뒤에 기대 세워져 있는 메뉴판을 이제 막 발견한 듯 꺼내고는 비닐 코팅된 페이지를 넘긴다. 너무나 다양한 메뉴에 놀란 표정으로 밀크셰이크 종류를 훑어본다.

"배고파요?"

레나가 고개를 가로젓는다. 그러고 보니 그녀가 음식을 먹는 것을 한 번도 본 적이 없다. 버거라도 강제로 먹여야겠다는 모성적 욕구가 갑자기 고개를 내민다.

"추천해줄래요?" 레나가 묻는다.

"크랩 타코 빼고 다 괜찮아요. 기분은 좀 나아졌어요?"

"크랩캐피탈에서 크랩을 빼라고요?"

"메인 주에서 냉동된 상태로 들여와요. 죽은 지 일 년이 됐을 수도 있어요."

"밖의 광고판에는 몬터레이산이라고 적혀 있던데."

"광고는 그렇게 하지만 사실이 아니에요."

레나는 메뉴판을 덮어 제자리에 다시 세워둔다. 그러고는 미티를 올려다보며 맞은편 빈자리를 가리킨다. "앉을래요?"

"근무중이라 지금은 안 돼요." 미티가 말한다. "삼십 분 후에 끝나요."

"나중에 당신과 베델을 데려가고 싶은 곳이 있어요." 레나가 미티를 물끄러미 바라본다. "둘이 화해했어요?"

"아뇨." 미티는 창밖을 내다보며 말한다. 불편한 내색을 감추려고 노력한다.

레나는 팔꿈치를 테이블에 올려 두 손바닥으로 턱을 괸다. "어젯밤은 미안해요." 그녀가 낮은 목소리로 말한다. "그냥 인사하고 싶었어요. 근데 인사하는 법을 잊었나 봐요."

물론 미티도 물어보고 싶은 것이 많다. 그러나 더욱 시급한 일은 이 모든 당혹감에서 레나를 보호하는 일이다. 어떤 반응이든 논란의 여지가 없는 평이한 잡음으로 눌러버려야 한다.

"서배스천과 싸웠어요?"

레나는 고개를 가로젓는다. "어디 갔어요." 그녀가 말한다. 그러나 곧 그 대답이 상황 이해에 도움이 안 된다는 것을 깨달은 듯 덧붙인다. "어떻게 말해야 할지 모르겠네요." 설명을 고민하는 눈치다. "미안해요."

"괜찮아요." 미티가 말한다. "이모도 마찬가지고. 우리는 당신이 괜찮은지 걱정했어요."

"괜찮아요." 레나가 억지 미소를 짓는다. "진짜."

미티는 더 말하지 않으려는 레나의 의사를 존중한다.

"우리를 어디로 데려가고 싶은데요?"

"어딘지는 비밀이에요." 레나의 눈이 기대감으로 반짝인다. "분명히 재밌을 거예요."

미티는 레나의 얼굴을 바라본다. 미티가 기억하는 것보다 더 말랐다. 뼈에 가죽만 입힌 듯 광대뼈가 도드라져 보인다. 레나가 미티의 어깨 너머를 흘끗 보며 이마를 찌푸린다. 그녀의 눈길을 따라 뒤돌아보자 두 사람을 보고 있는 캣과 눈이 마주친다. 캣은 손톱 매니큐어로 급히 시선을 돌린다.

"남 일에 관심이 많아요." 미티는 레나를 돌아보며 익살스럽게 눈알을 굴린다. "누가 날 만나러 온 게 처음이기도 하고."

그러나 레나는 캣에게서 눈을 떼지 못한 채 불안한 표정을 짓는다. "내 얘기 했어요?"

"당신 얘기?" 미티가 되묻는다. "아뇨. 이웃이라고만 말했어요."

레나는 그 대답에 안심하는 눈치다. 어깨에서 긴장이 풀린다. 그녀가 다시 컵을 내려다본다.

"그랬군요." 레나가 부드럽게 말한다. "나중에 베델이 뭐라고 하는지 알려줘요."

미티는 어떤 말이라도 하고 싶지만, 무슨 말을 해야 할지 모른다. 자기가 일하러 간 동안 레나를 붙잡아줄 무슨 말이든 하고 싶다. 그러나 곧 포기하고 비닐 쿠션을 어루만지면서 고개를 끄덕인다. "지금 전화해볼게요."

베델은 미안하다는 말을 혐오하고 진심 없는 껍데기라고 생각한다. 예전에 미티가 잘못을 시인하고 사과의 말을 줄줄이 읊어댔더니, 베델은 그저 손사래를 쳐버렸다. 그 후로 두 사람은 사과를 주고받지 않는다. 방금 막 발생한 갈등도 그냥 묻어

버린 채 새로운 단계로 나아갔다. 퍼트리샤는 그것이 건강하지 않은 해결법이고 반감을 낳을 뿐이라고 주장했다. 그러나 미티와 베델은 모든 것을 꿰맨 흔적조차 없이 매끄럽게 이어주는 그 방식을, 누구도 억지로 감상에 젖을 필요 없이 자신의 추한 모습을 잊을 수 있게 하는 그 방식을 높이 평가한다.

레나가 주차장에서 기다리는 동안 미티는 베델에게 전화를 건다. 벨이 두세 번 울린 후 베델이 기침을 하며 전화를 받는다.

"두 시간 후에 시간 돼?" 주차 스토퍼를 따라 걷는 레나를 창문 너머로 지켜보면서 미티가 묻는다.

베델은 침묵한다. 더 물어볼 것도 없이 '그렇다'는 뜻이다.

"레나가 식당에 들렀어." 미티가 말을 잇는다. "우릴 어디 데려가고 싶대."

"그렇게까지 안 해도 되는데." 베델이 말한다. "어젯밤 일 때문에 민망해서 그런가?" 부드러운 목소리다.

"그런 것 같아." 미티가 말한다. "같이 갈래, 이모?" 미티는 잠시 기다린다. "가자."

베델은 한숨을 쉰다. "그러자." 그녀가 말한다. 이렇게 그들은 또다시 회전문을 지나가듯 손쉽게 새로운 단계로 들어섰다.

레나는 흰 페인트로 칠해진 주차 구획선을 평균대 위를 걷듯 발끝으로 조심스레 걷는다. 전날 밤 미티와 베델의 집을 나온 뒤로 그녀는 어디론가 사라지고 싶었다. 달이 되어서 어둠에 서서히 잠식되다가 깎아버린 손톱처럼 잊히고 싶었다. 아침에 일어나보니 사지 육신이 멀쩡해서 화가 났다. 목소리가 나오는 것이, 그래서 누구라도 그녀의 목소리를 들을 수 있다는 것이 혐오스러워 견딜 수가 없었다. 이제까지 살면서 수치심을 느낀 적이 거의 없었는데, 스스로를 통째로 지워버리고 싶을 만큼 강렬하게 느껴지는 그 감정에 충격을 받았다.

레나는 세상에서 가장 큰 것들로 그런 마음을 가라앉힐 계획이다. 바다, 하늘, 고래. 미티와 베델에게 진 마음의 빚을 일몰 풍경에 흘려보낼 것이다. 누구도 반박할 수 없을 만큼 너무나 완벽해서, 함께 바라보는 사람들 사이의 갈등을 모조리 해소해버릴 그런 풍경에. 미티와 베델은 전혀 문제없었다고, 레나의 기이한 행동을 이미 다 잊었다고 말할 것이다. 관대하고 자상한 거짓말.

미티가 앞치마를 둘둘 말아 옆구리에 끼면서 다가온다. 걸으면서 가방을 뒤져 열쇠 꾸러미를 찾아낸다. 레나는 자신의 극도로 어색한 기분을 미티가 알아차린 것이 틀림없다고 추측한다. 그렇지 않으면 그녀를 향해 걸어오며 마치 날마다 행하는 의식처럼 온화한 미소를 지을 이유가 무엇이란 말인가. 아무도 이상하다거나 무서웠다고 말하지 않았지만, 레나는 너무도 수치스럽다.

"산책 좀 했어요?" 미티가 묻는다. 둘은 차에 탄다.

"네." 레나는 창문 손잡이를 돌려 창문을 내린다.

인도에는 곳곳에 텐트가 쳐져 있고 사람들이 북적거린다. '해변의 살사' 축제 때문이다. 남자들이 대형 스피커를 실은 짐수레를 밀고 있다. 전문 댄서 몇 명은 굽이 낮은 구두의 버클을 조정하고 휴대전화를 거울삼아 립스틱을 바른다.

"저런 데 가본 적 있어요?" 레나가 묻는다. 그녀는 중년 남자가 놀라울 정도로 빠른 스텝으로 춤추면서 파트너를 빙빙 돌리는 모습을 지켜본다.

미티는 그 남자에게 눈길도 주지 않는다. "아뇨." 그녀가 차분하게 말한다. "저런 주민 여가 활동엔 참여 안 해요."

레나도 이미 알고 있는 사실이다. 그런데 왜 물었을까? 어색함을 메우려는 어리석은 질문. 오히려 더 어색해졌을 뿐이다. 사과하는 것밖에는 달리 할 말이 없지만, 그건 과한 것 같다.

"레나." 교차로에서 신호등에 걸려 섰을 때, 미티가 레나를 돌아본다. "정말 괜찮아요."

미티가 마음을 읽은 것일까?

"고마워……." 레나는 울컥해서 말을 끝맺지 못한다.

"나는 살면서 정말 부끄럽고 수치스러운 일을 너무 많이 해서 남을 평가할 입장이 못 돼요." 미티가 말한다. "그리고 당신이 집에 숨지 않고 이렇게 나와줘서 기쁘고요."

"갑자기 생각이 나서 뛰쳐나왔어요." 레나가 말한다. 그러고는 애써 소리 내어 웃는다.

"불행하게도 이웃에게서 숨는 것은 불가능하죠." 미티의 눈이 개를 산책시키는 여자에게 머문다. 여자의 금발이 스포츠

브라 등판에 닿아 찰랑인다. 차가 여자를 지나치면서 레나는 미티가 백미러로 여자의 얼굴을 확인하자마자 표정이 시큰둥해지는 것을 본다.

미티와 레나는 집 밖에서 베델을 기다린다. 미티는 셔츠 자락을 코에 대고 냄새를 맡는다. 탄 식용유 냄새와 땀 냄새가 난다.

"우리 목적지에선 아무도 냄새를 맡을 수 없어요." 레나가 말한다. "그리고 우비를 줄 거예요."

베델은 난간을 잡고 의지하며 무거운 발걸음으로 천천히 계단을 내려온다. 미티가 활동복으로 알고 있는 옷을 입고 있다. 색이 바랜 대학 크루넥 티셔츠에 분홍색 간호사복 바지를 입고 발목 부근에서 접어 신은 회갈색 모 양말에 맞춤 운동화를 신었다. 자동차 뒷좌석에 타자마자 담배에 불을 붙인다.

"난 깜짝 모임 안 좋아해, 레나." 낮잠을 자고 난 후라 그런지 베델의 목소리가 걸걸하다.

레나가 자리에서 몸을 돌려 장난하듯 베델의 무릎을 꽉 잡는다. "들었어요, 하지만 분명히 재밌어하실 거예요."

"이모가 꼭 함께 가야 한대, 레나가." 미티가 룸미러를 보면서 말한다. 베델 자신은 인정하지 않겠지만 베델이 이런 배려를 중요하게 생각한다는 걸 미티는 알고 있다.

조용히 십 분을 달리자, 도시 아래쪽을 가르는 얇은 정맥과 같은 항구가 나타난다. 물은 탁하고 기름 무지개로 얼룩져 있고, 범선이 빼곡 들어차 있어서 돛대들이 고슴도치의 가시처럼 보인다. 남자들이 각자의 갑판에서 캔맥주를 마시면서 대화를 나눈다.

뒷좌석에 앉은 베델의 경직된 자세에서 두려움이 느껴진다.

"우린 낚시 안 해요." 레나가 말한다. 그녀도 비슷한 느낌을 받은 모양이다. 베델이 여전히 경계하는 얼굴로 고개를 끄덕인다.

미티는 흰 뱃전에 휘갈겨 쓰인 배의 이름을 눈여겨본다. '올드 부이 Old Buoy*'나 '메갈로돈**'처럼 말장난이나 열망을 담은 이름이 있는가 하면 딸이나 아내, 혹은 헤어진 고등학교 시절 여자 친구의 이름을 딴 배도 있다. 언젠가 미티는 베델에게 여자 이름을 따서 배 이름을 짓는 것은 성차별적이라고 불평했다. 그러나 베델은 탐험과 발견을 위해 건조된 기계를 여자에 비유했으니 꽤나 낭만적이라고 반박했다. 미티는 '프린세스 크리스틴호'가 부두에서 물결에 따라 출렁이는 것을 지켜본다.

주차장에서는 스쿨버스처럼 샛노란색 우비를 입은 관광객들이 매표소 근처에 모여 있다. 그들 머리 위로 보이는 광고판은 '오닐 요트와 함께하는 일몰 관광'을 선전하고 있다. 풍선처럼 부푼 돛들과 굵은 글씨의 로고가 박힌 그 배는 대다수 산

---

*   오래된 부표. Old boy와 발음이 비슷한 것을 가지고 말장난을 친 것.
**   2300만 년 전부터 360만 년 전까지 살았다고 추정되는 역사상 가장 거대한 상어.

타크루즈 주민들에게 매우 친숙하다. 평일 오전과 저녁마다 켈프 숲과 고래 이동 경로를 따라 쌍안경을 든 관광객들을 실어 나르기 때문에 모르려야 모를 수가 없다.

레나가 자신만만하게 웃는다. "여기 와봤어요?"

"아뇨." 미티가 말한다. 그러고는 베델을 돌아본다. "그래서 더 기대돼요."

"우리가 오닐 씨의 나라에 사는 것 같아요." 레나가 우비를 입고 정전기가 난 머리카락을 손바닥으로 누르면서 말한다. "정말 이상한 왕조예요."

"그들이 우리의 군주잖아." 베델이 코웃음을 친다. "미티, 스콧 얘기 좀 해줘라."

"아, 식당에서 함께 일하는 남잔데요. 들쭉날쭉 자란 금발에 검은 머리가 희끗희끗 보여요. 근데 자기가 오닐 가문이라는 걸 육 개월 동안이나 숨긴 거 있죠."

"왜요?" 레나가 묻는다.

"글쎄요, 나도 잘 모르겠어요." 미티가 말한다. "어쩌면 돈을 너무 많이 벌어서 이젠 자랑거리가 아닌가 보죠."

미티는 그 가문의 우두머리인 잭 오닐이 살아 있던 때를 기억했다. 대놓고 드러낸 적은 없지만 베델은 그를 숭배했다. 산타크루즈의 기둥 같은 존재라고, 그의 죽음이 뉴웨이브의 시작이었다고 말했다. 덥수룩한 회색 턱수염에 안대를 착용해 해적 같았던 그를, 절벽 가에 있는 올리브색 저택 발코니에 서서 아래쪽 바다에 있는 서핑객들에게 조심하라고 소리치던 모습을 그리워했다. 물에 더 오래 머물고자 했던 그는 네오프렌 잠수복을 발명하고 서핑 브랜드를 창업해 거대한 부를 축적했다. 베델은 수익이 아닌 열정으로 혁신을 일궈낸 그의 창업 이야기에 깊은 감동을 받았다.

"그들은 어디에나 있어." 베델이 말한다. "백만장자의 성을 가진 금발의 소년들 말이야, 물속에서 첨벙대며 놀고 있지. 자기가 누군지 아무도 모르기를 바라면서."

요트에 탄 그들은 선두 난간에 몸을 밀착했다. 사람들이 밀고 들어와 십자가에 매달린 듯 두 팔을 활짝 펴 들고 영화 〈타이타닉〉의 장면을 흉내 내며 사진을 찍는다. 산타크루즈 만을 향해 항해하는 동안 미티는 고개를 숙이고 요트 뱃머리가 물살을 가르며 만들어낸 흰 거품을 홀린 듯 바라본다.

선장은 돌고래와 고래를 발견하려면 굽은 등과, 분수공에서 폭발하듯 뿜어져 나오는 물기둥을 찾아보라고 손님들에게 조언한다. 그가 점차 속도를 줄인다. 배는 양옆으로 보이는 육지와 수 킬로미터 떨어진 망망대해에 떠 있다. 울퉁불퉁한 절벽의 세부가 사라지고 이젠 먼 하늘을 배경으로 굽이진 형상으로만 보인다. 베델은 눈을 감고 두 손으로 난간을 꽉 잡은 채 엷은 미소를 띠고 있다. 미티의 다른 쪽 옆에선 레나가 조바심 가득한 한숨을 내쉬고 있다. 바닷물 속에서 뭔가가 보이는 것 같을 때마다 고개를 쭉 빼고 눈을 가늘게 뜨고 들여다보지만, 별것 아니라는 것을 확인하고는 금방 관심이 시들해진다.

"이런 바다에서 어떻게 찾으라는 거예요?" 레나가 묻는다.

"고래는 인간들이 자기들을 찾고 있다는 걸 알아." 베델이 눈을 뜨고 바다를 바라본다. "조용히 기다리면 걔네들이 알아서 찾아올 거야."

레나는 가만히 이 말을 곱씹는다. 그러고는 하늘을 올려다본다. "이번 주에 장례식에 갔다 왔어요, 난생처음으로." 그녀가 잠깐 말을 멈췄다가 다시 잇는다. "사람들이 테크 엔지니어라고 부르는 사람 장례식에요. 이름은 팩스였어요."

미티의 마음속에서 지난 며칠간의 공백이 메워지기 시작한다. 레나에게 거리감을 느꼈던 일. 레나가 집으로 불쑥 찾아온 일. 케이블카에 대해 넋두리하듯 중얼거린 일. 레나는 왜 좀 더 일찍, 함께 차에 타고 있을 때 말해주지 않았을까? 충격과 슬픔 때문에 이상한 행동을 했다는 합리적인 변명이 될 수 있었을 텐데.

"난 팩스와 서배스천이 그렇게 잘 아는 사이인 줄 몰랐어요." 레나가 말을 잇는다. 마치 자신의 말을 잘 듣고 있는지 확인하려는 듯 베델과 미티를 번갈아 쳐다본다. "근데 누가 그러더라고요, 둘이 제일 친했다고."

"남자들이 생각하는 제일 친한 친구는 여자들이 생각하는 것과는 많이 달라요." 미티가 말한다.

"나는 잘 모르겠어요." 레나는 미티의 말이 걸리는지 고개를 숙이고 자기 신발을 관찰한다. "장례식에 가보니까 내가 서배스천을 참 몰랐구나 하는 생각이 들더라고요. 난 서배스천이 그렇게 슬퍼하는 줄 몰랐어요. 서배스천과 팩스가 그렇게 가까운 사이였던 것도 몰랐고요. 심지어 장례식장에 온 사람들도 다 모르는 사람들이더라고요."

"장례식에 가면 다들 그런 기분이 들어." 베델이 말한다. "장례식을 주관하는 유족이 없으면, 조문객끼리 서로 낯설어하는 게 당연하지."

"자기 남자친구도 낯설어져요?"

베델은 어깨를 으쓱인다. "사람들은 죽음 앞에서 평소와는 달라지기도 해." 그녀가 말을 멈춘다. 눈을 가늘게 뜨고 멀리 있는 무언가를 응시하더니 곧 흥미를 잃는다. "내 엄마 장례식 땐 내가 아는 사람들도 낯설게 보였어. 울 거라고 예상했던 사람들은 시종일관 침착했고, 눈물 한 방울도 안 흘릴 거라고 생각했던 사람들은 맨 앞에서 엉엉 울더라고. 그들 중 절반은 의례적으로 우는 것 같았지만 나머지 절반은 정말로 슬퍼서 울더라고. 어쨌든 엄마를 진짜로 잘 아는 사람은 나밖에 없다고 느껴졌어. 내가 아는 엄마는 이런 장례 절차를 엄청 싫어했을 것 같아서 난 자리에 앉지도 않았어. 뒤에 서서 장례식을 지켜봤지." 그 순간 베델이 갑자기 손을 들어 바다 어딘가를 가리킨다. "고래다."

'고래'라는 단어가 모든 사람의 귀에 꽂힌다. 마치 다들 그들의 대화를 듣고 있었던 것처럼. 순식간에 그 많은 사람이 미티 일행 쪽으로 모여들었고, 사람들이 갑자기 한곳으로 몰리자 요트가 기울어진다. 몇 미터 떨어진 곳에서, 수면으로 올라온 혹등고래의 울퉁불퉁한 검은 피부가 보였다. 사마귀처럼 돋은 혹과 이끼 낀 등은 물속의 고래를 구별할 수 있는 유일한 표징이다. 분수공에서 물기둥이 뿜어져 나오자 모두가 환호한다. 어떤 남자가 고래를 발견한 베델에게 축하 인사를 건넨다. 레나는 박수갈채를 보내면서 다른 사람들도 따라 치도록 유도한다. 베델이 얼굴을 붉히며 손사래를 친다. 미티는 속이 울렁거리는 것을 느끼고 세상의 가장자리를 잘라내는 면도날처럼 날카로운 수평선에 애써 집중한다.

요트에서 내리자, 발밑의 세상이 움직이지 않는 것이 이상하게 느껴진다. 레나는 고래를 봐서 한껏 흥분했는지 주차장을 가로지르며 깡충깡충 뛰기도 한다. 베델은 오랜만에 자부심을 가득 담은 미소를 띠고 있다.

"배에서 살면 좋겠어요." 레나가 말한다.

"나도 10대 때 그런 꿈을 꿨었어." 베델이 말한다. "항해자를 만나 배에서 살고 싶었지. 그런데 꿈만 꾸다가 나이를 먹어 버렸네." 그녀가 유쾌하게 웃는다.

"정말 낭만적이네요."

"하지만 정말로 그런 삶을 동경하는 건 아니지? 한 사람과 몇 주씩 붙어 있고 싶어? 집 밖으로 나가지도 못하고?"

레나는 베델의 말을 곱씹는다. "지금도 그러고 사는데요." 레나는 가벼운 웃음으로 그 말의 충격을 완화하려 한다. 베델이 레나를 물끄러미 바라본다. "농담이에요, 농담." 레나가 말한다.

그들은 차를 향해 걸어간다. 베델이 걸음을 서둘러 미티보다 먼저 차 문 앞에 도착한다. 그러곤 문 앞에 버티고 선다.

"좋은 생각이 났어. 집까지 내가 운전할게."

"운전하는 법 까먹었다며." 미티가 단호하게 말한다.

베델이 지원을 바라듯 레나를 쳐다본다. "살짝 녹슬었을 뿐이야."

레나가 손뼉을 한번 친다. "아, 하게 해줘요."

미티는 시간대와 교통량, 베델이 면허증이 없다는 사실을 들어 반대하고 싶은 자신이 신경질적이고 괴팍한 사람인가 하는 의구심이 든다. 이를 악물고 고개를 끄덕이면서 자기 마음대로 하고 싶어하는 낯설고 예민한 내면에 맞선다.

베델이 운전석에 타고 미티는 레나에게 조수석에 앉으라고 강권한다. 베델은 한껏 들떠 보이면서도 신중하게 안전벨트를 착용하고 미러를 조정한다. 비 예보는 없지만 창문 와이퍼도 점검한다. 미티는 베델이 조종사이고 지금 비행 전 점검을 하고 있다고 상상한다. 곧 그들이 탄 비행기가 이륙해 산타크루즈 산맥 위로 날아오를 것이고 새크라멘토의 갈색 사막을 횡단할 것이다. 흥분한 레나가 기하학적으로 구획된 농지를 가리키고, 비행기는 바다 위를 날아 레나가 말을 아끼는 그녀의 본가 가까운 들판에 착륙할 것이다.

도로로 합류하기 전에 베델은 주차장을 한 바퀴 돈다. 몇 번의 시행착오를 거치고 나서야 브레이크를 급하게 밟지 않고 정지하는 법을 기억해낸다. 회전할 땐 너무 넓게 돌거나 너무 바싹 붙어서 돈다. 미티는 참견을 애써 참고 베델 스스로 운전 기술을 되살려내기를 기다린다. 차가 담장을 넘어 날아오를 것 같을 때마다 문 손잡이를 꽉 잡고 바닥 매트에 있는 상상 속 브레이크를 밟는다. 베델이 쉽게 무슨 일을 해내면 큰 소리로 칭찬한다. 조수석의 레나는 차가 도로경계석으로 뛰어오를 때마다 웃음을 터뜨리고 베델이 사과하면 괜찮다며 달랜다.

"됐다." 베델이 정지 신호에서 공회전을 하면서 말한다. 주도로를 곧 올라갈 산처럼 바라본다. "준비됐어."

"괜찮겠어?" 미티가 묻는다.

베델이 고개를 끄덕인다. "응, 여기서부터 쭉 직진이잖아."

포르톨라 도로를 달리는 동안 긴장이 풀어지고 곧 완전히 사라진다. 왜 그렇게 불안해했는지 모르겠다. 우비 모자를 써서 축축해진 얼굴을 느끼며, 레나와 베델이 죽음을 주제로 자연스럽게 이어가는 대화를 들으면서, 졸기 시작한다. 레나는 장례식에서 만난 라이언이란 남자 이야기를 하고, 서배스천의 친구들은 누가 누군지 도무지 구별이 안 된다는 농담으로 베델을 웃게 만든다.

미티는 부모님과 함께 무슨 파티에 갔다가 집으로 돌아가는 길에 뒷좌석에서 잠들었던 어린 시절이 갑자기 몹시 그리워진다. 곯아떨어지더라도 자기를 잊고 그냥 들어가지는 않으리란 걸, 누군가가 외투를 벗겨주고 내일이면 침대에서 눈을 뜰 것이란 걸 굳게 믿으면서 편안하게 잠에 빠져들던 그때가.

산타크루즈로 이사 오기 전, 레나는 비밀이 없는 자신을 자랑스러워했다. 서배스천과 공유하는 세상과 그녀의 마음속 세상은 차이가 거의 없었다. 그녀에게도 혼자만의 생각이 있었지만, 그 어느 것도 서배스천에게 불복종하는 것은 아니었다. 때론 그가 버리지 말라고 우기는 무쇠 프라이팬을 수납장에서 꺼낼 때면 너무 무거워서 불만이었고, 벌새들이 잠깐 감상할 틈도 주지 않고 모이통을 떠나버릴 때면 유독 서운했다. 또 출근하는 서배스천을 위해 점심 도시락을 만들어주면서 킁킁 냄새를 맡아보는 이상한 버릇도 있었다. 그러나 서배스천은 이런 것들은 전혀 신경 쓰지 않았다.

남편들이 집에 없을 때 영위하는 은밀한 사생활(한낮에 드라이브스루에 다녀오고, 헬스클럽 강사와 썸을 타며, 레즈비언 포르노를 즐겨보는 일 등)에 대해 다른 여자들이 이야기하는 것을 듣지 못했다면, 레나는 비밀이 없다는 것이 얼마나 이례적인 일인지 알지 못했을 것이다. 레나는 자신의 정신이 이런 관심사에서 해방되어 있다는 사실을 알고 안도감을 느꼈다. 마음과 몸이 가볍고 운이 좋은 것 같았다. 그러나 자신이 서배스천에게 얼마나 성실했는지를 생각하면, 그리고 그를 향한 헌신적인 마음이 사실은 그리 크지 않다는 것을 생각하면 당혹스러웠다. 어떤 경험이 오로지 자기만의 것이 될 수 있다는 생각, 그런 생각이 이기적인 것은 아니라는 생각을 그동안 거의 떠올리지 못했다.

기억에 대한 연구를 시작하고 나서야 레나 삶의 겉껍질이 서서히 서배스천의 삶에서 떨어져 나왔다. 레나는 컴퓨터에서 검색 내역을 삭제했고 회고록들은 다 읽은 다음 도서관에 기증했다. 그녀가 하는 일은 배우는 것밖에 없었다. 그것이 어떻게 위협적일 수 있단 말인가?

이제 레나에겐 매일이 비밀 같다. 서배스천이 퇴근하고 돌아와 낮에 뭐 하고 지냈냐고 물어보면 거짓말로 답하지 않으려고 무진 애를 쓴다. 레나는 사실을 열거한다. 사소한 집안일과 밀물과 썰물 흐름에 대한 소소한 관찰을 늘어놓는다. 그러면서도 언젠가는 서배스천이 설명이 안 된 나머지 시간은 뭐냐고, 에너지 효율이 가장 높은 욕실 전등을 찾는 데 하루를 온전히 쏟아부었다는 것이 말이 되느냐고 되묻지 않을지 노심초사한다. 팩스가 죽은 이후 서배스천의 날카롭던 정신이 조금 무뎌지고, 흐트러지고, 세상일에 관심이 줄어든 것에 고마움을 느끼는 자신이 부끄럽다.

그러나 미티와 베델을 초대할 저녁식사를 준비하면서 레나는 자신이 두 손에 나눠 쥐고 있던 삶이 곧 충돌할 것임을 깨닫는다. 그녀가 아는 사람 거의 전부가 갑자기 한 방에 있게 되는 것이다. 그 생각만으로도 공포심이 생긴다. 왜 그런 골치 아픈 모임을 주선했을까? 지금껏 사랑해온 삶을 완전히 파괴하려고? 요전 날 밤의 돌발 행동으로 파괴될 뻔했던 이웃과의 우정을 가까스로 되살린 참인데. 그녀는 자신이 뻔뻔하고 어리석다고 느낀다. 그러나 무엇이라도 바꾸기에는 너무 늦었다.

레나는 다른 방에 꽂아두었던 다양한 꽃다발을 모아 꽃꽂이를 다시 하면서 마음을 가라앉힌다. 부엌 조리대 앞에 서서 가지를 자른 후 꽃병에 꽂고 죽은 잎들과 시든 꽃잎들을 조심스레 떼어낸다.

그녀는 서배스천이 자신의 허리를 만질 만큼 가까이 오기 전부터 그가 다가오는 것을 냄새로 알아차린다. 오후 운동을 마치고 돌아와 퀴퀴한 땀 냄새가 난다.

"긴장돼?" 서배스천이 그녀의 어깨에 턱을 내려놓으면서 묻는다.

"긴장을 왜 해?" 레나는 그가 자신의 심장박동을 느끼는 것은 아닌지 궁금해한다.

"글쎄." 그는 두 팔로 그녀의 몸을 꽉 끌어안고 목에 입을 맞춘다. "자긴 긴장될 때 이런 거 하잖아." 그가 팔을 풀더니 창가로 걸어가 바다를 바라본다. "어쨌든 꽃은 예쁘다."

레나는 스스로도 몰랐던 습관을 그가 알아차렸다는 사실에 놀란다. 그리고 그런 자신이 어리석게 느껴진다. 그는 항상 이런 식이다. 그녀의 사소한 습관들을 그들 삶의 게시판에 꽂아 놓는다.

"살짝 걱정되긴 해." 레나가 말한다. 무턱대고 부인하면 자신이 더 의심스럽게 보일 것을 알고 있다. "집에 손님이 오는 게 굉장히 오랜만이잖아."

"쉬운 손님들인데, 뭘. 내 동료들도 아니고, 내 친구들도 아니고."

그래, 하지만 내 친구들이잖아. 레나는 말하고 싶다. 내 사람들.

미티는 부엌에서 베델을 도와 올라리베리를 졸이고 통밀 크래커에 버터를 바른 뒤 파이 윗 부분을 팬에 대고 누른다. 구운 설탕 냄새가 집 안을 휘감자 달콤한 축제 분위기가 난다. 베델은 이례적으로 기분이 좋은지 부엌을 돌아다니면서 쾌활한 노래를 흥얼거린다. 이번에는 베델을 집 밖으로 꾀어낼 필요가 없어서 다행이다. 그러나 미티의 마음 깊은 곳에는 긴장감이 자리했고, 지난 몇 시간 베델을 도우면서 더 커졌다.

미티는 천천히 외출 준비를 한다. 몇 년 전에 베델에게 선물받았지만 몇 번 안 입고 모셔두었던 연한 파란색 면 원피스를 골라, 화장실에 걸어놓고 샤워를 하면서 수증기로 주름을 편다. 다리와 배와 비키니 선을 따라 면도를 하니, 결국엔 배수구가 막혀서 물이 발목까지 찬다. 코코넛오일을 몸에 바른 후 피부가 반짝반짝 빛이 나고 만지면 끈적끈적할 때까지 벌거벗은 채로 욕실 안을 서성인다. 머리를 빗어 하나로 땋는다. 누구를 위해 이렇게 치장을 하는 것일까?

검은색 마스카라로 속눈썹 연장까지 마친 후 거울에서 뒤로 물러선다. 아주 오랜만에 자신의 모습이 흡족하고, 곧 받게 될 누군가의 시선을 의식하니 가슴이 두근거린다.

미티가 마지막으로 이런 감정을 느꼈던 때는 에스미의 집에서 보냈던 그해 여름이었다. 키스를 너무 많이 해서 부르튼 입술, 목 여기저기에 생긴 키스 자국, 얼굴에 붙은 머리카락을 날려주던 에어컨의 차가운 바람. 서로에 대해 알아가고, 때때로 짜증을 내면서도 결국엔 언제나 본래의 관계로 돌아올 거라 믿었던 그 시간이 얼마나 자유로웠는지. 염소표백제를 푼 수영장 물속에서 서로의 젖은 몸을 들어 올려주고, 시리얼과 분홍빛 우유를 꿀꺽꿀꺽 마신 후 서로의 배에 귀를 대고 창자가 새로 들어온 음식물과 씨름하는 소리를 들었다. 에스미는 긴장한 발레리나의 가슴속에 꽁꽁 숨겨두었던 유쾌한 면을 드러냈다. 곡조가 맞지 않는 노래를 꽥꽥 불러대고 엄마의 말투를 흉내 내기도 했다. 그땐 언제나 여름 같았고, 모든 것이 꽃을 피우는 은밀한 낙원에 단둘이 있다는 사실이 황홀했다.

그러나 미티와 에스미가 서로의 주위를 맴도는 시간이 길어지면서, 둘이 함께 있지 않을 땐 정상적인 생활을 하기 힘들어졌다. 미티는 출근하지 않는 날엔 뭔가 다른 할 일이 있을 때까지 잠만 잤다. 발레 스튜디오나 에스미의 집을 제외하고, 그녀가 있을 가치가 있는 곳은 오직 꿈속, 의식이 희미하게 수면에 떠 있는 꿈속뿐이었다. 그녀는 그 침실로, 에스미의 끈적한 입안으로 돌아갈 수 있도록 시간이 빨리 가기를 간절히 바랐다. 그러면서 참을성이 줄어들고 까칠해져서, 에스미에 대한 생각을 엄마가 방해할 때마다 화풀이를 했다. 미티는 더는 참을 수 없었다. 그러나 사람을 마비시키는 사랑의 진정제에 눈이 멀고 뼈가 녹은 이상 다른 식으로 행동하는 것은 불가능해 보였다. 돌이켜보면, 그때 어떻게 해서든 그 사랑에 영향을 덜 받았다면, 그녀와 에스미는 그 영원한 여름에, 사랑이 결코 식지 않는 그곳에 계속 머무를 수 있었을지도 모른다.

어쩌면 레나와의 우정을 지키는 방법도 그것일지 모른다. 너무 늦기 전에 물러서는 것. 이제 그만 가라는 말을 듣기 전에 파티에서 먼저 나오는 것.

십 년 전

 미티는 키스의 방식이 얼마나 다양한지 배우고 있었다. 섹스는 이제 그녀에겐 너무나 맥이 빠지는 것, 연인의 입만으로는 만족할 수 없는 사람들이 하는 짓이었다. 나의 이름을 불러주는 연인의 입에 만족하지 못하고 더 많은 것을 요구하는 것은 권위적이고 배은망덕한 짓이다. 그녀는 에스미의 열린 입 속으로 기어들어 따뜻하고 축축한 동굴 같은 뺨 속에 몸을 웅크리고 싶었다. 에스미의 턱이 닫힌다면, 에스미의 숨으로 몸을 감싸고 그곳에 안전하게 머물 수 있을 것 같았다.

 7월의 어느 더운 날 오후, 미티와 에스미는 수영복을 입고 침대 이불 속에서 서로의 몸을 탐닉하고 있었다. 이번에는 더 격정적으로 키스를 했고 상대방의 등과 다리를 다급하게 탐험했으며 더듬거리며 상대방 윗도리 매듭을 풀려고 애썼다. 에스미의 침에서는 혀에 남아 있던 블랙체리 소다의 신맛이 났다. 에스미는 미티를 밀어서 똑바로 눕히고 그 위에 올라탔다.

그녀의 혀가 허기진 듯 격렬하게 미티의 혀를 탐했다. 미티는 이런 장면을 영화에서 본 적이 있었다. 여자가 남자 위에 올라타고 탱크탑 윗도리를 벗는 것을 남자가 올려다보는 장면. 멋진 헤어스타일을 한 남자 배우가 자신의 역할을 맡는 것을 상상하니 불쾌한 마음이 치밀었다. 그녀가 에스미와 함께 있기를 이토록 좋아하는 것은 자신을 누군가 대체할 수는 없다는 점 때문인 것 같았다. 그런 생각이 들자 그녀는 자신감이 생겨서 에스미를 밀어내고 자세를 바꿨다.

"거긴 싫어?" 에스미가 애타는 표정으로 물었다.

"내가 널 만지고 싶어." 미티가 에스미의 엉덩이를 끌어당기며 부드럽게 말했다.

미티는 자기들의 행위가 섹스인지 확신할 수 없었다. 비교할 대상이 없었기 때문이다. 여자들 사이의 섹스는 어떤 형태인지, 유효기간이 지난 콘돔 안에 정액을 쏟아내는 일이 없어도 섹스가 가능한지 배운 적이 없었다. 남자와 하는 섹스는 시작과 끝이 모호하지 않고 분명했을 것이다. 그러나 에스미와 할 때는 끝없이 펼쳐진 시간 앞에서 흥분감이 너무도 자연스럽게 밀려들었다가 빠지곤 해서, 몸이 흥분하기 시작해서 절정에 올랐다가 사그라드는 경계가 흐려졌다. 에스미를 만지면 자신도 애무를 받는 것 같았다. 미티는 본능을 따르기로 결심하고 지금까진 망설이고만 있었던 에스미의 몸 곳곳을 탐색하기 시작했다. 제약을 벗어던진 거친 꿈속에서만 상상했던 행위들을 펼쳤다. 굶주리고 호기심에 넘친 탐험가가 된 기분이었고, 남자들도 이렇게 느끼는지, 전문적인 기술이 아니라 순전히 야망에 의해, 신대륙을 발견하겠다는 의지와 자신감에 의해 움직이는지 궁금했다.

그러나 그날은 에스미가 먼저 떨어져 나갔다. 뭔가 달라졌다. 서로가 애무를 멈춘 순간, 미티는 에스미와 함께 있다는 느낌 대신 에스미를 지켜보고 있다는 느낌을 받았다. 아주 오래전에 그만두었다고 생각했던 경험이었다. 미티는 애정행각이 끝났더라도 애정은 계속되기를 바라면서 팔을 뻗었다. 그러나 에스미는 다른 곳에 있었다. 미티는 집게손가락으로 에스미의 새끼손가락을 걸려고 했지만, 에스미는 침대 가장자리로 물러나서 눈에 먼지가 들어갔다며 호들갑을 떨었다. 아주 미묘한 어긋남이어서, 미티는 괜한 해석을 덧대고 있는 자신이 우스꽝스럽게 느껴졌다. 어쩌면 내가 너무 예민한 것인지도 모른다고. 에스미의 모든 움직임에 지나치게 주목하는 것인지도 모른다고.

에스미는 침대에서 내려가 엉켜 있는 비키니 팬티를 풀기 시작했다. 미티는 에스미의 행동을 자신도 따라 하라는 지시로 인식했다. 둘이 옷을 다 입고 나자, 에스미는 방 청소를 시작했고 차에 치여 죽은 동물처럼 카펫 위에 널브러진 비키니를 주워 모으는 일에 열중했다.

"괜찮아?" 미티가 소심하게 물었다. 물어놓고도 대답을 듣고 싶지 않다는 마음에 수치심을 느꼈다. 그녀는 이를 악물고 코로 숨을 들이쉬어 가슴에 공기를 채웠다.

"응." 에스미가 말했다. 옷을 한 아름 모아 빨래 바구니에 던졌다. "엄마 오기 전에 정리하는 거야." 그녀의 목소리는 작았지만 예상했던 것보단 더 다정했다.

에스미의 태도 변화는 새로운 도전의 대가로 받게 된 채찍질로 생각하면 자연스러운 일인지도 몰랐다. 미티는 집에 가는 막차가 곧 도착할 거라는 사실을 무시한 채 조용히 에스미를 도와 방을 정리했다. 어쩌면 오늘 밤이 마침내 그녀가 여기서 자고 가는 밤인지도 몰랐다. 둘은 서로의 품에 안겨 잠을 잘 것이고, 섹스 없는 단순한 우정인 척하더라도 서로 가까운 사이라는 것을 둘의 엄마들에게 밝힐 것이다.

"나, 가?" 미티가 무심한 손길로 에스미의 옷을 개면서 물었다. 그 질문이 에스미를 되돌리고, 가지 말라고 붙잡게 할 거라고 믿었다.

"너무 피곤해." 에스미가 말했다. 그녀는 미티를 바라보며 아프도록 예의 바른 미소를 지었다. "안아줄래?" 에스미가 두 팔을 벌렸고 대꾸할 말이 생각나지 않아 미티는 그 품속으로 걸어 들어가 에스미의 어깨에 턱을 걸쳤다. 그녀는 터져 나오려는 울음을 애써 참으며 침을 꿀꺽 삼켰다. 에스미가 미티에게서 떨어져 나갔다. 미티의 팔이 아직 걸쳐져 있는데도. 두 팔이 에스미의 허리를 감싸안고 있었던 시간은 짧았지만, 그 몇 초의 시간이 미티가 알아야 할 전부처럼 느껴졌다. 머물고자 하는 사람과 보내려고 하는 사람, 둘의 부조화가 갑자기 너무도 선명해졌다.

다음 날, 미티는 떨리는 손으로 대형 쓰레기통을 잡고 서서 학생들이 번쩍거리는 SUV에서 뛰어내려 스튜디오로 줄지어 들어가는 모습을 지켜보았다. 콘크리트 위에 짓이겨져 있는 반쯤 피우다 만 담배꽁초를 발견하고 주워서 입에 물었다. 불을 붙일 방법은 없었지만, 그 퀴퀴하고 시큼한 맛이 에스미가 나타날 때까지 자신을 지탱해주기를 바랐다.

미티는 오 분 지각일 때까지 기다리다가 포기하고 안으로 들어갔다. 소녀들은 반듯이 누워서 다리를 귀까지 들어 올리고 발가락 마디에 생긴 물집에 약을 바르고 있었다. 에스미는 가운데 앉아서 다른 소녀의 발을 무릎에 얹어놓고 거즈로 감아주고 있었다. 언제 들어왔지? 에스미는 발을 맡긴 소녀가 무슨 시답잖은 이야기를 하는 것을 편안하게 듣고 있었다. 미티는 에스미가 상처를 숨기는 능력이 자기보다 낫다고 생각했다. 발레가 에스미를 단련한 것이다.

그날 미티는 거울을 닦았다. 청색 세제를 거울에 뿌릴 때마다 에스미의 모습이 흐릿해졌다. 그러나 걸레로 닦고 나면 전보다 더 선명한 모습으로 나타났다. 겨드랑이 접히는 곳에 하얗게 묻어 있는 탈취제와 발끝으로 설 때마다 나타나는 종아리 근육까지. 가끔 에스미는 미티 쪽을 보았고 둘의 눈길이 마주치기도 했다. 그럴 때면 에스미의 동작이 더욱 분명해졌다. 점프는 조금 더 높았고 다리는 귀를 지나 쭉쭉 뻗었다.

미티는 에스미가 자신을 관찰한 것보다 자신이 에스미를 더 많이 관찰한다는 사실을 알고 있었다. 에스미가 집에서 방을 옮겨 다닐 때마다 따라다녔었다. 에스미가 수영복으로 갈아입으라고 신호를 줄 때만 갈아입었다. 손님이라면 으레 그래야 했다. 손님은 항상 주인의 허락을 기다리지 않는가. 그래서 에스미가 화장실에 갔을 때, 미티는 그것을 따라오라는 신호로 이해했고, 그녀를 따라갔다.

에스미는 맨 끝에 있는 파스텔 초록색의 세면대 위로 몸을 숙이고 조금 전에 터뜨린 여드름을 살펴보고 있었다.

미티는 문 옆에 서 있었다. "쓰레기통 앞에서 기다렸어." 그녀가 말했다. 가늘게 떨리는 목소리가 나왔다.

"일찍 왔어." 에스미가 움찔하더니 잠깐 멈췄다가 다시 여드름을 짜기 시작했다.

"왜?"

에스미가 어깨를 으쓱거렸다.

"나한테 화났어?" 미티가 말했다. 에스미에게 몇 걸음 다가갔다.

"화 안 났어."

"내가 뭘 잘못했으면······."

"아무것도 **잘못하지** 않았어."

에스미가 미티를 향해 돌아섰다. 여드름 흉터에 피 한 방울이 맺혀 있었다.

"왜 자꾸 문장의 중간을 강조해?" 미티가 말했다.

에스미는 미티 옆을 빙 돌아서 휴지 한 장을 뽑아 얼굴에 대고 눌렀다. 미티는 자기 입에 주먹이라도 넣어 말을 못 하게 막고 싶었다. 그녀의 마음이 쏜살같이 과거로 달려가 그녀가 뭐라도 잘못했을지 모를 에스미의 집에서 자신이 했던 말을 하나하나 되살리기 시작했다. 둘이 애무하고 키스했던 모든 순간을 떠올렸고, 그날 아침에는 그녀가 혀를 사용했는지, 이를 닦았는지 하는 문제까지 꼼꼼히 더듬었다.

마침내 에스미가 미티를 바라보았다. 입술은 갈라졌고 핏기가 없었다. 목 옆쪽에는 신경질적으로 긁어서 생긴 빨간 손톱자국이 있었다. 마치 털갈이하는 곤충처럼 에스미의 속이 훤히 들여다보였다.

"어제는 그러고 싶지 않았던 것 같아."

"뭐를 그러고 싶지 않아?" 미티는 자신의 목소리에서 절박함을 느꼈다. 마치 닫힌 문을 열어달라고 두들겨대고 있는 느낌이었다.

문밖에서 여자애의 목소리가 들리자, 에스미가 움찔하더니 숨죽인 목소리로 말했다.

"그냥 좀 더 천천히 가고 싶었다는 얘기야."

미티는 얼굴이 화끈거렸다. 모든 것을 다시 시작하자는 불가능한 해결책을 제안하려는 자신이 너무 수치스러웠다. 에스미가 주먹을 펴자 땀인지 물인지에 젖어 있는 휴지 뭉치가 보였다. 땀일 수도 있다는 생각이 들자 에스미도 자신만큼 긴장했을지 모른다는 생각에 약간이나마 위로가 되었다.

"좋아." 마음의 동요를 드러내지 않으려고 애쓰면서 미티가 말했다. "그렇게 하면 되지." 나중에는 더 물어보지 않은 것을 후회하게 될 터였다. 그녀의 마음속에서 너무나 많은 분노의 싹이 트기 시작했다는 것을 깨닫게 될 것이었다.

"좋아." 에스미가 만족한 얼굴로 휴지를 쓰레기통에 던졌다. "밖에서 보자."

화장실 문이 닫히는 소리를 듣고 나서야 미티는 에스미와 대화를 나눈 마지막 몇 초 동안 자신이 고개를 숙이고 다 떨어진 운동화의 발가락 부분을 노려보고 있었다는 것을 깨달았다. 그것도 후회하게 될 것이었다. 에스미가 미티를 남겨두고 세상으로 걸어 나갈 때 어떤 표정이었는지 봐두지 않았다는 것.

어떤 날은 에스미의 요구를 인정하고 받아들이기가 쉬웠다. **좀 더 천천히.** 미티는 몇 번이고 되뇌었다. 그 말은 에스미가 그만두기를 원한 것은 아니라는 뜻이라고 자신을 위로했다. 어쩌면 그것을 좀 더 음미하고 싶었던 것이라고 추측했다. 그 작은 행위들, 아이 같은 손길, 키스를 배워가던 방법들을 더 오래 간직하고 싶은 것인지도 몰랐다. 그러나 미티가 이런 말로 합리화하며 자신을 안심시켜도, 에스미가 전화하지 않고 쓰레기통 앞에 나타나지도 않는 날이 쌓여갔다. 스튜디오에서 아주 짧게 아는 체를 하고 말거나 아예 하지 않는 날도 있었다. 그러다가 마침내 용기를 내어 전화를 걸었을 때 미티를 맞이한 건 에스미의 음성 녹음이었다. 짧은 호흡과 다시 전화하겠다는 헛된 약속.

밤이 되면 미티는 격렬한 의심에 휩싸였다. 에스미의 싫은 점을 전부 다 떠올려보았다. 에스미는 유머 감각이 없고, 자기 문제에 골몰해서 남이 농담을 해도 웃어주지 않았다. 자기 엄마한테 무례했고, 아래턱을 내밀고 씩씩거렸다. 왜? 전화를 무례하게 받았다. 그리고 가운데에서 세 번째 이는 다른 이보다 짧고 누랬다. 미티는 분노 속으로, 잠시나마 숨을 쉴 수 있고 보호받는 유일한 곳으로 자신을 밀어 넣었다. 그리고 마침내 지쳐 잠이 들었을 땐 흐릿하고 고통스러운 꿈속을 헤맸고, 아침이 되어 눈을 뜨면 또 다른 고통의 하루를 맞이했다.

미티와 에스미가 마지막으로 대화를 나누고 이 주가 흘렀다. 미티는 집에서 트위드 원단 소파에 웅크리고 누워 있었다. 눈물과 콧물이 옆으로 흘러내렸다. 엄마는 경품 판매를 위해 나가고 없었다. 시간이 지나 엄마가 현관문을 열고 들어오는 소리가 나자, 미티는 조용히 신음하며 소파 등받이를 향해 돌아누웠다. 엄마가 소파 끝에 앉는 무게가 느껴졌고 곧이어 엄마의 손이 미티의 다리에 살포시 얹혔다.

"미티." 엄마가 부드럽게 그녀를 불렀다. "얘기 좀 할래?"

"그럴 기분이 아니야." 미티가 중얼거렸다. 세상에서 자신을 사랑하는 것이 분명한 단 한 사람에게 감사하는 마음도 없는 자신에 대한 당혹감과 죄책감이 스멀스멀 기어 올라왔다.

"목련 양품점에 갔었어." 엄마가 말했다. 목소리가 불길한 것이, 마치 작은 부고라도 전하려는 것 같았다. 심장이 꽉 조이고 숨이 턱턱 막혔다. 고개를 돌려 엄마를 올려다보았다.

미티가 쉰 목소리로 물었다. "근데?"

"왜 말 안 했어?" 퍼트리샤는 진심으로 걱정스러운 표정을 짓고 있었다. 그걸 보고 미티는 다 털어놓아야 하나 잠깐 갈등했지만, 곧 마음을 다잡았다.

"할 말이 있어야 말을 하지." 미티가 말했다.

"에스미 엄마한테 다 들었어." 퍼트리샤는 미티의 반항에도 아랑곳하지 않고 할 말을 했다. 오십여 개의 매니큐어 병을 넣어 묵직해진 가방을 계속 메고 다녀서 어깨가 아픈지 집게손가락과 엄지손가락으로 어깨 힘줄을 꾹꾹 눌렀다. "네가 에스미를 불편하게 한다던데."

미티는 머리를 잘라내 '불편하게'라는 단어의 독이 귀를 통과해 온몸으로 퍼지는 것을 막고 싶었다. 그러나 그 독은 너무 빨리 퍼졌고, 그녀는 목 놓아 울기 시작했다.

"난 아무 짓도 안 했어." 미티가 말했다. 눈물이 앞을 가렸다. "아무 짓도 안 했다고." 그러나 그 말은 반복될수록 염원을 담은 주문으로 들렸다. 그녀가 이미 가지고 있는 진실이 아니라 되뇌고 되뇌어서 붙잡으려는 소망으로 들렸다.

"네가 무슨 짓을 했다는 게 아니야." 퍼트리샤는 미티의 다리를 꽉 잡아 떨리는 몸을 진정시키려고 노력했다. "네 얘기를 먼저 들어보고 싶어서 집에 온 거야." 그녀가 일어서서 손을 내밀더니 미티에게 손을 잡으라는 시늉을 했다. "이리 와." 그녀가 말했다. "엄마가 목욕물 받아줄게."

미티는 엄마를 자세히 살펴봤다. 엄마와 자기가 닮았다고 생각해본 적이 한 번도 없었다. 퍼트리샤의 외모는 마르고 볼품없었다. 도금한 싸구려 액세서리를 걸치는 것이 유일한 용도 같았다. 본래 칙칙한 금발이었지만 미티가 태어나기 전부터 욕조를 분홍색으로 물들이며 접시꽃처럼 빨간색으로 염색을 했다. 미티는 뭔가 심한 말을, 원래 못생긴 여자들이 액세서리에 집착한다는 따위의 말을 하고 싶었다. 그러나 사실 미티가 정말로 싫었던 것은, 그녀가 정체를 알 수 없는 어떤 결점을 갖고 있음에도 불구하고 자신이 사랑받을 만한 사람이라는 걸 상기시켜주는 엄마의 다정함이었다.

퍼트리샤가 수도꼭지를 돌려 수온을 완벽하게 맞추고 라벤더 향이 나는 소금 입욕제를 물에 푸는 동안, 미티는 욕실 구석에 무릎을 끌어안고 앉아 있었다. 그녀는 숨을 꿀떡꿀떡 삼키면서 에스미와 있었던 일을 이야기했다. 퍼트리샤가 욕조를 가리키자, 미티는 고개를 가로저었다.

"그럼 물을 버리게 되잖아." 퍼트리샤가 욕조 가에 앉아 손가락으로 물을 휘저으며 말했다. "사막 한가운데에 살면서 그러면 안 되지."

"난 엄마한테 물 받아달라고 한 적 없어." 미티가 퉁명스럽게 말하고 고집스레 입을 다물었다.

그러나 퍼트리샤도 지지 않았다. "딴 사람한테 목욕물을 받아달라고 하면 안 되지, 당연히."

퍼트리샤는 딸의 평생을 함께한 데서 나오는 확신을 가지고 말했다. 나중에는 엄마가 자기를 잘 아는 것이 감사하게 느껴질 수도 있으리라. 그러나 그 순간에는 자신의 어느 부분이 아직도 아이로 남아 있다는 사실을 타인이 안다는 것이, 그리고 언젠가 똑똑해져서 숨길 것은 숨길 수 있게 되기 전에 타인이 자신을 지켜볼 수 있다는 점이 불공평하게 느껴졌다.

미티는 내키진 않았지만 옷을 벗었고 속옷까지 다 벗고 나서야 사춘기가 되기 전부터 벗은 몸을 엄마에게 보여주지 않았다는 사실을 깨달았다. 체모와 유방이 자신의 몸을 지킬 가치가 있는 것으로 만들어준 것처럼 미티는 갑자기 자의식이 들었다. 그러나 미티를 다루는 데 능숙한 퍼트리샤는 욕조에 머그컵을 넣어 물을 떠서 미티의 어깨에 끼얹었다.

"사귀는 사람 있다고 왜 말 안 했어?" 퍼트리샤가 물었다. 그녀는 미티의 고개를 부드럽게 뒤로 젖히고 머리에 물을 부었다. 미티는 두 눈을 감고 목이 뒤로 넘어가게 내버려두었다.

"에스미가 비밀로 하자고 해서."

퍼트리샤는 잠깐 손길을 멈추고 미티의 몸이 긴장을 풀고 물속에 잠기기를 기다렸다.

"걔네 엄마가 한 말이 사실이야?" 퍼트리샤가 물었다. "네가 걔를 불편하게 만들었다고 생각하니?"

미티는 잠자코 있었다. 의도를 이야기하면서 자신의 행동을 정당화하는 것이 얼마나 얄팍하게 느껴질까 하는 생각에 대답하기가 두려웠다. 이제 와서 그런 것들이 다 무슨 소용인가 하는 생각도 들었다. 이전에는 확신이 차지하고 있었던 마음속 공간이 지금은 텅 빈 느낌이었고, 입을 크게 벌리고 있는 그 어두운 동굴에 닿으려고 애쓰는 것만으로도 현기증이 났다. 그런 노력을 참을 수 없기도 했고, 앞으로 무슨 일이 더 벌어질지 두렵기도 했다. 엄마가 매 순간 옆에 있어줄 수 없는 때가 오면 조용한 집에 혼자 앉아서 에스미를 훨씬 더 그리워하게 될 것 같았다. 그날 화장실에서 만난 후로 어떻게 견뎌냈는데, 또 에스미를 추억하며 자신을 고문하게 될 것 같았다.

엉성하고 울퉁불퉁한 매듭 팔찌가 생각났다. 분홍색과 보라색이 섞인 실로 만든 그 팔찌에는 중간에 알파벳 M자 구슬이 끼워져 있었다. 여름 캠프에서 흔히 만드는 팔찌였고, 쉽게 색이 바래고 해지고 수영하면 젖어서 시간이 지나도 중간 부분은 잘 마르지 않았다. 에스미는 미티를 주려고 장난삼아 만들었다면서 팔찌를 건네주었다. 두 번째로 키스하기 직전, 에스미의 침실 바닥에 앉아 있을 때였다. 예전에 이런 거 만드는 게 유행이었는데, 기억해? 에스미가 말했다. 물론 기억했다. 특히, 만드는 데 얼마나 오래 걸렸는지 기억했다. 몇 시간씩 걸릴 때도 있었다. 더구나 막 섞여 있는 알파벳 구슬들을 뒤져서 팔찌를 받을 사람의 이름 첫 글자를 찾아내야 했다면. 미티는 큭큭 웃으면서 팔찌를 배낭에 쓱 집어넣었다. 그러나 집에 돌아와서는 팔찌를 꺼내 창턱에 올려놓고 에스미가 방바닥에 앉아 매듭을 만들고 또 만들면서 미티를 생각하는 밤이 있었다는 사실을 떠올렸다.

"아마도." 미티가 말했다. "잘 모르겠어." 그녀가 확신했던 모든 순간이 이젠 불확실했고 오염되었다.

"저기 말이야." 퍼트리샤는 미티의 머리카락 끝을 돌돌 말아서 미지근한 물이 등으로 흐르게 했다. "지금은 잘 모르겠지만, 언젠가는 이 모든 일이 선물처럼 느껴질 때가 올 거야."

엄마는 모든 것을 그런 식으로 생각했다. 엄마는 선물에 둘러싸여 있다. 신세대 고데기, 스위트피 향 보디버터, 인체공학적인 대나무 손잡이가 달린 목욕용 수세미. 집 안에 있는 모든 것이 엄밀히 말해 선물이었다. 그러나 미티가 볼 땐 전부 쓰레기였다.

그날 밤 미티는 엄마의 침대에서 잤다. 폴리에스테르 베갯잇에 닿은 뺨에서 따가움을 느끼면서, 그리고 시계추처럼 고르고 낮은 엄마의 코 고는 소리를 들으면서 최면에 걸린 듯 스르르 잠이 들었다. 아침이 되자, 퍼트리샤는 부드러운 스크램블에그와 민트 티를 만들었지만, 미티는 어느 것도 다 먹지 못했다. 미티는 엄마와 상의해서 스튜디오에 이 주 더 출근하기로 결정했다. 미티는 당장 그만두겠다고 했지만, 엄마는 그러면 신뢰도가 떨어져서 다른 일자리를 구할 때 안 좋다고 주장했다. 보기 싫은 사람을 보고 사는 법을 배워야 할 때도 있어. 퍼트리샤가 말했다.

퍼트리샤는 식탁에 미티와 나란히 앉아서, 신문에 나온 일자리에 동그라미를 치며, 물건을 팔 때처럼 억지스럽게 명랑한 태도로 미티에게 최저임금 직종 몇 가지를 권했다. 그러나 미티는 통 관심이 없었다. 흥분이나 기쁨, 완전한 절망이 아닌 다른 감정에 대한 기대는 꿈도 꿀 수 없는 것처럼 느껴졌다.

퍼트리샤는 미티를 태우고 조용히 스튜디오로 가서 주차장에서 공회전을 하면서 미티의 기운을 북돋으려고 노력했다.

"그냥 고개 숙이고 있어." 퍼트리샤가 말했다. "네 할 일 하면서. 그만둔다는 걸 서서히 알게 해주라고."

미티는 그 끔찍한 정사각형 건물을 노려보았다. 갈색 사암으로 만든 외관. 변태 같은 행인의 불확실한 위협으로부터 학생들을 보호하려고 선탠 처리를 한 창문. 창문 뒤에 있는 프런트데스크는 조화로 장식되어 있었고 조화의 가지들은 볼펜에 줄로 묶여 있었다. 로비에서 서성이는 엄마들. 잡지 진열대에 꽂혀 있는, 십 년도 더 된 것 같은 무용 잡지들. 휴식용으로 마련된 그랜드 피아노. 그리고 소녀들, 그 분홍색 홍학들. 기형이 된 발가락과 알이 배긴 종아리와 길쭉한 몸통을 분홍색으로 세심하게 가리는 법을 배우면서 다른 곳에서의 분홍빛 미래를 준비하고 있는 학생들. 모든 것이 흉하고 고통스럽고 분홍색 천지였다. 다 거짓이야. 미티는 생각했다. 위아래가 붙은 작업복 차림에 대걸레질을 하는 자신은 적어도 정직하다. 적어도 그녀의 상처는 눈에 보였다. 모든 면에서 그녀는 평범하고 뻔하고 노출되어 있었다.

미티가 플로어 대걸레질을 마칠 때쯤 발레리나들이 하나둘씩 들어왔다. 현관 종이 울릴 때마다 위가 쪼그라드는 듯하고 뒷덜미의 솜털이 긴장한 군인처럼 쭈뼛쭈뼛 서는 것 같았다. 들어온 사람이 에스미인지 확인하기 위해 돌아보고 싶은 마음을 꾹 눌렀다. 에스미가 얼마나 많은 학생에게 털어놓았는지 모르겠지만 학생들이 미티의 일거수일투족을 지켜보고 있을 수도 있었다. 조금이라도 마음을 드러내는 것은 범죄로 인식될 것 같았다.

미티는 플로어 걸레질을 마치고 청소도구함실에 가서 더러워진 물을 싱크대에 붓기 시작했다. 문밖에서 에스미의 웃음소리가 들렸다. 미티가 사랑했던 킥킥 웃는 소리. 지금은 음흉하게 들렸다. 미티는 문에 다가서서 소녀들의 천진난만한 대화를 엿들었다. 그들은 독무 리허설 이야기를 하고 있었다. 다리털이 너무 빨리 자란다고, 더위가 도무지 가시질 않는다고 투덜거렸다.

"너 먼저 할 거지?" 한 소녀가 기대하는 어조로 물었다.

"응." 에스미가 끙 하고 신음하면서 말했다. "보나 마나 망칠 텐데 뭐." 에스미는 다른 학생들과 있을 때면 이렇게 겸손한 척했다.

발레리나들은 프랑스어로 발레에 관한 지식을 서로 나누었다. 익숙한 듯 편안하게 이야기하는 그 용어들을 미티는 하나도 이해하지 못했다. 불평과 엄살을 늘어놓고 있지만 에스미의 목소리에선 행복감이 느껴졌다. 인생에서 바뀐 것이 하나도 없는 듯했다. 어떻게 그럴 수 있지? 미티는 생각했다. 그 일이 정말 그렇게 찰나에, 그렇게 쉽게 잊을 수 있는 일이었나?

아무렇지도 않은 듯이 계속 살아갈 수 있을 만큼? 그 생각을 하니 견딜 수가 없었다. 에스미가 미티를 욕하는 것을 들었다면 오히려 위로가 됐을 것이다. 미티가 아직은 에스미의 마음 속 어딘가에 자리하고 있다는 뜻일 테니까. 지금까지 무관심이 증오보다 더 고통스럽다고 생각한 적이 없었는데, 자신이 기억할 가치조차 없는 존재라는 생각이 미티를 분노하게 만들었다. 미티는 그 현기증 나는 기억을 떨쳐버리지 못한 채 고통스럽게 지내고 있는데, 에스미는 다른 곳으로 갈 모양이었다. 그냥 계속 살아갈 수 있는 모양이었다.

산타크루즈로 차를 몰고 오면서 퍼트리샤는 미티에게 언제부터 그런 계획을 세웠느냐고 물었다. 사실 그 순간에 즉흥적으로 떠오른 것이었다. 전에 한 번 우연히 그 일을 한 적이 있었다. 발레 스튜디오에서 청소 일을 막 시작했을 때, 일 년에 두 번은 바닥에 착색제를 발라야 한다는 이야기를 들었다. 그 일은 항상 미리 계획해야 하고, 착색 작업 후 마룻바닥이 마를 시간을 적어도 스물네 시간은 확보해야 한다. 그러지 않으면 미끄러질 위험이 있다. 일을 시작한 첫 달에 미티는 세제와 착색제를 섞어놓는 작업을 했다. 다행히도 근무가 끝나갈 때쯤이었고 건물은 비어 있어서 미끄러진 사람은 미티 자신밖에 없었다. 그러나 그날, 에스미가 뉴욕과 아메리칸 발레 극장을 언급하며 날카로운 발음의 러시아 강사들 이름을 늘어놓고 **같이 일하고 싶어 죽겠다**고 말했을 때, 미티의 분노가 폭발했다.

몸이 마음의 지시 없이 저절로 움직이는 것처럼 느껴졌다. 양동이에 시럽 같은 액체를 가득 채우자 매캐한 냄새가 코를 찔렀고, 그것은 그녀가 하려는 짓에 대한 유형의 경고 같았다. 그녀는 양동이를 들고 건물을 나와 옆으로 돌아서 뒷문으로 들어갔다. 거기서 다른 사람 눈에 띄지 않은 채로 댄스 플로어에 들어갈 수 있었다. 발레리나들이 한데 모여서 팔다리에 테이핑을 하는 동안, 미티는 대걸레를 그 착색제 물에 푹 담갔다가 빼서 한 곳을, 가로세로 1미터 정도의 공간을 닦고 또 닦았다. 에스미가 거기에 착지할지 확신할 순 없지만, 그동안 본 바에 따르면 그럴 가능성이 충분히 있었다.

무슨 일이 일어나기를 바랐니? 엄마는 그 질문도 했다. 물론 사고가 일어나기를 바랐다. 그러나 단순한, 금방 복구 가능한 그런 사고를 바랐다. 기껏해야 강사가 에스미의 능력을 의심할 정도의 일. 미티는 안중에도 없이 그렇게 쉽게 계획한 에스미의 미래에 작은 불신을 심을 만한 일을 원했다.

소녀들이 플로어로 걸어 들어오자, 미티는 뒤쪽 구석으로 몸을 숨겼다. 거기서 남의 눈에 띄지 않고 지켜볼 수 있었다. 피아니스트가 자리를 잡았고 발레리나들이 벽을 따라 일렬로 줄을 섰다. 에스미는 플로어 가운데에 섰다. 음악이 시작되자 에스미가 춤을 추기 시작했다. 세련되고 우아하게 움직이는 에스미의 몸을 보면서 미티의 분노는 더욱 커졌다. 저 실력이 나를 무시한다는 구체적인 증거다. 나는 음식 한 입 삼키는 것도 힘든데, 에스미는 여전히 뭔가를 잘 해내고, 고도의 집중력을 발휘할 수 있구나. 미티는 생각했다.

에스미가 공중으로 가볍게 날아올랐다. 미티는 바닥의 그 지점을 노려보았다. 주변 공간보다 약간 짙은 색인 그 공간을 향해 에스미의 발이 점점 더 가까워졌다. 피루엣을 하기 위해 추진력을 얻으려고 에스미가 한 다리를 차는 순간, 뻑 하고 날카로운 소리가 났다. 동시에 비명이 울려 퍼졌다. 그리고 무겁게 내려앉는 음울한 침묵.

뒤늦게 뛰어나갔지만, 에스미는 경악한 관중에게 둘러싸여 잘 보이지 않았다. 강사가 소녀들에게 비키라고 소리쳤다. 소녀들이 길을 터주자, 참혹한 현장이 보였다. 에스미의 그 소중한 복사뼈가 다리에서 튀어나와 있었다. 발은 옆으로 돌아가 힘없이 늘어졌고, 어디선가 피가 흘러 웅덩이를 만들고 있었다. 하얗게 질린 에스미의 얼굴이 보였다. 자기 몸에 벌어진 일을 애써 받아들이려는 듯 눈을 마구 깜박이고 있었으며, 입은 충격으로 벌어졌으나 어떤 소리도 나오지 않았다.

미티의 시야에 작은 반점들이 나타나서 떠다니다 사라지기를 반복했다. 실신하면 그곳에 더 오래 머물러야 할 터였다. 그래서 그녀는 도망쳤다. 뒷문을 통해 애리조나의 뜨거운 열기 속으로 나섰다. 그녀는 자기 집 현관문 앞에 도착해서야 걸음을 멈췄고, 상체를 숙여 매트에 토했다. 엄지손가락으로 초인종을 눌러대면서도 계속 속을 게워냈다. 어쩌면 그녀도 비명을 질렀는지 모른다. 그러나 기억은 나지 않는다.

레나의 집 현관 앞에서, 베델은 모직 원피스에 찍혀 있는 밀가루 지문을 발견하고 엄지손가락으로 문질러 지운다. 현관문을 연 서배스천이 편안한 목소리로 미티의 이름을 부른다. 베델이 미티를 흘끗 보는 것이, 서배스천이 이렇게 다정하게 인사를 할 만큼 친숙한 사이인 줄 몰랐다는 눈치다. 서배스천이 크림색 리넨 정장의 옷깃을 매만지자, 그 속에서 쇄골을 휘감고 있는 얇은 금 사슬 목걸이가 보인다.
 "베델 이모님이세요." 미티가 서배스천에게 말한다. 베델이 옆에 있으니, 남자와 대화할 때 나오는 들뜬 목소리가 너무 의식이 되어 갑자기 무척 부끄러워진다.
 서배스천과 베델이 악수를 한다. 그의 악력이 어찌나 센지 베델의 늘어진 팔에 파문이 인다.
 "산타크루즈에 오신 걸 환영해요." 베델이 말한다. 환영이 아니라 경고의 말처럼 들린다.

서배스천이 옆으로 비켜서서 안으로 들어오라는 시늉을 한다. "슬리퍼요." 그가 가리킨 선반에는 레나의 작은 슬리퍼들이 고분고분한 여학생들처럼 한 줄로 나란히 진열되어 있다.

복도 너머로 보이는 집 안은 탁 트인 공간으로 설계되었고, 가구 배치로 공간을 분리한 것이 보인다. 오른쪽에 있는, 미티가 해변에서 보았던 백색 거실은 실제로 보니 환하게 빛나고, 깊고 푹신한 소파가 놓여 있어 훨씬 더 크게 보인다. 미티가 창문이라고 생각했던 것이 사실은 좌우로 여닫는 유리문이다. 그 너머에는 집과 같은 넓이의 발코니가 있다. 멀리서만 보았던 집의 인테리어 구경에 열중하느라 집 안에 퍼져 있는 아찔할 정도로 톡 쏘는 냄새는 나중에야 알아차린다.

베델과 미티는 부엌 조리대 앞에 앉는다. 그 너머에선 레나가 끓는 냄비 앞에 구부정하게 서서 얼굴에 김을 쐬고 있다. 레나가 인사하기 위해 돌아서면서 허리에서 앞치마를 끄르고 머리 위로 들어 벗는다. 그 동작이 매우 은밀하게 느껴진다. 마치 옷을 벗는 것처럼.

서배스천이 허리를 굽히고 파이 껍질을 들여다보며 킁킁거린다. "블랙베리예요?"

"올라리베리요." 미티가 말한다.

"이젠 올라리베리 안 팔지 않나요?" 형식적인 질문이다. "신문에서는 올해 완전 흉작이라던데."

"농산물 시장에는 많이 나왔더라고요." 베델이 말한다.

"흠, 올라리베리 품귀 현상이 벌어지면, 범인이 누군지 알

만하네요." 서배스천이 씩 웃으면서 두 손으로 조리대를 톡톡 친다. "한잔하실래요?" 그가 술병을 담아놓은 카트로 걸어간다. 미티는 뒷덜미를 긁적인다. 이렇게 사교 생활을 해본 지 너무 오랜만이다. 그것도 공통점이라고는 이웃에 산다는 것밖에 없는 사람의 집에서. 은근히 공격적인 말은 무시하고, 화제를 자연스레 바꿔가며, 자신 있게 대화를 이어가는 기술을 잊은 지 오래였다.

서배스천이 잔마다 라임을 짜 넣는 동안, 베델은 올라리베리의 역사를 설명한다. 올라리베리는 태평양 북서부 지역에서만 자라는 두 종류의 블랙베리를 교배해서 얻은 품종으로, 오리건 주립대학교 블랙베리 육종 프로그램에서 개발되었다. 베델은 올라리베리의 역사에 관한 기사를 읽자, 비글을 키우고 싶어서 미티와 함께 개 번식장을 찾아갔던 끔찍한 기억이 떠올랐다고 말한다.

"철망 우리가 층층이 쌓여 있고 카펫에선 오줌 냄새가 코를 찔렀죠." 베델이 말한다. "번식업자가 강아지를 홱 잡아채 들고 쬐끄만한 고환을 보석처럼 손바닥에 들어 보여주더라고요. 우린 블랙베리가 그 강아지들하고 너무나 비슷하다고 생각했어요. 흰 실험복을 입은 연구원들이 못생긴 블랙베리는 던져버리고 음식 잡지 표지에 나올 크렘브륄레의 고명으로 쓸 만한 것을 고르는 모습이 꼭 강아지 번식업자 같았거든요."

서배스천이 칵테일 셰이커를 들고 흔든다. "그 번식업자들 진짜 이상한 인간들이군요, 안 그래요?" 얼음 달그락거리는 소리를 이기려고 서배스천이 큰 소리로 말한다.

"하지만 그런 사람들도 필요하지 않아?" 레나가 스튜 한 숟가락을 서배스천의 입에 갖다 대면서 묻는다. 그는 잠시 멈추고 스튜를 받아먹은 후 똑 하고 혀를 차는 소리와 함께 고개를 끄덕이며 맛을 칭찬한다. 레나가 말한다. "그러면서 유전학을 발전시키는 거잖아."

"아냐, 그러면서 유전학을 **망치는** 거지." 서배스천이 말한다. "자연을 가지고 장난치는 거야. 어디서 들었는데, 프렌치 불독은 제왕절개로만 출산할 수 있대. 왜 줄 알아? 품종 개량한다면서 머리를 너무 크게 만들어놔서 질관을 통과하지 못한다는 거야. 이게 말이 돼?"

"하지만 도움이 되는 방식으로도 개입할 수 있지." 레나가 주장한다. "자기가 만든 새 쫓는 전자음처럼 말이야."

"그럴 수도 있지만, 잠깐만." 서배스천은 텀블러마다 커다란 정육면체 얼음을 한 개씩 넣은 뒤 탁한 녹색 액체를 가득 따른다. "손님들에게 이런 식으로 나를 소개하고 싶진 않은데."

"전자음 이야기는 레나한테 들었어요." 미티는 서배스천에게 지나친 관심을 가진 것처럼 보이지 않으려고 조심하면서 담담하게 말한다. 그러나 서배스천이 레나를 날카롭게 쳐다보는 것을 보니 그가 프라이버시에 집착한다고 언젠가 레나가 했던 말이 생각난다. 미티는 즉시 수습에 나선다. "자세히 듣진 못했어요. 지금은 소셜 미디어 분야에서 일하신다고요?"

서배스천이 미티에게로 관심을 돌린다. "소프트웨어 개발

분야요." 그가 명확히 한다.

"진짜 재미없게 말한다." 레나가 초조하게 웃으면서 말한다. "서배스천은 항상 저런 식으로 말해요."

레나와 서배스천은 말로는 툭탁거리면서도 서로에게 건네는 행동은 자연스럽고 다정하다. 레나가 그에게 생강 한 조각을 건네자, 그는 왜 주느냐고 묻지도 않고 반으로 쪼갠 뒤 돌려준다. 그러고는 냉장고에서 두툼한 소고기 한 장을 꺼낸다.

"진짜로 재미없어." 그는 나이프를 훑어보면서 말한다. "필요 없는 또 다른 실험이지."

"손님들한테 그 앱 이야기 좀 해줘." 레나가 부추긴다.

서배스천이 두 손바닥으로 조리대를 누르고 서서 천장을 올려다본다.

"제가 포리지*라는 앱을 개발했거든요. 그게 언제쯤이었더라? 오 년 전인가? 일종의 데이트앱 같은 거였죠."

"데이트앱 같은 게 아니라 데이트앱이지." 레나가 말한다. "다른 모든 데이트앱에 실린 프로필을 보고 가장 좋은 프로필을 소개해주는 거잖아."

"다양한 데이트앱에서 데이터를 추려내는 것은 맞아요." 서배스천이 말한다. "사용자의 포리지 프로필을 바탕으로 가장 잘 맞는 사람들을 찾아내서 바로 사용자에게 정보를 보내주죠." 그는 잠시 말을 멈추고 나무망치로 소고기를 두들긴다.

---

* forage. '먹이를 찾다, 사냥하다'라는 뜻.

"다른 앱들과는 달리 포리지는 가입료가 상당히 비싸요. 사용자가 선택하는 프로필을 가진 사람에게 이메일을 보내주죠, 포리지 회원이 당신과 만나고 싶어한다고 알려주는 거예요. 그러면 그 사람은 포리지 앱을 다운받아서 대화를 시작할 수 있죠." 소고기를 또 한 번 두들긴다. "다른 앱들과 비교해서 우린 탄탄한 엘리트 고객층이 있어요."

"두 사람이 거기서 만났어요?" 베델이 묻는다.

레나가 카운터 위에 걸터앉는다. "우린 샌프란시스코에서 만났어요."

"하지만 저 얼굴이 내 받은편지함에 나타난다면?" 서배스천이 레나를 가리키며 말한다. 대답할 필요도 없는 질문이라는 듯 뒷말은 생략한다.

"그러니까 회원들은 대체로 남자들이군요." 베델이 말한다. "이런 아름다운 여성들을 만나기 위해 비싼 가입료를 지불하고 있고요, 그렇죠?"

미티는 웃음을 터뜨린다. 생각보다 더 큰 소리가 나왔다. 그러나 서배스천은 베델의 말을 전혀 신경 쓰지 않는 듯하다. "관찰력이 예리하시군요." 그가 말한다. "그렇게 볼 수도 있겠네요. 하지만 저처럼 일을 하면, 아니 제가 예전에 일했던 것처럼 일을 하면 즉흥적인 만남은 힘들어요. 전 모든 것을 더 쉽게 하기 위해 돈을 쓰죠." 그는 망치로 소고기를 두세 번 더 두들긴 후 칼로 중앙을 가른다. 면도칼로 비단 천을 가르듯 쉽게 갈라진다. "요즘 시장에선 우리가 소비하는 상품이 비싸면 편리하기라도 해야 해요. 아니면 건강에 좋거나."그는 소고기 한 점을 베델과 미티 앞에 들이민다. "예를 들어, 배양육 같은 거요. 불편하게 여겨질 수 있죠. 소를 도축해서 얻은 고기보다 덜 편리하다고 생각할 수 있어요. 그리고 더 비싸고요. 하지만 인간에게 더 좋은 고기예요. 환경에도 더 좋고. 이 고기가 실험실에서 만들어졌다고 하면 믿으시겠어요? 실제 동물의 고기가 아니라고 한다면?"

미티는 허리를 굽히고 더 자세히 본다. "정말요?"

"몰라요." 그가 그녀를 보며 씩 웃는다. "어떨 것 같아요?"

레나가 질린다는 듯 장난스레 눈을 치켜뜬다. "서배스천은 항상 수수께끼를 내요."

"두 분이 가져온 올라리베리도 실험을 거쳤잖아요, 그렇죠?" 그가 말한다. "유전자 조작 작물은 실제 식물인가요, 아닌가요?"

"하지만 저건 피가 있네요." 베델이 도마의 움푹 팬 부분에 고인 빨간 액체를 고갯짓으로 가리킨다.

"그것도 만들거든요." 서배스천이 말한다. "헴Heme이라고 부르죠. 콩과의 뿌리혹 헤모글로빈이에요." 그는 소고기를 도마에 철썩 치며 내려놓더니 잘게 조각낸다. "어쨌든 중요한 것을 발견하셨어요, 베델." 그가 칼을 들어 손끝으로 칼날을 닦아 피부에 붉은 피를 묻힌다. "제일 흥미로운 건 사람들이 죽은 동물을 먹는 게 역겹다면서도, 그 경험을 반복하고 싶어한다는 거예요. 그래서 고기가 들어가진 않지만 고기 맛이 나는 버거를 주문하죠. 콩 단백질을 원하지 않더라고요, 소고기를 원하지. 그러면서도 자신이 좋은 사람이라고 느끼길 바라죠. 그래서 그걸 사게 만들려면, 그걸 사는 게 도덕적으로 옳은 일이라고 소비자를 확신시켜줘야 해요. 동시에 자기들이 먹는 패티가 진짜 고기라고 믿게 해줘야 하고요. 그렇게 하기 위해서는? 피를 만들어야 하죠."

레나는 각자의 사발에 스튜를 가득 채워주면서 홍콩으로 여행 갔을 때 애버딘 시장에서 이 스튜를 처음 맛봤다고 설명한다. 요리법을 적거나 재료를 물어보는 대신, 식당 여자가 석탄 스토브에서 스튜를 만드는 과정을 지켜보았고, 최선을 다해 흉내 냈다고 말한다. 미티는 국물에 퍼진 부드러운 당근을 게걸스레 먹고, 알후추를 빨아 먹고, 짭쪼름한 소고기 조각을 씹는 데 몰두하느라 그 고기가 한때 실제로 살아 있었는지 따위는 떠올리지도 못한다.

"식당에서 일한다면서요." 서배스천이 포크를 흐느적 들어 미티를 가리켰다가 베델 쪽으로 돌린다. "그리고 어르신은 은퇴하셨고요. 무례한 질문인지 모르겠지만, 저 집은 어떻게 유지하세요?" 이전 이웃들에게는 한 번도 들어본 적 없는 질문이다. 물론 이 동네 집들은 항상 큰 주택으로 여겨졌고 이 동네는 부자 동네로 소문이 났다. 그러나 이곳 주민들은 모두 이곳에서 아주 오래 산 사람들이라 서로의 생계에 대해 잘 알고 있었다. 대다수가 오랫동안 집을 자가로 소유해왔다. 그 역사를, 어떻게 이곳에 오게 됐고 어떻게 정착하게 되었는지를 설명하자니 생소한 기분이 들었다. 미티와 베델은 동시에 말을 시작하려다가 입을 다물고, 잠깐 기다리다가 또 동시에 입을 연다.

베델의 얼굴에 지친 표정이 떠올랐다가 사라진다. 그녀는 미티에게 말하라고 손짓을 한다.

"이모가 주인이에요." 미티가 말한다. 어리석고 뻔한 대답이다. "그리고 리모델링을 많이 하지 않았고요."

"네, 그럴 거라고 생각했어요. 하지만 팔라는 제안이 많이 들어오지 않나요?"

베델이 어이없다는 듯 웃는다. "많이 들어오죠." 그녀가 말한다.

"근데 거절하고 계속 살아갈 여유가 있나 봅니다?"

"서배스천." 레나가 그를 쿡 찌른다.

"왜? 돈 얘기 할 수 있는 거잖아, 안 그렇습니까?" 그가 동의를 구하듯 베델을 바라본다. 베델은 어깨를 으쓱거릴 뿐 대답하지 않는다.

"하지만 그게 왜 중요해?" 레나가 말한다.

"괜찮아." 베델은 미소로 레나를 안심시킨다. "공평하잖아. 서배스천이 어떻게 이 집을 살 형편이 됐는지 우리도 아니까, 그렇죠?"

"그러니까요." 서배스천이 말한다. "돈 자랑은 하면서 돈을 어떻게 벌었는지 설명은 하지 말아야 한다는 건 이상하지 않나요?" 그는 스튜를 한 입 먹고는 미티에게 눈썹을 치켜올리며 활짝 웃는다. 그의 질문은 진짜 질문이 아니라 순전한 호기심처럼 들리게 꾸며낸 무례한 자기주장이다.

"하지만 이분들은 돈 자랑을 하는 게 아니잖아." 레나가 말한다. "이 블록에서 새 차를 운전하지 않는 유일한 사람들이라고." 레나가 미티를 보며 수줍게 웃는다. "그게 좋다는 뜻이에요. 바로 어제 만든 게 아닌 걸 보는 게 얼마나 신선하다고요."

"솔직히 말해서 여러분의 돈이 어디서 나오는지 저는 아무 관심 없어요." 서배스천이 말을 잇는다. "특히 윤리적 측면 말이에요. 윤리적인 돈이란 건 없으니까."

"보통은 윤리에 대해 신경을 많이 쓰죠." 미티가 말한다. 말이 저절로 툭 튀어나오고 말았다. "특히 산타크루즈에서는요. 대체로 그린에너지에 투자하고 있죠."

"흠." 서배스천은 냅킨 가장자리로 이 사이에 낀 음식물을 빼낸다. "대체로 AI에 투자하죠." 그는 아무도 이해하지 못하는 혼자만의 농담을 던지며 웃는다. "AI를 특별히 윤리적이라고 묘사할 순 없을 것 같은데."

미티는 말을 망설인다. 캣이 생각난다. 옆구리를 쿡쿡 찌르며 물어봐달라고 할 뻔뻔한 질문들이 떠오른다. 그러나 미티는 너무 소심해서 기억할 가치가 있는 대답을 이끌어낼 정도로 자연스럽고 뻔뻔하게 캐물을 수가 없다.

"정확히 AI의 어떤 점이 윤리적이지 않다는 거죠?" 미티는 소심함을 순진한 호기심으로 가장하며 부드럽게 묻는다.

서배스천은 미티가 이런 대화를 할 수준이 되는지 가늠하듯 그녀의 얼굴을 찬찬히 뜯어본다. "제 말을 오해하지 마세요. AI, 물론 매력적이죠. 획기적이고요." 그가 말한다. "하지만 인간이 지름길을 찾을 때마다, 윤리는 내동댕이쳐져요." 그는 미티의 질문에는 대답하지 않고 잠시 말을 멈춘다. "무슨 일을 이루고 싶다면 윤리와 거리를 두어야 하는 거죠."

"그럼 그런 일을 하는 사람들은 자신의 일을 어떻게 정당화하죠?" 베델이 어금니로 얼음을 깨물며 묻는다.

서배스천이 일어서서 빈 잔들을 모은다. "남들도 비윤리적이라는 걸 인지하는 거죠."

레나가 끼어든다. "자기야, 내가 할게." 그러나 서배스천은 못 들은 척 계속 움직인다.

"그걸 만든 사람들이라고 욕을 먹으리란 사실을 받아들이는 것도 방법이죠." 목소리가 너무도 확신에 차 있어서 마치 꾸짖는 소리처럼 들린다. "하지만 사람들은 계속 그것을 사겠죠. 사용하고요. 그러면서 말하죠. 이 기업들이 우리가 그런 것들을 필요로 하게 만든다! 테크 산업의 문제는 이거예요. 소비자가 때때로 아직 존재하지도 않는 걸 요구한다는 거."

어떤 사람이 오직 자신의 양심을 지키기 위해서 일관된 주장을 하는 모습을 보는 게 어떤 면에서는 안심이 된다고 미티는 생각한다. 서배스천은 무슨 잘못을 저질러도 말만 잘하면 용서받을 수 있다고 생각하는 듯하다. "자신이 무엇을 요구하는지 모르는 소비자는 자신이 아무것도 요구하지 않는다고 생각하죠. 아뇨, 요구하고 있는 겁니다. 그것도 단지 서비스만 요구하는 게 아니라, 발명품을 요구하는 거예요. 그들이 원하든 원하지 않든 그 서비스 이상의 것을 제공할 발명품을요."

부엌에서 그가 싱크대 수도를 틀고 폭포수처럼 쏟아지는 물소리를 이기기 위해 쩌렁쩌렁한 목소리로 말한다. "사람들은 택배를 원한다면서 드론은 싫대요. 자기가 자주 방문한 곳을 휴대전화가 기억하기를 바라지만 위치 추적당하는 건 싫어하고. 좀 현실적으로 보자고요. 그린에너지를 원한다면서 기계 학습은 두려워하면 어떡합니까."

그는 수건으로 손을 닦은 뒤 새로 만든 칵테일 네 잔을 들고 테이블로 돌아온다. 스튜에 손도 대지 않고 있던 레나는 스스로에게 먹으라고 주문을 거는 것처럼 스튜를 물끄러미 보고 있다. 앞으로 팔을 뻗어 사발에 수저를 담근다. 그러나 수저를 입으로 가져가기 전에, 서배스천이 그녀의 손을 잡고 부드럽게 팔을 내린다. 관심을 빠르고 쉽게 딴 데로 돌리려는 정해진 안무처럼 느껴진다. 레나는 그를 쳐다보지 않는다. 식욕이 싹 가신 듯하다.

"그래서 그 사람들이 밤에 두 다리 쭉 뻗고 자는 거예요." 서배스천이 말을 잇는다. "모두가 빌어먹을 위선자들이라는 것을 아니까 편안하게."

방 안이 고요해진다. 미티는 테이블 위 자기 앞쪽 한 지점을 냅킨으로 닦는다. 베델은 자세를 고쳐 앉는다. 레나는 멍하니 앉아 있다. 마음이 다른 무언가가 도착하기를 기다리는 정류장에 멈춰 선 듯하다.

"대화를 끝내려고 한 건 아닌데." 서배스천이 레나의 뒷덜미를 만지자, 그녀가 퍼뜩 정신을 차린다. "레나는 알아요, 제가 이런 일들에 얼마나 열정적인지."

"뭐 더 필요하신 분?" 레나가 말한다. 베델은 모호한 표정으로 정중하게 웃으면서 고개를 가로젓는다. 미티는 대화에 집중했던 탓인지 방 안이 조용해지고 나서야 방광이 터질 듯한 요의를 느낀다.

"아래층은 아직 공사중이라." 미티가 화장실을 써도 되겠냐고 묻자 서배스천이 말한다. "침실에 있는 화장실을 쓰세요." 그가 계단을 가리키더니 자기 대리석 컵받침에 이가 빠진 부분을 들여다본다.

미티는 집 안을 혼자 돌아다닐 자유를 얻은 것에 대한 흥분을 감추고 무표정을 유지하려고 노력한다. 베델을 보며 혼자서도 괜찮겠냐고 눈빛으로 묻고, 베델이 고개를 끄덕이자 잠깐 실례한다고 말하면서 자리에서 일어선다. 계단을 향해 걸어가는데 뒤에서 베델이 풍경에 감탄하면서 하늘이 너무 멋있다고 말하는 것이 들린다. 마치 그 하늘은 자신이 매일 보는 저녁 하늘과는 같지 않다는 듯이. 마치 이곳에서는 세상이 다르게 보이는 것처럼, 마치 이 유리창 뒤에서는 모든 것이 더 아름답게 보이는 것처럼.

침실은 집 안의 다른 곳들만큼이나 깔끔하게 정리되어 있다. 몇 개의 기둥이 높은 천장을 받치고 있고, 벽에는 작은 그림 몇 점만 걸려 있다. 중앙에는 10여 센티미터의 포플러 나무 프레임에 킹사이즈 매트리스가 놓여 있다. 침대 양옆 협탁에는 어느 쪽이 누구의 자리인지 구별해줄 수 있는 잡다한 물건이(오래 놓아둔 물컵이나 구불구불한 머리끈 같은 것이) 거의 없다. 한쪽에는 작은 아날로그 탁상시계가, 다른 한쪽에는 청회색 재떨이가 놓여 있다. 양쪽 협탁에 놓인 종 모양 무드등은 명도를 낮춰 평온한 분위기를 자아낸다.

미티는 미니멀리즘이 효율성에 집착하는 문화, 장식이 배제된 세상에 얼마나 맞닿아 있는지 유창하게 떠들어댈 수 있다. 그녀와 베넬은 미니멀리즘에 대한 대화를 많이 나눴다. 그것이 그들의 진짜 신념인가, 아니면 자신들의 어수선한 집에 대한 정당화인가는 다른 문제였다. 분명한 것은 미티가 미니멀리즘이 잘 구현된 이 집을 즐기고 있다는 것이다. 이 집이 더 깨끗하다고 생각하자 부끄러움이 느껴진다.

미티는 발코니로 나간다. 그 첫날 밤 빈집이 활기를 찾기를 기다리면서 자기가 서 있었던 곳이 정확히 보인다. 그녀는 몸통을 난간에 기대고, 누군가 자기 몸속으로 들어오고 철 난간이 배를 누르면 어떤 느낌이 들지 상상한다. 자기 집의 발코니는 생각했던 것만큼 높지 않다. 고개를 약간 젖히기만 해도 플라스틱 의자에 앉아 손으로 사타구니를 감싸고 있는 누군가와 눈이 마주칠 수 있다.

미티는 자기 집의 상태에 대해 망상을 가진 적이 없었다. 보기에 따라 애상감을 느낄 수 있다는 것을 받아들였다. 그러나 이 각도에서 보니, 이제까지 한 번도 느껴보지 못했던 흉측함이 느껴진다. 평소보다 더 칙칙해 보이고 한쪽으로 기울어진 것 같다. 어쩌면 지금 그녀가 흥분했고 위생적으로 예민하며 약간 취했고 눈부실 정도로 하얀 바닥을 밟고 있어서 생긴 새로운 관점이 다른 모든 것을 우중충하게 만드는 것인지도 모른다. 물에 떠내려온 나뭇가지가 곳곳에 널려 있는 해변마저 지저분하고 버려진 장소처럼 보인다. 회색 바닷물은 화가 난 것처럼 보인다.

화장실에서 미티의 소변 보는 소리가 타일 벽에 부딪쳐 메아리친다. 화장지는 옷감처럼 두껍다. 두 개의 깨끗한 세면대 위에 붙어 있는 커다란 거울은 얼룩 하나 없다. 거울 속에 비친 그녀의 모습이 너무나 깨끗해서 그 속으로 팔을 뻗어 반대편에서 용의자 확인을 위해 그녀의 얼굴을 관찰하는 경찰관들과 악수라도 할 수 있을 것 같다. 불과 한 시간 전엔 베델의 집 화장실 노란 불빛 아래에서 자신의 모습에 만족했었다. 그러나 지금은 머리카락이 갈라져 기름진 밭고랑처럼 보인다. 햇볕을 많이 받은 두 뺨은 얼룩덜룩해 보인다. 그녀의 아름다움은 왜 이토록 덧없는가? 그나마 가슴은 코코넛오일 덕택에 아직도 반짝이고, 면 원피스 속 유방도 윤이 날 거라고 생각하며 자신을 위로한다.

아래층에서 베델이 농담을 하고 서배스천이 호탕하게 웃는다. 서배스천의 목소리가 속이 빈 거대한 벽을 건너 울려 퍼진다. 그는 인도 남서부 어느 도시의 뒷골목에서 오토바이를 탄 일을 이야기한다. 유칼립투스와 쓰레기 타는 냄새. 도로 곳곳에 파여 있는 구멍. 두 사람의 목소리가 갑자기 편안해진 느낌이다. 마침내 다들 적응했네, 미티는 생각한다. 베델이 그녀가 돌아오기를 애타게 기다리고 있지 않다는 사실을 알게 되자 여유롭게 화장실 수납장을 열어보기 시작한다. 한 수납장 속엔 철로 된 면도기와 면도 크림 한 통, 남성용이라고 라벨이 붙은 유칼립투스 핸드로션 한 통, 숯 치약 하나가 들어 있다. 그녀는 핸드로션을 푹 찍어 두 손에 펴 바른다. 남성용 화장품의 미니멀리즘이, 남자가 미모를 가꾸는 데는 세월을 제외한 다른 무엇이 필요치 않다는 사실이 굉장히 만족스럽다.

미티는 어렸을 때 엄마의 수납장을 뒤지는 것을 좋아했다. 세면대에 두 발을 내려놓고 카운터에 앉아서 병을 하나하나 조사했다. 유리병에 든 걸쭉한 젤리, 민트그린 색 튜브에 든 방수 마스카라, 오래된 립스틱, 어린 그녀의 손으로는 열 수 없었던 약병들. 나이가 들면서 그녀는 남들의 화장실 수납장에도 관심을 갖게 되어, 친구 집에 초대받아 갈 때마다 수납장을 들여다보곤 했다. 수납장은 소유자의 계급과 청결, 자신감에 대해 가장 많은 것을 말해준다. 그 안에 어떤 제품이 어떻게 배열되어 있느냐에 따라 많은 것이 달라진다. 용기가 플라스틱 통인지 유리병인지에 따라 다르고, 제품의 목적이 개선이냐 제거냐에 따라 다르다. 몸속 깊숙이 스며 들어간 내용물이 오랜 세월이 지난 후에 종양으로 다시 나타날 수도 있는 화학약품으로 만들어졌느냐 그렇지 않으냐에 따라 다르다.

미티가 화장실을 더 둘러보는 동안 찾아낸 것이라고는 누구 것인지 모를 욕실용품 몇 개와 차곡차곡 쌓인 크림색 수건과 리넨 가운뿐이다. 그녀는 레나가 자기 전에 몸에 무슨 로션을 바르고 아침에는 얼굴에 무슨 로션을 바르는지 알게 될 거라는 생각에 흥분했다. 레나처럼 아름다운 여자는 여드름 치료제와 바셀린, 질 크림, 습진 연고가 필요 없으니, 그리 많지는 않을 거라고 추측은 하고 있었다. 그런데 레나의 수납장이라고 추정되는 곳은 텅 비어 있다. 비어 있다기보다는 그곳을 건드린 적이 없거나 수납장의 존재 자체도 몰랐던 것 같다. 마치 레나라는 사람마저 존재하지 않는 것처럼.

미티는 웅크리고 앉아서 세면대 밑 수납장을 열어본다. 무취의 세제들과 두루마리 화장지가 쌓여 있다. 집 안 다른 곳에 향수와 크림과 헤어오일을 넣어두는 수납장이 따로 있나 보다고 생각하며 포기하려는 순간, 방향제 캔 뒤에 구겨져 놓여 있는 작은 천 주머니가 보인다. 입구가 새틴 끈으로 묶여 있는 회색 복주머니. 미티는 묶인 입구 속으로 손가락을 집어넣어 벌린다. 안에서 철로 된 핀셋의 손잡이가 만져진다. 핀셋을 꺼낸 그녀는 비스듬한 핀셋 날 끝에 말라붙어 있는 피를 발견한다. 고동색 피딱지가 가느다란 금속 팔의 중간까지 묻어 있다.

미티는 움찔한다. 상처의 흐릿한 이미지가 언뜻 떠올랐다가 사라진다. 중학교 때 자기 팔에 스스로 상처를 냈던 여자아이들이 있었다. 그 아이들은 재킷과 배낭 안에 옷핀을, 언제

든 꺼내 쓸 수 있게 숨겨둔 자기만의 고문 도구를 꽂고 다녔다. 레나에게서 자해한 흔적은 본 적이 없다. 서배스천과는 레나만큼 많은 시간을 함께 보내진 않았지만, 자기 몸에 상처를 낼 만큼 충동적이지는 않아 보였다. 하지만 어쩐지, 미티는 핀셋이 레나의 것이 틀림없다고 생각한다. 여자들은 성장하면서 성질을 다스리는 법과 모성애나 아름다움 같은 더 큰 목표를 위해 슬픔을 억누르는 법을 배운다. 그 슬픔이 다른 방법으로 표출될 수 있다는 것은, 동굴 벽화처럼 넓적다리 안쪽에 새겨질 수 있다는 것은 충분히 이해가 가는 일이다. 그 상처는 그녀를 발견하는 사람을 위해 남겨진 단서다. **그렇게 비통해할 줄 누가 알았겠어. 그들은 말할 것이다. 터놓고 말을 했으면 좋았을 것을.**

  침실로 돌아온 미티는 협탁에 주목하여 수색을 계속한다. 왼쪽 협탁 서랍에는 아무것도 없고 깨끗하게 닦여 있는 반면, 오른쪽 협탁 서랍에는 감청색의 작은 수첩이 놓여 있다. 겉장에는 로마 숫자 XI이 금박으로 양각되어 있다. 미티는 빠르게 페이지를 넘겨 얼굴에 대고 책장의 숨결을 들이마신다. 넘기면서 보니 악필로 가득하다. 손가락이 못 따라갈 정도로 두뇌가 빨리 돌아가는 사람이 미친 듯이 써 내려간 글씨. 미티가 첫장을 펼치자 '자가 지도*'라는 단어가 대문자로 적혀 있고

---

*   데이터의 일부를 사용하여 나머지를 예측하는 방식. 예를 들면, 이미지의 일부를 가리고 나머지를 예측하는 방식.

그 밑에 줄이 쳐져 있다. 다른 페이지들에 적힌 메모는 모두 관찰 내용이고 임의적인 목록으로 작성되어 있다.

> 파도 속 따개비에 갑자기 관심을 보임
> 유머 감각이 있나?
> 어디서 도서관 카드 이야기를 듣고 옴

남학생이 휘갈겨 쓴 것 같은 글씨여서 문장의 절반 정도만 이해할 수 있고(포커 같은 활동을 할 때 가장 사교적임) 상당수는 검은색 마커로 가려져 있으며 다른 것들은 너무 악필이라 해독할 수가 없다. 미티는 뭔지 모를 불안감에 온몸이 마비된 느낌이 들고 손바닥에 땀이 나며 귀에서는 심장 박동 소리가 들린다. 눈을 다른 데로 돌려 방안을 둘러보지만, 잠시 취했던 두뇌가 맨정신이라는 걸쇠에 의해 쾅 하고 잠긴다.

베델이 미티를 언급하는 소리가 들린다. 미티를 부르는 것이 아니라 대화중에 나온 것이 확실하지만, 그녀는 수첩을 원래 자리에 재빨리 내려놓는다. 지금쯤이면 그녀의 부재가 눈에 띌 것이다. 수첩이 원래 있던 대로 놓인 것을 몇 번이나 확인하고 서랍 문을 닫는다.

미티는 문을 향해 천천히 걸어간다. 봐서는 안 될 것을 봤다는 생각에 흥분감과 야릇한 기분이 몰려온다. 메모에 맥락이 없어서 작성자를 제외하면 누구도 그 내용을 분명히 이해할 수 없을 것 같다. 분명한 것은 작성자가 누군가를 지켜보고 있었다는 사실이다. 어쩌면 서배스천이 자기 자신을 관찰한 것인지도 모른다. 자신의 발전에 관한 정보를 수집하는 데 집착하고, 새로운 공포증이 생길 때나 자신의 행동에서 전에는 보지 못했던 양상을 발견했을 때 그것을 기록으로 남기려고 한 것인지도. 혹은 그 수첩을 정신과에 가져가서 정신과 의사의 진단을 써갈긴 것인지도 모른다.

어쩌면 레나에 관한 기록인지도 모른다. 서배스천이 레나를 이해하려고 애쓴 흔적은 아닐까. 다들 사랑하는 사람을 이해하려고 이렇게 하지 않나? 미티는 혼잣말을 하고 몸속에서 휘몰아치는 아드레날린을 억제하려고 노력한다. 무언가를 그저 예측 가능한 것으로 만들려는 시도가 아니겠냐고.

미티는 눈에 띄지 않으려고 천천히 계단을 내려간다. 한 손이 난간 위에 떠서 따라 내려온다. 베델은 레코드플레이어 앞에 서서 상자에 담긴 앨범들을 들춰보고 있다. 미티는 자기가 얼마나 자리를 비웠는지 알아차리는 사람이 없도록 아주 자연스럽게 끼어들고 싶다. 그녀는 서배스천의 로션 냄새를 풍기는 손을 원피스에 닦은 후 소파에 앉는다.

베델이 레코드판을 골라 플레이어에 내려놓는다. 스피커에서 치직, 하는 소리가 약하게 난다. 미티가 알 듯 말 듯한 노래를 재즈곡으로 리메이크한 것인데, 입에서 맴도는 가사를 색소폰 연주가 대신하고 있다. 긴 의자에 앉아 있던 서배스천은 첫 번째 화음을 듣자 만족스럽다는 듯 탄성을 터뜨린다. 그가 일어서서 카펫 위에서 몸을 살짝 흔들며 춤을 춘다.

베델이 털썩 주저앉자 미티의 몸이 들썩인다.

"이런 남자들은 집은 흉측한데 취향은 아주 고급이야." 베델이 만족스러운 미소를 지으면서 속삭인다.

"추실까요?" 서배스천이 묻는다. 그의 큼지막한 손바닥이 그들 앞에 떠 있다. 미티는 허락보단 확인을 구하는 눈빛으로 베델을 바라본다. 베델이 고개를 끄덕인다. 미티가 서배스천의 손바닥에 손을 얹자, 그가 그녀를 휙 잡아채 품에 안는다.

그들이 빙그르르 도는 동안 그의 목소리가 음악을 뚫고 들린다. "명곡이죠."

미티는 서배스천의 어깨 너머로 레나를 찾는다. 레나는 흔쾌히 소파로 가서 베델과 나란히 앉아 있다. 미티와 서배스천이 배를 맞대고 있고, 미티의 왼손이 그의 가슴에 얹혀 있으며, 그가 그녀를 휙 잡아당기고 있는데도 레나는 아무렇지도 않은 듯하다. 미티는 암벽타기를 하듯 서배스천의 어깨뼈를 잡고 있다. 그가 한 손으로 자신의 흉곽을 부러뜨리는 모습을 상상한다. 그때 그가 그녀를 잡고 있던 한 손을 놓고 뒤로 물러선다. 다른 팔은 마치 경첩처럼 미티의 허리를 감싸안고 있어서, 둘의 몸은 베델과 레나를 향하고 있다.

"함께 추시죠?" 서배스천이 말한다.

베델이 빙그레 웃으면서 고개를 가로젓는다. "난 이만 자러 가야겠어요." 그녀가 일어서면서 말한다.

"벌써요?" 레나가 베델의 손을 잡고 끌어당겨 앉히려고 한다. "진짜요?"

"응, 진짜." 베델은 강경하다. "잘 시간이 많이 지났어."

베델이 미티를 흘끗 보자, 미티는 고개를 끄덕이면서 베델의 팔을 다정하게 쥔다. 베델을 붙잡으려는 시늉도 하지 않는다. 미티는 구경꾼이 없을 때 찾아올 관능적인 자유를 기대한다. 당연하게도 그런 자유의 순간을 상상한 적도 있다. 레나와 서배스천의 은밀한 성性의 세계에 초대받으면 어떤 기분이 들까? 그 속에서 몰려다니며 함께 먹고 마시다가 새로운 비밀을 품은 채 내숭의 세상에 이방인으로서 던져지는 것은 어떤 기분일까?

베델은 레나와 서배스천에게 감사를 표한 뒤 다음에는 자기 집에서 저녁을 대접하겠다고, 미티가 보기엔 헛된 약속을 한다. 현관문을 향해 걸어가던 베델이 미티를 돌아보며 소리친다.

"현관문 안 잠근다." 그러고는 마치 미티가 어떤 전쟁에 나서기라도 하는 것처럼 두 손가락을 눈썹에 대고 경례를 한다.

베델이 떠나자, 서배스천은 레나에게 손짓을 한 후 그녀를 끌어당긴다. 이제 미티는 그 커플 옆에 서 있고, 세 사람은 서로를 부둥켜안는다.

"셋이서는 투스텝* 못 춘다고 누가 그랬어?" 서배스천이 말한다.

춤을 추기 시작하면서 미티는 서배스천의 숨결에서 금속성

---

* 4분의 2박자의 사교춤.

냄새를 맡는다. 레나에게서는 가연성이 느껴지는 더 날카롭고 진한 향기가 난다. 그런데 이상하게도 자연적인 체취는 전혀 섞이지 않은 냄새다. 향수 병에서 나는, 혹은 유리 테이블에 쏟아진 향수에서 나는 것 같은 향취.

미티는 서배스천의 입을 뚫어지게 쳐다본다. 착색된 이는 그가 삶을 즐길 줄 안다는 사실을 암시한다. 그와 키스하면 어떤 기분일까. 그의 입술이 부드럽지 않다는 것은 보기만 해도 알 수 있다. 입술 껍질이 벗겨져 있고 씹은 자국도 보인다. 얼굴도 거칠고, 턱과 뺨은 적갈색의 꺼칠꺼칠한 수염으로 덮여 있다. 서배스천 같은 남자와 키스하는 즐거움은 부드러움과는 무관하다. 그와의 키스는 그의 힘을 경험하는 것이다. 무거운 담요에 눌리거나 파도에 이리저리 휩쓸릴 때의 편안함을 경험하는 것이다. 여기엔 어떤 사람이 나를 죽일 수 있는데 죽이지 않기로 선택했다는 것을 알게 될 때의 관능적인 기쁨이 따라온다. 레나가 함께 있어서 그런 일이 실제로 일어나지는 않을 것을 알기에, 이런 상상의 나래를 펼치는 것마저 안전하게 느껴진다. 그러나 그때, 레나가 두 사람에게서 떨어져 나간다.

"자기야, 지금 안 해도 돼." 레나가 뭘 하려는지 분명히 아는 듯 서배스천이 웃으면서 말한다.

서배스천이 레나의 이름을 다시 부르지만, 레나는 무시한다. 미티는 레나가 떨어지니 노출된 느낌이 들어서 뒤로 물러서서 팔짱을 낀다. 레나는 방 반대편에 있는 청소도구함으로 걸어가 기다란 무선 진공청소기를 꺼낸다.

"레나, 그럴 필요 없다니까." 서배스천이 이번에는 더 크게 말하지만, 너무 늦었다. 진공청소기가 굉음을 내며 돌아가기 시작하고 레나는 청소기를 그들의 발 쪽으로 밀고 온다. 그러고는 방 안을 지그재그로 이쪽 끝에서 저쪽 끝까지 왔다 갔다 한다. 그녀의 뺨은 광대뼈가 두드러져 보일 만큼 홀쭉해졌고, 눈의 흰자는 우윳빛 작은 행성처럼 확대되어 있다. 서배스천이 뒤에서 그녀의 두 어깨를 잡고 그녀의 이름을 다시 부른다. 그러나 그녀는 청소를 멈추지 않고 바닥의 한 지점에 집중한다. 마치 상처 딱지를 긁는 것 같다. 서배스천은 설득을 포기하고 진공청소기 몸통을 잡아 스위치를 밀어 전원을 끈다. 윙 소리가 잦아들자, 미티는 노래가 끝났다는 것을 깨닫는다. 레코드플레이어의 중앙을 돌고 있는 바늘이 지직거리는 소리만 들린다.

레나는 허리를 똑바로 펴고 서서 머리카락을 뒤로 넘겨 어깨 뒤로 모은다.

"어머나 세상에." 레나가 말한다. 갑자기 정신을 차린 그녀가 자기 앞에 펼쳐진 광경에 입을 떡 벌린다. "어우, 미안해." 그녀는 두 손바닥으로 목 옆쪽을, 마치 무언가의 입을 틀어막듯이 꾹 누른다.

"레나는 가끔 청소광이 돼요." 서배스천이 말한다. 그가 한 팔로 레나를 끌어안자, 그녀는 긴장을 풀고 그에게 안긴다.

표정이 부드러워지고 그의 가슴을 장난하듯 때리는 모습을 보니 완전히 제정신으로 돌아온 것 같다. "서배스천이 날 그렇게 만들었어요."

 방금 본 광경에 당황한 미티는 억지로 웃으면서 커플에게서 멀어진다. 몇 분 전에 상상했던 관능적인 흥분과 긴장이 지금은 너무도 순진하게 느껴진다. 그들 사이에는 그녀가 접근할 수 없는 한 세계가, 방금 일어난 일을 설명할 수 있는 한 평생이 가로놓여 있다. 방 안에 정적이 흐른다. 레나가 뭔가 웅얼거린다. 당황한 표정이다. 미티는 그녀를 안아주고 싶지만, 위로가 일을 더 크게 만들 것을 알기에 애써 참는다.

 "저기, 지난달에 쿠바에서 좋은 담배를 샀는데." 서배스천이 고갯짓으로 뒷문을 가리킨다. "같이 피울래요?"

 뒷마당 정자에서 서배스천이 흰 돌로 만든 벽난로를 향해 리모컨을 누르자 불이 켜진다. 화단이 그들을 에워싸고 있고, 가득 심은 알로에와 선인장의 두꺼운 줄기가 소유욕을 드러내며 서로를 감싸안고 있다. 미티는 반대편 소파에 앉아 난롯불을 향해 팔을 뻗는다. 손바닥에 열기가 느껴지는 것을 보면 벽난로는 홀로그램이 아니다. 서배스천은 담뱃잎 봉지를 옆에 있는 쿠션 위에 놓는다. 검은 장기 사진 밑에 암에 대해 경고하는 듯한 스페인어 경고문이 볼드체로 쓰여 있다.

 "이 끔찍한 사진들 진짜." 미티가 경고문을 유심히 보자 서배스천이 말한다. "예전에는 경고문만 있었어요. 그래서 외제 담배를 선호했죠." 그는 담뱃잎을 한 움큼 집어 담배 마는 종이 입구에 뿌린다. "그땐 죽으면 글을 몰랐다고 할 수 있었죠."

그는 종이를 몇 번 굴려 원기둥을 만든 후 끝을 접고 가장자리에 침을 발라 붙인다. 그러고는 그것을 자랑스레 내보인다. "나쁘지 않죠?" 봉지를 봉한 후 미티에게 던져준다.

미티는 자신이 담배 마는 방법을 기억하고 있기를 바란다. 가끔 그녀와 베델은 사향 냄새가 나는 담배 가게에서 향이 좋고 촉촉한 담배를 사와 말아 피운다. 어두컴컴한 그 담배 가게에서는 남자들이 뉴스를 보면서 자신들의 남근 중독을 제외한 모든 것에 대해 이야기를 나눈다. **프렌치 브레이드로 머리를 땋을 수 있다면, 담배도 말 수 있어.** 베델은 그 둘이 어떤 연관이 있는지는 설명해주지 않으면서 그렇게 말하곤 했다.

"레나가 청소 따위에 집착이 좀 심해요." 서배스천이 말한다. 담배가 종이 끝에서 빠져나와 미티는 다시 말기 시작한다. "그런 집착은 유용하긴 하지만요."

"어째서요?" 미티가 묻는다.

"아, 레나가 온갖 것에 강박이 있거든요." 서배스천이 말한다. 미티는 물고기 뼈와 케이블카를 떠올린다. "참견도 심해요. 자기와 상관없는 것에 대해서도 시시콜콜 알고 싶어하죠." 그는 비판적인 이야기를 부드러운 웃음으로 상쇄한다. "차라리 청소에 그 모든 에너지를 쏟으면 결과는 더 좋잖아요."

레나에 대해 물어볼 것이 넘쳐나지만, 서배스천에게 물어보는 것은 부적절하게, 왠지 죄를 짓는 것처럼 느껴진다.

"여기 오기 전엔 샌프란시스코에서 사셨다고요?" 미티가 묻는다.

"네, 아주 불쾌한 고급 아파트에서 살았죠." 서배스천이 싱긋 웃는다. "이 집도 비슷하지만요." 그가 불을 환히 밝힌 집을 가리키며 말한다. "어쨌든 맞아요, 20대 초반부터 거기서 살았어요. 재밌었죠."

"그런데 왜 레나와 함께 이곳으로 이사를 오셨죠?"

"사람이 많은 곳을 레나가 안 좋아하거든요. 친구가 산타크루즈라는 조용한 동네가 있다고 말해줬는데, 그 이야기를 듣고는 계속 가보자는 거예요. 그래서 여행 삼아 한번 내려왔는데 조용한 게 내 마음에도 들더라고요. 샌프란시스코나 팔로알토와는 확실히 다른 세상이더군요. 근데 여전히 이곳에서 동료들과 마주치기도 해요." 그는 잠시 말을 멈추고 담배에 불을 붙인다. "딴 데로 이사를 왔는데 아는 사람들을 자꾸 만나니까 기분이 묘하더군요."

미티가 마침내 담배를 완성하고 들어 보인다. "그럼 여기로 이사 온 건 그리 좋은 생각은 아니었네요."

"우와, 솜씨가!" 그가 놀리듯이 말한다. 그러고는 테이블 위로 상체를 숙이고 미티의 담배에 불을 붙여준다. 그녀는 바다를 향해 연기를 내뿜는다.

"친구분 일은 정말 안됐어요." 미티가 말한다. "장례식에 다녀오셨다면서요."

서배스천의 얼굴이 굳어진다. "레나가 그래요?"

아차. "아, 모닥불 앞에서요." 미티는 단조로운 목소리로 말을 잇는다. "친구분이 그러던데요, 곧 장례식이 있을 거라고."

서배스천은 미티의 대답에 고개를 끄덕인다. 미티는 의자에 등을 기대고 편안히 앉는다.

"애도 고마워요. 하지만 어차피 일어날 일이었어요."

그가 무뚝뚝하게 웃고, 미티는 레나가 장례식에 대해, 서배스천의 무심한 태도에 대해 한 말이 떠오른다. 그렇더라도 그의 말은 애도의 뜻은 전혀 담고 있지 않은, 매우 불손한 말로 들린다.

"어차피 일어날 일이었다." 미티가 조용히 그의 말을 되뇐다. "무슨 뜻이죠?"

서배스천이 어깨를 으쓱인다. "업계의 속사정이에요."

미티는 대화가 여기서 끝나야 한다고 생각한다. 그러나 술을 마셔서 머리가 어지럽고 몸의 긴장도 풀어져서 그런지 자꾸 말이 나온다.

"친구분과는 어떻게 알게 된 거예요?"

서배스천은 한쪽 발목을 다른 쪽 무릎에 올려놓고 바짓가랑이 밑의 맨살을 유심히 관찰한다. "두 개의 프로젝트를 함께 했죠." 그가 심드렁하게 말한다.

"그럼 당신도 AI 분야에서 일해요?" 미티는 종아리를 문지른다. 쌀쌀한 밤공기 때문에 솜털이 쭈뼛쭈뼛 서는 느낌이 든다.

서배스천은 담배를 길게 한 모금 빨더니 눈을 가늘게 뜨고 미티를 바라본다.

"휴대전화에 있는 모든 앱이 AI 기술을 사용해요." 그가 말한다. "로봇만 AI가 아니라고요." 그의 목소리가 갑자기 냉랭

하게 들린다.

"몰랐어요." 미티가 억지 미소를 지으면서 말한다.

서배스천은 마치 미티를 자세히 보려는 듯이 고개를 옆으로 기울이고 코를 찡그리며 그녀를 바라본다. "뭘 알고 싶어요?"

순간 미티는 당황한다. 그녀는 그에게서 눈길을 거두고 담배를 보면서 담배 종이 가장자리에 다시 침을 바른다. 그녀가 목소리를 낮춘다. "그에게 무슨 일이 일어났다고 생각하는지 알고 싶어요."

서배스천은 미티의 질문이 단순해서 안도감을 느끼는 듯 히죽히죽 웃고는 팔꿈치를 넓적다리에 올려놓고 상체를 숙인다. 무언가를 설명하려고 할 때 남자들이 흔히 취하는 자세.

"자, 말하자면 이런 거예요. 어느 날 당신이 출근했는데 해고 통지를 받아요." 그가 말한다. "기계로 대체됐다는 거죠. 그런 말을 들으면 화가 나겠죠, 당연히?"

미티는 고개를 끄덕인다. 그런 위협에 대해 생각해본 적이 있다. 여덟 개의 팔을 가진 얼굴 없는 기계가 금속으로 된 손바닥마다 여러 개의 접시를 올려놓고 균형을 잡으면서 돌아다니는 모습을.

"그런 기계를 만든 사람이 팩스였어요."

의견을 내지 않는 한 서배스천이 솔직하게 이야기할 거라는 예감에 미티는 자신감이 생긴다. "그래서 그 기계가 누구를 대체했어요?"

"많은 사람, 많은 일자리를 대체했죠. 팩스를 죽인 애들은 농장주가 전동 예초기를 들여오는 바람에 일자리를 잃은 애들이었어요."

그는 자신의 말이 어떤 예측이 아니라 논쟁의 여지가 없는 사실인 것처럼 말한다. 미티는 그럴 수도 있겠다고 생각한다. 진실을 아는 사람이 있다면, 서배스천일 가능성이 높으니까. 그럼에도 불구하고, 그의 확신은 진실로 느껴지기보다 미티가 자기 나름의 결론에 도달하는 것을 막으려는 노력으로 느껴진다. "그러니까 살인청부업자들이 아니었네요." 그녀가 조용히 혼잣말하듯 말한다. "그가 내부 고발자였기 때문에 살해됐다고들 했는데."

서배스천이 웃음을 터뜨린다. "다들 그렇게 말해요?"

미티가 고개를 끄덕인다. "온 마을 사람들이 다요."

서배스천이 웃으면서 고개를 가로젓는다. "어리석네요. 하지만 왜 그렇게 믿는지는 알겠어요."

"그럴 수도 있어서요?" 그녀가 묻는다.

"아뇨." 그는 혀에서 재를 떼어내려고 애를 쓴다. "그게 재밌으니까."

그들은 잠시 침묵한다. 서배스천은 유리잔 바닥에 깔린 얼음을 휘휘 돌린다. 미티는 그를 지켜본다. 그의 손가락이 두툼해서 텀블러가 위스키 잔처럼 보인다. 레나 같은 여자가, 모든 것에 설명을 듣고 싶어 안달이 난 것 같은 여자가 왜 서배스천 같은 남자와 살게 됐는지, 왜 그의 자신감이 그녀에게 안정감을 주는지 이해가 간다. 그리고 스스로 신뢰받을 자격이 있다고 믿는 서배스천 같은 남자들이 왜 레나 같은 여자를 만나는지도. 그가 인생에 대해, 인생을 사는 방법에 대해 정해놓은 엄격한 규칙을 기꺼이 준수하는 여자이기 때문일 것이다.

"그녀가 오네요." 서배스천의 말에 미티는 화들짝 정신이 든다. 레나가 뒤에서 나타나 소파 팔걸이에 앉았다가 서배스천의 무릎으로 내려가 앉는다. 서배스천은 애정 어린 듯하면서도 은근히 깔보는 태도의 미묘한 균형을 완벽히 맞추며 여자들을 항상 삼인칭으로 부른다. 그녀. 마치 여자들이 흙길을 달리는 늘씬한 근육질의 경주마인 것처럼, 다리가 부러지면 안락사를 시키는 동물 보호소로 보내버릴 말인 것처럼.

레나가 수영하러 가고 싶다고 말한다. 그녀는 서배스천의 넓적다리를 베고 누워서 까끌까끌한 그의 턱선을 손가락으로 어루만진다.

"미티, 나랑 수영하러 갈래요?"

"수영복 가져올게요." 미티가 말한다. 한편으론 집에 갔다 오는 동안 수영을 하지 않을 이유를 찾아내기를 바라는 마음으로. 레나와 미티 둘만 수영하러 가는 거라면 속옷을 입고 수영할 수도 있다. 성인 여성은 10대의 불안감과 끈으로 묶는 수영복에 대한 기대에서 해방되어, 속옷 차림으로 다른 성인 여성과 함께 자유롭고 화목하게 수영할 수 있으니까. 그러나 남자가 보고 있다면, 수영은 본질적으로 경쟁이, 미티가 질 수밖에 없는 경기가 된다.

"옷 필요 없어요." 레나가 말한다. "우린 옷 안 입어요." 마치 웃음거리인 것처럼 옷을 조롱하는 것 같다.

"다녀와요." 서배스천이 편안한 목소리로 말한다. "카타르시스를 느낄 수 있을 거예요." 그는 눈을 게슴츠레 뜨고 고개를 젖혀 하늘을 보고 있다. "농부의 딸을 따라가요." 단어를 붙여서 웅얼거리듯 말한다. "두려운 게 없는 여자니까."

미티는 담배를 부러뜨리지 않으려고 조심하며 불을 끈다. 레나는 벌써 출발해서 뒷마당을 걸어가고 있다. 뒷문으로 나가던 미티는 잠시 멈칫한다. 눈앞에 보이는 유목 더미 너머로는 아무것도 보이지 않는다. 뒤에서는 서배스천이 바다가 낮에 하지 않을 일은 밤에도 하지 않을 거라고 큰 소리로 말한다.

바닷물까지 다가가고 나서야 레나가 보인다. 레나는 무릎 깊이까지 오는 바닷물 속에 서 있다. 바람에 흩날리는 머리카락이 얼굴을 때리고 있다. 이상하게도 익숙하게 느껴지는 장면이다. 벌거벗은 레나와 그녀 앞에서 입을 벌리고 있는 바다. 그러나 미티가 다가가자마자 풍경이 쪼개지며 그녀는 그 속으로 걸어 들어갈 것이고, 멀리서 보기만 했던 풍경의 일부가 될 것이다. 미티가 무슨 말을 하기 전에 레나가 뒤를 돌아본다. 그녀의 젖은 이가 어둠 속에 반짝인다.

"들어와요." 레나가 파도 소리를 이기려고 크게 외친다.

미티는 원피스 치맛자락을 허벅지 위로 묶으려고 허리를 굽히는데, 레나가 벌써 그녀를 향해 걸어온다.

"옷이 없는 게 나아요." 레나가 숨을 헐떡이며 말한다. "그게 바다에 익숙해지는 유일한 방법이에요."

미티는 긴장이 되지만 용기를 내어 어깨에서 원피스 끈을 끌어내리고 원피스를 허리 아래로 끌어내려 벗는다. 그러고는 원피스를 모래밭으로 힘껏 던지면서 옷의 본래 기능에 대해서는 잊으려고 노력한다.

미티는 레나가 내민 손을 잡으면서 레나의 몸을 자세히 들여다본다. 전에도 본 적이 있다. 테이블과 소파 위에서 엎드려 있었을 때, 새벽에 난간에 배가 눌리고 있었을 때. 그리고 광고에서도 이런 몸을 본 적이 있다. 대형 옥외 광고판에서도. 언제나 시술 이전의 사진이 아닌, 이후의 사진에서. 그런 광고판에선 지금 눈앞의 이 몸 말고는 허용되지 않는다. 미티는 자기 몸보다 레나의 몸을 더 잘 안다. 그동안 미티는 거울 속 자기 모습은 외면하면서 레나 같은 여자만 바라보고 있었다.

"우리 천천히 들어가요." 레나가 말한다. "자, 앞으로 걸어와요."

그들이 한 번에 한 걸음씩 걸어 들어가자, 그들의 다리가 점차로 바닷물에 집어삼켜진다. 레나의 피부에서는 김이 나고, 미티는 머리가 아찔하다. 지금까지 마신 술이 전부 뇌로 흘러 들어가는 것 같다.

"저기, 괜찮아요?" 미티가 묻는다. 이 질문을 하려고 얼마나 오랫동안 기다렸는지. "진공청소기로는 왜 그랬어요?"

레나는 어깨 너머로 집을 돌아보며 거리를 가늠한다.

"당신을 거기서 구출하려고요." 레나가 목소리를 낮춰서 말한다.

"어디서요?"

"모르겠어요, 아마도 그 상황?" 레나가 말한다. "이상하게 보였을 수도 있겠네요."

거기 있고 싶었다고, 두 사람이 동시에 자기를 만져줄 때의 긴장감이 좋았다고 고백하면 너무 수치스럽겠지. 그런데 레나는 정직했나? 미티는 그것은 보통의 접촉이었다고, 자신이 흥분한 것은 상상 때문이었다고 추측했었다. 하지만 그녀가 보지 못한 무언가가 있을지도 몰랐다.

"그렇게 이상하지 않았어요." 미티가 차분하게 말한다.

레나는 미티가 억지로, 자신을 위로하려고 하는 말로 받아들인다. 그녀는 미티의 어깨를 꽉 쥐고 미소를 짓는다.

"똑바로 누워요. 뜨게 해줄게요."

미티는 레나가 시키는 대로 한다. 무릎에 힘을 빼고 물을 향해 뒤로 넘어진다. 레나가 미티의 두 손을 잡고 귀를 향해 팔을 올리게 한 후 수면에서 그녀를 부드럽게 잡아당긴다. 눈을 감고 소금과 레나의 손에 몸을 맡기니 몸이 둥둥 뜬다. 미티의 모든 것이 노출되어 있다. 바람이 젖꼭지를 스쳐가고 바닷물이 음모를 쓸어내리는 것이 느껴진다. 그러나 자신이 어떤 모습일까 하는 생각은 그냥 생각에 불과하다. 그녀가 지우거나 선명하게 할 필요가 있는 생각이 아니라 쉽게 상상하고 흘려보낼 수 있는 생각.

몸이 무중력 상태가 되자 미티는 자신이 조용하고 구불구불한 기차가 되어 두뇌의 어두운 지하 터널을 쏜살같이 달려가고 있는 것처럼 느껴진다. 몇 초마다 한번씩 기차는 어느 역에, 어떤 생각이나 기억의 역에 멈춰 서고, 몇 초간 그 기억을 더듬은 후에는 다음 역을 향해 또 출발한다.

미티는 오븐을 생각한다. 베델과 집을 나오기 전에 오븐을 껐는지 기억나지 않는다. 평소라면 그녀를 공포로 몰아갈 일이 쉽게 물러가고, 그녀는 침실에 있는 창턱으로 마음의 걸음을 옮긴다. 그곳에는 죽은 파리가 거미줄과 함께 미라가 되어 쌓여 있다. 며칠째 치워야지 하면서 놔두고 있던 것들이다.

미티는 아버지를 떠올린다. 언젠가 아버지가 파리 한 마리를 잡아 냉동실에 넣은 적이 있다. 파리가 혼수상태에 빠지자, 아버지는 파리 몸에 치실을 묶고 해동시켰다. **파리는 냉동했다고 죽지 않아.** 아버지가 설명했다. **잠깐 정신을 잃을 뿐이지.** 파리가 치실에 묶인 채로 깨어나자, 아버지는 파리를 끌고 집 안을 돌아다니면서 함께 산책중이라고 농담을 했다. 깊은 잠에 빠졌다가 깨어나 보니 온몸이 끈에 묶여 있고, 방 안에 있는 모든 사람이 움직이지 못하는 나를 비웃고 있다면? 상상만 해도 끔찍했다. 하지만 미티는 웃어넘기기 힘들어하는 자신이 늘 지나치게 예민한 것처럼 느껴졌다. 파리 산책이 관심끌기용 잡기라는 것을, 아버지가 자랑하는 비장의 무기라는 것을 그녀는 알고 있었다. 아버지는 붉어진 목으로 껄껄 웃으며 다른 사람들도 웃고 있는지 확인했다. 미티는 애써 웃는 것이 고문으로밖에 느껴지지 않아서 기분 좋게 웃을 수가 없었다.

그러고 나서 미티는 7학년 현장학습 때 햄버거 가게에서 아버지를 마지막으로 보았다. 아버지는 칸막이 자리에 앉아 햄버거 빵에서 피클을 빼고 있었다. 부녀가 거의 사 년 만에 다시 만났지만, 아버지는 미티를 동료처럼 대했다. 다정했지만 서먹서먹했다. 목에 살이 붙어서 늘어져 있었고 뺨 곳곳에는 여드름 상처로 인한 분화구가 보였다. 미티는 아버지에게 술을 마시냐고 물어보지 못했다. 그때 그녀는 열세 살에 불과했지만 아버지의 음주를 알아차렸다. 아버지는 갖고 다니는 플라스틱 물병에 소다수 판매점에서 산 루트비어를 채워 마시면서 사이언톨로지 교회는 공상과학 소설가가 창조한 종교라는 이야기를 거의 십 분 동안 했다. 그러고는 직장에서 찍은 사진들을 보여주었다. 아버지는 레이크타호 근처 카지노 연회장에서 촬영하는 〈인간이 돈이 되다〉라는 주간 TV쇼에서 가장 늙은 개인 비서로 일하고 있었다. 아버지는 엄마에 대해서는 묻지 않았다. 미티는 학교생활이 재미있다고 말했고, 아버지는 울기 시작했지만 기침 발작 때문에 금방 울음을 멈췄다. 마침내 작별할 시간이 되었을 때 그녀는 아버지의 차까지 따라갔고 뒷좌석이 침대로 쓰이고 있는 것을 보았다.

불가피하게 미티의 마음은 에스미에게로 향한다. 미티를 그곳으로 데리고 가는 것이 연대기적 순서일 때도 종종 있고, 연관성일 때도 종종 있다. 지금의 연결고리는 수치심이다. 아버지와 헤어질 때, 같은 반 친구들을 뒤로하고 아버지와 함께 주차장을 걸어갈 때, 그녀의 얼굴을 화끈거리게 하던 수치심. 버스로 돌아가면 친구들 중 누구라도 아까 만난 남자는 누구냐고 물어볼까 두려웠다. 그날 에스미와 함께 화장실에 있을 때 느낀 것도 바로 그 수치심이었다. 거울 속 자기 얼굴을 들여다보며 여드름을 짜면서 다 끝났다고 말하던 에스미. 그런 그녀를 보면서 미티는 얼굴이 확확 달아오르는 수치심을 느꼈다.

에스미와 다른 모든 기억과의 차이는, 에스미에 관한 기억에 도달하면 다른 기억으로 옮겨가기가 불가능하게 느껴진다는 점이다. 무언가가 미티를 그 기억의 역에 내리게 하고 미닫이 유리문을 열고 나가 그 당시 그녀의 삶이라는 역 주변을 돌아다니게 만든다. 세세한 부분이 다 기억난다. 무한하게 이어지는 복도에 은은하게 울려 퍼지던 에스미의 목소리. 그녀의 향기, 달콤한 보디로션 냄새와 체취. 잔인한 복수를 위해 던진 것처럼 고압 전류가 흐르는 제3궤조로 흩어져 날아가는, 금으로 된 앙증맞은 링 귀걸이와 매력적인 구슬 목걸이. 기차가 몇 초 후에 떠난다는 것을 알리는 방송이 나오고 미티는 유리문을 통과해 기차로 뛰어 들어온다. 뒤에서 문이 닫히면서 다시 안전해진다. 그녀는 자기 좌석에 앉고 나서야 에스미의 향기를 묻히고 온 것을 깨닫는다.

미티는 눈을 뜬다. 머리 위 하늘에 별이 콕콕 박혀 있다. 그녀는 하늘에 대고 고백하고 싶다는 충동을 느낀다. 에스미와 함께 침실 바닥에 앉아서 인스턴트 마카로니 치즈를 먹었던 때가 기억난다. 후추가 잔뜩 뿌려진 주황색 조개 모양 파스타. 에스미는 먹지 않았다. 숟가락으로 삽질하듯 뒤집고 있었다. 그러다가 미티가 자신을 보고 있다는 걸 느끼고 고개를 들어 미티를 바라보았다. 그러나 미티는 왜 그러느냐고 묻지 않고 고개를 들어 벽과 천장을 바라보았다. 미티가 가장 후회하는 순간 중 하나다. 분명히 에스미가 무슨 말을 하고 싶어했는데 미티는 그 말을 들을 준비가 되어 있지 않았다.

미티는 무슨 소리가 나오기도 전에 입을 벌린다. 말을 하면 갈라진 목소리가 나올 것이다. 예측이 맞았다. "아까 보니까 음식을 먹지 않던데."

"응?" 레나의 목소리가 크게 들린다. 미티는 레나와 얼마나 가까이 있는지를 잊고 있었다. 자기 몸이 레나의 손에 의지해 물 위에 떠 있다는 것이 기억난다. 갑자기 미티의 젖꼭지가 긴장하고 젖가슴에 소름이 돋는다.

미티는 잠깐 망설인다. "서배스천이 못 먹게 해요?" 그녀는 고개를 위로 젖히고 거꾸로 보이는 레나의 얼굴을 관찰한다. 겨드랑이에 찰랑거리는 물이 차가울 텐데 느껴지지가 않는다. 모랫바닥이 바로 밑에 있을 것이고, 바닷물에 젖은 고개를 들고 몸을 앞으로 기울이기만 하면 일어설 수 있을 것이다. 그러나 그렇게 하고 싶지 않다. 거품이 이는 이 요람 속에 계속 머물고 싶다. 여기서 큰 소리로 말하는 것은 무슨 내용이든 바다로 전달될 것 같다. 그러나 그때 레나가 미티의 두 손을 놓는 바람에 미티는 엉겁결에 일어선다.

"그런 말을 하는 걸 보니 나를 잘 모르는 것 같네요."

미티는 쪼그리고 앉아 두 어깨를 바닷물에 담근다. 바깥 공기가 바닷속보다 훨씬 더 차다. 레나는 가슴에 팔짱을 끼고 떨고 있다. 미티가 본 이래 처음으로, 화가 난 모습이다.

"저녁식사 때 서배스천이 당신 손을 잡아당기던데요."

레나의 눈이 멍해지더니 고개를 돌린다. "서배스천은 식사 예절이 좀 이상해요." 그녀가 말한다. "먹으면서 말이 많아요."

미티는 서배스천이 입안 가득 음식을 넣고 먹으면서 말하던 순간들을 떠올린다. 그는 떠들썩하게 이야기를 하면서 입술을 탁탁 치기도 하고 손등으로 턱을 닦기도 했다. 레나가 그를 옹호하고 있는데 레나에게 맞서는 것은 쓸데없는 짓이라는 걸 미티는 깨닫는다.

"미안해요." 미티가 말한다. "속단할 생각은 없었어요."

레나는 미티와 눈높이가 맞게 물속으로 내려앉는다.

"왜 항상 나를 파악하려고 애를 쓰죠?" 레나가 입을 꽉 다문다. 미티는 자신의 마음이 그렇게 쉽게 읽히는 줄 몰랐다. '항상'이라는 단어가 화살처럼 날아와 그녀의 가슴을 찌른다. "당신은 어떤 것에 대해서도 솔직하게 털어놓지 않으면서."

미티는 레나의 머릿속을 흘러 다니던 단편적인 생각들이 이제 하나로 합쳐져 확신이 되고 있다는 것을 알아차린다. 말문이 막힌다. "레나, 당신이 나에게 모든 것을 털어놓게 하려던 게 아니었어요. 난 그냥 당신을 이해하고 싶었어요."

"나도 당신이 모든 것을 털어놓기를 바란다면 어쩔 거예요?" 레나가 소리를 지르다시피 한다. "당신은 내가 음식을 먹지 않는 이유를 알아내려 하고, 내 인간관계와 내 과거에 대해 궁금해하면서, 정작 당신은 입을 꾹 다물고 있잖아요. 당신과 베델의 관계에 대해서도 말을 안 하고, 당신이 어디서 왔는지, 왜 여기에 정착하게 됐는지도 말을 안 하고. 이 마을에 아는 사람이 한 명도 없는 것 같고. 내가 그런 걸 물어도, 말 안 해줄 거잖아요."

"말해줄게요." 미티가 말한다.

"좋아요, 그럼 왜 여기 왔어요?"

미티는 잠자코 있다. 레나가 그녀를 노려본다.

"도망쳐야 했어요."

"왜요?"

레나의 가슴이 빠르게 부풀었다가 꺼지기를 반복하면서 날카롭게 심호흡하는 것이 보인다. 미티의 침묵이 길어질수록, 레나는 더 화가 난다. "왜요?" 레나가 대답을 재촉한다.

한 무리의 동물이 배 안쪽을 긁어대고 있는 것 같은 느낌이 든다. 얼굴엔 아무 감각이 없다. 그러나 그 동물들은 더 시끄러워지고 더 광포해진다. 미티는 고백이 입 밖으로 튀어나오려는 것을 느낀다. 구역질이 날 것 같고 혀가 축축하다.

"내가 그 아이를 죽인 것 같아서요." 미티가 불쑥 말한다.

그 말이 입 밖으로 나왔지만, 미티가 예상했던 일은, 폭발이나 경찰차가 사이렌을 울리면서 달려오는 것 같은 일은 일어나지 않는다. 대신 훨씬 가뿐해진 느낌이 든다.

"누구를 죽였다는 거죠?"

미티는 말을 잇지 못한다. 세상도 고요하다. 큰 파도와 다음에 올 또 다른 큰 파도 사이 휴지기에 있는 것 같다. 어중간한 고요의 시간이 그녀에게 심장박동을 느껴보라고, 이가 딱딱거리는 것을 느껴보라고 강요한다.

"내가 알던 여자애요. 에스미." 미티가 말한다. 자기 목소리가 낯설게 느껴지는 것이 위안이 된다. 다른 사람이 된 것 같은 기분이 든다. "우린 서로를 좋아했어요. 사귀었는데, 그 애가 끝냈죠. 그래서 화가 났어요."

레나의 얼굴이 창백해진다. "죽인 것 같다는 말은 무슨 뜻이에요?"

더 말하지 말까 하는 충동이 든다. 이 끔찍하고 단순한 진실만 남겨둘까? 그냥 그렇게 마침표를 찍었다고 상상하게 내버려둘까? 에스미가 흙으로 돌아갔다고 믿게 내버려둘까?

그러나 레나의 화가 점점 더 커지는 것이 보인다. 두 뺨에 혈색이 돌아왔고, 달빛 덕분에 코끝이 붉어진 것이 보인다.

"그런 식으로 말하면 안 돼요." 레나가 미티에게 말한다. 울컥한 목소리다. 미티는 자신을 두려워하는 사람의 눈길을 받는 것이 얼마나 고통스러운지 너무도 잘 안다. 그래서 이야기를 계속하지 않을 수 없다.

"그 친구는 발레리나였어요." 미티가 입을 연다. "전에 내게 이런 이야기를 하더라고요, 발레리나는 두 번 죽는다고. 한 번은 발레를 그만뒀을 때, 또 한 번은 호흡이 멎었을 때." 말문을 여니 이야기가 술술 나온다. "그 애가 발레를 그만두게 한 게 나니까, 내가 그 아이를 죽였다는 뜻이에요."

"무슨 짓을 했어요?" 레나가 가슴에 팔짱을 끼고 두 손으로 자신의 팔뚝을 지혈대처럼 꽉 잡고 있다.

"댄스플로어를 미끄럽게 만들었어요, 넘어지라고." 미티가 말한다. 미칠 것 같은 기분이 들지 않는 것이 놀랍다. 공허하다. 텅 빈 느낌. "하지만 그냥 창피나 당하라고 그랬던 거예요. 근데 그게 그 아이를 망친 거죠."

"어렸을 때 일이에요?" 레나가 묻는다.

"열여덟 살 때요."

레나는 침묵한다. 손톱을 깨물면서 조언을 구하듯 검은 바닷물을 바라본다. 그러다가 고개를 드는데 굳어졌던 얼굴이 분명히 부드러워진 것이 보인다.

"어렸네요."

미티는 고개를 가로젓는다. "당신의 용서를 구하려는 게 아니에요." 미티의 눈에 눈물이 맺히자, 레나가 급히 그녀의 손을 잡는다. 천천히 조용히 가라앉는 것. 익사가 그리 나쁜 방식은 아니라는 생각이 스친다. "내가 한 행동이 그 아이의 인생을 망쳤어요. 마지막으로 소식을 들었을 땐, 부모님 집으로 다시 들어갔다고 하더라고요. 애리조나를 뜨지도 못하고."

"난 그 사람을 몰라요. 하지만 중요한 건 당신의 의도였다고 생각해요." 레나가 잠시 말을 멈추고 목청을 가다듬는다. "어떻게 된 일인지 전부 얘기해줄래요?" 미티는 목이 메고 눈물이 맺혀 눈이 따갑다. "아니면 기억하는 것만이라도 얘기해줘요."

그게 바로 비극의 한 부분이라고, 미티는 말하고 싶다. 레나가 그렇듯이 미티도 자신의 기억을 신뢰할 수 없다. 미티가 가진 기억은 하나의 윤곽으로만 존재하며, 미티가 보고 싶은 것만을 보여줄 뿐 그 속에 가려진 실체를 보여주진 않는다. 미티는 창문 너머 흐릿하게 보이는 기억의 윤곽이, 그 머리와 어깨가 자신을 향해 있다고 믿고 싶다. 하지만 어쩌면, 그것은 그저 그녀를 외면하고 있을지도 모른다.

"수영 어땠어요?" 미티와 레나가 대문 안으로 들어서자, 서배스천이 묻는다. 그는 미티가 반쯤 피우고 꺼놓은 담배를 보상처럼 내민다.

미티의 젖은 원피스가 다리 뒤쪽에 달라붙어 있고, 어깨까지 내려오는 젖은 머리카락은 물기로 반들거린다. 서배스천은 자기가 참여하지 않은 일의 여파에 자극받은 것처럼 그들을 반갑게 맞아들인다. "다 괜찮았어?" 그가 남은 칵테일을 다 마신다. "둘 다 난파선에서 살아남은 사람들 같네."

미티는 한 손을 입에 대고 뜨거운 숨을 내쉰다.

"재밌었어." 레나가 말한다. 목소리는 차분하고 피부는 반짝인다. 미티는 레나와 함께 쿠션에 앉으면서 움츠러드는 자신의 몸을 느낀다. 두 무릎을 딱 붙이고 두 손은 넓적다리 사이에 밀어 넣는다. 그녀가 찾을 수 있고 통제할 수 있는 유일한 위안이다. 고개를 들어보니 서배스천이 그녀의 얼굴을 살피고 있다. 미티가 미소를 짓지만, 그는 화답하지 않는다. 테이블 위에는 부서진 파이가 있다.

"이거 먹고 있었어요." 그가 말한다. "엄청 맛있네요."

레나가 몸을 숙이고 디저트를 자세히 살핀다. 그러다가 미티를 흘끗 올려다보는데, 좌절감이 떠올랐다가 금방 사라진다.

"저기, 베델에 대해 물어볼 게 있어요." 서배스천이 말한다.

"뭔데요?" 미티는 떨리는 손으로 담배에 다시 불을 붙이려고 애를 쓴다.

"흉터가 있던데 어떻게 된 거죠?"

베델이 그 사고에 대해서 서배스천에게 말했을 리가 없다. 낯선 이들에게는 절대로 그 이야기를 하지 않았고, 사실 잘 보이지도 않았다. 베델이 흉터에 대해서 함구하고 있었기 때문에 미티 역시 그 흉터를 발견하기까지 수년의 시간이 걸렸다.

"사고였어요." 미티가 말한다. "그 애길 해요?"

서배스천이 고개를 가로젓는다. "재건 수술 같던데." 그가 다시 소파에 등을 기댄다. "의사 솜씨가 아주 좋던데요."

"그걸 알아보셨다니 놀랍네요." 미티가 담배를 길게 한 모금 빤다. "알아보기 굉장히 힘든데."

"얼굴에 있는 뼈란 뼈는 다 부러졌을 것 같은데, 아닌가요?" 그가 묻는다.

"난 전혀 못 봤는데." 레나가 말한다. 그녀는 서배스천의 관찰을 의심하는 눈초리로 마치 비밀을 공유하는 두 사람을 보듯 그와 미티를 번갈아 쳐다본다.

"눈썰미가 있으시네요." 베델이 원하는 것보다 더 많은 것을 폭로하지 않으려고 조심하면서 미티가 말한다. 서배스천은 겸손하게 어깨를 한번 으쓱거린다.

그들이 파이를 먹고 담배를 피우는 동안, 대화는 시들해진다. 간간이 서배스천이 침묵을 깨고 파이 겉면을 칭찬하거나 파이 굽는 방법에 대해 질문한다. 갑자기 모든 것이 너무도 정중해진다. 마치 함께 보내는 시간이 길어질수록 서로에게 더 낯선 사람이 되고, 대화가 그들을 더욱 낯설게 만드는 듯하다.

새벽 1시, 서배스천은 두 팔을 머리 위로 뻗고 웅얼거리듯 억지로 하품을 내뱉는다. 레나는 조용히 앉아서 불안한 눈초리로 파이를 보면서 접시에서 이리저리 밀고 있다.

"이제 그만 가야겠어요." 미티가 말한다.

세 사람은 집 안으로 들어가고, 미티는 곧장 현관문으로 향한다. 그녀는 젖은 양말을 벗거나 쪼그라진 신발 혀를 잡아 펴려고 머뭇거리지 않고 바로 신발을 신는다. 서배스천은 한 팔로 레나의 어깨를 감싸안고 느릿느릿 따라온다.

"오늘 정말 재밌었어요." 서배스천이 진심 어린 목소리로 말한다.

"정말 정말 좋았어요." 레나가 맞장구를 치지만 진심은 거의 느껴지지 않는다. 그리고 너무 오래 웃고 있다.

"초대해주셔서 감사합니다." 미티가 말하고는 현관 밖으로 나간다. "또 뵐게요."

레나는 갑자기 무슨 생각이 났는지 눈을 반짝인다. "잠깐만요." 그러고는 거실로 사라진다. 잠시 후 십여 장의 레코드판이 담긴 상자를 들고 돌아온다. 그녀가 그 상자를 미티에게 건넨다. "이거 주려고요."

"두 분이 잘 들으실 것 같아서." 서배스천이 덧붙인다. "모아놓은 앨범이 너무 많네요."

미티는 두 손으로 상자를 받아 들고 레코드판을 훑어본다. 베델이 이미 갖고 있을, 너무 뻔한 앨범이 몇 장 보인다.

"고마워요." 미티가 말한다. "이모가 정말 좋아할 거예요."

레나가 서배스천의 허리를 감싼다. 그녀의 두 팔이 그의 몸통을 겨우 감싸 안는다. 서배스천의 눈이 현관 등 아래서 반짝인다. 그때, 그 커플이 서로를 껴안고 있는 그 순간, 미티가 아주 잠깐 들어갔다 나온 그들의 삶을 본 순간, 미티는 레나에게 해준 에스미 이야기가 서배스천의 귀에 들어갈 가능성이 매우 높다는 것을 깨닫는다. 한 인간의 반쪽에게 무언가를 고백할 때 그것은 이미 알고 합의한 것이 아닌가? 그런데 이상하게도 서배스천이 미티의 모호한 고백을 이해하려고 애쓸 것이 두렵지는 않다. 미티는 그가 밤새도록 다양한 위선 행위를 고백하는 것을 들었다. 어쩌면 그가 아는 편이 나을 수도 있다. 미티만큼 나쁘게 행동했던 남자가, 그 모든 걸 이해한다고 말해주는 게 도움이 될지도 모른다.

집에 돌아오니 베델은 파티 복장을 벗고 잠옷으로 갈아입고서 라디오를 듣고 있다. 미티는 레코드판 상자를 내려놓고 창턱에 기대선다. 머리카락에서 물방울이 떨어져 등을 타고 기어 내려온다.

"그건 뭐니?" 베델이 의자에서 상체를 숙이며 묻는다.

"중고 레코드판." 미티는 반쯤 피우다 만 담배를 재떨이에서 집어 들고 불을 붙인다. "좋은 건 별로 없을 거야."

베델은 고개를 끄덕인다. 선물에 대한 호기심을 금방 잃어버린 눈치다.

"놀랍게도 너무 편안하더라, 거기 있는데." 베델이 잠시 말을 멈추고 눈을 가늘게 뜬 채 담배를 한 모금 빨아들인다. "그렇게 부유한 테크 엔지니어들이 얼마나 카리스마가 넘치는지 맨날 잊어버린단 말이야, 나는."

"호감형이야."

"잘생겼고." 베델이 레나와 서배스천의 집 쪽을 손짓으로 가리킨다. "레나가 왜 좋아하는지 알겠더라."

미티는 원피스 치맛자락을 허벅지까지 들어 올리고 히터 온기를 다리에 쬔다. "이모는 레나가 행복하다고 생각해?"

"현재로선." 베델이 말한다. "하지만 레나가 세상 물정을 너무 모르긴 해."

라디오 아나운서가 경품 이벤트를 시작하면서 열두 번째로 전화하는 청취자에게 태양열 무드등을 주겠다고 말한다.

베델이 미티를 바라본다. "우리도 해볼까?"

이것은 미티가 너무나 잘 알지만 거의 하지 않는 게임이다. 그러나 지금 그녀는 깨어 있고, 세상은 잠들어 있다. 그녀는 그 라디오 방송국의 비교적 높은 인기와 마을의 비교적 적은 인구, 방송 시간대, 시간대가 청취자 수에 미칠 수 있는 영향까지 고려하여 대략적으로 계산한 뒤 십오 초를 기다렸다가 전화를 건다.

   전화벨이 네 번 울린 후 방송국 직원이 전화를 받아 바로 앞에 전화한 사람이 상품을 탔다는 소식을 전한다. 퍼트리샤는 아주 멀리 있지만, 미티는 엄마가 그 상품을 탔을 거라고 상상한다. 어떻게 하는지는 몰라도 퍼트리샤는 항상 전화를 걸어 경품을 타낸다. 미티는 방송 시스템에 결함이 있어 청취자들이 동시에 방송 연결이 되는 경우를 상상한다. 사회자는 청취자들의 이름과 사는 곳을 묻는다. 엄마가 어떤 거짓말을 하든 미티는 엄마의 목소리를 구별할 것이다. 너무 잘 안다. 경품을 탔을 때 내는 흥분한 척 높아진 목소리. 엄마는 대화를 이어가면서도 머릿속으로는 그 경품의 금전적 가치를 생각하고 누구에게 팔아먹을지 생각할 것이다.

   언젠가는 엄마와 둘이 함께 살던 때를 얼마나 그리워했는지 엄마에게 말해줄 것이다. 둘의 관계가 미티가 엄마의 일상사를 건성으로 들어주는 관계로 전락한 것을 얼마나 안타까워하는지 말해줄 것이다. 엄마는 치과 복도 형광등 불빛이 끔찍했다고, 남자친구의 신장결석 때문에 성생활이 방해를 받는다고 투덜대곤 했다. 언젠가 미티는 엄마가 전해준 자질구레한 지혜의 단편들을 기억하는지 물을 것이다. 머리가 곱슬거리지 않게 하려면 머리를 면 티셔츠로 싸매놓으면 돼, 뺨에 립스틱을 조금 발라서 문지르면 홍조처럼 보인다. 너. 10대 때의 미티는 그런 조언을 들은 체 만 체했지만 지금은 남몰래 따라 하고 있다. 삶의 맥박이 뛰게 하는 중요하고 사소한 습관들. 미티는 또 피에 흠뻑 젖은 생리대를 돌돌 말아 버릴 때마다 언젠가 엄마가 똑같은 행동을 하면서 면 탐폰을 사용하면 몸속에 곰팡이가 생긴다고 말한 것을 상기할 것이다. 엄마가 목욕하는 동안 미티는 변기에 앉아서 몸 구석구석을 문질러 비눗물을 씻어 내는 엄마를 지켜봤던 아주 어릴 적의 일이다. 언젠가 미티는 엄마에게 자기는 항상 귀 기울이고 있었다고, 듣지 않는 척할 때도 듣고 있었다고 말해줄 것이다. 엄마가 미티, 세상에 대한 너의 관점은 전부 다른 사람의 생각을 바탕으로 하고 있어, 라고 말했단 사실을, 오래전에 끝난 일들을 곱씹는 미티를 엄마가 얼마나 못 견뎌 했는지를 말해줄 것이다. 그리고 마지막으로 말해줄 것이다. 엄마가 틀렸다고. 끝나는 것은 아무것도 없다. 모든 것이 그녀의 마음속 어딘가에 존재한다. 그녀의 마음은 주변 사람들이 끊임없이 무언가를 말하는 장면이 반복해서 재생되는 편집 영상 같다. 그러나 돌이켜보면 미티 자신은 한마디도 하지 않은 것 같다. 그녀의 말을 인용하는 사람도 없다. 어찌된 일인지, 자신이 한 말은 기억이 나지 않는다.

십 년 전

 에스미가 넘어진 날 저녁, 미티는 모든 것을 엄마에게 털어놓았다. 살 밖으로 툭 튀어나온 발목뼈가 머릿속에서 사라지지 않았다. 미티가 나중에 돌이켜보니 엄마는 성인聖人 같은 인내심으로 미티의 이야기를 들었다. 엄마는 우리가 잘 해결할 거야, 라든가 넌 그 아이를 다치게 할 의도는 없었어, 같은 말들을 했다. 그러나 미티는 엄마가 방에서 혼자 조용히 우는 소리를 들었고, 엄마가 자기 딸의 분노에, 그렇게 끔찍한 일을 할 수 있는 아이를 낳아 키웠다는 잔인한 깨달음에 충격을 받았다는 것을 알았다.

 미티는 발레 스튜디오에서 즉시 해고되었다. 당연한 결과였고, 여러 면에서 볼 때 쫓겨났다기보다는 풀려났다는 느낌까지 들었다. 미티는 그런 짓을 하고 나서 그 건물로 다시 걸어 들어가는 것은 상상도 할 수 없었다. 해고를 해방이라고 생각하는 데 집중한 나머지 에스미뿐만 아니라 다른 모든 친구와의 연락도 끊겼다는 사실을 깨닫는 데는 여러 날이 걸렸다. 학교 친구들에게서 받던 그 사소한 문자 메시지들, 불운에 대한 경고나 수영장 파티 초대 내용을 담은 문자 메시지들이 한순간에 다 끊겼다. 인생의 한 단원이 끝나는 졸업을 앞둔 여름이라, 다들 다른 도시에서의 생활을 알아보고 미래의 기숙사 룸메이트들과 우정을 쌓는 데 집중하느라고 바빠서 그런가 보다고 생각했다. 그러나 그녀가 용기를 내어 먼저 문자를 보내도 답장이 오지 않았고 전화를 걸어도 아무도 받지 않았다. 그렇게 세월이 흘렀고, 그녀의 삶은 침묵의 연속이었다.

  지독히도 더운 8월이었고 미티는 갈 데가 없었다. 침실 벽에 기대앉아 있는 시간이 길어질수록 벽이 치마 주름처럼 접히며 공간을 좁혀오는 것처럼 느껴졌다. 미티는 경찰관들이 현관 앞에 나타나 자기를 데려갈 날을 기다렸다. 엄마도 말은 안 했지만 그날을 기다리는 눈치였다. 엄마가 거실 창문 앞에 서서 초조한 표정으로 창밖 거리를 내다보는 것은 미티의 아빠가 집을 나가고 나서 처음이었다.

  에스미가 미티를 경찰에 신고하진 않았다고 해도, 자기가 아는 모든 사람에게 미티가 자기를 그렇게 만들었다고, 미티는 주변 사람들에게 큰 위험을 끼칠 사람이라고 경고한 것이 틀림없었다. 미티는 그 말을 믿지 않는 사람들도 더러 있을 거라고 생각했다. 어떤 여자애가 친구한테 그런 짓을 할까? 비극적인 사고 아니야? 그러나 그런 사람이 누가 있을지 상상할 수 없었고 알아내기 위해 집 밖으로 나갈 용기도 없었다.

미티는 엄마가 탄 경품을 이베이에서 재판매하기 위해 포장하는 것을 도우면서 하루하루를 견뎠다. 둘은 일하는 동안 말을 거의 하지 않았고 판지 상자의 이음매를 따라 테이프 붙이는 데만 전념했다. 그러나 미티가 가끔 고개를 들면 엄마가 낯선 사람을 보듯 그녀를 보고 있었다.

"오늘 에스미를 봤어." 퍼트리샤가 마침내 침묵을 깼다. 그녀는 포장 완충재 더미 속으로 두 손을 집어넣어 그 속에 있는 것의 위치를 바꿨다. 햇빛이 방 안을 갈랐다. 갑자기 굉장히 더워졌다. 청바지 속 허벅지가 근질거렸다.

"어디서?" 미티가 물었다. 벌써 강압적이고 심문하는 듯한 목소리가 나왔다.

"우체국." 퍼트리샤가 말했다. 침착해 보였다. "엄마랑 같이 왔더라."

"엄마한테 말을 해, 그 사람들이?"

퍼트리샤는 고개를 가로저은 후 상자의 날개를 접고 미티에게 테이프를 달라는 시늉을 했다.

"나를 왜 그렇게 쳐다봐?" 미티의 목소리가 두개골 깊은 곳에서 나오는 것처럼 아득하게 들렸다.

"보는 것도 안 돼?" 퍼트리샤가 물었다. "난 너를 용서해. 알잖아."

"무슨 대답이 그래?" 미티가 신경질적으로 맞받았다.

"난 언제나 내 딸을 용서할 거라는 말을 하는 거야."

미티의 몸이 부들부들 떨렸다. 눈 속에서 피가 끓었다.

"뭘 용서한다는 거야? 엄마한텐 아무 짓도 안 했는데."

"뭐든. 뭐라도." 퍼트리샤가 잠깐 숨을 골랐다. "이 일로 너만 영향받은 게 아니야, 미티. 에스미가 날 보는데, 날 무서워하는 것 같더라."

에스미는 어딜 가든 항상 두려움을 데리고 다닌다고 엄마에게 말해주고 싶었다. 그 두려움은 대체로 자신의 몸에 대한 두려움, 그 몸이 자신을 배신할 수 있는 다양한 방식에 대한 두려움이었고, 불가능한 동작을 하다가 미세 골절이라도 생겨서 자신이 꿈꾸는 삶을 살지 못하게 될 가능성에 대한 두려움이었다. 그러나 미티는 잠자코 있기로 결정했다. 그런 생각을 할수록, 자신이 에스미를 진짜로 보았던 유일한 때는 단둘이 있을 때였다는 것을 깨닫게 되었다. 그리고 미티가 본 것이 에스미가 그녀를 보는 눈길이었다면, 에스미가 실제로 두려워한 것은 미티라는 뜻이었다.

그 후로 미티는 혼자 있을 수 없었다. 계속 화가 나고 무서워도 엄마가 물건을 팔러 다닐 때마다 말없이 따라다녔고, 집에서도 방에서 방으로 엄마를 쫓아다녔으며, 엄마가 일하는 곳과 가장 가까이 있는 쿠션에 누워서 낮잠을 잤다. 목욕하거나 화장실을 쓸 때처럼 혼자 있는 짧은 시간 동안에는 에스미의 발목뼈가 살 밖으로 비어져 나온 모습이 미티의 머릿속에서 반복 재생되었고 결국에는 어지럼증과 구역질이 나곤 했다. 그럴 때마다 미티의 정신은 몸에서 빠져나가 밖에서 자신을, 문을 박차고 나가는 자기 모습을 지켜보았다. 다른 시나리오들을 생각해봤다. 하나는 그녀가 달려가서 에스미를 돕고 영웅이 되는 시나리오였다. 다른 하나에서는 그녀가 숨어 있는 청소도구함을 누군가가 의도치 않게 열어보았고, 그 작은 방해는 그녀가 자신이 무슨 짓을 하고 있는지를 깨닫게 하기에 충분했다. 그러나 어떤 시나리오를 떠올리든 그녀는 아무것도 변한 게 없는 현실로 돌아와야 했다. 그래서 그녀는 엄마를 찾아 비틀거리며 집 안을 돌아다녔고 엄마 옆에서 울다가 잠들었다.

퍼트리샤는 미티가 자기 생각에 침잠하도록 내버려두면 무슨 짓을 저지를 거라고 두려워하는 듯했다. 미티가 괜찮다고 아무리 안심시켜도 엄마는 당분간 야간근무는 하지 않을 테니 낮에 자신과 함께 다니자고 강요했다. 딸이 함께 시간을 보내고 싶어한다고 엄마가 굉장히 기뻐하는 것 같기도 했다. 엄마의 침대에 기어들어가 몸을 구부리고 엄마 배에 붙어서 잠들던 때로부터 오랜 세월이 지나 있었다. 그러나 미티가 갑자기 엄마라는 존재를 소중히 여기게 된 게 아니라는 것을 퍼트리샤도 알고 있을 터였다. 딸은 엄마가 필요했다. 미티는 이거나 그거나 엄마에게는 별 차이가 없는 것 아닐까 하고 생각했다. 그 작고 부드러운 의존의 순간들은 아주 사소한 문제로도 폭발했던 싸움으로부터 작은 휴식이 되어주었다.

그러나 미티가 진정되어 잠이 들면 퍼트리샤의 공포가 활동한다는 것을 미티는 알고 있었다. 밤에 잠이 깼을 때 침대에 혼자 있었던 때가 한두 번이 아니었다. 엄마는 미티의 호흡이 길고 고르게 안정되고 몸이 움직이지 않을 때까지 기다렸을 것이다. 미티는 발끝으로 걸어서 부엌으로 갔고 어둠 속에서 담배를 피우는 엄마를 어두운 복도에 서서 지켜보았다. 엄마의 마음은 이 시각에 어디를 헤매는 걸까? 낮에는 갈 시간이 없었던 어떤 곳들을 헤매는 걸까? 어쩌면 엄마는 지난 몇 주간 잃은 돈을 씩씩거리면서 쫓고 있을지도 몰랐다. 아니면 에스미네 집 현관 앞에 나타나 에스미를 공격한 범인이 미티라고 고백하는 상상을 하는지도 몰랐다. 자신의 욕망에 사로잡혀 인생을 망친 미티에게 화를 내고 있을지도 몰랐다. 미티가 선택할 수 있는 많은 길을 상상해봤을 것이다. 대학 생활과 새 일자리, 학교를 졸업하고 친구들을 찾아 나서는 모습. 세상으로 다시 들어가라고 요구하는 어떤 제안에도 미티는 꼼짝도 하지 않을 것임을 퍼트리샤는 알았을 것이다. 미티에게는 여기가 세상이었다. 그리고 이 세상은 그녀가 돌아가기를 원치 않았다. 미티는 엄마가 이런 느낌에 영향을 받는다는 것을 알고 있었다. 퍼트리샤는 우체국에서, 목련 양품점에서, 우주 전체가 자신을 환영하지 않는다는 것을 느꼈을 것이다.

　미티와 엄마의 차이는, 미티가 오랜 세월이 흘러서야 깨닫게 된 차이는, 퍼트리샤는 언제나 갈 곳이 또 있다는 것을 알 만큼 충분히 살았다는 점이다. 곳곳에 고비가 놓인 인생도 열심히 산다면 굉장히 관대해진다는 사실을 퍼트리샤는 알고 있었다. 그러나 산 날이 스무 해가 채 안 되고 교외의 한 작은 마을에서만 살아온 자기 딸이 이런 사실을 깨달을 것이라고 기대할 수 있을까? 미티의 관점은 미티 자신처럼 작고 제한적이었다.

　엄마가 베델을 떠올린 것은 그 부엌 창문 앞에서였을 거라고 미티는 추측했다. 1994년 1월, 스물일곱 살의 퍼트리샤는 딸을 임신한 지 칠 개월 된 몸으로 남자친구와 함께 해안을 따라 여행을 했다. 그런데 뉴브라이튼 해변 주차장에서 낡은 볼보가 고장이 났고, 그때 베델은 햇볕에 얼굴이 잔뜩 그을린 젊은 커플에게 접이식 소파를 내어주었다. 스캘럽 포테이토와 크림 시금치를 만들어 저녁을 대접했고, 플란넬 시트를 덮어주었다. 아침엔 뜨거운 커피를 대접하고 함께 해변을 산책했다. 퍼트리샤의 배를 만져봐도 되냐고 정중하게 물은 뒤 아기의 태동을 느끼기도 했다. 베델은 다음 날 아침 그들의 차를 찾으러 정비소까지 그들을 태워간 뒤 영수증 뒷면에 자기 전화번호를 적어 퍼트리샤에게 건네주었다. 이쪽으로 올 때 뭐 필요한 게 있으면 연락해요, 아니 멀리 있더라도 연락해요. 그로부터 십 년 가까이 지난 후, 아이 아빠가 너무 빨리 떠나버렸을 때 퍼트리샤는 베델에게 전화를 걸었다. 여드름이 송송 난 딸의 학교 졸업사진을, 미티가 당장 태워버리라고 악을 쓴 사진을 베델에게 우편으로 보냈다. 그러다가 차츰 베델도 하소연을 하러 퍼트리샤에게 전화하기 시작했다. 중장년을 위한 대규모 미팅 파티에 나갔는데 별 소득이 없었다고 불평했고, 지진이 나면 규모가 크든 작든 꼭 퍼트리샤에게 전화해서 무사함을 알렸다.

베델이 떠오르자마자 엄마는 삶을 다시 시작할 수 있다는 것을 딸에게 알려줄 수 있는 적임자라고 판단하고, 곧바로 전화를 걸었을 거라고 미티는 상상했다. 미티가 엄마를 졸졸 따라다니다가 자러 들어간 후일 테니 자정이 훌쩍 넘은 시각이었을 테다. 퍼트리샤는 사연을 털어놓고 베델은 전화기 저편에서 귀 기울여 들었을 것이다.

"잠깐만 데리고 있어줄 수 있어?" 퍼트리샤는 자초지종을 설명하느라 가빠진 숨을 헐떡거리면서 물었을 것이다. "여기 있으면 안 돼서 그래."

처음에는 한 달만 있을 계획이었다. 그동안 미티는 다른 곳에서도 자기 삶을 온전히 살아가는 사람들이 많다는 것을, 그 사람들은 그녀가 누군지 무슨 짓을 했는지 알지도 못하고, 안다고 해도 신경 쓰지 않으며, 혹은 용서해줄 것임을 알게 될 터였다. 자신이 나쁜 짓을 했거나 나쁜 짓을 했다고 비난을 받아서 밤새 잠 못 이루며 무엇이 진실인지 고민하는 사람들도 있다는 사실을, 그럼에도 불구하고 사람들은 계속 살아간다는 것을 알게 될 것이었다. 엄마처럼.

퍼트리샤는 아침까지 기다렸다가 그 제안을 하면 미티가 반항하리라 생각했다. 그래서 그녀는 그날 밤 당장 짐을 싸기 시작했고, 새벽 동이 트기 전에 미티를 깨우고 짐을 차에 실었다. 퍼트리샤가, 아니 모녀 모두 알 수 없었던 것은 과거의 위협을 받으며 살지 않아도 되는 곳에 미티를 데려다 놓으면 다시는 돌아오지 않을 수도 있다는 사실이었다.

　미티는 항상 궁금했다. 그런 가능성을 누군가가 퍼트리샤와 미티에게 경고했다면, 그래도 베델의 집으로 왔을까? 아니면 미티가 아무리 큰 고통을 겪고 있더라도 퍼트리샤는 미티를 가까이에 두는 선택을 했을까? 엄마는 딸을 베델에게 보낸 일을 후회하고 있다. 그러나 이기적으로 보일까 봐 그런 후회를 숨기고 있다. 미티와 베델이 싸우는 일이 거의 없다는 소식을 들었을 때 분명 후회했으리라. 베델은 미티의 분노를 사지 않기 위해 말하기 전에 마음속에 있는 모든 문장을 철저히 점검하는 일 따위는 하지 않는다는 사실을 알게 됐을 때도. 베델과 미티가 아무리 사소한 것에서라도 의견이 맞지 않아 마침내 싸웠다는 소식을 듣고 내심 좋아하는 자신을 발견했을 때는 죄책감을 느꼈으리라. 그러나 결국 미티의 부재가 자신에게도 기정사실이 되었듯이 엄마의 삶에도 기정사실이 되었다. 그렇게 또 다른 국면이 시작되었다.

미티가 떠난 후, 레나는 부엌 조리대에 노트북 컴퓨터를 놓고 키보드 위로 구부정하게 상체를 숙이고 앉았다. 깜깜한 거실에서 컴퓨터 화면의 형광 불빛이 그녀의 얼굴을 환히 비춘다. 그녀는 위층에 있는 서배스천을 깨우지 않으려고 조심스럽게 타이핑을 한다. 그러다가 언제라도 그가 자기 앞에 나타날지 모른다는 생각에 습관적으로 고개를 들어 확인한다.

레나는 지금까지 전혀 관심이 없었던 인터넷 한구석에 들어가 있다. 버려진 소셜미디어 프로필과 운영한 지 십 년도 넘은 블로그 포스트 무덤. 자기 자신의 이야기를 늘어놓는 사람들. 그러나 이번 검색에는 분명한 목적이 있다. 그녀는 구체적인 한 사람을, 에스미를 찾고 있다.

그녀는 바다에서 대화할 때 들었던 모든 세부 사항을 기억나는 대로 검색한다. 에스미, 발레, 파라다이스밸리, 부상 등을 입력한다. 첫 기사는 십 년 전 그 발레 스튜디오가 무대에 올린

〈미녀와 야수〉 공연에 관한 지역신문의 짧은 소개 기사다. 그녀는 그 페이지를 클릭해 스크롤하다가 에스미의 얼굴 사진을 발견한다. 창백하고 비쩍 마른 소녀가 수줍게 웃고 있다. 턱은 아래로 내리고 눈길은 마치 카메라맨과 비밀을 공유하듯 렌즈를 올려다보고 있다.

그녀는 검색 페이지로 돌아가 스크롤하고 클릭하고 훑어보는 일을 반복한다. 같은 지역신문에 에스미가 불의의 낙상사고로 열여덟에 은퇴한 소식이 실려 있다. 미티라는 이름은 언급되지 않았다. 여러 디지털 전화번호부와 다른 많은 사이트에 따르면, 에스미는 한때 피닉스에 살면서 거의 완벽한 리뷰를 자랑하는 어린이 발레 스튜디오를 운영했지만 이 년 전쯤 폐업했다. 지금 그녀의 이름이 등록된 유일한 주소지는 파라다이스밸리에 있는 부모님 집이다. 그녀의 삶은 진부하고 평탄해 보인다. 페이스북 프로필 사진에 나온, 삼 년 전에 도미니카 공화국으로 함께 여행 가서 폭포 밑에서 키스하던 변호사와는 아직도 사귀고 있는지 모르겠다.

찾아낸 결과물이 적을수록, 검색을 이어가는 자신에 대한 죄책감은 더욱 커졌다. 무엇을 확인하려는 것인가? 미티는 레나를 깊이 신뢰했다. 미티는 자신이 한 일을 부인하지도 않았다. 이렇게 잠깐 얄팍하게 조사한 내용만 봐도 미티는 정직했다. 그런데 왜 실망스러울까? 어쩌면 레나는 악당이 있기를 바란 것인지도 모른다. 악당이 있다면 이 모든 일이 더 단순해질 것이다. 상해를 끼친 사람. 그런데 이 모든 고통이 사람에 의해 야기된 것이 아니라 너무 늦어질 때까지 서로에게 털어놓지 않아서 생긴 문제라면? 침묵을 메우기 위한 모든 추측에 의해 야기된 것이라면? 레나는 자신이 소리 내어 말하지 못한 모든 일을 생각한다. 자신에게 상처를 주는 일에 침묵을 지켰기 때문에 얼마나 많은 일이 일어났는가? 서배스천이 그녀를 대신해 처리한 모든 것은 그녀가 침묵하는 동안에 결정되었다.

다음 날 새벽, 미티는 눈을 뜨고 심한 갈증을 느꼈다. 협탁에 놓인 물을 세 번에 걸쳐 다 마시고는, 한숨을 쉬며 도로 눕는다. 연한 황금색 빛 조각이 커튼 사이로 비집고 들어온다. 가로등 불빛이 은은하다. 어젯밤 저녁식사에 대한 기억이 진득하게 밀려 들어온다. 세 명이 투스텝을 출 때의 그 뜨거운 긴장감. 그녀가 화장실에서 수납장 문을 여닫을 때 나던 소리. 피가 묻어 있던 핀셋. 다른 사람들이 떠드는 모습을 지켜보면서 저녁 내내 모든 걸 꿰뚫는 듯한 미소를 짓고 있던 베델. 이어서 레나의 손에 이끌려 바다에 떠 있을 때를 떠올리자, 온몸이 아프다. 시트가 갑자기 너무 무겁고 따갑게 느껴진다. 왜 음식을 먹지 않느냐는 물음은 왜 그렇게 쉽게 입에서 튀어나왔을까? 레나와의 관계가 편안하다는 방증이었을까? 아니면 그 바다의 어둠과 무중력 상태가 안겨준 해방감 때문이었을까? 그녀는 이불 모서리를 젖히고 침대에서 기어 나온다. 창가로 걸어가 커튼과 유리창 사이로 들어가서 창문에 몸을 기댄다. 어릴 적 숨바꼭질만 하면 찾던 비장의 장소. 마당 너머 레나의 집에는 부엌에 불이 켜져 있어서 방 안의 모든 것이 검은 하늘을 배경으로 선명하게 들여다보인다.

그때 레나가 나타난다. 마치 미티가 불러서 나온 것처럼. 미티를 정면으로 바라보며 싱크대로 걸어온다. 수도꼭지를 틀고 두 팔을 옆으로 내리고 서 있다. 싱크대 개수구로 흘러내리는 밧줄 굵기의 물을 보고 있다. 레나의 표정을 정확히 읽을 수는 없지만, 그렇게 괴로워 보이지는 않는다. 무언가에 집중하거나 걱정하거나 졸린 것 같지도 않다. 그녀는 마치 아무것도 아닌 것 같다. 그녀는 어떤 생각이 피어나기도 전의 시작점, 문 하나 없는 새하얀 복도, 메아리가 퍼지기도 전에 목소리가 사라지는 끝없이 긴 방 같다. 미티는 레나의 모든 움직임을 의식한다. 그녀의 움직임은 대다수 사람에게는 아무 의미도 없다. 그러나 미티에게 레나는 고요한 들판을 돌격하는 메뚜기 떼 같다. 레나를 보며 미티는 두 팔의 솜털이 일어서고, 눈이 몇 초마다 깜박이며, 가슴이 벌렁벌렁하고, 입술은 벌어져서 숨을 내뱉는다.

그날 오전, 이번에는 레나가 침실 창문에 몸을 기대고 서서 창밖을 내다보고 있다. 멀리서 서배스천이 수평선을 따라 서

평을 하고 있다. 여기서는 그의 몸이 그녀의 손가락 관절 마디 두 개 정도 길이밖에 되지 않는다. 그가 수평선에서 집어 올려 주머니에 집어넣어도 될 만큼 작아졌다고, 그가 그녀의 몸통 위를 달리고 그의 자그마한 발이 그녀의 흉곽을 간지럽힐 만큼 작아졌다고, 비단잉어의 입 위에 매달아두면 살려달라고 비명을 지를 만큼 작아졌다고 상상하니 재미있다.

그러나 서배스천은 크다. 그것이 그녀가 처음에 느낀 그의 많은 매력 중 하나였다. 레나는 그가 식사하기 전에 두 손에 나이프와 포크를 쥐는 방식이, 접시 양옆에서 나이프와 포크를 마치 한 쌍의 기둥처럼 똑바로 세워 드는 모습이 좋았다. 식사의 목적은 몸의 작동을 위한 연료를 제공하는 것밖에 없다는 듯이 음식을 퍼먹는 모습이 좋았다. 처음에는 그가 먹는 모습을 보는 것만으로도 그를 원하게 되었다. 그렇게 먹어대니 더욱 강해질 것은 자명한 일이었다. 그녀는 그와 섹스할 때 침대 프레임이 삐걱거리는 것이 좋았다. 그가 쿠션 위로 그녀를 눕히고 소파 등받이를 두 손으로 짚은 채 섹스를 하는 것이 좋았다. 짐승 같은 느낌이 좋았고, 섹스가 끝난 후 땀과 정액을 뒤집어쓴 채 누워 있는 것이 편안했다.

그러나 최근에는 섹스가 끝나면 당장 샤워하고 싶어하는 자신을 발견했다. 그의 체취가 피부에 너무 오래 남아 있으면 온몸이 가렵고, 그의 손길이 닿지 않은 상태로 돌아가고 싶다는 생각이 간절해진다. 이유 없이, 정말 하룻밤 사이에 생긴 갑작스러운 본능이다. 물줄기를 맞으며 무엇을 씻어내려는 것일까, 그녀는 대나무 빗으로 넓적다리를 닦으면서 스스로에게 물었다. 나는 무엇을 잊으려는 것일까?

레나는 사람들은 항상 사랑에 빠지는 것과 같은 이유로 사랑에서 빠져나온다고 믿는다. 흥분을 유발했던 모든 것이 결국에는 성가신 것이 된다. 최근에 캠핑을 갔을 때 서배스천은 베개를 챙기지 못했고, 옷을 직사각형으로 착착 접어 베개 대용으로 썼다. 레나는 뜬눈으로 밤을 지새면서 코골이에 가까운 묵직한 숨소리를 뿜어대는 그를 노려보고 있었다. 예전에는 그가 보인 기발한 아이디어와 혁신적인 행동들을 좋아했다. 언젠가 그녀가 서프보드를 옆구리에 끼고 옮길 수 있도록 보드 중앙에 손잡이를 달아주었을 때. 그녀가 부엌 높이 있는 수납장에 손이 닿을락 말락 해서 힘들어하는 것을 보고 사다리 계단을 만들어주었을 때. 그러나 지금은 그가 쓸데없는 지식을 참 많이도 알고 있고 과시하길 좋아한다는 사실에 짜증이 난다. 어딜 가더라도 그는 잡다한 지식을 자랑하기 바쁘다. 카페에서는 커피메이커에 대한 지식을 바리스타에게 뽐내고, 치과에 가면 입안 가득 금속 기구를 물고서 고대의 어금니 발치 방법을 늘어놓는다.

레나는 서배스천이 자신에게 싫증 내는 모습도 보고 있었다. 예전에는 산책하다가 무릎을 꿇고 딱정벌레를 관찰하거나 뭔가에 매혹된 듯 웃으면서 폐가의 창문을 들여다보는 그녀의 호기심에 흐뭇해했다. 그러나 지금은 다르다. 세상을 탐구하는 매력적인 호기심으로 칭하던 것들이 **참견하기 좋아하는, 주제**

넘은, 무례한 같은 단어들로 바뀌었다. 그녀는 그의 호감이 일그러져 혐오가 되고 그녀의 이야기에 대한 그의 반응이 시큰둥한 수긍으로 바뀌는 것을 보았다. 그녀는 그가 혐오하기 시작한 자신의 행동들을 바꾸려고 노력했고, 무언가가 관심을 끌면 얼른 다른 곳으로 시선을 돌렸다. 하지만 머릿속에 떠오르는 질문들이 순종하는 방법을 배울 때까지 붙잡아둘 수 있다고 믿은 그녀에 반하여, 그 질문들은 자기들을 구속하는 쇠사슬을 홱 잡아당기며 머릿속에서 고함을 질러댔다.

서배스천은 항상 바닷물이 최고의 숙취해소제라고 주장한다. 레나는 전날 밤 술을 마시지 않았는데도 너무 지쳐서 서핑하러 나서는 그를 따라가지 못했다. 관자놀이 속이 옥죄는 듯하고 혀에는 시큼한 침이 고인다. 전날 밤의 손님 응대가 아직도 안 끝난 느낌이고, 피곤과 불안의 합동 공격에 지칠 대로 지쳤다. 그녀는 창가에서 서배스천을 지켜보는 것을 그만두고 침대로 돌아온다. 베개에 머리를 누이고 눈을 감으니 반쯤 구체화된 질문들이 마음속을 헤엄치기 시작하고, 집에 돌아온 서배스천에게 그녀의 하루가 빠르게 잠식되는 시기가 언제가 될지 두근거리는 카운트다운이 시작된다. 그러다가 잠이 들었는데, 눈을 뜨니 서배스천은 벌써 출근하고 없다.

레나는 전날 밤의 기억이 사라지기 전에 미티와 베델을 만날 필요성을 강하게 느낀다. 기억하고 싶은 것들, 물어봐야 할 것들이 있다. 바다에서 미티의 고백을 들은 후로 레나는 자신의 비밀을 찾아보게 되었다. 자신이 미티의 팔에 의지하여 물 위에 떠 있고 생각하는 것밖에 달리 할 일이 없었다면 미티에게 털어놓았을 이야기를 생각해봤다.

결심을 굳힌 레나는 억지로 몸을 일으켜 면 반바지와 티셔츠를 입는다. 계단을 뛰어 내려와 부리나케 샌들을 신고 현관 밖으로 나간다. 태양이 구름 사이로 비추기 시작했고, 산들바람이 풀잎들에게 속삭이고 있으며, 발밑의 흙이 데워지고 있다. 그녀는 마당을 가로질러 달려가 베델의 집 현관 계단을 뛰어 올라간다. 현관 앞에 서서 숨을 고르고 마음을 진정시킨 다음 작고 따뜻한 초인종을 집게손가락으로 누른다. 문 안에서 질질 끄는 발걸음 소리가 가까워진다. 곧 긴 내복을 입은 미티가 그녀 앞에 나타난다.

"들어가도 돼요?" 잠을 푹 자서 그런지 레나의 목소리에는 아직 잠기운이 묻어 있다. 그녀는 혀로 입술을 핥고 목청을 가다듬는다. 미티가 눈을 가늘게 뜨고 그녀를 바라본다.

"물론이죠." 미티가 옆으로 비켜서면서 말한다.

거실은 아침의 일상으로 부산하다. 가죽이 벗겨지고 있는 리클라이너에서 베델이 인사하는데 신문을 넘기면서 바스락거리는 소리에 목소리가 가려진다. 구석에 있는 라디오에서 재잘거리는 말소리가 흘러나온다. 커피메이커는 식식거리다가 기침을 한다. 레나는 샌들을 발로 차서 벗어 던지고 벌레가 나올 듯 복슬복슬한 카펫 속으로 발가락을 들이민다. 몸을 가렵게 할 저 소파에 푹신한 이불을 덮고 웅크리고 누워 다른 사람들의 일상이 빚어내는 합창을 들으면서 잠들고 싶다는 생각이 든다. 그러나 그녀는 그들 맞은편 벽에 기대선다. 미티가 앉으라고 권해도 고개를 가로젓는다.

"어젯밤에 즐거운 시간 보내셨어요?" 레나가 묻는다. 인사치레로 하는 말 같다.

"응, 즐거웠어." 베델이 차분하게 말한다. "자긴 괜찮아?"

레나의 얼굴은 핏기가 없고, 발은 바닥을 톡톡 두드리며 불안을 폭로한다.

"네, 괜찮아요." 레나가 말한다. 방 안을 휙 둘러보는 레나의 시선에 미티는 긴장한다. "근데 잠이 안 오더라고요."

베델은 고개를 끄덕이고는 커피를 길게 한 모금 마신다. 미티는 아직 자리에 앉지 못했다. 셔츠에서 올이 풀린 실을 손가락 끝에 감아 피부가 퍼렇게 될 때까지 감고 또 감으면서 자신이 서성거리지 못하게 막는다.

잠시 후, 레나가 일어서서 자기 머그컵을 창턱에 놓는다. "위층에서 잠깐 얘기 좀 할까요, 미티?"

미티는 전에 이미 이런 장면을 상상했었다. 그녀가 마침내 한 사람에게 마음의 문을 열고, 자신의 고백이 그 순간에만 머물다 사라질 거라고 순진하게 믿게 되는 날, 두 사람 모두 충동적이고도 취약한 그 경계 공간에 비밀을 남겨두기로 암묵적으로 합의하게 될 거라고. 그러나 곧 깨닫게 되리라. 누군가에게 비밀을 털어놓는 것은 밧줄의 다른 쪽 끝을 상대에게 넘겨주는 행동이라는 것을. 내가 그 줄을 잡고 있다는 걸 잊는다면 결국에는 반대쪽에서 나를 끌어당길 것임을.

미티는 2층 화장실 안에서 레나 뒤를 서성이며 조심스러운 질문을, 고통스럽도록 정중한 절교 선언을 기다리고 있다. 그러나 레나는 거울 속에 비친 자기 모습을 뚫어지게 바라보다가 때때로 손을 들어 자기 얼굴을 만질 뿐이다.

"내가 당신 앞에 없을 때 나를 상상해요?" 레나가 묻는다.

미티는 내복 소매를 끌어당겨 손가락 마디까지 덮고 손바닥으로 천을 꽉 잡는다. 이 질문이 지난밤에 고백한 일과 무슨 관련이 있는지 모르겠다. "그럼요, 당연하죠." 미티가 말한다. "다들 혼자 있어도 타인을 생각하지 않나요?"

"아뇨, 나 말이에요." 레나가 집요하게 미티와 눈을 맞춘다. "당신은 나를 볼 수 없을 때 내 생각을 해요?"

잠깐 침묵. 목이 멘다.

"가끔요."

"무슨 생각을 해요?"

"구체적으로 무슨 생각을 하는 건 아니에요." 미티는 안정적이고 논리적인 목소리를 유지하려고 노력한다. 두려움에 영향받지 않으려고 애쓴다. 자기에게 던져진 질문에 집중한다. "하지만 난 당신이 옆집에 산다는 걸 알잖아요. 당신이 거기 있다는 것을 알고 있죠."

"좋아요, 그런데 당신이 날 만지면 내가 당신에게 진짜로 느껴지나요?"

"레나, 무슨 말을 하는 거죠?" 미티가 말한다.

레나가 다시 거울에 비친 자신의 눈을 들여다본다. 이마에 주름이 져 있고 두 뺨은 평소처럼 불그스레하다. "난 항상 두려워요. 누군가가 나를 볼 수 없다면, 난 진짜가 아니라는 뜻일까 봐."

"진짜가 아니라는 게 무슨 뜻이에요?"

레나는 대답을 고민하다가 미티의 손을 잡고 굳게 쥔 주먹에서 집게손가락만 펴서 그 끝을 자신의 관자놀이에 댄다. 미티는 자신의 손가락에서 맥박을 느낀다.

"눈을 감아봐요." 레나가 말한다.

레나는 미티의 손을 잡고 자신의 이마 꼭대기로 가져간다. 미티의 손이 자신의 머리선을 쓰다듬고 다른 쪽 관자놀이로 내려가게 이끈 뒤 손을 놓는다. 미티는 동작을 멈춘다.

"아뇨, 계속해요." 레나가 말한다. "내 얼굴을 전부 느껴보라고요."

미티는 순종한다. 손가락이 위로 올라가 레나의 자그마한 귀를 쓰다듬고 턱뼈 가장자리로 내려와 완만한 경사의 턱선을 더듬은 뒤 뺨으로 올라간다. 부드러운 촉감에 집중하며 혼란스러운 마음을 애써 억누른다. 이젠 손가락이 정교한 자수처럼 단장이 된 눈썹을 만져보고, 눈 사이의 경사로를 따라 코로 내려와서 윗입술에 다다른다. 레나의 입술이 열려 있어서 손가락이 그 속으로 들어가 혀에 살짝 닿는다. 미티가 급히 손을 뺀다.

"미안해요." 미티가 손가락을 티셔츠에 닦으면서 말한다. "그러려고 한 게 아닌데."

레나는 개의치 않는 듯하다. 오히려 미티의 팔목을 잡아 손을 자신의 입으로 가져간다. 미티의 네 손가락을 자기 입에, 손가락 관절 두 마디를 넘어서까지 밀어 넣는다. 미티는 몸서리를 치며 손을 빼려고 하지만, 레나가 더 강하다. 결의에 찬 표정이다. 몇 초 안에 그녀는 미티의 손 전체를 입안에 넣는다.

레나의 입술이 손목을 옥죄자 쓴 담즙이 올라오는 것 같다. 레나에게 그만하라고 말해야 하는데, 목소리가 안 나온다. 목소리가 그녀의 손이 닿지 않는 어딘가로 숨어버린 듯하다. 손가락이 레나의 목 안에서 걸려서 구부려질 거라고 예상하지만, 그렇게 되지 않는다. 손가락이 바닥없는 구덩이 속으로 빨려 들어간다. 미티의 손이 어둡고 습한 방에 둥둥 떠 있다. 레나는 광기에 찬 눈으로 미티의 손을 더 깊이 밀어 넣으려 한다. 팔꿈치까지 삼켜버릴 기세다. 숨이 조금도 막히지 않는 듯 켁켁거리지도 않는다. 레나는 비어 있다.

"이러지 말아요." 미티가 애원한다. "이러지 말아요, 제발." 그러나 레나는 말이 없다. 그녀에게서 나오는 소리라고는 미티의 팔뚝에 막혀 있는 호흡기관에서 올라오는 꾸르륵 소리뿐이다. "제발." 미티가 말한다. "레나, 제발 그만해요."

레나가 반응하지 않자, 미티는 자유로운 손으로 세면대 가장자리를 잡고 한 발로 레나의 배를 밀어서 뒤로 밀쳐낸다. 집어삼켰던 쥐를 토해내는 뱀처럼 레나의 목이 침으로 번들번들한 미티의 손을 내놓는다. 레나는 무릎을 꿇고 주저앉아 한 손으로 쇄골을 누르면서 숨을 헐떡이고 기침을 한다. 미티를 올려다보는 그녀의 눈에서 눈물이 흘러내린다.

"당신이 내 몸의 내부를 확인하기를 바랐어요." 레나가 흐느끼며 말한다. 일어서서 거울을 향해 서더니 거울에 비친 미티의 모습을 바라본다. "인간의 장기가 내 몸에도 있다는 확신이 없어요."

레나의 편집증적 면모에 가졌던 공감과 연민은 이제 사라지고 없다. 모든 것이 너무 낯설고 무섭다. 그들 사이엔 차가운 공기가 흐른다.

"서배스천이 나를 만든 것 같아요." 레나가 말한다. 얼굴의 좌우대칭이 무너졌고, 피부는 축 늘어졌다. 레나가 이런 모습일 수 있다고는 상상도 못 했다. "그래서 그 전의 일은 아무것도 기억을 못 하는 거죠."

"그 전이라뇨?"

"그를 만나기 전이요."

미티는 레나를 물끄러미 바라본다. 레나는 위로의 말을, 두 사람을 새롭고 평화로운 공간으로 데려다줄 무언가를 기다리고 있다. 그러나 할 말이 떠오르지 않는다. 지금 미티는 베델의 침실에서 조용한 오후를 보내고 싶은 마음뿐이다. 세라믹

쟁반 가장자리에 기대놓은 향 스틱에서 나오는 연기. 낮에 방영되는 토크쇼의 유쾌한 웃음. 미티와 베델은 거기 출연한 삼류 연예인과 금방 사랑에 빠지게 될 것이다. 관리해야 할 것이라고는 자신의 마음밖에 없는 평범하고 평온한 나날.

그러나 미티는 지금 여기 있다. 항상 마주 보고 싶어했던 여자를 마주 보면서.

"아뇨, 기억하잖아요." 미티는 애써 확신에 찬 목소리로 말한다. "북쪽에 있는 농장 얘기 나한테 해줬잖아요."

"하지만 그 이야기도 대본처럼 느껴져요." 레나가 말한다. "내가 이야기해야 할 내 인생의 이야기인 건 맞아요. 하지만 그때를 떠올릴 때조차도 내가 그 이야기를 아주 여러 번 했기 때문에 떠오르는 것인지, 아니면 실제로 경험했기 때문인지 모르겠어요."

레나가 한 손으로 배를 잡고 뱃살을 모아쥔다.

"이것도 내 것이라는 느낌이 안 들어요." 레나가 말한다. "그런 느낌이 든 적이 한 번도 없어요."

미티는 레나의 얼굴을 살펴본다. 반달처럼 휘어져 깜박이는 속눈썹, 떨리는 입술, 숨을 들이쉴 때 약간 내려앉는 콧구멍. 그녀는 손가락으로 레나의 콧날을 만진다.

"누군가 이걸 줬겠지만, 서배스천은 아니에요." 말하고 나니 거짓말처럼 들린다. "유전적으로 물려받은 거죠."

레나가 자기 손가락을 미티의 손가락 밑에 밀어 넣고 아래위로 쓸어올렸다가 내린다.

"맞아요." 레나가 그것을 처음 발견한 양 말한다. "아빠 코도 이랬던 것 같아요."

미티는 고개를 끄덕이고, 레나의 손가락을 그녀의 코에서 떼어내 둘의 눈높이로 든다.

"그리고 이 손톱도 물려받은 거예요, 서배스천이 만들어낸 게 아니라."

레나는 자신의 손톱 큐티클을 살펴본다. 미티가 레나의 발을 가리킨다.

"그 발도 누가 발명한 게 아니에요." 레나가 둥둥 떠내려가기라도 하듯이 미티의 목소리가 커진다.

레나는 고개를 가로젓는다. 미티가 설득을 거듭할수록 화가 더 커지는 듯하다.

"아뇨, 아뇨, 아뇨." 레나가 말한다. "이해를 못 하는군요."

미티는 무표정을 유지하려고 하지만 슬그머니 화가 치미는 것을 어찌 할 수 없다. "그러면 당신이 설명해봐요."

"물속에서만 가능해요." 레나가 말한다. "당신이 그랬듯이."

"지금은 바다에 들어가고 싶지 않아요, 레나." 미티가 단호하게 말한다.

레나가 화장실 안을 둘러보더니 욕조를 가리킨다. "저 안에서요." 그녀가 말한다. "저 안에서 얘기해줄게요."

미티는 입욕제 한 봉지를 욕조에 푼다. 레나는 침실에 서서 무표정한 얼굴로 창밖을 바라본다. 바깥 풍경 그림자가 그녀의 얼굴을 지나간다. 배고프지 않냐고 미티가 묻자, 고개를 가로젓고 큐티클을 매만진다.

"나와 함께 있어야 해요." 미티가 수도꼭지를 잠글 때 레나가 말한다. 레나가 옷을 벗고 물속으로 들어가는 것을 보면서 미티는 변기 뚜껑에 앉는다. "아니, 이 안에 들어오라고요."

미티는 웃음을 참는다. 인생의 여러 단계에서 이런 순간을 수도 없이 꿈꿨다. 여자 아이들끼리의 우정, 그 친밀함, 이미 서로 간에 사랑이 존재하기에 사랑에 무신경하던 그 태도를 떠올릴 때마다 질투가 절로 났었다. 그러나 여기 레나와 함께하는 순간은 그녀의 상상과는 거리가 멀다. 물속에서 껌처럼 흐물거리는 팔다리, 아이처럼 간절한 눈빛. 그럼에도 어쩐지 싫다고 거절할 수가 없다.

레나는 고개를 돌리고 뭔가 생각하는 눈치다. 미티는 옷을 벗고 욕조 안으로 들어가 무릎을 세우고 두 팔로 감싼다.

"운 좋은 줄 알아요, 과거가 있으니까." 레나가 말한다.

미티가 수도꼭지에 등을 기대자 금속 호른이 그녀의 척추를 찌른다. "당신도 있잖아요."

"당신하곤 달라요." 레나가 미티를 지그시 노려본다.

"아이고, 고마워라." 미티가 너스레를 떨지만, 레나는 꿈쩍도 하지 않는다.

"돌아가는 거 생각해봤어요?" 레나가 묻는다.

"애리조나로? 가끔요. 하지만 생각만 해도 무서워요."

레나는 실망한 표정으로 고개를 가로젓는다. "그래도 당신은 돌아가는 걸 당연하게 생각하고 있군요."

"돌아갈 수 없어요, 레나. 대학 가려고 집을 떠나온 것하고는 다른 거예요. 도망친 거잖아요."

레나는 고개를 뒤로 젖히고 천장을 보며 괴로운 듯 신음한다. "하지만 그래서 당신이 모든 것에 확신이 없는 거예요. 고향에서 떨어져 있기 때문에. 나도 그렇기 때문에 잘 알아요. 차이점은, 난 갈 데가 없다는 거죠."

정말 무례하다고, 미티는 생각한다. 당신에겐 당신의 안락한 생활을 위해 재정적 지원을 아끼지 않는 남자친구와 대저택이 있지 않으냐고 쏘아붙이고 싶다. "정말 아무것도 기억이 안 나요?"

"정상적인 방식으로는 하나도요." 레나가 단호하게 말한다.

"좋아요, 그럼 좀 최근 일부터 기억을 되살려봐요." 미티가 상체를 앞으로 기울이고 두 팔꿈치를 무릎에 올려놓는다. "서배스천을 어떻게 만났어요?"

"샌프란시스코에서요." 레나가 기억을 더듬는 듯한 표정으로 말한다. "그 전의 일은 하나도 기억이 안 나요."

"다른 사람이랑 데이트한 적은 있어요?"

"다른 사람 기억은 전혀 없어요." 레나가 한 다리를 미티의 어깨 위로 들어 수도꼭지를 튼다. 찬물이 미티의 등으로 흘러내린다. "그가 나를 발견했고 그때 내가 태어난 것 같아요."

레나는 미티의 발목을 집어 들고 발가락 밑을 관찰한다.

"우리 몸은 우리가 물고기라고 생각한대요." 레나가 미티의 발바닥 앞부분을 어루만지면서 말한다. "어디서 읽었는데, 손가락 발가락뼈의 끝이 오랫동안 물에 잠겼을 때 주름이 생기는 것은 진화론적인 목적이 있대요. 몸이 미끄러운 표면을 꽉 붙잡아야 할 때를 기억하기 때문이라는 거죠. 인간이 되기 전에 말이에요."

미티는 쪼글쪼글해진 손가락을 자세히 들여다본다. "그건 진짜 사실이라기보단 너무 많은 사람이 같은 말을 반복해서 굳어진 이야기 같네요."

"아무래도 상관없어요." 레나가 말한다. "좋은 것 같아요. 두뇌가 아닌 다른 부분도 기억을 가지고 있다는 생각." 그녀는 손을 쫙 펴서 손바닥을 미티에게 보여준다. "근데 내 손은 그렇지 않아요." 레나의 말이 맞다. 그녀의 손가락 끝은 맨들맨들하고 부드럽고 전구처럼 둥그렇다. "내가 제일 먼저 알아차린 게 이거였어요."

그들은 침묵에 빠져든다. 들리는 소리라고는 간간이 자세를 바꿀 때 따뜻한 물이 철벅거리는 소리뿐이다. 레나는 두 손을 모아 물을 채워서 미티의 무릎 위로 물을 쏟는다. "창문을 통해 우리를 본 적 있어요?" 레나가 무심한 어조로 묻는다. 대답 외에 다른 어떤 말을 할 여지도 남기지 않는 질문이다.

"있어요." 미티는 레나의 눈을 피한다. "딱 한 번." 미티는 레나와 자기 사이에 떠 있는 머리카락을 집어 타일에 붙인다. "미안해요."

레나는 한 팔꿈치를 욕조 가장자리에 올린다. "화난 거 아니에요. 그냥 궁금했어요." 그녀가 약하게 숨을 내쉬고 말한다. "혹시 본 적 있어요? ······이상한 거?"

"이상한 거요?" 미티가 불안한 목소리로 되묻는다. "이상하다는 걸 어떻게 정의해야 할지 모르겠네요."

미티가 레나를 관찰할 때마다 레나는 바로 여기 욕조 안에서 조금씩 녹아 없어지는 것 같다. 스스로에 대한 인식이 커질수록 더 많이 녹아 없어진다.

"예를 들면, 내가 음식을 먹지 않는다는 걸 알아차렸잖아요." 레나가 말한다. "그게 이상하다고 생각했고요."

"맞아요, 그래서 당신이 화를 냈죠."

레나가 한숨을 쉰다. 미티는 입을 꽉 다문다. 레나의 팔꿈치 안쪽 굽은 곳에서 푸르스름한 정맥을, 눈 가장자리에서 혈관을, 눈썹 사이에서 주름살을 찾아내려고 애를 쓰는 자신을 자각할수록, 마음이 불편하고 괴롭다. 레나의 몸은 그저 매끈하고 어디에도 주름이 없다. 마치 한 컵의 진득한 크림처럼. 미티는 자신이 왜 그런 것을 찾는지 모르겠다. 무엇을 믿고 싶은지도.

물이 식는다. 미티는 수건을 가지러 가다가 베델의 방 밖에서 걸음을 멈춘다. 베델에게 레나 이야기를 해서 얻을 게 있을까? 레나가 어떤 사람이고 무엇을 필요로 하는가에 대해 두 사람 사이에는 큰 의견 차이가 존재한다. 그들이 세상에 대해 이해하는 모든 것, 그들의 삶이 제공하는 모든 지혜는 서로 너무도 멀리 떨어져 있어 합치기가 어렵다.

화장실로 돌아가니 욕조 물이 붉은색으로 변해 있다. 레나는 자기 주변에서 더 짙어지는 색을 바라보고 있다. 만개한 후크시아 꽃 색깔의 물줄기가 그녀의 다리 밑에서 피어오른다. 그녀가 고개를 들어 멍한 눈으로 미티를 바라본다.

"며칠째 노력중이었어요." 레나가 말한다. "이 안에 뭐가 있는지 보려고."

그 순간 물이 검붉은색으로 바뀌더니 평소 생기 있게 빛나던 레나의 피부가 핏기를 잃고 창백해진다. 미티가 달려들어 레나의 힘없는 팔을 잡아당겨 일으켜 세우려고 애쓴다.

"난 괜찮아요." 레나가 미티의 손을 뿌리치며 말한다. "젖어서 다시 벌어졌을 뿐이에요."

레나가 다리를 들어 작은 동전 크기의 상처를 가리킨다.

"일어서요." 미티가 명령한다.

레나가 찡그리며 일어선다. 그녀의 몸이 빠져나오자, 욕조 물의 수위가 푹 줄어든다. 그녀는 넓적다리 뒤쪽을 미티에게 보여준다. 가까이서 보니 구멍에 물집이 잡혀 있고 염증으로 붉게 변해 있다. 무언가가 뼈까지 파고 들어간 듯 살점이 드러난 터널이 뚫려 있다. 미티는 본능적으로 그것을 손으로 덮는다. 마치 그 상처의 열기를 막아내려는 듯. 양날에 피가 묻어 있던 핀셋이 떠오른다.

"아프진 않아요." 레나가 말한다. 언짢은 표정이다. 마치 미티가 손톱 거스러미를 보고 호들갑을 떠는 것처럼.

"이거 감염돼요." 미티가 말한다. 핏물로 잔뜩 뒤덮인 바닥에 무릎을 꿇고 화난 눈으로 레나를 노려본다. 마치 성인聖人에게 기도하는 듯한 자세로.

"괜찮아요." 레나는 미티의 손을 찰싹 때려서 떨쳐내고 상처를 더 잘 보려고 몸을 비튼다.

"금방 올게요." 미티가 레나의 말을 못 들은 척하고 말한다. "가서 소독할 것 좀 가져올게요."

"정말이라니까요. 안 아파요." 레나는 아이를 가르치듯 단어를 하나하나 끊어서 말한다. "전선을 찾고 싶을 뿐이에요."

"레나." 미티는 진정하려고 노력하지만, 가슴속에서 분노가 활활 타오른다. "무슨 얘길 하는 거예요?"

"이 안에 전선이 있어요." 레나가 구멍에 손가락을 넣자 미티가 움찔한다.

"전선 같은 건 없어요, 레나." 미티가 말한다. "피가 있지."

레나의 시선이 자기 몸에서 미티에게로 홱 옮겨간다. 그녀의 얼굴은 사춘기 소녀 같은 초조함에 일그러지고, 이미 혼자 분명하게 결론 내린 무언가에 화가 나 있다. "그래요, 알아요." 그녀가 씩씩거리며 말한다. "물론 그가 피를 넣어줬겠죠."

레나는 두 무릎을 세워 두 팔로 감싸안고 바닥에 앉아 있다. 미티의 올이 풀린 반바지와 낡은 흰 티셔츠 차림으로. 입고 왔던 옷들은 더러워졌다는 듯이 노려보면서 다시 입기를 거부했다.

"나 안 미쳤어요." 레나가 말한다. 고개를 숙이고 넓적다리를 보며 말해서 목소리가 작게 들린다. "AI에 관해서 한 이야기, 내가 느끼는 감정은 미쳐서 한 말이 아니라고요."

"나도 당신이 미쳤다고 생각 안 해요." 미티가 말한다. 확신에 찬 목소리가 나와서 스스로도 놀란다. "다만 당신이 안전한지 확인하고 싶을 뿐이에요."

"그게 무슨 뜻이에요?" 레나가 눈을 가늘게 뜨고 미티를 올려다본다. "난 안전해요. 아무도 나를 해치지 않을 거예요. 내가 걱정하는 건 그게 아니에요."

"그럼 뭘 걱정하는 거죠?"

레나가 씩씩거리면서 말한다. "내 걱정은 내가 진짜가 아니라는 거예요." **진짜**라는 단어를 말할 때, 턱을 내밀고 얼굴의 모든 근육을 사용해서 음절을 발음한다. "나만의 생각을 가진 게 언제였는지 기억이 안 나요." 그녀가 말한다. "내가 한 생각들은 사실 그의 생각이거나." 그녀는 방을, 서배스천의 두뇌라는 보이지 않는 은하계를 손짓으로 가리킨다. "다른 사람의 생각이에요."

레나가 하루 종일 내뱉은 말 중에 미티가 진정으로 이해한 말은 이 말이 처음이다. 미티도 주위 사람들의 생각과 의견을 받아들이는 데 인생의 많은 부분을 할애했다. "좋아요." 미티가 마음을 다잡으며 말한다. "그럼 당신 자신의 생각을 한번 해봅시다. 두 눈을 감고 생각해봐요." 레나가 시키는 대로 한다. 그녀의 목이 고개를 지탱하기 버거운지 약간 옆으로 기울어진다. "지금 당장 무엇을 하고 싶은지 말해봐요."

레나는 말을 하려고 애를 쓴다. 입을 벌렸다가 다시 다문다. 그러다가 마침내 말을 한다.

"집에 가고 싶어요." 레나가 말한다. 그녀가 미티를 바라본다. 미티의 얼굴이 어떤 터널이라는 듯이, 그 터널 속으로 들어가 다른 곳을 향해 기어가겠다는 듯이.

미티는 운전하다가 잠깐 도로에서 눈을 떼고 레나를 살핀다. 조수석에 앉은 레나는 얼굴을 창문에 가까이 대고 있다. 그녀가 내쉬는 숨이 유리창에 꽃을 피운다. 아드레날린이 줄어들기 시작했고 무거운 침묵만이 흐른다. 합의는 끝났고 이제 할 일은 생각뿐이라는 사실에 미티는 안도감을 느낀다.

그들은 어디 가는지 베델에게 말하지 않기로 합의했다. 대신 천천히 집을 나가면서 레나를 데리고 약국에 다녀오겠다고 베델의 방 밖에서 중얼거렸다. 17번 고속도로로 진입했을 때 베델이 그 도로를 '피의 도로'라고 부르던 게 생각났다. 숲이 그들을 포위하듯 다가오자 도로는 양방향으로 차 한 대씩만 지나갈 정도로 좁아졌지만, 차선은 여전히 4차선으로 나뉘어 있다. 중앙분리대도 없이, 구불구불한 노란 선 하나가 양방향의 차들을 나누고 있다. 다른 생각을 하며 달리기에는 도로가 넓지 않다.

십 년 전, 미티와 퍼트리샤가 산타크루즈로 가는 동안, 퍼트리샤는 자신의 장례식 이야기를 꺼냈다. **나를 성녀로 만들지 마, 엄마가 말했다. 나를 모욕하는 일이니까.** 미티는 애도가 이기적인 행동이라고, 뒤에 남겨진 사람들은 사실 그저 빼앗긴 것에 애통해한다고 생각해본 적이 한번도 없었다. 엄마의 말이 에스미를 잃은 것에 대한 충고이기도 했다는 것을 깨닫는 데 수년이 걸렸다. 엄마는 미티가 단 몇 달간 알았던 소녀를 낭만적으로 미화하기를 원하지 않았다. 퍼트리샤가 원한 것은, 그녀가 가르칠 수는 없지만 자기가 뿌린 씨앗이 시간과 공간의 흐름에 따라 미티의 마음속에서 자연스럽게 꽃을 피우기를 바랐던 것은 사람을 떠나보내는 일의 중요성을 미티가 이해하는 것이었다.

퍼트리샤는 죽음이 누군가를 잃는 가장 쉬운 방법일 때가 종종 있다고 말했다. 죽음은 우리를 힘들게 한다. 죽음은 모든 가능성을 제거하고, 낯설고 당혹스러운 유품을, 고인이 숨겨놓은 것들을, 고인의 인간적인 모습을 상기시키는 것들을 남긴다. 그때 미티는 애리조나에 남기고 온 것들을, 미티가 쓰던 방을 운동실로 바꿀 때 엄마가 결국 찾아낼 것들을 생각했다. 휴지통 바닥에 깔아둔 주유소 피자 상자, 개수구에 걸려 있는 작은 털 뭉치, 빨래 바구니에 담아둔 밑부분이 표백된 팬티. 이어서 엄마의 죽음을, 엄마가 남길 모든 것을 생각해보았다. 퍼트리샤가 다양한 경품행사에서 탄 각종 경품들이 갑자기 도저히 지울 수 없는 정서적인 가치를 가지게 될 것 같았다. 이런 이야기를 엄마한테 하자, 퍼트리샤는 유쾌하게 웃었다. 아냐, 아냐. 퍼트리샤가 말했다. 그런 것들은 네가 나에 대해서 싫어했던 것들을 상기시키는 물건이겠지. 엄마가 조수석에 앉은 미티를 돌아보았다. 모두가 아무도 그리워하지 않을 특징 하나쯤은 가지고 있잖니. 그녀가 말했다.

레나의 몸이 통통거리다가 멈춘다면 레나를 알 수 있게 해줄 무엇이 남을까? 어떤 진실이 밝혀질까? 그녀의 집이 그녀가 남길 대표적인 유산이라면, 답은 아무것도 없다는 것이다. 부검을 위해 레나의 몸을 가를 의사를 상상한다. 의사가 레나의 몸속에서 전선줄 뭉치와, 장기를 칭칭 감고 있는 카세트테이프의 검은 리본, 녹색으로 반짝이는 마이크로칩을 발견하는 모습을 상상한다.

미티는 숨을 참고 있었다는 걸 깨닫지 못하다가 차선이 여러 개로 갈라지며 더 넓어진, 산호세 방향 표지판이 보이는 고속도로로 진입하고 나서야 크게 한숨을 내쉰다. 레나가 처음으로 전방을 주시한다. 그들이 방금 '피의 도로'를 통과하고 살아남았다는 사실을 레나가 아는지 모르겠다. 그러나 그들 앞에 놓인, 점차 확장되는 세상을 레나가 보고 있다는 건 확실하다.

어쩌면 가질 수도 있었을 다른 삶을 떠올릴 때, 레나는 천장 곳곳에 부착한 고리에 담쟁이 식물 화분이 주렁주렁 매달려 있는 아파트를 상상한다. 오래 방치된 촛불에서 촛농이 흘러내려 커피테이블을 어지럽히고, 침대는 엉망이며, 담요는 몸이 빠져나간 형상 그대로 헝클어져 있다. 샤워기에선 물이 계속 쏟아져 거실 창문이 수증기로 희뿌얘졌고, 책이 넘쳐나는 책장은 레나만의 기준으로 정리되어 있다. 레나는 자신의 집이 베델의 집처럼 모든 것이 과도하게 넘쳐나기를, 허술하고 풍족하기를 바란다. 코르셋의 끈처럼 바짝 당겨져 정교한 효율성이 지배하는 현재의 삶과 반대되는 삶.

그런데 과연 그 다른 삶을 선택할 수나 있었을까? 서배스천이 그녀를 만들었다면, 그것은 삶이 일련의 결정에 의해 펼쳐지고 매일 매 순간이 선택으로 만들어지는 다른 진짜 인간들과 그녀는 같지 않다는 뜻일 것이다. 자신의 존재에 관한 레나의 두려움이 마땅한 것이라면, 하나의 특정한 길을(서핑하러 나가지 않고 계속 잠을 자기로 하거나, 머리보다 몸을 먼저 씻기로 하는 등) 선택했다고 믿었던 모든 사소한 순간이 사실은 미리 정해져 있었다는 뜻이 될 것이다. 다른 누군가가 그녀를 위해 마련해둔, 기껏해야 두어 가지 선택안 중 하나를 그녀가 선택했을 뿐이라는, 그녀의 삶에서 우연히 일어난 것은 아무것도 없다는 뜻이 될 것이다. 그녀는 팔을 뻗어 넓적다리 뒤에 있는 부드러운 상처를 손가락으로 누른다. 이것만은 그녀가 통제할 수 있는 것이다. 이것을 만지면 매끄럽고 피가 흐르는 심장을 누르고 있는 느낌이 든다.

혹시 집을 떠나온 게 더 큰 계획의 일부는 아닐까? 서배스천이 레나를 시험하고 있는 거라면? 그녀가 존재하지도 않는 집을 동경하게 됐을 때 어디로 가는지 알아보려는 것이라면?

그러나 미티와 베델을 만났을 때, 서배스천의 개입 없이도 자신에게 무슨 일이 일어날 수 있다고 상상하기 시작했던 것이 기억난다. 이 두 여자를, 사연 있고 흐트러진 삶을 사는 사람들을 만나도록 서배스천이 계획하지는 않았을 것이다. 과거가 있는 여자들, 기억과 비밀과 아직 교훈이 되지 못한 실수를 품은 여자들을 만나게 하지는 않았을 것이다. 레나는 그 집에 발을 들여놓고 나서야 자신에게 없는 것이 무엇인지 깨달았다. 삶. 인생 전체. 서배스천이 그런 깨달음을 계획했을 리는 없다. 그녀는 그것을 깨닫자마자 도망갈 충동을 느꼈으니까.

미티는 자동차 덮개 위에 앉아 있다. 금속판의 열기가 청반바지 속으로 스며들고 엔진이 부릉거리는 떨림이 고스란히 전해져온다. 두 발은 앞 범퍼에 올려놓았고 강렬한 햇살이 이마에 내리쬐고 있다. 레나는 옆에 앉아서 손으로 햇빛을 가리고 나무들이 에워싸고 있는 웃자란 풀밭을 바라본다.

"보이는 게 있어요?" 미티가 묻는다. 레나는 고개를 가로젓는다.

"어렸을 때 살았던 집에 가면 보통은 어떤 감정을 느끼죠?" 레나는 확인을 바라듯 미티를 쳐다본다.

미티는 어깨를 으쓱거린다. "나도 모르겠네요."

"낯익기는 한데, 친숙하지가 않아요." 레나가 말한다.

"너무 오랜만이라 그럴 거예요." 미티는 그 땅을 둘러보며 타이어 자국 등의 흔적을 찾아보지만 아무것도 보이지 않는다. 그저 생명력 넘치는 초목만이 무성하다. 미티는 저 멀리 보이는 판잣집 농가를 가리킨다.

레나가 일어서서 몇 걸음 앞으로 나선다. 여기서 보니 너무 헐렁해서 공기에 부풀어 오른 면 티셔츠와 빌려 입은 반바지에 비해 턱없이 가느다란 다리 탓에 어린 소녀처럼 보인다. 다른 연령대의 레나를 상상하는 것이 굉장히 힘들었는데, 지금은 완벽히 상상이 된다. 아이스크림 컵에 흙을 담아 케이크를 만들고 도마뱀을 잡으러 다니며 맨발로 소똥을 밟아도 눈 하나 깜짝하지 않는 아홉 살의 레나. 레나를 기른 부모도 상상할 수 있다. 몸매가 드러나지 않는 리넨 원피스 속에 불룩한 배를 가린 어머니가 현관에 서서 종을 치고 있다. 정강이에 도끼 상처 자국이 있는 아버지도 보인다.

"자, 그럼." 레나가 심호흡을 하며 말한다. "갈게요."

그녀가 돌아서서 범퍼 앞으로 다가오더니 미티의 벌어진 두 다리 사이에 들어와 서서 손바닥으로 미티의 무릎을 덮는다.

"당신을 만나기 전까진 다른 사람에게서 나 자신을 발견한 적이 한 번도 없어요." 레나가 말한다. "그거 알았어요?"

목이 메고 눈물이 맺힌다. 작별 인사가 아니라고 생각하고 싶지만, 이제 끝이라는 걸 아는 사람들이 어떤 식으로 말하는지, 얼마나 슬프고도 친절하게 말하는지 너무나 잘 알아서 그럴 수가 없다.

"어디로 갈 거예요?" 미티가 묻는다.

레나가 미티의 팔목을 들고 손목시계를 본다. "계속 걸을 거예요, 그가 나를 멈춰 세울 때까지." 그녀가 활짝 웃는데, 한순간 아주 미세한 두려움이 드리웠다가 곧바로 사라진다. "하나 약속해줄 게 있어요. 나를 따라오지 않겠다고, 나를 찾으러 오지 않겠다고 약속해줘요. 당신이 나를 그런 식으로, 들판에서 죽은 여자로 기억하는 건 원치 않아요."

끝내 울음이 터져나온다. "서배스천이 당신을 멈춰 세우는 일은 없을 거예요, 레나." 하지만 머릿속에서 자꾸만 그 장면이 상상된다. 풀밭 어딘가에서 태아처럼 몸을 웅크리고 누워 있는 레나. 여기서 그만두자고, 서배스천이 알아차리기 전에 산타크루즈로 돌아가자고 애원하고 싶은 자신이 이기적으로 느껴진다.

"무슨 일이 일어나든, 저 차를 타고 집으로 돌아가요, 알았죠?" 레나가 말한다.

"집에 가서 이모한테 뭐라고 말해요?" 미티가 흐느끼며 말한다.

"베델의 집으로 돌아가라는 얘기가 아니에요, 미티." 레나가 한 손으로 미티의 뺨을 어루만진다. "애리조나로 돌아가라는 거예요." 이제 역할이 바뀌었다. 레나는 이제 아이가 아니고, 모든 것을 아는 엄마가 되었다. 그녀 앞에서 울고 있는 어린 소녀는 할 수 없는, 미래를 붙잡을 수 있는 엄마가.

"왜요?"

"그게 당신이 누구인지 깨달을 수 있는 유일한 방법이니까요." 레나가 말한다. "당신은 나쁜 사람이 아니에요, 미티. 그걸 스스로 보고 깨달아야 해요."

"서배스천이 당신을 멈추지 않는다면 어떡할 거예요?"

"그럼 계속 걸어야죠." 레나의 얼굴은 평온하다. 미티에게는 생소한 모습이다. 차분한 모습은 늘 보았지만, 자유를 꿈꾸며 긴장을 푼 모습을 보니 이제까지 그녀가 얼마나 팽팽하게 감겨 있었는지, 숨 막히는 공손함에 얼마나 단단히 얽매여 있었는지 깨닫는다.

"알았어요." 미티는 자기 무릎을 내려다본다.

레나가 상체를 숙여 미티와 다시 눈을 맞춘다. "약속하죠?"

"그래요, 약속해요." 미티가 말한다.

레나는 무언가 고민하는 듯 잠시 머뭇거린다. 그러다가 천천히 고개를 기울여 미티의 입술에 입을 맞춘다. 에스미 이후로 누군가에게 받는 첫 번째 키스. 순식간에 덮쳐져 입술을 움직일 틈도 없다. 그녀는 레나의 입술을 받아들인다. 레나의 따뜻한 숨결이 미티의 열린 입안으로 밀려 들어오고 온몸에 전류가 흐른다. 레나의 혀가 그녀의 이를 훑는다. 이 분명한 위로를 얼마나 그리워했던가. 이 위로를 찾아 나서지 않고 그토록 오래 기다리기만 한 것이 후회스럽다.

레나가 떨어져 나가고 미티는 눈 뜨기를 망설인다. 후회하는 표정을 보고 싶지 않다. 그러나 그녀가 눈을 뜨니, 레나는 웃으면서 부드러운 눈으로 미티를 바라보고 있다. 마치 미티가 자는 모습을 보고 있었던 것처럼.

 레나가 들판을 향해 돌아서더니 발을 차서 캔버스 운동화를 벗는다. 산들바람에 풀밭이 흔들리고 가시가 돋친 식물 줄기들이 왼쪽으로 절을 한다. 레나는 심호흡을 한번 하고 걸어간다. 곧 그녀의 하반신이 잡초에 가려지고, 보이는 것이라고는 깐닥거리는 머리와 바람에 휘날리는 밤색 머리카락뿐이다. 미티는 깨닫는다. 레나의 발이 흙길을 걷는 소리와 숨을 헐떡이는 소리, 초침처럼 0을 향해 달려가는 그 호흡을 계속 들을 수만 있다면 자신이 무슨 일이든 할 수 있으리라는 걸. 그러나 그때 울부짖는 듯한 소리가 하늘 높이 울려퍼진다. 레나가 두 손을 뻗고 달려나간다. 그녀가 소리 내어 웃고 있다. 미티도 따라 웃는다. 그 날카롭고 거친 기쁨의 함성은 흐느낌과 구별할 수 없을 정도로 비슷하다.

 레나는 들판 끝까지 달려가고, 멀어질수록 웃음소리도 점점 희미해진다. 숲의 입구에 도달한 그녀가 걸음을 멈추고 돌아선다. 먼 거리에서도 그녀가 환하게 웃는 모습이 보인다. 삼나무 옆에 있으니 개미처럼 작다. 그러나 이를 다 드러내고 환하게 웃는 모습이 모든 것을 말해준다. 그녀가 지금보다 더 크게 느껴진 적은 없었다. 그녀가 한 손을 들고 흔든다. 미티도 레나가 볼 수 있게 활짝 웃으면서 손을 흔든다. 그러다 손목시계를 흘끗 보며 시간이 얼마나 지났는지 확인하고, 다시 고개를 들었는데, 레나는 사라졌다.

 미티는 자동차 덮개 위로 올라선다. 그녀의 무게 때문에 덮개가 살짝 내려앉는 느낌이 든다. 어수선한 들판에 레나가 헤치고 지나가며 생긴 들쑥날쑥한 길만 보인다. 미티는 레나가 농가 현관 앞에 도착해서 문을 두드리고, 오랜 세월이 흘러 피부에 검버섯이 생긴 그녀의 어머니가 문을 열어주는 모습을 상상한다. 어머니는 달려들어 딸을 끌어안기 전에 다른 방에서 조용히 돋보기를 고치고 있는 남편을 부르고, 노부부는 레나를 함께 끌어안은 채 스토브에 음식이 있다고 말할 것이다. 레나의 방을 떠날 때 모습 그대로 놔뒀다고, 어릴 때 쓰던 조각 이불이 침대에 그대로 깔려 있고, 레나가 좋아했던 잡지 스크랩 사진은 아직도 벽에 붙어 있다고 말할 것이다. 어쩌면 그 집이 비어 있을 수도 있다. 그러면 레나는 이웃 마을로 달려가고 허름한 식당 칸막이 자리에 앉아서 수프 한 그릇을 시킬 것이다. 여러 날을 홀로 지내면서, 소리를 죽인 텔레비전 불빛 아래 모텔 침대의 빳빳한 이불을 덮고 잠이 들 것이다. 그런 다음 그녀는 차를 빌려서 박물관과, 기차와, 숨겨진 오솔길이 있는 자연공원을 품은 도시로 달려갈 것이다.

그러나 서배스천에 대한 레나의 생각이 맞다면? 구름 한 점 없는 하늘, 박하 껌처럼 상쾌한 공기, 저 멀리 양쪽 지평선에 희미하게 보이는 산들, 꼬리를 물고 17번 고속도로를 달리는 차들. 이것이 그녀가 본 마지막 풍경이라면? 그리고 남는 것은 오직 레나의 완벽한 몸, 그 버려진 몸이라면?

너무 많이 울어서 뺨이 얼룩덜룩하고 눈꺼풀은 분홍 민달팽이처럼 부었다. 이른 저녁, 미티는 집에 도착했다. 위층 어딘가에 있을 베델의 관심을 끌지 않으려고 조심하면서 천천히, 조용히 움직인다. 부엌 싱크대에서 찬물로 세수하고 고개를 숙인 채 깊은 심호흡을 몇 번 한다. 베델 방의 텔레비전에서는 고대 이집트에 관한 다큐멘터리가 방영되고 있다. 미티는 살금살금 계단을 올라가 자기 방으로 직행한다. 발코니로 나간 그녀는 이번에는 레나의 집을 관찰하기를 망설이지 않는다. 그녀의 호기심이 정당했다는 것이 판명되었고, 이전에 레나의 집을 염탐한 것도 모두 사면받았다.

세상이 평소보다 조용하다. 해변에 개를 산책시키는 사람도 없고 바람도 유순하다. 미티는 서배스천이 여자친구의 이름을 부르며 정신없이 집 안을 뒤지고 다니지 않을까 반쯤 기대하며 인형의 집 방들을 둘러본다. 그러나 기괴하게도 온 집 안이

고요하다. 서배스천의 유일한 흔적은 난간에 걸린 잠수복뿐이다. 벌써 레나를 찾으러 나갔나? 베델의 집에도 올까? 대답할 수 없는 질문을 할까? 그가 여자친구의 몸을 가지고 어떤 장난을 쳤으며 그녀의 뇌를 어떻게 만들었는지 상상하면서 그 앞에 서 있는 것은 어떤 기분일까?

미티는 생각한다. 다음 세대 언젠가, 모든 윤리적 논란이 세월에 묻혀버릴 때면 서배스천의 업적을 칭송하는 프로필이 작성될지도 모른다고. 그 프로필은 레나를 한때 지나간 프로젝트, 수명이 미리 정해져 있었던 작품으로 언급할 것이다. 그때쯤이면 레나를 만든 기술은 낡은 기술이 되겠지. 실험실에서 만든 로봇 유모의 모유를 먹고 자라, 손가락에 굳은살이 박일 만큼 연필을 잡아본 적도 없으며, 그냥 만들어낼 수도 있는데 굳이 사람을 사랑해야 할 이유를 상상할 수 없을 그 시대의 어린이들은 그저 웃어넘기고 말, 그런 낡은 기술.

그런데 그때 서배스천이 휴대전화를 들고 통화를 하면서 거실로 들어온다. 미티는 그가 당황했는지 어떤지 표정을 확인하려고 애쓴다. 별안간 그가 웃음을 터뜨리더니 열심히 고개를 끄덕인다. 이 모든 것이 레나의 머릿속에 있었을 거라는 생각이 든다. 두세 시간이 지난 후에야 그는 좋은 남자친구처럼 레나가 어디 있는지 궁금해할 것이다. 그러나 다른 불길한 가능성도 있다. 그가 이렇게 느긋한 것은 그녀가 도망칠 수 없다는 걸 알기 때문일지 모른다. 그녀가 아무리 멀리 도망쳐도 그는 항상 그녀가 어디 있는지 알 수 있고, 버튼 한 번 누름으로

써 그녀를 멈춰 세울 수 있기 때문일지 모른다.

미티는 가방을 싼다. 넉넉한 만큼의 양말과 속옷, 티셔츠 두 장, 매트리스 밑에 넣어두었던 100달러 지폐 한 장. 꼭 필요한 것만 넣는다. 여행이 너무 오랜만이라 생존을 위해 필요한 것이 무엇인지, 무엇을 챙기지 않은 것을 아쉬워하게 될지 알 수가 없다. 아무런 장식도 없는 황량한 방을 둘러본다. 이 방을 처음 보는 사람은 방금까지도 누가 쓰던 방이라고는 상상할 수 없을 것이다. 그런 점에선 레나의 방과 다르지 않다. 미티는 자신만의 방을 만들려고 노력한 적이 없었다. 항상 베델의 물건들 속으로 사라지는 것에 만족하며 살았다.

미티는 베델의 방으로 걸어간다. 가방은 복도에 놔둔다. 베델은 안경을 코끝에 걸치고 신문에 둘러싸인 채 침대에 앉아 있다. 문간에 서 있는 미티를 보고 풀고 있던 퍼즐에서 고개를 들어 미소짓는다.

"필요하다는 건 샀니?" 베델의 말을 이해하는 데 잠깐 시간이 걸린다. 약국에 간다고 거짓말했던 것이 기억난다. "하루 종일이 걸렸네."

"질염 치료제를 산대서." 미티가 말한다. "약국 갔다가 뭐 좀 먹고 캐피톨라 거리도 돌아다녔어."

베델이 빙그레 웃는다. "그래, 그런 여자들도 질염이 걸린다니까."

미티는 어색하게 웃는다. 베델이 안경을 벗고 그녀를 뚫어져라 바라본다. "괜찮니?" 미티는 고개를 끄덕인다. 이제껏 그들이 얼마나 서로에게 솔직한 관계인지 생각해보지 않았는데, 지금 베델에게 뭔가를 숨기는 것이 얼마나 힘든 일인지 새삼 깨닫는다.

"몇 시니?" 베델이 묻더니 협탁에 놓인 탁상시계를 확인한다. 6시가 넘었다는 사실에 놀란 표정으로 눈을 감고 관자놀이를 문지른다. "어우, 피곤해."

"나도." 미티가 말한다. 그녀는 방 안의 풍경을 눈에 담는다. 선녹색의 페이즐리 커튼. 원목 서랍장 위에 모아둔 유통기한 지난 로션. 핀셋과 귀이개, 큐티클 가위. 제거를 위한 모든 도구. 그녀는 스펀지처럼 그 모든 것을 있는 그대로 흡수하려고 노력한다. "이불 덮어줄까?" 미티가 묻고는 베델이 대답하기도 전에 침대에서 신문을 치운다. 미티는 베델이 이불 안으로 들어갈 수 있게 이불을 들고 쿠션을 바닥으로 던진다. 베델은 스르르 미끄러져 누우면서 안도의 한숨을 내쉰다.

"있지, 나 이 원수 같은 퍼즐 절대 포기 안 한다, 누가 강제로 못 하게 하면 몰라도."

미티는 매트리스 가장자리에 앉아서 베델의 뺨에서 흰 머리카락을 집어 귀 뒤로 넘겨준다. 베델의 눈꺼풀은 벌써 무겁게 내려와 있다. 미티는 늘 베델이 쉽게 잠드는 것을 부러워했다. 베델은 나이가 들면서 생기는 장점이라고, 몸이 더 편안하게 죽음으로 떨어지는 연습을 하게 되는 것이라고 말했다.

"아침에 에그 샐러드 많이 해줄게." 베델이 중얼거린다. 발음이 벌써 많이 뭉그러졌다.

"사랑해, 이모." 미티가 말한다. 이 말은 이제까지 딱 두 번 했다. 한 번은 몇 년 전에 실수로, 출근길에 상투적인 인사말로 건넸다. 미티와 베델은 이 감동적인 실수에 어안이 벙벙해져 웃음을 터뜨렸다. 그리고 또 한 번은 베델의 지난번 생일 때였다. 베델도 결국에는 죽음을 맞게 될 거라는 사실에 새삼 충격을 받은 미티가 적어도 한 번은 진심으로, 너무 늦기 전에 말해주는 것이 마땅하다고 느꼈기 때문이었다.

베델이 손을 뻗어 미티의 손등을 어루만진다.

"나의 미티." 그녀가 말한다. 손톱이 길고 누렇게 변해 있다. "나도 사랑한다."

미티는 베델이 잠든 것을 확인한 후 마지막으로 한 번 더 방을 둘러본다. 얼마나 오래 집을 비울지 모르겠다. 베델에게서 떠나 있는 시간은 얼마가 됐든 중요한 의미가 있다. 미티의 눈이 찌그러진 필터가 잔뜩 든 재떨이에 머문다. 그녀는 재떨이를 뒤져 산호색 립스틱이 묻어 있는 꽁초를 찾아낸다. 때때로 베델은 화장을 하고도 그 사실을 숨긴다. 그런데도 미티가 아는 것은 베델이 아침에 아래층으로 내려올 때 전날 티슈로 미처 다 지우지 못한 부분이 남아 있고 얼굴에는 어린이 같은 죄책감이 묻어 있기 때문이다. 미티는 그 꽁초를 주머니에 넣고 몸을 숙여 베델의 이마에 입을 맞춘다. 그녀의 두피 냄새를, 담배 냄새가 배어 있는 구수한 냄새를 맡는다. 마지막으로 머리를 감았을 때의 잔향인지, 티트리오일 향이 미세하게 풍겨온다.

미티가 염전에 도착할 때쯤, 해가 뉘엿뉘엿 저문다. 고속도로 옆에 있는 농지는 황금색으로 물들었고, 구획이 나뉜 밭들을 석양이 골고루 비추고 있다. 무사마귀가 잔뜩 난 케일과 통통한 시금치가 고분고분 줄을 지어 자라고 있다. 대기는 십 년 전처럼 덥다. 땅에서는 뜨거운 열기가 올라오고 하늘은 스모그로 뿌옇게 질렸다. 주유소에 차를 세우고 시동을 끈 후에야 자신이 완벽한 침묵 속에 운전을 해왔음을, 도시 이름을 외는 데 집중하느라고 다른 소리가 필요 없었음을 깨닫는다.

주행거리계가 40만 킬로미터를 넘었다. 그중 도망가면서 달린 거리는, 남들 눈에 띄지 않기 위해 한 곳에서 다른 곳으로 서둘러 옮겨가며 달린 거리는 얼마나 될까? 그녀는 미니 마트에서 캔커피를 사고 주유를 한다. 옆의 주유기에 서 있는 높은 픽업트럭 조수석에는 젊은 여자가 앉아서 전자담배를 피우고 있다. 맨발을 계기판 위에 올려 발가락으로 앞 창문을 누르고 있다. 스무 살이나 될까, 친구들한테 예쁘다는 소리를 많이 들을 미모다. 짙은 금발은 무심하게 하나로 묶어서 올림머리를 했고 눈썹을 짙게 그렸으며 긴 바지를 잘라서 만든 반바지는 엉덩이 위로 슬금슬금 기어 올라갈 것 같다. 미티는 가끔, 한 번도 그 나이였던 적이 없는 것 같다고 느낀다. 안하무인에 어른 행세를 하는 수척한 남자애한테 사랑을 투사하는 나이. 임신의 공포와 가식적인 로맨스에 대한 열망을 피했으니 운이 좋았던 것일까? 아니면 그녀의 안목을 좀 더 키워주고, 그녀를 해칠 수 있는 사람들을 덜 두려워하게 만들었을 중요한 단계를 놓친 것일까? 그토록 보호받고 살면서 잃은 것은 무엇일까?

미티는 새벽 2시쯤 팜스프링스에 도착해 허름한 모텔에 투숙한다. 밤인데도 더위는 조금도 식지 않고 무덥기 짝이 없다. 모텔 안뜰에 있는 수영장에는 자홍색 조명이 켜져 있고 접이식 의자가 곳곳에 놓여 있다. 파티를 마치고 엉망으로 취한 손님들이 데크 곳곳에 널브러져 있다. 그녀의 방은 한구석에 있고 창문은 바나나 나무의 커다란 이파리로 거의 가려져 있다. 정돈된 침대 위에 가방을 놓고 나니 십 년 전 엄마가 호텔 방에서 한 행동이 기억난다. 엄마는 아주 침착하게 보이려고 애를 쓰면서 세 가지 종류의 잠금장치를 걸었다. 안전고리를 돌려 걸었고, 자물쇠 사슬을 홈에 밀어 넣었으며, 마지막엔 종이를 몇 번이고 접어 두껍게 만들고는 문틈에 밀어 넣었다. **혹시 모르니까.** 미티의 시선을 의식하고 퍼트리샤가 말했다. **맞아.** 미티는 그날의 기억을 떠올리며 동의했다. **혹시 모르니까.**

미티는 뜨거운 물이 쏟아지는 샤워기 밑에 가만히 서 있다. 자원 낭비에 대한 걱정은 지금은 다른 사람의 몫이다. 그녀는 벌거벗은 채로 침대에 올라가 단단히 여며진 시트 밑에 짓눌리듯 누워 있다. 잠은 죽음만큼 무겁다. 네 시간 동안 그녀는 꿈 한번 꾸지 않고 맹꽁이자물쇠에 잠긴 다른 어둠 속 공간에 머문다.

아침이 되자 그녀는 싸구려 플라스틱 커피메이커를 작동시켜 신맛이 나는 원두커피를 한 잔 내린다. 주차장은 조용하고 그 너머 도로는 비어 있다. 현재로선 특별한 걱정거리도 없고, 차분한 분위기를 즐기고 싶다. 그녀의 모든 움직임은 안정적이고 계산된 대로다. 차로 돌아간 그녀는 지역 라디오 뉴스를 들으며 출발하고, 마을을 벗어나자 전파가 섞이면서 스페인 대중가요 채널로 바뀌었다가 기독교 채널로 넘어간다.

그녀는 조슈아트리 국립공원을 에둘러 간다. 차를 몰고 가는 동안 그 사막이 점점 더 친숙해진다. 주변 세상이 일관된 모습을 보여주고 있어서 안심이 된다. 어느 방향으로든 수 킬로미터에 걸쳐 펼쳐진 회갈색의 평평한 사막, 군데군데서 자라고 있는 관목들. 산맥을 따라 등뼈처럼 연결되어 있는 통신기지탑. 가끔씩 나타나는, 길가에 타이어도 없이 버려져 있는 녹슨 차들.

휴게소에서 그녀는 블라이드로 안내하는 표지판을 본다. 달달 외우고 있던 도시 목록에 나오는 마지막 도시인데, 실제로 존재하는 도시라는 것을 잊고 있었다. 표지판을 보자 속이 울렁거린다. 휴대전화를 확인한다. 베델로부터 열세 통, 엄마로부터 여섯 통의 부재중 전화가 들어와 있다. 얼떨결에 통화 버튼을 누르자, 신호가 가기 시작한다.

베델이 평소보다 빠르게 전화를 받는다.

"여보세요?"

"이모, 나야." 미티가 말한다.

"어디니?" 언짢은 목소리다. 미티가 아무 말 없이 집을 비운 것이 세상 그 어느 일보다 골칫거리인 듯.

"곧 블라이드에 도착할 거야."

잠시 침묵이 흐른다.

"농담인지 아닌지 모르겠다." 베델이 조심스러운 목소리로 말한다. 라이터 켜는 소리와 급하게 담배를 피우는 소리가 들린다.

"농담 아니야." 미티는 계기판에 쌓인 먼지를 닦으면서 부산을 떤다. "애리조나에 며칠 갔다 오려고."

"간다는 말 안 했잖아." 베델의 침착한 목소리는 약한 마음을 드러내지 않으려는 그녀의 바람을 보여준다.

"갈지 말지 망설였어." 미티는 상체를 숙이고 등허리의 땀을 식힌다. "결정했을 땐, 이모는 자고 있었고."

베델이 담배를 한 모금 더 피운다. "이유가 뭐야?" 베델의 마음속 어딘가에 숨어 있었을 걱정이 표면으로 올라온다.

"갔다 오는 게 나한테 좋을 것 같아서."

또 한 차례의 침묵. 베델의 고른 숨소리만 들린다.

"도착하면 연락해줄래?" 베델이 말한다.

미티는 고개를 끄덕이고, 베델이 볼 수 없다는 사실을 곧 기억해낸다. "응."

"네가 가는 거 엄마는 아니?"

"아니." 미티가 단정적으로 말한다. "더 일찍 말 안 한 것 미안해. 망설이기 전에 출발하고 싶었어."

"괜찮아." 베델이 체념한 듯 말한다. 그들은 몇 초 더 침묵한다.

"돌아올게." 미티가 말한다.

"알지." 베델이 말을 멈추고 기침을 하더니 잠깐 침묵하며 숨을 고른다. "알고말고."

미티는 휴게소에서 천천히 나와 고속도로로 다시 들어간다. 제한속도 아래로 달리면서 다른 차를 앞서 보낸다. 애리조나 환영 표지판이 가까워질수록(오렌지색 별이 노란색과 빨간색 광선을 쏘는 모양의 끔찍한 깃발이 그녀의 애리조나 입성을 선언하고 있다) 주간州間 경계선이라는 개념이 더 불합리하게 느껴진다. 그녀는 눈에 보이지 않는 경계선을 건너면서 무슨 일인가 일어나기를, 미묘하지만 분명한 변화가 있기를 기대한다. 마치 우주에서 돌아온 우주 비행사가 자신의 몸이 5센티미터 늘어났음을 깨닫는 것처럼. 그러나 그녀의 차가 경계선을 넘어가도, 지난 십 년 동안 피해 있었고 휴대전화에서 지역번호가 뜰 때마다 소스라치게 놀랐으며 그 이름조차 소리 내어 말하지 않으려고 최선을 다한, 정사각형에 왼쪽 면은 클럽 크래커를 반으로 자른 것처럼 울퉁불퉁한 그 모양을 어떠한 참고자료 없이도 그릴 수 있는, 바로 그 주로 돌아왔는데도, 아무 감정도 일어나지 않는다. 그토록 오랫동안 이곳을 두려워하며 살았건만, 이곳은 지난 십 년간 그녀가 살아온 땅과 다르지 않았다. 드럼 틀에 씌우는 염소 가죽처럼, 땅은 그저 길게 뻗어 있을 뿐이다.

세 시간이 더 지나자, 초록이 보이기 시작한다. 골프장의 광대한 직사각형 잔디밭들. 결국에는 엄마네 집에 가겠지만, 그 전에 혼자서 먼저 들러야 할 곳들이 있다.

길 양쪽으로 늘어서 있고 남서부의 살롱처럼 설계된 양품점들을 지나면서 미티는 이 마을에 대해 아는 것이 거의 없음을 깨닫는다. 산타크루즈에 훨씬 더 익숙해져 있었다. 모든 음식에 콘 살사를 곁들여 내오는 포르톨라 도로의 아침식사를 파는 식당, 영적인 곳이라 부동산중개업자들이 중개를 망설이는 문을 닫은 수녀원, 가리비 모양 지붕을 얹은 파스텔톤의 빅토리아 대저택들, 셰일가스 시추와 학생 대출에 항의하기 위해 시위대가 모이는 시계탑. 이전에 파라다이스밸리에서 살 때는 생각도 못 했던 방식으로 산타크루즈를 옹호하게 되었다. 그녀에게 파라다이스밸리는 역사가 유구한 마을이 아니라 창조된 마을이다. 이름부터 지나치게 열정적이고, 퍼트리샤처럼 행복이 전염된다고 믿으며 호화스러운 삶을 영위하는 사람들 곁에 있으면 자신도 사치스러운 생활을 할 수 있을 거라 믿는 사람들의 자칭 오아시스.

미티는 차를 천천히 몰아 예전에 발레 스튜디오였던 곳을 지나간다. 스튜디오는 지난겨울에 문을 닫았고 그 자리에 웰스파고 은행이 들어왔다는 소식을 엄마에게서 전해 들었다. 그러나 직접 와보니 그 반짝이던 마룻바닥이, 지금은 토슈즈 대신 간편화들이 밟고 다닐 마룻바닥이, 훨씬 더 생생하게 기억난다. 거울은 애리조나의 일몰을 찍은 대형 풍경 사진들로 대체됐을 것이다. 이토록 쉽게 철거되고 완전히 새로운 무언가로 재창조될 수 있는 건물에 어떤 감정을 느껴보려는 스스로가 갑자기 너무도 어리석게 느껴진다. 엄마의 집도 마찬가지다. 엄마는 그 집에서 어떤 가구를 길에 내다 버릴지 결정하고, 창턱에 운명처럼 정해진 장소에서 한 번도 움직인 적 없는 장식 소품들을 챙기고, 이런 정리를 더 일찍 했더라면 집이 얼마나 넓게 느껴졌을지 깨닫고 있을 것이다. 미티는 그 집에 누가 이사 올지 상상해본다. 문 옆 벽에 미티의 꾸준한 성장을 표시해두었던 연필 자국을 페인트로 지우고, 자기 아이들의 키를 눈금으로 표시할 지극히 낙관적인 가족을 상상한다.

이제 주 도로에서 빠져나와 모래색 주택들이 늘어서 있는 언덕을 달린다. 어느 방향으로 갈지 알면서도 정지신호마다 멈춰 마음을 다잡는다. 개를 산책시키는 사람의 눈을 피한다. 팔목과 발목에 아대를 두르고 조깅하는 여자들과도 눈을 마주치지 않으려고 노력한다. 그녀는 집집마다 반짝이는 삶의 불빛을 바라본다. 돌로 된 진입로에 옆으로 누워 있는, 흰 바퀴를 가진 분홍색 작은 자전거. 흰 방수포에 덮여 있는 보트. 흙으로 된 마당에 펼쳐지기를 기다리며 둘둘 말려 있는 인조잔디 뗏장.

미티는 레나를 처음 만난 때를, 유리로 된 집은 자신이 선택한 것이 아니라고 분명히 말하던 그녀의 모습을 떠올린다. 그러면 어떤 집을 원했느냐고 더 캐묻지 않은 자신에게 화가 난다. 레나가 숲으로 사라지고 거의 스물네 시간이 지났다. 서배스천에 의해 작동이 멈춰져 인형의 집으로 실려 가지 않았다면, 지금쯤 그녀는 완전히 다른 도시에 있을지도 모른다. 미티에게 위안을 주는 유일한 상상은 레나가 어느 숙소 침대에 누워 부드러운 면 시트에 맞닿은 넓적다리 상처도 느끼지 못한 채 낮잠을 자고 있는 모습이다.

미티는 '길 없음' 표지판 앞에서 좌회전해서 막다른 골목으로 천천히 들어간다. 차를 세우고 시동을 끈다. 차광판 거울로 얼굴을 살펴보고 싶은 마음을 꾹 참고 셔츠가 땀에 푹 젖은 것도 무시한다. 문을 열고 내린다.

그녀 앞에 서 있는 집은 기억 속에서보다 작다. 차 두 대가 들어가는 적갈색의 차고, 부드러운 암석으로 된 외관, 물을 뿜어내고 있는 3단 분수. 그녀가 숭배했던 그 모든 세부는 지금은 아무런 의미도 없다. 더러운 신발이 바닥의 돌을 더럽힐까 봐 조심조심 걸었던 굽은 진입로. 옆으로 재주 넘기를 하고 손바닥에 닿는 깨끗한 풀잎 날을 느껴보고 싶게 만들었던 잘 정돈된 잔디밭. 그런 것들이 갑자기 있는 그대로의 모습으로 보인다. 집의 외관. 안에 살고 있는 사람들의 이야기를 담으려고 노력하면서 구경꾼의 손을 잡고 인도하는 세심한 표지판.

미티는 자기 발을 내려보면서 거대한 문을 향해 걸어간다. 레나도 흐릿하게 보이는 발밑의 땅을 응시하며 걸었을 것이다. 어떤 면에서 보면 그들은 목적지가 같다. 애초에 그들이 도망쳐온 모든 이유를 확인해줄 위험이 있는 곳. 지금은 그들이 까마득히 잊힌, 완전히 새로운 곳. 여러 해 동안 그들의 마음속에서 단지 개념으로만 존재했고, 지금은 바로 몇 미터 떨어진 곳에 실제로 존재하는 곳.

그녀는 계단을 오르면서 손을 오그려 주먹을 쥔다. 고개를 들고 노크를 하려는데, 문이 열린다. 문틈이 너무 좁아서 반대편에 누가 서 있는지 보이지 않는다. 그 너머의 방은 무거운 커튼이 쳐져 어둠에 덮여 있다. 좁은 틈새로 차가운 바람이 불어와 미티의 얼굴에 닿는다. 그녀는 인사를 할지, 웃으면서 자기소개를 할지 망설인다. 그러나 그냥 입을 다물고 다가올 일을 기다린다. 그녀가 마땅히 겪어야 할 일을 기다린다. 다른 세상의 차가운 공기를 받아들인다. 그 공기에 자신을 맡긴다.

옮긴이 한정아

서강대학교 영문학과와 한국외국어대학교 통역번역대학원 한영과를 졸업했고 현재 전문 번역가로 일하고 있다. 주요 번역서로는 안드레 애치먼의 《하버드 스퀘어》와 페데리코 아사트의 《다음 사람을 죽여라》 이언 매큐언의 《속죄》《견딜 수 없는 사랑》 마이클 코넬리의 《희생의 갈림길》《변론의 법칙》《버닝 룸》《배심원단》《블랙박스》 등이 있으며, 그 밖에 《모방 독자》《이 잔을 들겠느냐》《소피의 선택》 등이 있다.

네가 누구든

1판 1쇄 인쇄 2025년 10월 24일 **1판 1쇄 발행** 2025년 11월 7일

지은이 올리비아 개트우드 **옮긴이** 한정아
펴낸이 박강휘
편집 이승현 장선정 **디자인** 유향주
마케팅 박유진 **홍보** 이수빈 박상연

발행처 김영사
주소 경기도 파주시 문발로 197(문발동) 우편번호 10881
등록 1979년 5월 17일 (제406-2003-036호)
구입 문의 전화 031)955-3100 **팩스** 031)955-3111
편집부 전화 02)3668-3270 **팩스** 02)745-4827 **전자우편** literature@gimmyoung.com
비채 블로그 blog.naver.com/viche_books
인스타그램 @drviche @viche_editors **X(트위터)** @vichebook
ISBN 979-11-7332-363-8 03840 책값은 뒤표지에 있습니다.

비채는 김영사의 문학 브랜드입니다.